BIBLIOTECA MONUMENTA : 1

RÃS

BIBLIOTECA MONUMENTA

Direção
Alexandre Hasegawa

Conselho Editorial
Adriane da Silva Duarte
Eleonora Tola
Jacyntho Lins Brandão
José Marcos Macedo
Maria Celeste Consolin Dezotti
Paulo Sérgio de Vasconcellos
Teodoro Rennó Assunção

ARISTÓFANES

Rãs

Introdução, tradução e notas de
Tadeu da Costa Andrade

© Copyright 2023
Todos os direitos reservados à Editora Mnēma.

Título original: Βάτραχοι

Editor	Marcelo Azevedo
Diretor	Alexandre Hasegawa
Produção editorial	Felipe Campos
Direção de arte	Jonas de Azevedo
Projeto gráfico e capa	Marcelo Girard
Revisão técnica	Alexandre Hasegawa
Revisão final	Felipe Campos
Diagramação	IMG3

Dados Internacionais de Catalogação na Publicação (CIP)
(Câmara Brasileira do Livro, SP, Brasil)

Aristófanes, 446 a.C.–386 a.C.
Rãs / Aristófanes; tradução Tadeu da Costa Andrade. –
1. ed. – Araçoiaba da Serra, SP : Editora Mnēma,
2023. – (Biblioteca Monumenta; 1)

Título original: Βάτραχοι
ISBN 978-65-85066-04-4

1. Comédia 2. Dramaturgia 3. Literatura grega
antiga I. Título. III. Série.
23-145082   CDD-880

Índices para catálogo sistemático:
1. Literatura grega antiga 880
Henrique Ribeiro Soares - Bibliotecário - CRB-8 /9314

Editora Mnēma
Alameda Antares, 45
Condomínio Lago Azul – Bairro Barreiro
CEP 18190-000 – Araçoiaba da Serra – São Paulo
www.editoramnema.com.br

A Biblioteca Monumenta

Horácio, ao concluir sua primeira coleção lírica, declara orgulhosamente ter construído um monumento mais duradouro que o bronze (*Odes* 3.30.1: *exegi* **monumentum aere perennius**). O texto poético, arte que se desenvolve no tempo, é comparado com obra arquitetônica, arte que se dá no espaço. Assim, sem a pretensão de rivalizar com o vate latino, mas na intenção de corroborar o verso horaciano, a editora Mnēma inicia a Coleção "Biblioteca Monumenta", em que serão publicadas traduções de textos antigos realizadas por especialistas. As obras serão bilíngues, amplamente anotadas e com uma introdução que possa guiar o leitor, situando-o no tempo e no espaço e, tanto quanto possível, elucidando linhas e entrelinhas do texto antigo.

Com o passar do tempo, esperamos preencher um espaço vazio no mercado editorial brasileiro: o de uma coleção exclusivamente dedicada às obras antigas, traduzidas e muito anotadas, como se encontra há anos em vários países. Algumas iniciativas nesta área, infelizmente, não foram duradouras aqui no Brasil e outras ainda estão no início. Nossos primeiros passos são com a comédia *Rãs* de Aristófanes, traduzida por Tadeu Bruno da Costa Andrade, professor de Língua e Literatura Grega da Universidade Federal da Bahia. Além de nos fazer rir, a obra põe em cena não só um debate entre caricatos tragediógrafos Ésquilo e Eurípides, mas também uma discussão sobre poética; obra, portanto, fundamental da carreira aristofânica, que será, assim desejamos, um início auspicioso para a Coleção "Biblioteca Monumenta".

Assim como Dioniso desce ao mundo dos mortos para trazer Eurípides de volta ao mundo dos vivos, assim esperamos resgatar os inúmeros autores da Antiguidade, não só grega e latina, e colocá-los em circulação por meio das traduções, amparadas pelas mediações necessárias para acessá-los da melhor maneira possível. Que, por meio dos pequenos monumentos publicados, possamos refazer a recorrente fórmula *traduttore, traditore* ("tradutor, traidor")! Antes, que o tradutor seja um descobridor (*traduttore, trovatore*), como alguém que faz ver terras desconhecidas e longínquas. Que, enfim, sejamos capazes de conduzir uma parte do passado para (e com) os olhos do presente, trazendo estes ricos e fundamentais monumentos para o leitor de língua portuguesa.

Alexandre Hasegawa

Sumário

Abreviações — 11
Introdução — 13
  1. Aristófanes — 13
  2. A comédia velha — 14
    a) Origens e Desenvolvimento — 14
    b) Contexto — 16
    c) Personagens e Enredo — 21
    d) Elocução — 28
    e) Estrutura — 33
    f) Versificação — 36
    g) Espetáculo — 40
    h) Efeito — 42
  3. *Rãs* — 50
    a) Contexto — 50
    b) Sinopse — 51
    c) Temas — 53
    d) Personagens e enredo — 57
    e) Estrutura — 65
    f) Interpretação — 69
  4. A tradução — 83

ΒΑΤΡΑΧΟΙ | RÃS — 89

Notas ao texto grego — 360
Referências bibliográficas — 363

Abreviações

A menção aos autores antigos segue as convenções dos estudos clássicos, de acordo com o gênero e o autor. Obras fragmentárias seguem as seguintes edições, mencionadas por abreviações:

FHG Müllner, K. (Ed.). *Fragmenta Historicorum Graecorum*. Paris: Ambroise Firmin-Didot, 1841-1872. Digitalizado em: http://www.dfhg-project.org/

IEG West, M. L. (Ed.). *Iambi et elegi Graeci ante Alexandrum cantati*. Oxford, Oxford University Press, 1989-1992.

K-A Kassel, R.; Austin, C. (Eds.). *Poetae Comici Graeci*. Berlin: Walter de Gruyter, 1983-

SEG *Supplementum Epigraphicum Graecum*. Leiden: Brill, 1923 –.

TrGF Snell, B.; Kannicht, R.; Radt, S. (Eds.). *Tragicorum Graecorum Fragmenta* (Göttingen, 1971)

Introdução

As alegrias do jovem Werther

Um jovem, eu não sei que dia,
Morreu da tal hipocondria
E, assim, o sepultaram.
Passou ao lado um literato
Co'o ventre dando-lhe o ultimato
(Mal que muitos provaram).
Aflito, sobre a sepultura,
Depositou sua escultura,
Olhou feliz a porcaria,
Partiu dali todo alegria
E disse em fino arrazoado:
"Que pena tenho do coitado,
De como pereceu!
Pois não teria se matado,
Se cagasse como eu!"

Goethe

1. ARISTÓFANES

Como é a regra quando se trata dos poetas gregos antigos, sobre Aristófanes, nativo do demo ateniense de Cidateneu, filho de certo Filipe, pouco se sabe ao certo. Poeta da chamada comédia velha, o primeiro estágio da produção cômica grega, teria nascido na década de 440 AEC e estreado em 427 AEC com a peça *Banqueteadores* (que só restou em poucos fragmentos e testemunhos). Um dos dois poetas cômicos que nos legaram obras completas,[1] atribuem-se a ele mais de 40 comédias, das quais 11 se preservaram inteiras ou quase inteiras até nossos dias: *Acarnenses, Cavaleiros, Vespas, Paz,*

---

1. O outro é Menandro (cerca de 342–293 AEC), representante do último desenvolvimento da poesia cômica ateniense, a comédia nova. Sobre as etapas da comédia grega, ver abaixo.

Nuvens, Aves, Lisístrata, Tesmoforiantes, Rãs, Assembleístas e *Pluto*.² Teria falecido por volta de 388 AEC, pouco depois da encenação de *Pluto*.

2. A COMÉDIA VELHA

A) ORIGENS E DESENVOLVIMENTO

As origens da comédia grega são obscuras. Já no séc. IV AEC, Aristóteles constata a falta de registros sobre seu nascimento e seus desdobramentos.³ Não se sabe se o gênero é um desenvolvimento dramático de tradições corais atenienses ou dóricas, nem qual a sua relação com o iambo, um gênero de poesia de escárnio e zombaria praticado pelos gregos jônicos pelo menos desde a era arcaica. Toda a informação que temos é que a comédia já era um gênero praticado na Atenas do século V AEC e, segundo o léxico bizantino Suda (no verbete Quiônides, Χιωνίδης, χ 318), o primeiro comediógrafo se apresentou no festival das Grandes Dionísias nos anos 480 AEC, oito anos antes de Xerxes, o rei da Pérsia, invadir a Grécia continental e cerca de cinquenta anos após a introdução da tragédia no mesmo festival.

Se os começos do gênero são incertos, seu desenvolvimento é marcado por profundas transformações. Ao contrário da tragédia, que já no século V AEC encontrou uma forma mais ou menos estável,⁴ a comédia grega

---

2. Trata-se de um número significativo, se compararmos com o *corpus* de Sófocles, de cujas mais de 120 peças somente sete restaram completas.
3. Na *Poética* (1449a37-1449b5): αἱ μὲν οὖν τῆς τραγῳδίας μεταβάσεις καὶ δι' ὧν ἐγένοντο οὐ λελήθασιν, ἡ δὲ κωμῳδία διὰ τὸ μὴ σπουδάζεσθαι ἐξ ἀρχῆς ἔλαθεν· καὶ γὰρ χορὸν κωμῳδῶν ὀψέ ποτε ὁ ἄρχων ἔδωκεν, ἀλλ' ἐθελονταὶ ἦσαν. ἤδη δὲ σχήματά τινα αὐτῆς ἐχούσης οἱ λεγόμενοι αὐτῆς ποιηταὶ μνημονεύονται. τίς δὲ πρόσωπα ἀπέδωκεν ἢ προλόγους ἢ πλήθη ὑποκριτῶν καὶ ὅσα τοιαῦτα, ἠγνόηται ("Se as transformações da tragédia e seus autores nos são conhecidas, as da comédia, pelo contrário, estão ocultas, pois que delas se não cuidou desde o início: só passado muito tempo o arconte concedeu o coro da comédia, que outrora era constituído por voluntários. E também só depois que teve a comédia alguma forma é que achamos memória dos que se dizem autores dela. Não se sabe, portanto, quem introduziu máscaras, prólogo, número de atores e outras coisas semelhantes", tradução de Eudouro de Souza).
4. Apesar de haver diferenças sensíveis entre a obra de Ésquilo e a de Eurípides, elas não são tão intensas a ponto de considerarmos que são de gêneros distintos.

teve mudanças radicais entre os séculos V e IV AEC. Na era helenística, os gramáticos e filósofos se depararam com uma tradição de textos cômicos tão diversa que a dividiram em três grupos: comédia velha, intermediária e nova (*arkhaía, mése, néa*).⁵ Alguns testemunhos, tardios, mas provavelmente herdeiros dos primeiros observadores das mudanças sofridas pela comédia nos inícios do século IV AEC (como a diminuição do papel do coro), consideram somente os primeiros comediógrafos (Susárion, Magnes, Crates) como produtores de comédia velha.⁶ Todavia, a maior parte, provavelmente por ter contemplado a ampliação ainda mais radical do espectro do gênero no final do século IV AEC, considera "comédia velha" toda poesia cômica produzida durante o século V AEC e no começo do IV AEC e "comédia nova" as peças compostas a partir da época de Alexandre, o Grande, restando a "comédia intermediária", evidentemente, entre as duas.⁷ Da comédia intermediária restam apenas fragmentos, porém da velha preservaram-se as onze peças de Aristófanes e, da nova, uma comédia completa e vastos excertos de Menandro, além das imitações romanas de Plauto e Terêncio. O *corpus* sobrevivente, ainda que escasso, atesta a grande alteração do gênero: entre as obras de Aristófanes e as de Menandro e seus

---

Aristóteles, na *Poética* (1449a 13-15), mais uma vez dá o testemunho: κατὰ μικρὸν ηὐξήθη προαγόντων ὅσον ἐγίγνετο φανερὸν αὐτῆς· καὶ πολλὰς μεταβολὰς μεταβαλοῦσα ἡ τραγῳδία ἐπαύσατο, ἐπεὶ ἔσχε τὴν αὑτῆς φύσιν ("[a tragédia] pouco a pouco foi evoluindo, à medida que se desenvolvia tudo quanto nela se manifestava; até que, passadas muitas transformações, a tragédia se deteve, logo que atingiu sua forma natural"; tradução de Eudouro de Souza).
5. Emprego caracteres latinos para palavras e expressões mais breves ou quando desejo chamar atenção para algum recurso fonológico ou morfológico, reservando o alfabeto grego para citações mais longas.
6. Herdeiros dessa divisão são, por exemplo, Diomedes (*Arte Gramática* 1, 3, 488-9), gramático latino do século IV EC, e Tzetzes (*Prolegomena de Comoedia*, Xb, 79-80 Dübner), erudito bizantino do século XII EC.
7. Essa distinção é transmitida por Platônio (gramático de língua grega, possivelmente dos séculos IX ou X EC) e pela maioria dos *Prolegomena de Comoedia* (III, IV, V, IXa, IXb, X Dübner), pequenos tratados antigos e medievais sobre a comédia que se encontram em manuscritos de Aristófanes. Aristóteles, na *Ética a Nicômaco* (1128a22-24) parece aludir a essa oposição, quando diz que os antigos comediógrafos lançavam mão do ridículo (*geloîon*) e do calão (*aiskhrología*), enquanto os mais novos se serviriam da "insinuação" (*hupónoia*). Essa é justamente uma das diferenças que vemos entre Aristófanes e Menandro.

imitadores, sobressaem-se mais as diferenças que as semelhanças. Em geral, a comédia velha é absurda, obscena e política, fortemente marcada por cantos líricos dos mais diversos metros, a nova é una e coerente no enredo, mais sutil no humor e de tema familiar e privado – e não possui coro.

Mesmo se destacada de suas sucessoras, a comédia velha mostra um percurso bastante variado. Os testemunhos e o *corpus* restantes nos permitem supor que houve, no período, desenvolvimentos e alterações formais significativas. Um autor nos diz que Cratino, grande poeta da geração anterior a Aristófanes, foi o primeiro a compor enredos coerentes (ainda que não completamente).[8] Por outro lado, vemos na própria obra de Aristófanes alterações formais gradativas, sendo que, nas duas últimas comédias do *corpus* aristofânico sobrevivente (*Assembleístas* e *Pluto*), há mudanças tão fortes que se chega a considerar que antecipam a comédia intermediária.[9]

B) CONTEXTO

A típica comédia velha (como a encontramos no *corpus* restante de Aristófanes até *Rãs*) foi produzida durante o Império Ateniense (454-404 AEC), que dominava a maior parte das cidades-estado da Ásia Menor e do Mar Egeu, cobrando-lhes tributos. A ascensão do império desembocou na Guerra do Peloponeso (431-404 AEC), em que Atenas enfrentou Esparta pela hegemonia grega. Esta guerra é um dos principais temas das comédias de Aristófanes.

Politicamente é uma época de domínio quase ininterrupto da democra-

---

[8]. *Prolegomena de Comoedia* (V.18-24 DÜBNER): ἐπιγενόμενος δὲ ὁ Κρατῖνος κατέστεσε μὲν πρῶτον τὰ ἐν τῇ κωμῳδίᾳ πρόσωπα μέχρι τριῶν στήσας τὴν ἀταξίαν καὶ τῷ χαριέντι τῆς κωμῳδίας τὸ ὠφέλιμον προσέθηκε τοὺς κακῶς πράττοντας διαβάλλων καὶ ὥσπερ δημοσίᾳ μάστιγι τῇ κωμῳδίᾳ κολάζων. ἀλλ' ἔτι καὶ μὲν οὗτος τῆς ἀρχαιότητος μετεῖχε καῖ ἠρέμα πως τῆς ἀταξίας ("Em seguida, Cratino, o primeiro a colocar três personagens numa comédia, organizou a desordem do gênero e adicionou à sua graça a utilidade, denunciando os viciosos e punindo-os como se a comédia fosse um chicote público. Contudo mesmo ele partilhava do arcaísmo e de um pouco de desordem"). São minhas todas as traduções sem crédito.

[9]. Por exemplo, DOVER 1972: 223. A principal alteração se dá em diminuir o papel do coro, suprimindo grande parte dos cantos. Na última peça, *Pluto*, o coro quase não participa.

cia. O povo ateniense (*dêmos*, o coletivo de homens livres nascidos de pai e mãe nativos) governava a cidade, ocupando a maior parte dos cargos administrativos por sorteio, elegendo os ocupantes de alguns muito significativos (como os generais) e examinando a conduta dos magistrados após o mandato, punindo irregularidades. O sistema judiciário ateniense também era formado por juízes sorteados e remunerados, os heliastas. As decisões mais importantes eram votadas diretamente pela Assembleia, de que eram membros todos os cidadãos. Os filhos das famílias mais ricas e aristocráticas tendiam a ocupar os cargos de liderança, mas o povo mantinha estrito controle e vigilância. Não havia elite política fixa, organizada em partidos e dotada de poderes legais: a liderança do povo tinha que ser contínua e pessoalmente conquistada pelos políticos rivais na Assembleia, detentora da última palavra.[10] O século V AEC também assistiu a outra mudança: o surgimento dos *rhétores* ("oradores") ou *demagogoí* ("condutores do povo"), líderes informais, que, apesar de não ocupar cargo, tinham larga influência sobre as decisões dos heliastas e da Assembleia. Ou eram jovens aristocratas instruídos em oratória ou, sobretudo, comerciantes ricos, dos quais o mais célebre foi Cleão, vendedor de artigos de couro. Sua origem e modo agressivo de liderar foram amiúde censurados pela elite tradicional.[11] A democracia, como testemunha (talvez com algum exagero) a *Constituição de Atenas* do Pseudo-Xenofonte (2.18), mantinha algum controle também sobre a comédia, impedindo-a de alvejar o povo[12] e fazendo-a zombar somente dos nobres, ricos e poderosos. O mundo da comédia também é povoado pela democracia, por suas figuras e instituições. Por outro lado, o poeta cômico frequentemente comenta os assuntos públicos; dando conselhos e fazendo censuras. Cleão é satirizado por Aristófanes em muitas peças e é o principal alvo dos *Cavaleiros* (424 AEC). É difícil saber em que medida

---

10. Sobre o controle do *dêmos* sobre a cidade, ver FINLEY 1983: 75s. e HENDERSON 1990: 277.
11. Quanto aos *demagogoí*, ver HENDERSON 1990: 282.
12. *Cavaleiros*, peça em que o povo é representado como um velho tolo, poderia contrariar esse princípio, assim como outros lugares em que Aristófanes lhe critica a estupidez. No entanto, vemos que Aristófanes jamais diz que o povo é perverso, mas joga a culpa de seus erros sobre os líderes. Assim, mesmo quando vitupera o povo, o poeta o faz de maneira mais suave.

esses conselhos pretendiam ser levados a sério;[13] no entanto, as posições políticas de suas peças são bastante coerentes: os alvos e os elogios costumam ser recorrentes, não aleatórios.[14] O poeta critica sistematicamente instituições e práticas características da democracia daquele tempo. Nessas críticas, deixa-se entrever a proposta de uma democracia alternativa. Ela consistiria em quatro pontos:[15] (1) abolir ou diminuir o pagamento para funções públicas, em especial para o júri e para os participantes da Assembleia (também remunerados a partir do começo do século IV AEC), pois ele dilapidaria o tesouro público, faria com que essas funções fossem encaradas antes como fonte de dinheiro do que como um dever civil e daria poder e respaldo público àqueles que aumentassem o pagamento; (2) reprimir os sicofantas, aqueles que transformavam em fonte de ganho as denúncias falsas, principalmente contra os ricos; (3) no que tange à seleção de líderes políticos, a rejeição de homens de baixo *status* social e a escolha de filhos de famílias nobres e boa educação e (4) a paz com Esparta, de modo a que as cidades mantivessem uma hegemonia conjunta sobre a Grécia. Trata-se, basicamente, de um ponto de vista conservador, que defende a democracia mais moderada, como era antes dos tempos de Péricles (proeminente aproximadamente de 470 a 429 AEC), mas que não chega a exortar à oligarquia, em que a participação política estaria limitada àqueles com um mínimo de riqueza legalmente preestabelecido.[16]

Se esse é o contexto político-militar, do ponto de vista cultural-mental, o século V AEC é um tempo de profundas mudanças. Com a chegada de Górgias em Atenas junto à embaixada leontina em 427 AEC, introduziu-se na Ática a teoria oratória, cujo florescimento se deveu também à grande importância da Assembleia e dos tribunais na vida pública. Além de Górgias, inúmeros filósofos visitaram a cidade, introduzindo novas ideias: Protágoras, Pródico, Hípias e Anaxágoras, entre outros. O século V AEC também

---

13. Para HEATH 1987, não existe aconselhamento e crítica sinceros na comédia, do que divergem HENDERSON 1990 e SOMMERSTEIN 2009. SILK 2000: 301 ss. considera a questão irrelevante.
14. SOMMERSTEIN 2009: 206.
15. Conforme a análise de Sommerstein 2009:207 ss.
16. SOMMERSTEIN 2009: 219 s.

testemunha a atividade de um filósofo ateniense, Sócrates. Ao mesmo tempo, a escrita, acompanhando as tendências de séculos anteriores, passou a ser cada vez mais presente, muito usada para o registro das novas ideias filosóficas em livros, e também colaborou para o nascimento de um novo gênero, a historiografia. Essas inovações tecnológicas e mentais não afetaram pouco a poesia, fazendo-a, por um lado, dividir sua autoridade com os novos sábios, mas intervindo, por outro, no próprio desenvolvimento da comédia e da tragédia.[17] Eurípides, o grande inovador trágico, incorpora muito da nova cultura filosófica em sua obra, e a comédia faz da alusão e reação às novidades um de seus procedimentos mais básicos, no que também manifesta tendência conservadora.

O segundo elemento contextual que podemos observar é a ocasião de *performance*. A comédia velha era apresentada em dois festivais em honra de Dioniso: na primavera as Grandes Dionísias e as Leneias, no inverno.

As Dionísias eram um grande festival a que assistiam visitantes de todo o mundo grego. Nele apresentavam-se ditirambos, tragédias e comédias, antecedidas por diversas cerimônias, que tinham por função estimular o sentimento de identidade, autoridade e dignidade da cidade e da democracia: um sacrifício público em honra ao deus, uma procissão, um *kômos* (festa orgiástica ritual), as libações derramadas pelos dez generais da cidade, a recepção pública do tributo pago pelas cidades subalternas ao império, o coroamento dos benfeitores da cidade e a apresentação dos órfãos dos que morreram em combate por Atenas.[18] Nos espetáculos teatrais, se reuniam três tragediógrafos, que apresentavam cada um uma trilogia trágica e um drama satírico, e cinco comediógrafos, com uma peça cada um; quando se iniciou a Guerra do Peloponeso, passaram a se apresentar apenas três comediógrafos.[19]

Nas Leneias, além de rituais e uma procissão, cada um de cinco comediógrafos (três durante a guerra) apresentava uma comédia, e dois tragediógrafos apresentavam duas tragédias cada. Por causa da dificuldade de via-

---

17. DUARTE 2000: 13 ss.
18. Ver GOLDHILL 1990: 98 ss., 106, 114.
19. PICKARD-CAMBRIDGE 1968: 79 ss.

jar no inverno, as Leneias eram um festival menor, praticamente reservado aos residentes em Atenas, cidadãos e estrangeiros residentes (os chamados metecos).[20]

A influência do *dêmos* na comédia velha não se restringia ao fato de ela ser encenada em festivais públicos. Também era o povo que, por meio de magistrados, fazia seleção prévia dos comediógrafos, destinava-lhes um coro composto de cidadãos sorteados, pagava os atores e, dentre os cidadãos mais ricos, escolhia um financiador, chamado corego, que sustentava o coro e providenciava tudo o que fosse necessário à apresentação. Por fim, dentre as tribos (*phulaí*) eram sorteados juízes que selecionavam o *ranking* das peças apresentadas (ao menos nas Dionísias).[21] A cidade permeava toda a realização da obra cômica: oferecia os temas e a ocasião de *performance*, escolhia os poetas a apresentar, fornecia o coro e os meios financeiros necessários à apresentação, e dela saíam aqueles que julgariam as peças.

Contudo, não se pode considerar que a apresentação em festivais públicos tornava a tragédia e a comédia meras representações da ideologia cívica. Sendo Dioniso o deus da ilusão, da mudança, do paradoxo e da alteridade, é de esperar que os gêneros poéticos praticados em sua honra carregassem algo de seu caráter.[22] A tragédia frequentemente apresenta a cidade em crise, opondo coletividade e indivíduo (por exemplo, o *Prometeu Acorrentado* de Ésquilo, a *Antígona* de Sófocles e a *Medeia* de Eurípides) e problematizando o sistema de crenças democrático representado nas cerimônias que antecediam os festivais dramáticos.[23] Também na comédia velha, cujas personagens e cenas são fortemente calcadas nos valores e na realidade atenienses, os protagonistas são catalisadores da reversão do *status quo* e se colocam frequentemente contra os costumes e opiniões dos cidadãos, quer alterando a democracia pelo convencimento (por exemplo, *Acarnenses, Cavaleiros, Vespas*), quer criando um sistema alternativo por

---

20. Pickard-Cambridge 1968: 40 ss.
21. Sobre o processo de votação nas Leneias e Dionísias, ver Pickard-Cambridge, 1968: 40 ss., 95 ss.
22. Goldhill 1990: 126 ss.
23. Goldhill 1990: 115 ss., 123.

meio de algum golpe (*Aves*, *Lisístrata*, *Assembleístas*).[24] Como vimos, também era comum o poeta se manifestar contra o estado atual da democracia. Ambos os gêneros, portanto, parecem explorar o jogo entre norma e transgressão implícito no aspecto dionisíaco dos festivais.[25]

c) Personagens e Enredo

A *Poética* de Aristóteles nos diz que a comédia imita ações de homens "mais baixos" (*phaulotéron*, 1449a 32-33), "piores do que nós" (*kheírous*, 1448a 16-18) e se ocupa do risível (*geloîon*), definido como aquilo que é vergonhoso (*aiskhrón*), mas inofensivo (*anódunon*) (1449a 34-37). Por "baixo" traduz-se palavra grega bastante polissêmica, *phaûlos*, que indica diversas formas de insignificância: "pequeno", "barato", "trivial", "fácil", "simples", "ordinário", "vil", "mau". *Kheíron*, por sua vez, é um comparativo que indica a inferioridade moral, social e qualitativa. *Aiskhrón*, enfim, significa primeiramente "feio", mas não se restringe à aparência, abarcando tudo aquilo que gera desprezo e repulsa. Na visão do filósofo, o objeto da comédia é em tudo oposto ao da tragédia, que se ocuparia do *spoudaîon*, termo que designa a importância de diversas maneiras ("sério", "excelente", "relevante", "virtuoso", 1449b 24-5) e de homens *beltíous*, melhores social e moralmente (1448a 16-18).

O baixo, o feio, o ridículo e o vicioso são, de fato, o elemento constante da comédia grega, em todas as suas fases. Porém, em que consiste essa "baixeza" na comédia velha? Em primeiro lugar, nela são comuns tipos raros na tragédia: escravos, lavradores, comerciantes, sicofantas, bajuladores e mesmo animais e objetos domésticos. Os atenienses (e os gregos em geral)

---

24. Sommerstein (2009: 217 s.), que faz essa distinção, ainda acrescenta que a reversão cômica do *status quo* tem seus limites: é sempre um homem ateniense a personagem que propõe a "reforma da democracia" para a cidade, mas o uso de golpes e da violência que derruba o sistema democrático e cria uma alternativa a ele (frequentemente de matiz monárquico) sempre parte de um "não cidadão", mulher (*Lisístrata*, *Assembleístas*) ou animal (o Pisetero metamorfoseado nas *Aves*). Aparentemente, a sugestão de que um cidadão ateniense deveria exercer poder sobre os outros e derrubar a democracia não seria bem recebida numa comédia.
25. Goldhill 1990: 127.

tinham um senso de adequação muito rígido e, herdeiros de uma sociedade aristocrática, consideravam indigno de canto elevado todo aquele que não fosse da nobreza e não partilhasse de suas atividades (a guerra, a caça, o governo, a justiça, os banquetes). Estigmatizam-se, por exemplo, instrumentos culinários e artesanais,[26] associados a escravos e a artífices, e os animais domésticos não ligados à guerra e à caça.[27] Ademais, na comédia é relativamente comum a personificação de animais e objetos, recurso raro nos gêneros elevados.

Por outro lado, a comédia abarca a feiura, a fraqueza e a intemperança, considerados vícios naquela sociedade. São comuns dois tipos associados pelos gregos àquelas características: os idosos e as mulheres. Ambos se opõem ao cidadão ateniense típico. À beleza e à força do jovem opunham-se a feiura e a debilidade do velho. Aos olhos patriarcais atenienses, com a temperança e a força masculinas contrastavam a fragilidade e a luxúria das mulheres, associadas antes ao mundo doméstico do que às importantes esferas da política e da guerra. Destinados, em geral, a papéis secundários nas tragédias e nas epopeias, os idosos tomam o centro da comédia: são sete dos onze personagens principais de Aristófanes. Quanto às mulheres, se não são raras as protagonistas trágicas, há indício que eram vistas como escolha atípica: seu grande número em Eurípides é objeto de escárnio cômico (nas *Tesmoforiantes* e nas *Rãs*). Ademais, as heroínas são investidas de grandeza e dignidade, sendo sua fraqueza ocasião de sofrimento, não desprezo. Já Aristófanes, em pelo menos três peças (*Lisístrata*, *Tesmoforian-*

---

26. Pode-se perceber essa atitude, por exemplo, na indignação de Hípias em Platão, *Hípias Maior* (288 c-d), em que se discute a definição de beleza: ΣΩ. Ἐρεῖ τοίνυν μετὰ τοῦτ' ἐκεῖνος, σχεδόν τι εὖ οἶδα ἐκ τοῦ τρόπου τεκμαιρόμενος· "Ὦ βέλτιστε σύ, τί δὲ χύτρα καλή; οὐ καλὸν ἄρα;" ΙΠ. Ὦ Σώκρατες, τίς δ' ἐστὶν ὁ ἄνθρωπος; ὡς ἀπαίδευτός τις ὃς οὕτω φαῦλα ὀνόματα ὀνομάζειν τολμᾷ ἐν σεμνῷ πράγματι ("Sócrates: E [esse meu amigo] vai dizer em seguida – eu bem sei, por assim dizer, com base no jeito dele: 'Companheiro, que dizer de uma panela bonita? Não é algo belo?' Hípias: Sócrates! Que homem é esse, que é ignorante e ousa dizer palavras chãs num assunto tão sério?").
27. Ainda que não seja uma regra invariável, haja visto os frequentes símiles animais de Homero, que por vezes incluem animais menos nobres como moscas (*Ilíada* 2.469-71) e asnos (*Ilíada* 11.558-62). Sobre os animais nos diversos gêneros poéticos, com foco na fábula, ver CORRÊA 2010: 18-38.

tes e *Assembleístas*), não se contenta em criar protagonistas mulheres, mas compõe um mundo ficcional tomado pelo feminino. Ali, afloram os vícios associados às mulheres pelos homens gregos.

No entanto, a comédia velha não toma como personagens somente pessoas das camadas baixas e de segmentos estigmatizados. Traz também ao palco líderes políticos e cidadãos influentes. Embora fossem homens em idade militar e mais importantes do que o espectador médio, não eram representados com dignidade ou elevação. São caricaturas, repletas de vícios físicos ou morais. Isso não se restringe aos cidadãos que a persona poética despreza ou que já eram considerados viciosos (sendo o maior exemplo o *demagogós* Cleão nos *Cavaleiros*, cuja má fama – ao menos entre os mais ricos – já se atesta em Tucídides, *História da Guerra do Peloponeso* 3.36). Mesmo personagens bem-vistas não são desprovidas de defeitos, como o virtuoso, mas supersticioso general Nícias dos *Cavaleiros* e o honrado, mas selvagem Ésquilo das *Rãs*. Até mesmo os deuses não escapam à caricatura, como Héracles, apresentado como glutão nas *Aves* e nas *Rãs*.

O enredo da comédia velha, como o encontramos em Aristófanes, é ficção do poeta, sem base em mitos conhecidos. No entanto, a trama é típica, ainda que variada. Parte-se de um estado de insatisfação, frequentemente associado à vida pública (a guerra, os tribunais, os maus poetas nos festivais dramáticos). Às vezes, trata-se de interesse particular. Por exemplo, nas *Nuvens*, Estrepsíades é assolado por seus credores. Ao fim da história, os problemas resolvem-se fantasiosamente e costumam-se punir os responsáveis pela situação anterior.

Um protagonista mais ou menos típico conduz o enredo. Em geral, é o único que deseja ou pode intervir na situação, para o que encontra um plano fantástico. Para acabar com a guerra, na *Lisístrata*, as mulheres fazem uma greve de sexo; na *Paz* Trigeu voa montado em um escaravelho e vai ao Olimpo. Esta personagem principal tende a vir de um segmento menosprezado da população: não somente idosos e mulheres, mas camponeses, artesãos etc. Normalmente escolhem-se homens médios, camponeses na maioria, ou seja, pessoas com que grande parte da audiência poderia se identificar (haja visto que a sociedade ática era patriarcal e predominantemente rural). Apesar da baixa extração e do frequente recurso à obscenidade, à escatologia (verbais e físicas) e à violência burlesca, o protagonista cômico normalmente tem um caráter digno e virtuoso. Além disso, demonstra grande força vital, superando todos os obstáculos. Se, na vida real, pessoas assim seriam incapazes de muitas conquistas, no mundo da comédia, têm enormes dignidade e poder.

O papel dos coadjuvantes orienta-se pela missão do protagonista: são seus auxiliares ou opositores. Como antagonistas, podem atrapalhá-lo, mas são vencidos e, muitos deles, humilhados e até espancados. Os auxiliares podem ser personagens mudas que representam mera extensão da vontade da personagem principal (como a família do camponês Diceópolis nos *Acarnenses*) ou ajudantes indispensáveis (o mensageiro divino Anfiteu na mesma peça). Não raro as personagens auxiliares dão contraponto humorístico ao protagonista.[28]

Tipo especial de coadjuvante é o coro, participante fundamental nas nove primeiras comédias sobreviventes. Sempre é aliado do protagonista. Às vezes, ajuda-o desde o início da comédia, em outras inicia como opositor, mas se põe, enfim, ao seu lado. Há casos mais complexos, como as nuvens que, na comédia homônima, enganam Estrepsíades para fazê-lo se arrepender e o coro da *Lisístrata*, que se divide entre homens e mulheres.

A trama típica se divide em duas partes. Na primeira, o protagonista combate seus antagonistas e procura executar seu plano. O embate culmina numa disputa verbal (normalmente na forma tradicional de um *agón* epirremático). Como ajudante ou opositor, o coro participa ativamente. Depois da vitória do protagonista, as personagens saem do palco e segue-se a parábase, em que o coro se endereça ao público, normalmente dando conselhos políticos e elogiando a peça. Após a parábase, mostram-se os resultados do triunfo. O coro perde sua caracterização e passa a apenas comentar a ação no palco, breves cenas em que o protagonista se livra de personagens importunas que querem atrapalhar ou se aproveitar de sua

---

28. Há algumas peças em que as diferenças entre personagem principal e coadjuvante por vezes se apagam (*Vespas, Tesmoforiantes, Rãs, Pluto* e, em parte, *Cavaleiros*). Nelas, o protagonismo divide-se entre duas personagens, sejam elas cooperativas (*Tesmoforiantes, Rãs* e *Pluto*) ou antagonistas (*Cavaleiros, Vespas*).

vitória. O final típico é uma procissão triunfal, na qual o protagonista sai do palco acompanhado pelo coro.[29]

Se podemos dizer que a ação principal é relativamente una, composta por começo, meio e fim facilmente distinguíveis, não se pode dizer que é totalmente verossímil.[30] A unidade de enredo, ainda que exista, é muito mais frouxa do que a trágica. Há numerosos gestos e falas que contribuem pouco ou nada para o desenlace da trama. De algum modo, eles partem da ação principal, mas parecem despropositados e não têm grandes consequências. Os pequenos episódios da segunda parte das comédias são exemplos comuns. A parábase também se organiza por princípios semelhantes. Interrompe-se a ação, e é comum que o coro cante e discurse diretamente ao público sobre questões poéticas e políticas sem impacto direto no enredo. Os coristas chegam, às vezes, a assumir a *persona* do poeta ou, pelo menos, fazem o papel de seu porta-voz. Mesmo quando nesse momento o coro não deixa a caracterização (como é comum nas peças da segunda parte da carreira do poeta, a partir das *Aves*), sua fala em nada influencia o desenvolvimento da ação.

Isso também se reflete na própria caracterização das personagens. Alguns elementos de seu caráter predominam, mas, a qualquer momento, ele pode sofrer transformações repentinas e temporárias. É o caso do lavrador Diceópolis nos *Acarnenses* 496-556, que de repente, deixa de falar na sua própria voz e assume a do poeta. No início dos *Cavaleiros*, o salsicheiro Agorácrito reúne todos os vícios; ao fim da comédia, contudo, magicamente torna-se o modelo do cidadão virtuoso.

Personagens e cenas, no entanto, não se desarticulam totalmente, mantendo certa coerência. Se muitas vezes são inverossímeis e inconsistentes, são temática e imageticamente conectados. GELZER 1971: 1543 é um dos que o observam:

> Die Einheit der Komödien des A[ristophanes] ist, soweit sie überhaupt durchgeführt ist, bestimmt vom Thema her, das in jedem Stück im Sinne

---

29. Exemplares típicos desse enredo são *Acarnenses, Vespas* e *Paz*.
30. No que se opõe à tragédia preceituada por Aristóteles, cujo enredo deveria ser uno, composto apenas por ações verossimilmente conectadas, ver *Poética* 1450b.21-1451a.35.

des χρηστὰ τῇ πόλει λέγειν behndelt wird [...]. Das Thema bildet jeweils ein außerhalb des Stücks selbst liegendes Problem aus der Wirklichkeit in Athen. Personen, Handlung, phantastische und realistische Darstellungsmittel, dramatische und undramatische Teile sind nicht um ihrer selbst willen konzipiert, sondern zur Darstellung gewisser Aspekte und zur besonderen Charakterisierung dieses Themas.³¹

Também SILK 2000: 277 ss. Afirma que, nas comédias aristofânicas, sobressairia a coerência temática, isto é, temas e motivos recorrentes conectando as partes e conferindo significado ao todo. Na literatura grega, o autor identifica *grosso modo* dois grupos de obras. De um lado, estão aquelas em que predomina uma unidade processual ou sistemática, que ele diz "orgânica" e "aristotélica", ou seja, em que os elementos são colocados num todo contínuo que se desenvolve gradualmente e com unidade causal. São exemplos as epopeias homéricas, a tragédia, a historiografia de Tucídides e as comédias de Menandro. Do outro lado, encontram-se obras "não-aristotélicas", em que partes mais ou menos independentes se justapõem umas às outras e se agrupam por princípios de associação e dissociação temático-imagéticas, sem conexão causal. Exemplos são as odes de Píndaro, os poemas teológicos e sapienciais de Hesíodo, as *Histórias* de Heródoto e, enfim, as comédias de Aristófanes. Evidentemente a oposição não é rígida: obras que se caracterizam pela organicidade e coesão causal podem lançar mão da unidade associativa. Tucídides, por exemplo conecta episódios de suas narrativas pela repetição de temas ou palavras.³² Também autores que se destacam pela unidade temática ainda podem ser algo orgânicos. Trata-se das próprias peças de Aristófanes, cujos enredos, embora frequentemente frouxos do ponto de vista da causalidade, representam um todo com começo, meio e fim.

31. "A unidade das comédias de Aristófanes (na medida em que possuem unidade) define-se pelo tema, que, em todas as peças, é tratado segundo o *khrestá têi pólei légein* ("dizer coisas úteis à cidade") [...]. O tema configura um problema externo à própria peça, advindo da realidade ateniense. Não se concebem personagens, ação, meios de apresentação fantásticos e realistas, partes dramáticas e não-dramáticas por causa de si mesmos, mas para apresentar certos aspectos e caracterizar o tema".
32. Como observado em ROMILLY 1998: 21-62.

Na parábase não somente se evidencia a não organicidade da comédia velha, mas também sua unidade associativa e temática. Mesmo sem impacto direto no enredo, a parábase não é irrelevante, pois retoma e prevê motivos e temas da peça.[33] Na parábase dos *Acarnenses*, por exemplo, o coro credita ao comediógrafo os feitos que o próprio protagonista, Diceópolis, tenta realizar na primeira parte da peça: impedir que o povo ateniense seja enganado por políticos e embaixadores (633-40). Por outro lado, a invocação da Musa Acarnense (patrona fictícia da atividade principal do povoado de Acarnas, a extração do carvão; 665-75), chamada para aquecer filés de peixe, prefigura os banquetes ao fim da peça.[34] Dessa maneira, a parábase torna-se o ponto central da comédia não somente do ponto de vista estrutural, mas também temático.

Michael Silk considera a não organicidade aristofânica essencial à comédia: não diz respeito só aos enredos e personagens, mas também ao estilo e à composição de cantos corais. Chama-a "descontinuidade" (*discontinuity*) e a identifica nas mudanças bruscas de todo tipo: neologismos, obscenidade repentina, paródias, violação da ilusão dramática, quebra de expectativas etc. Acrescenta à descontinuidade cômica outros dois aspectos essenciais: a "fisicalidade" (*physicality*) e a "acumulação" (*accumulation*).[35] Fisicalidade é o viés concreto e material da comédia. Exemplo é a materialização e a personificação de abstrações. Na *Lisístrata* 1114 ss., por exemplo, a reconciliação entre atenienses e espartanos é apresentada como uma bela jovem. Também contribui para este aspecto a onipresença de sexo, animais, comida, objetos caseiros e pessoas envolvidas em sua produção, como artesãos e lavradores, bem como as alusões aos lugares, instituições e personalidades de Atenas. A acumulação, por sua vez, estaria na inclinação de Aristófanes a listas, palavras compostas e ao paralelismo. Assim, nos *Cavaleiros* 997-1110, o salsicheiro Agorácrito e Paflagônio tentam angariar a boa vontade do povo amontoando escritos oraculares.

Enfim, a parábase, em que a descontinuidade cômica se manifesta com

---

33. Sobre a relação entre a parábase e a ação cômica, ver BOWIE 1982 e DUARTE 2000.
34. BOWIE 1982: 29 ss., 34 s.
35. SILK 2000: 121, 126, 136.

toda a potência, não é destituída dos outros dois elementos. Com efeito, nela é frequente a fisicalidade, seja nas referências ao mundo real, seja na explicitação de procedimentos cênicos concretos (como a quebra da ilusão dramática e o possível desmascaramento do coro).[36] Enfim, justaposição e acumulação manifestam-se em sua estrutura paralela (como veremos adiante). A parábase, portanto, congrega os elementos mais característicos da comédia velha.

d) Elocução

Pode-se analisar a linguagem cômica de dois modos: retórico e sociolinguístico. Isto é, de um lado, seu estilo, seus tropos e figuras, de outro, sua relação com os registros coloquiais[37] e poéticos da Atenas do século V AEC. As duas abordagens revelam marcas fundamentais do gênero.

No que diz respeito ao registro sociolinguístico, Andreas Willi escreveu um interessante artigo sobre a linguagem das comédias de Aristófanes[38] e dedicou um livro inteiro às variedades da língua grega que encontramos na obra do comediógrafo[39]. No apêndice do livro, ele se põe a descrever como o autor emprega todos os níveis linguísticos (fonologia, morfologia, sintaxe etc.) em suas peças, debruçando-se principalmente sobre a língua utilizada nas partes dialógicas, mais coloquiais, que se distinguem das paródias trágicas e das partes corais, de tom mais sublime e arcaizante. Willi conclui que a morfologia e a sintaxe de Aristófanes se mostram mais conservadoras do que se poderia esperar, ou seja, exibem menos inovações linguísticas que viriam a se cristalizar no grego *koiné* dos séculos posteriores.[40] Esse conservadorismo se evidencia quando comparamos sua

---

36. Duarte 2000: 36.
37. Embora o dialeto ático esteja documentado em diversos gêneros de poesia e prosa, e seja possível constatar quais elementos são preferidos por gêneros elevados e arcaizantes e quais compareçam em contextos mais mundanos (como a retórica forense), é, no limite, impossível determinar com certeza o que é coloquial numa língua que já não se fala. Sempre que emprego o termo "coloquial", seja ele entendido com essas ressalvas.
38. Willi 2002.
39. Willi 2003.
40. Willi 2003: 268.

gramática com a de outros contemporâneos. Em certos compositores de prosa, como Lísias, há mais inovações gramaticais do que em Aristófanes. Em geral, o poeta põe lado a lado elementos antigos e inovadores, com uso sensivelmente maior dos últimos.[41] Seria de esperar que a linguagem de Aristófanes se afastasse do ático coloquial por uma limitação evidente: o verso, que já impõe certa artificialidade à linguagem do poeta. Todavia, a linguagem das comédias de Menandro, com as mesmas limitações métricas, é menos conservadora. Assim, Aristófanes parece conscientemente preferir uma linguagem arcaizante.[42]

Não obstante a sobrevivência de estágios mais antigos do grego em sua linguagem, Aristófanes se expressa de maneira evidentemente diversa dos trágicos. Como aponta Willi (baseado num artigo de TAPLIN 1986), a comédia é um "antigênero", sempre definido em oposição à tragédia.[43] A gramática do diálogo cômico, embora um tanto artificial, aproxima-se muito mais do ático falado à época do que a tragédia. O diálogo cômico tem tendência realista.[44] A comédia também se diferencia da tragédia por apresentar todos os estrangeiros a falar em seus dialetos nativos. Embora se costume considerar a reprodução dos outros dialetos como deformação risível, Aristófanes não exagera as características dialetais, nem as personagens atenienses escarnecem delas, de maneira que é provável que o efeito cômico nasça ali não do exagero, mas do realismo linguístico, sem equivalente em outro gênero.[45] Willi vê na linguagem trágica uma tendência "centrífuga".[46] Ou seja, ela tenderia a se afastar do idioma da plateia. A linguagem cômica, por sua vez, seria o oposto, "centrípeta", buscando sempre manter-se próxima à coloquialidade.

---

41. Por exemplo, o uso de conjunção integrante (em detrimento de orações reduzidas de infinitivo) após o verbo *légo* ("falar") é bem maior do que nos trágicos, mas algo menor do que em Lísias (WILLI 2003: 262). Por outro lado, o uso de *hos* como conjunção causal é menor do que nos trágicos, mas substancialmente maior do que em Lísias (WILLI 2003: 267).
42. WILLI 2002: 116.
43. WILLI 2002: 112 ss.
44. Entenda-se o termo "realista" meramente como "próximo ao uso da vida real". Ver COLVIN 1999: 31s.
45. COLVIN 1999: 302 ss.
46. WILLI 2002:118.

Além da proximidade com a língua real de Atenas, outra característica ressaltada por Willi é a topicalidade da comédia. A linguagem trágica estaria repleta de marcas fonológicas e sintáticas do dialeto jônico, ainda prestigioso no séc. V AEC, presente não somente na maior parte da tradição poética, mas também na prosa técnica, historiográfica e filosófica. Já a comédia teria sintaxe e fonologia quase puramente atenienses. Willi percebe a tendência a adotar jonicismos, principalmente fonológicos, na tragédia e em parte da prosa ática do século V AEC como uma tentativa de evitar, por meio da imitação de um dialeto com mais prestígio literário, as características consideradas negativas e provincianas do ático.[47] Por outro lado, a adoção dessas características pela comédia valorizaria as características tipicamente áticas, um patriotismo nascido em época de império e guerra.[48]

Portanto, a expressão típica do seu diálogo distinguia a comédia da tragédia e de outros gêneros, representando um registro dialetal mais próximo do uso cotidiano. Já nos cantos corais e em momentos paródicos, Aristófanes e os outros comediógrafos empregam a sintaxe, a morfologia e o vocabulário característicos de ouros gêneros, sejam hinos, epopeias, tragédias, ditirambos etc. É frequente um registro inconstante nos cantos corais, que mistura elementos de gêneros poéticos "mais elevados" aos do diálogo cômico.

Quanto ao aspecto retórico e poético, Michael Silk identifica as três características cômicas (fisicalidade, acumulação e descontinuidade) primeiramente ao analisar a linguagem de Aristófanes.[49] A escolha dialetal já manifesta fisicalidade. O registro coloquial que a comédia favorece era a língua que se encontrava em casa, na ágora e no campo, relacionada, portanto, aos cuidados da casa, à compra de objetos, ao trabalho e a outros elementos da vida material. Ela também se encontra na referência frequente a objetos caseiros, no linguajar obsceno e na atribuição de qualidades fí-

---

47. O uso de -*tt*- em lugar de -*ss*-, e de -*rr*- em vez de -*rs*-, por exemplo, era restrito somente à Ática e às cercanias; ver WILLI 2002: 123.
48. WILLI 2002: 125.
49. SILK 2000: 98 ss.

sicas a abstrações. Já a acumulação mostra-se nas constantes listas, nas palavras compostas[50] e nas estruturas paralelas e a descontinuidade nas paródias, nos trocadilhos e nos ditos inesperados.

Assim como Silk opõe duas tradições de construção do enredo e das personagens (aristotélica e não aristotélica), na linguagem, ele contrasta o realismo e o não realismo. O autor assim define a tradição realista (SILK 2000: 211): "For a stylistic idiom to be compatible with realism, it must involve a range of expression. Which is consistently relatable to a vernacular language, a language of experience, a language of life".[51] Isso envolveria tanto uma linguagem que tenta imitar a coloquialidade como uma que, embora artificial, fosse fixada por convenções, permanecendo a uma distância constante da língua falada (como ocorre na tragédia). A principal característica da aplicação realista da linguagem seria, portanto, a consistência, ou, como Silk diz em outro momento, a "estabilidade" (*stability*).[52] O idioma permanece sempre no mesmo registro ou se altera somente em seções específicas, seguindo certo decoro. Desse modo, seções ou personagens diferentes podem ter uma linguagem própria, a elas adequada, como, por exemplo, as partes dialogadas e corais da tragédia. Silk chama o fenômeno "estabilidade diferencial" (*differential stability*).[53] Ele vê na comédia velha

---

50. Embora as palavras compostas também pudessem, nos gêneros elevados, ser utilizadas de modo solene (como os epítetos épicos em Homero: *koruthaíolos*, "elmo -brilhante", por exemplo), Aristófanes costuma empregá-las de modo cômico, seja inserindo elementos baixos (*skotobinião*, "querer foder nas sombras", *Acarnenses* 1221) e desconjuntados (*sarkasmopituokámptes,* "que torce pinheiros sorrindo', *Rãs* 966), seja construindo compostos enormes (o maior exemplo sendo um prato descrito no final das *Assembleístas* 1170-4: *lopadotemakhoselakhogaleokranioleipsanodrimupotrimmatosilphioturomelitokatakekhumenokikhlepikossuphophattoperisteralektruonoptekephalliokinkhlopeleiolagoiosiraiobaphetraganopterugón* – "prato-pedaço-de-peixe-peixe-cartilaginoso-tubarão-crânio-resto-acre-mexido-sílfio-queijo-mel-derramado-tordo-sobre-melro-rola-pomba-frango-assado-cabecinha-melro -d'água-pomba-selvagem-lebre-vinho-novo-mergulho-comível-asinha").
51. SILK 2000: 211: "Para um estilo linguístico ser compatível com o realismo, ele precisa conter um espectro de expressão que é *consistentemente* associável a uma língua vernácula, uma língua da experiência, uma língua da vida.
52. SILK 2000: 102 ss.
53. SILK 2000: 104.

a tendência oposta, a "mobilidade" (*mobility*),⁵⁴ em que "[...] the stylistic quality of a speaker's (or a singer's) words switches frequently and, often, drastically".⁵⁵ Dessa maneira, assim como a descontinuidade era essencial no enredo e nas personagens da comédia, ela também é fundamental na linguagem aristofânica. Já na Antiguidade, Plutarco, em sua obra *Comparação entre Menandro e Aristófanes* 853c-d, ressalta precisamente esse aspecto no poeta mais antigo (embora de maneira negativa):

> ἔνεστι μὲν οὖν ἐν τῇ κατασκευῇ τῶν ὀνομάτων αὐτῷ τὸ τραγικὸν τὸ κωμικὸν τὸ σοβαρὸν τὸ πεζόν, ἀσάφεια, κοινότης, ὄγκος καὶ δίαρμα, σπερμολογία καὶ φλυαρία ναυτιώδης. καὶ τοσαύτας διαφορὰς ἔχουσα καὶ ἀνομοιότητας ἡ λέξις οὐδὲ τὸ πρέπον ἑκάστῃ καὶ οἰκεῖον ἀποδίδωσιν· οἷον λέγω βασιλεῖ τὸν ὄγκον ῥήτορι τὴν δεινότητα γυναικὶ τὸ ἁπλοῦν ἰδιώτῃ τὸ πεζὸν ἀγοραίῳ τὸ φορτικόν· ἀλλ' ὥσπερ ἀπὸ κλήρου ἀπονέμει τοῖς προσώποις τὰ προστυχόντα τῶν ὀνομάτων, καὶ οὐκ ἂν διαγνοίης εἴθ' υἱός ἐστιν εἴτε πατὴρ εἴτ' ἄγροικος εἴτε θεὸς εἴτε γραῦς εἴθ' ἥρως ὁ διαλεγόμενος.⁵⁶

Resta apenas uma questão: como conciliar o "realismo" que Colvin e Willi veem na linguagem aristofânica com a total oposição a ele descrita por Silk? Pode-se dizer que as duas qualificações são corretas porque se referem a fenômenos diferentes. Colvin e Willi falam a respeito da proximidade do registro básico da comédia velha com a língua falada, ou seja, dizem da gramática; já Silk comenta a adequação dessa linguagem a caracteres, contextos e ao próprio registro de base. Isto é, o registro básico

---

54. SILK 2000: 107 ss.
55. SILK 2000: 211: "[...] a qualidade estilística das palavras de um falante (ou cantor) muda frequentemente e, muitas vezes, drasticamente".
56. "Há, em sua maneira de arranjar palavras, o trágico, o cômico, o pomposo, o prosaico, a obscuridade, a ambiguidade, a gravidade e a elevação, a tagarelice e a parolagem enjoativa. E, além de ter tais variedades e dissimilaridades, a elocução não dá a cada personagem o que lhe é adequado, como, por exemplo, gravidade ao rei, habilidade ao orador, simplicidade à mulher, prosaísmo ao homem comum, vulgaridade ao vil, mas, como por sorteio, divide entre as personagens palavras quaisquer, e é impossível distinguir se quem fala é filho, pai, caipira, deus, velha ou herói".

da comédia velha se aproxima do ático real, mas, a qualquer momento, ele pode, por exemplo, não condizer com a caracterização de uma personagem, cair na obscenidade ou parodiar a tragédia ou outro gênero. Assim, ainda que traga características da língua cotidiana, a expressão cômica se comporta de maneira que raramente se ouve na realidade.

E) Estrutura

O enredo da comédia velha se constrói por cenas de métrica, organização, extensão e temática tradicionais. Essas cenas, normalmente presentes nas peças, tornam-nas, por assim dizer, obras ritualmente ordenadas.[57] Organizam-se em três grupos: as executadas exclusivamente pelo coro (parábase), as que se dividem entre coro e atores (párodo, *agón* epirremático e êxodo), e as encenadas apenas por atores (prólogo e episódios). O prólogo é o conjunto de cenas que introduzem os temas e as personagens da peça. Chama-se párodo a entrada do coro, acompanhada de cantos e versos recitativos. O *agón* epirremático é a disputa verbal que expressa o conflito entre duas personagens centrais, mediada pelo coro. Na parábase, o coro canta sozinho e discursa para a plateia. Os episódios são cenas breves, separados por intervenções corais pontuais. Por fim, no êxodo, o coro e os atores saem de cena em procissão. Essas cenas não se distinguiam somente pela função, mas também pela métrica. Prólogos e episódios são diálogos ou monólogos em trímetros iâmbicos, sem estrutura fixa, capazes de acomodar as mais diversas formas poéticas. As intervenções corais entre os episódios são compostas por metros cantados variados. Párodo, *agón* e parábase dividem-se em partes, alternando entre metros cantados e recitativos.[58] Esses trechos também se distribuem pela comédia de modo típico: a participação coral tende a se concentrar na primeira parte da peça, com o párodo e o *agón*, culminando na parábase; na segunda parte geralmente o coro perde sua caracterização e passa a mero comentador dos episódios iâmbicos.

Observem-se mais de perto as duas estruturas mais tradicionais da comédia velha: o *agón* epirremático e a parábase. O *agón*, em sua forma comple-

---

57. Nas palavras de Gelzer 1971: 1519.
58. Sobre esses tipos métricos, ver abaixo.

ta, divide-se em duas partes, cada qual composta por quatro seções:[59] canto coral em metro cantado (ode), exortação do coro a um dos oponentes em tetrâmetros recitativos (*keleusmós*, "exortação"), o discurso da personagem (epirrema, *epírrema*, "o que se diz depois") no mesmo metro que o *keleusmós* e um *pnígos* ("sufocamento"), sequência de versos curtos sem pausa, no mesmo andamento que as duas seções prévias. A segunda parte é composta pelas mesmas seções (nomeadas ali antode, *antikeleusmós*, antepirrema e *antipnígos*); a antode repete metro e estrutura da ode, mas o *antikeleusmós*, o antepirrema e o *antipnígos* podem vir num metro distinto de suas contrapartes e não precisam ter exatamente o mesmo número de versos que elas. A essas partes, raras vezes se seguem alguns tetrâmetros, que Zielinski chamou de *sphragís* ("selo"), mas cujo pertencimento ao complexo do *agón* é duvidoso.[60]

Também a parábase, é dividida em duas partes.[61] A primeira, chamada "simples", é subdividida em uma introdução em metro cantado (*kommátion*, "pedacinho"), em que o coro se despede das personagens que abandonam o palco, e um longo trecho recitativo (normalmente em tetrâmetros anapésticos e, por isso, chamado de "anapestos") e um subsequente *pnígos* desse metro, nos quais tradicionalmente o corifeu fala em defesa da peça e do poeta, pedindo que lhe concedam o primeiro lugar na disputa. Nas cinco primeiras comédias de Aristófanes, nos anapestos, o coro normalmente apaga a caracterização que o poeta lhe deu (como nuvens, cavaleiros ou velhos carvoeiros, por exemplo), assumindo um caráter genérico de coro e muitas vezes tomando a voz do próprio autor.[62] A segunda, nomeada "sizígia epirremática" (do grego *syzygía*, "união em pares" e *epírrema*), subdivide-se em dois grupos métricos iguais, cada qual composto por três seções: ode (um canto lírico), epirrema (um discurso em metro recitativo pronunciado pelo coro após a ode) e o *pnígos* do epirrema, a que correspondem, no segundo grupo métrico, uma antode, um antepirrema e um *antipnígos*.

---

59. De acordo com a divisão proposta por ZIELINSKI 1885: 9 ss.
60. GELZER 1960: 120 ss.
61. Segundo a divisão ideal proposta por ZIELINSKI 1885: 175 ss.; ver também DUARTE 2000: 35.
62. DUARTE 2000: 36 s.

Nessa segunda parte o coro recupera e enfatiza sua caracterização.[63] Nas odes, entoam-se canções tematicamente relacionadas aos epirremas e à peça como um todo. Nos epirremas e seus *pnígoi* dão-se conselhos políticos à cidade, frequentemente marcados por exageros cômicos relacionados à personagem dos coristas. Por vezes, principalmente nas peças mais tardias, algumas partes podem faltar, como os epirremas na *Lisístrata* e a segunda seção da sizígia nas *Tesmoforiantes*.

As cenas típicas de estrutura tradicional tornam a comédia velha formalmente conservadora.[64] Contudo, o comediógrafo podia modificar a disposição e a composição dessas cenas e brincar com a expectativa do público,[65] duplicando-as (como acontece mais de uma vez com o *agón* e a parábase) ou até mesmo prescindindo delas (completa ou parcialmente). São particularmente intensas as alterações no segundo período de produção de Aristófanes. Nas *Aves*, *Tesmoforiantes* e *Lisístrata*, por exemplo, as cenas são mais fortemente integradas ao enredo, incluindo a parábase.[66] *Assembleístas* e *Pluto*, por sua vez, constituem um grupo próprio, pois nessas peças diminui-se o papel do coro significativamente, e em consequência, as partes em que tinha papel central são muito alteradas (como o párodo e o *agón* epirremático) ou completamente suprimidas (a parábase). Contudo, as peças de Aristófanes restantes jamais abandonam completamente a estrutura tradicional, sendo as inovações antes variações das formas típicas do que rupturas completas.

Estruturalmente, em resumo, a comédia velha é um jogo entre a tradição fortemente arraigada e a inovação. Que Aristófanes seja dado a ambos os princípios é um indício de que eles eram esperados pelo público.[67] Consequentemente, encarava-se essa tensão como traço fundamental do gênero. Entre a fixidez herdada e as rupturas, veem-se mais uma vez fisicalidade e descontinuidade em ação. Por fim, os cantos corais que emolduram as cenas dialogadas e, sobretudo, o *agón* e a parábase em sua estrutura

---

63. Duarte 2000: 37.
64. Gelzer 1971: 1522.
65. Gelzer 1971: 1521; Duarte 2000: 33.
66. Duarte 2000: 131 s., 154 s., 167.
67. Gelzer 1971: 1522 s., 1535

tradicional, marcada pelo paralelismo e o emprego do *pnígos*, favorecem a acumulação, também presente na ocasional duplicação dessas estruturas, com um segundo *agón* e uma segunda parábase.[68]

F) VERSIFICAÇÃO

A comédia velha, assim como a tragédia, era antes de tudo um gênero poético. Dessa maneira, ao falar dela, é preciso fazer algumas considerações sobre o uso particular que faz do verso, a começar pelos diálogos.

O metro do diálogo cômico, assim como do trágico, é o trímetro iâmbico (também chamado em português de jâmbico),[69] originário da poesia jônica, em que era o metro principal do gênero que lhe deu o nome: o iambo. Segundo Aristóteles, na *Poética* 1449a22-8, o trímetro iâmbico seria o verso mais próximo da fala comum grega. Assim o diálogo trágico e o cômico teriam certo aspecto coloquial. No entanto, o trímetro iâmbico apresenta um número de exigências técnicas no que se refere a cesura[70] e resoluções,[71] na maior parte das vezes respeitadas no iambo e na tragédia. O trímetro cômico, por sua vez, apresenta um número de particularidades. Entre outras liberdades, resolve mais sílabas longas ou ancípites e pode prescindir de cesura ou apresentar uma atípica, que divide o verso em partes idênticas.[72] Dessa maneira, o trímetro cômico é um verso menos preso às regras da metrificação e mais aberto às possibilidades da língua coloquial. Por outro lado, quando desejam, os poetas cômicos se atêm às restrições do trímetro trágico, parodiando-o e permitindo que a linguagem se eleve repentinamente, numa manifestação da descontinuidade. Por fim, encontra-se paralelismo na cesura a dividir o trímetro em duas partes iguais e na tendência de Aristófanes a evitar o *enjambement* e

---

68. No entanto, no caso da parábase, a duplicação não se dá integralmente, pois nunca se repetem os anapestos e frequentemente a sizígia ressurge incompleta.
69. O esquema básico do trímetro é o seguinte, em que U representa uma sílaba breve, – uma longa e X uma ánceps (que pode ser longa ou breve): X – U – X – U – X – U –.
70. Na poesia grega, a cesura era uma fronteira tradicional entre duas posições silábicas do verso, a qual tinha de coincidir com fim de palavra.
71. Nomeia-se resolução a transformação de sílaba longa ou ánceps em duas breves.
72. WEST 1987:27.

empregar os trímetros como unidades a ser acumuladas, comparadas e contrastadas.[73]

Além do trímetro iâmbico, a comédia emprega muitos outros metros recitativos: os tetrâmetros trocaico,[74] iâmbico[75] e anapéstico[76] cataléticos. São comuns, por exemplo, no *agón* e na parábase. O tetrâmetro trocaico, que se encontra também na tragédia, apresenta na comédia uma liberdade de resolução similar à do trímetro iâmbico, mas algo menor.[77] A cesura, por sua vez, é mais respeitada (em aproximadamente 86% dos casos), talvez pelo fato de dividir o verso exatamente ao meio, favorecendo o paralelismo que já se via no trímetro cômico. No drama, os tetrâmetros iâmbico e anapéstico são exclusividade da comédia. De acordo com os outros metros recitativos do gênero, apresentam grande liberdade de resolução (e também contração,[78] no anapéstico). As cesuras que dividem o verso ao meio são frequentes (75% dos casos nos iâmbicos, 90% nos anapésticos).[79] Mais uma vez, essas características propiciam o paralelismo e a proximidade com a língua real. Trechos em tetrâmetros são muitas vezes seguidos por uma sequência rápida de unidades menores do metro utilizado (frequentemente dímetros), sem pausa: é o chamado *pnígos* ("sufocamento"),[80] outra manifestação do princípio acumulativo.

Ainda há na comédia velha versos recitativos que são combinações de duas frases métricas líricas tradicionais (cólons). Apesar de haver outros, destacamos, com WEST 1987: 49 s., três que se encontram em Aristófanes: os eupolídios (que frequente, mas não necessariamente, apresentam cesura exatamente no meio do verso)[81] e uma combinação de frases métricas

---

73. SILK 2000: 128 ss.
74. U – X – U – X – U – X – U -.
75. X – U – X – U – X – U – U - -.
76. U U – U U – U U – U U – U U – U U – U U - -.
77. West 1987: 29.
78. Nomeia-se contração a transformação de duas sílabas breves em uma longa.
79. WEST 1987: 29 s. O tetrâmetro anapéstico também frequentemente apresenta cesuras depois de cada *métron* (em 90% dos casos depois do primeiro e do segundo e em 50% dos casos depois do terceiro, ver WEST 1987: 30), tendendo assim a tratá-los como unidades acumuláveis.
80. WEST 1987: 49. Sobre o *pnígos* no *agón* epirremático e na parábase, ver acima.
81. X X – X – U U – ⁝ X ⁝ X – X – U -. O símbolo ⁝ marca a localização habitual das cesuras.

que se encontram no poeta arcaico Arquíloco de Paros (de *hemíepes* e itifálico[82] e entre dímetro iâmbico e o itifálico,[83] claramente separados pela cesura – e por uma ánceps, no primeiro caso).

Nos cantos líricos monódicos e corais, por sua vez, vê-se uma versificação mais complexa, que, assim como nas tragédias, é herdeira da poesia lírica dos séculos VII, VI e V AEC. Trata-se de um arcabouço de frases métricas (os cólons) organizadas em subgrupos, originários de diversas tradições rítmicas; são eles sete: iâmbico-trocaico, datílico, anapéstico, dátilo-epítrito, crético, dócmio e eólico.[84] Normalmente, esses cólons são organizados em pares de estrofes sequenciados. As duplas estróficas costumam seguir o mesmo andamento que as outras, mas cada uma tem sua própria configuração métrica. Todavia, as estrofes que compõem cada dupla (chamadas de estrofe e antístrofe) são metricamente iguais (admitindo, às vezes, algum desvio).[85] O paralelismo rítmico entre estrofe e antístrofe tende a acompanhar a similaridade temática.[86]

Além dos cólons, herdeiros da mélica, é interessante ressaltar que, mesmo muitos anos após a apresentação das peças, as canções das comédias e tragédias eram cantadas nos simpósios, lado a lado com poetas líricos como Alceu, Anacreonte e outros.[87] Dessa maneira, a comédia velha herdou não somente a métrica desses poetas, mas os tinha (assim como os tragediógrafos) como referência e modelo. A Grécia arcaica e clássica eram uma "cultura da canção", em que o canto teria parte em diversas ocasiões da vida pública e da privada.[88] Como consequência, não somente os poetas dramáticos tomariam como base as canções populares e as dos grandes poetas para compor suas peças, mas também a audiência estaria ela mesma acostumada com os ritmos e procedimentos daqueles cantos e seria ca-

---

82. X – U U – U U – ⋮ X ⋮ – U – U – –.
83. X – U – X – U – ⋮ – U – U – –.
84. WEST 1987: 50 ss.
85. WEST 1987: 50 ss.
86. PARKER 1997: 14.
87. PARKER 1997: 3 ss.
88. Sobre a Grécia arcaica e clássica como uma "cultura da canção" e a relação entre a tradição lírica e o drama antigo, ver HERINGTON 1985.

paz de identificar sua reapropriação.[89] Dessa maneira, Aristófanes poderia lançar mão de diversos procedimentos de referência e paródia para compor suas canções: por exemplo, usar os metros dos aristocráticos epinícios de Píndaro (dátilo-epítrito) para caracterizar o coro de jovens nobres dos *Cavaleiros*[90] e parodiar métrica e estilisticamente o lírico Estesícoro para aliar-se à boa poesia antiga em uma invectiva dos maus poetas do presente, como na *Paz* 775-95 = 796-816).[91] No entanto, os metros gregos eram flexíveis na sugestão de significado e normalmente são necessários outros elementos formais para que pressuponhamos referência ou paródia. Por exemplo, o ritmo datílico, típico da epopeia homérica, nem sempre remetia a feitos heroicos.

Silk distingue três tipos de cantos corais em Aristófanes: baixo, elevado e híbrido. Segundo ele, a verdadeira base da mélica aristofânica é o registro baixo, herdeiro dos iambos de Arquíloco, Hipônax e da lírica de Anacreonte.[92] Apesar de se distinguir da linguagem baixa que encontramos nos diálogos, esses cantos são repletos de expressões, imaginário e procedimentos que não encontramos na lírica elevada: referências satíricas diretas a contemporâneos, obscenidade, organização simples dos cólons, estrofes curtas e uso abundante de paralelismo.[93]

O canto elevado seria destituído dessas características e usaria as convenções da grande lírica, como epítetos, nomes compostos, arcaísmos etc.[94] Esse procedimento é muito comum nos frequentes hinos religiosos e nos cantos que Silk chama "exóticos" (*exotica*), canções elevadas entoadas em contextos e por personagens improváveis, como os coros de animais e objetos (por exemplo, o párodo do coro das *Nuvens* 275-90 = 298-313).[95]

O terceiro tipo de canto identificado por Silk são os "híbridos".[96] Trata-se dos cantos que incorporam aqueles elementos essenciais da comédia

---

89. Parker 1997: 3 ss.
90. Parker 1997: 7.
91. Parker 1997: 6 ss.
92. Silk 2000: 162, 164.
93. Silk 2000: 164 s.
94. Silk 2000: 168 ss.
95. Silk 2000: 168.
96. Silk 2000: 167, 180 ss.

aristofânica. Se nos cantos baixos há fisicalidade (obscenidade, referências tópicas, objetos domésticos) e acumulação (em listas e constantes paralelismos), e certa estranheza descontínua nos exotica, é nos cantos híbridos que a descontinuidade e a mobilidade aristofânicas se manifestam mais claramente.[97] São canções em que a estruturas e aspectos da lírica elevada subitamente se misturam elementos baixos e familiares. Existe nelas, segundo Silk, "[...] a sharp engagement with a whole culture from the bottom up [...]",[98] "[...] integrity of access – to the elevated world as well as as to the true demotic [...]".[99] O exemplo é o hino a Fales (personificação do falo) nos *Acarnenses* 263-79.

Diferenciados os tipos de canto coral, ainda há dois aspectos que é necessário mencionar. Primeiro, a relação entre forma e conteúdo: dentro de uma canção, mudanças métricas tendem a acompanhar mudanças temáticas. Em segundo lugar, os cantos corais costumam estruturar a peça: não apenas existem comédias marcadas pela predominância de certos tipos métricos e pelos temas por eles sugeridos, como também a transição de uma seção para a outra de uma comédia pode ser indicada pela mudança rítmica.[100] Do mesmo modo, é característica da comédia a separação de estrofe e antístrofe por episódios, introduzidos ou comentados por elas.[101] Há, enfim, peças em que aos paralelismos formais dos cantos corais juntam-se os paralelismos temáticos dos episódios.[102]

G) Espetáculo

Também há algumas coisas a dizer quanto à execução cênica da comédia velha. Como diz Aristóteles no trecho da *Poética* citado no começo dessa introdução (1449a37-1449b5), ignora-se quando e por meio de que poetas se introduziram o número de atores e outros procedimentos cênicos. No en-

---

97. SILK 2000: 181.
98. SILK 2000:183: "um agudo envolvimento com toda uma cultura, de cima a baixo".
99. SILK 2000:184: "[...] uma integridade de acesso – seja ao mundo elevado, seja ao verdadeiramente popular [...]".
100. PARKER 1997: 12, 184 s.
101. PARKER 1997: 12.
102. PARKER 1997: 123.

tanto, informações restantes nos permitem reconstruir aproximadamente o estado desses procedimentos e do espaço cênico na época de Aristófanes. Alguns autores tentaram fazê-lo.

Segundo a reconstrução de Kenneth McLeish,[103] o teatro de Dioniso (em que as peças das Grandes Dionísias e provavelmente as das Leneias eram apresentadas), era feito de madeira, colocado ao ar livre e formado por três seções principais: a plateia, a orquestra (um campo circular em torno de um altar) e um palco atrás desse campo, acessado por degraus. Por trás do palco havia uma espécie de painel, tão largo quanto a orquestra, feito de madeira e vime, em cujo centro, na altura do palco, havia uma casa de madeira (*skéne*), com uma porta central aberta que levava aos bastidores. Também poderia haver outras portas, conforme a necessidade do enredo.[104] Além disso, havia dois caminhos, um à esquerda da orquestra e outro à direita, que conduziam para fora do teatro – os párodos.

Do ponto de vista da técnica cômica, interessam dois elementos: o uso das máquinas e o número de atores. Em diversos momentos, Aristófanes faz uso de dispositivos mecânicos empregados na tragédia: o *ekkúklema* e a *mekhané*. O primeiro equipamento, apesar de ser debatível sua descrição precisa,[105] era uma espécie de plataforma móvel que revelava cenas do interior das casas, normalmente para mostrar corpos mortos. O segundo era provavelmente um tipo de guindaste, que servia para colocar deuses em cena (é em latim a *machina* da expressão *deus ex machina*). Ambas são muito usadas na comédia para romper a ilusão dramática, sendo mencionadas explicitamente no texto (como quando Trigeu conversa com o operador do guindaste que eleva o escaravelho gigantesco na *Paz*). Além disso, em duas vezes em que o *ekkúklema* é usado no *corpus* supérstite, trata-se de paródia de tragédia: ele é usado para colocar e tirar de cena os tragediógrafos Eurípides (nos *Acarnenses*) e Agatão (nas *Tesmoforiantes*). Dessa maneira, o uso dos equipamentos cênicos serve, em Aristófanes, também à mobilidade e à descontinuidade características de sua poética. Ademais, ao revelar

---

103. MCLEISH 1980: 38 ss.
104. DOVER 1972: 21ss.
105. MCLEISH 1980: 45.

os dispositivos materiais envolvidos nas cenas catastróficas (*ekkúklema*) e fantásticas (*mekhané*) das tragédias, e zombar deles, Aristófanes ainda ressalta a fisicalidade de sua poesia.[106]

Outro elemento cênico de interesse é a proporção entre atores e personagens. Segundo DOVER 1972: 26, algumas comédias de Aristófanes exigem, para a execução das cenas, no mínimo quatro atores. McLeish é da mesma opinião e acrescenta um aspecto interessante: uma vez que era comum que um ator representasse mais de uma personagem, Aristófanes poderia construir relações entre aquelas que fossem interpretadas pelo mesmo ator.[107] Se esse procedimento de fato ocorria, ele torna-se mais um elemento a contribuir ao paralelismo.

Por fim, o próprio figurino do coro, um dos principais gastos do corego, colaborava com o efeito da comédia, com enormes falos de couro, vestes animalescas (pássaros nas *Aves*, rãs na peça homônima) ou mesmo antropozoomórficas (como os velhos-vespas nas *Vespas*). Todas essas escolhas têm forte relação com a poética aristofânica.

H) EFEITO

Na *Poética* 1449b27-28, Aristóteles define o efeito da tragédia como terror (*phóbos*) e piedade (*éleos*), bem como a catarse que deles provém. Embora possamos discordar que esses sejam sempre os principais afetos provocados por uma tragédia, certamente ela sempre os coloca em jogo de uma maneira ou outra. A comédia também provocaria afetos próprios, presentes em todas as suas peças? Quais seriam? Seria fácil apontar o riso como efeito cômico por excelência. Contudo, o riso é um efeito muito amplo, que acomoda as mais diversas formas de comédia. De fato, podemos descrever por esses termos o efeito de obras tão diversas como um filme de Charles Chaplin e um episódio de *Monty Python's Flying Circus*. Para usarmos termos

---

106. Como observa DUARTE 2000: 45, a iconografia dos vasos representa bem a explicitação cômica dos recursos cênicos. Quando uma comédia é representada, vemos claramente desenhados os figurinos e outros instrumentos, o que não acontece no caso das tragédias, cuja reprodução é muito difícil de distinguir das representações de mitos.

107. MCLEISH 1980: 33, 151 s.

de comparação antigos, pode-se dizer que essas palavras dão conta tanto de Aristófanes como de Menandro, autores de comédias com naturezas e efeitos completamente diferentes. Portanto, faz-se necessário descrever mais detalhadamente o riso da comédia velha.

Com esse fim, é útil resumir a descrição formal que fizemos nas seções anteriores. A comédia está centrada em três aspectos: fisicalidade, acumulação e descontinuidade. A fisicalidade, que consiste em tudo que remete ao mundo real e material, está na repetição de formas tradicionais e familiares, nas cenas violentas e sexuais; na materialização de conceitos abstratos; na presença de animais, comida e objetos; na escolha de personagens envolvidos com esses elementos; no registro cotidiano; na linguagem obscena, na referência aos instrumentos teatrais; no uso de falos de couro e trajes animalescos. A acumulação e a justaposição estão nas cenas em que se amontoam objetos ou em que personagens fazem coisas similares lado a lado; nas frequentes listas; nas palavras compostas; na estrutura paralela de cenas, versos, cantos corais, *agónes* e parábases; no possível uso do mesmo ator para personagens similares ou contrastantes. Por fim, a descontinuidade, a quebra com a verossimilhança e com as expectativas da realidade, o mais característico dos três aspectos, encontra-se na variação da estrutura tradicional, nos atos e nas cenas despropositados; nas personagens que muitas vezes mudam de caráter repentinamente; no triunfo daqueles que não podem fazê-lo na vida real; na quebra da ilusão dramática; na mobilidade da linguagem e da versificação (paródias e referências de outros gêneros, trocadilhos e obscenidade inesperados).

Muitos elementos risíveis da comédia velha estão ligados a essas características. Em primeiro lugar, ria-se da aparição de elementos materiais e baixos, que, na vida habitual, se reservavam a determinados contextos. Vimos como era rigoroso o senso de adequação dos atenienses, que vetava à poesia séria os elementos próximos da vida material. O próprio registro linguístico do poeta solene é artificial e estilizado, afastando-se da linguagem comum. A comédia velha traz ao palco e toma como base todas essas pessoas e elementos excluídos da poesia elevada, sem atenuações: prostitutas, artesãos, agricultores, animais, alimentos, objetos domésticos, o sexo, a escatologia, a língua das ruas.

Cômica por excelência parece ser a descontinuidade. Se a materialidade já causava riso por ser indecorosa em poesia, a descontinuidade o faz por necessariamente romper o decoro. As alterações e mudanças inesperadas que permeiam a comédia velha, desde estrutura, enredo e construção de personagens até a linguagem e a composição de cantos corais, quebram a lógica e a adequação que se esperam na vida ou em outros gêneros poéticos, nascendo o ridículo dessas incongruências.

Mais raras são ocasiões em que se pode creditar o riso exclusivamente à acumulação. No entanto, Aristófanes usa o paralelismo para criar cenas absurdas (como quando o salsicheiro Agorácrito e o curtidor de couro Paflagônio fazem um campeonato de bajulações para tentar seduzir o Povo ao longo dos *Cavaleiros*). Parece também haver algo de engraçado nas frequentes listas (características não só de Aristófanes, mas também dos outros autores da comédia velha, a julgar pelos fragmentos). Pode-se observar que a acumulação não raro visa a intensificar o riso gerado pela fisicalidade (enchendo uma fala ou cena de elementos vis e materiais) e pela descontinuidade (acentuando quebras e contrastes nos paralelismos e nas listas).

Se o efeito da comédia velha não é apenas o riso, mas um tipo de ridículo originado por suas características únicas, tampouco se pode considerar que ele é o único resultado de suas escolhas formais. As peças da comédia velha não nos levam ao riso a todo instante: há, por exemplo, cenas e passagens em que predominam o encanto e a exuberância, como o rejuvenescimento do Povo nos *Cavaleiros* 1316-408 e o canto em saudação à paz na comédia homônima (582-600). Em outras cenas há certa tristeza, como nas *Vespas* 1060-5, as lembranças de juventude do coro. Existem, no entanto, certos aspectos comuns que abarcam a maior parte dos efeitos gerados pela comédia velha, incluindo o ridículo.

Victor Ehrenberg, em seu livro sobre a Atenas contemporânea a Aristófanes, ao justificar o uso das obras do autor como fonte para compreender a realidade social da época, diz:

> Old Comedy astonishes us, at a first glance, by its mixture of extreme reality and extreme unreality, by 'the romantic dissonance between real life and the fantasy of fairy-tale'. The two ingredients cannot be separated.

If we look at the clay figures representing types if comedy [...], we realize how everyday reality is merged in the absurdity of mask, padding and phallos.[108]

A convivência de elementos reais e fantásticos é comentada também por Michael Silk, que a considera resultado dos aspectos formais por ele notados:

> Discontinuity defamiliarizes. As such (to borrow the vogue language of the 1960s) it is a part, no just of Aristophanes' medium: it is a part, and a significant part, of his message. In this characteristic usage a comic vision is implicit: a vision founded on the defamiliar, on a surprising perception of life, on surprise itself. [...] It is in the first instance a vision of unlimited possibility [...].[109]

> The possibility of becoming may be seen as one of the two principal co-ordinates of Aristophanes' comic vision; the other is the necessity of connecting. If possibility is associable with Aristophanes' penchant for the defamiliar, connection is to be related to his deep instinct for the particular, the concrete, the immediate: the physical delights of food, drink, and sex; the stylistic accumulations of diversities and the sensuousness of sound and image; the physicalities of traditional rural Athens [...]. His primary responses, certainly, are to the here-and-now, the particular in time and place – however much an Aristophanic particular is liable to recreate the here-and-now and to embody a larger reference, and however much an Aristophanic world will frustrate any expectations of a

---

108. EHRENBERG 1951: 37 s.: "A comédia velha nos assombra, num primeiro olhar, por misturar realidade e irrealidade extremas, pela "dissonância romântica entre a vida real e a fantasia de um conto de fadas" [...]. Não se podem separar os dois elementos. Se olharmos as estatuetas de argila que representam tipos da comédia [...], perceberemos como a realidade cotidiana está misturada à absurdidade da máscara, do enchimento e do falo".
109. SILK 2000: 403: "A descontinuidade desfamiliariza. Como tal (para tomar emprestada a linguagem em voga nos anos 60), ela é parte não apenas do meio de Aristófanes, mas é parte, e uma parte significativa, de sua mensagem. Nesse uso característico, está implícita uma visão cômica: uma visão baseada no não familiar, numa percepção surpreendente da vida, na própria surpresa. [...] Ela é, mais do que tudo, uma visão de possibilidade ilimitada [...]".

stable relationship with the pre-existing world to which its connections belong.[110]

Dessa maneira, fisicalidade, acumulação e descontinuidade combinadas geram um duplo e contraditório efeito. A primeira nos leva ao universo dos objetos, dos animais, dos instintos, dos alimentos, do sexo, do vinho, da linguagem das ruas, enfim, ao mundo do *dêmos*, em seus dois sentidos: *dêmos* como o mundo dos elementos populares e das outras classes desfavorecidas que a tradição aristocrática associava a eles (mulheres, metecos e escravos),[111] e *dêmos* no sentido de "totalidade da população ateniense". As experiências aduzidas pela fisicalidade dizem respeito não somente aos estratos populares, mas também aos mais ricos e aristocráticos, que, apesar de querer dissociar-se do povo, das mulheres, dos metecos e dos escravos, têm a vida baseada na relação com eles: no trabalho escravo, nos objetos criados pelos artesãos, nos alimentos cultivados pelos agricultores, no labor feminino dentro e fora das casas e na convivência e no sexo com as mulheres e prostitutas. Se não quisermos nos ater somente aos aspectos considerados

---

110. Silk 2000: 409: "A possibilidade de vir a ser pode ser encarada como uma das principais coordenadas da visão cômica de Aristófanes; a outra é a necessidade de provocar a sensação de pertencimento. Se a possibilidade é associável à tendência de Aristófanes ao não familiar, pode-se relacionar a sensação de pertencimento ao seu profundo instinto pelo particular, concreto, imediato: os prazeres físicos da comida, da bebida e do sexo; as acumulações estilísticas de coisas diversas e a sensualidade sonora e imagética; as fisicalidades da Atenas rural e tradicional [...]. Suas respostas primárias, certamente, estão relacionadas ao "aqui e agora", ao particular no tempo e no espaço. No entanto, muitos dos particulares aristofânicos podem recriar o aqui-e-agora e abranger referências mais amplas, e muito do mundo aristofânico frustrará qualquer expectativa de uma relação estável com o mundo pré-existente a que pertencem suas referências".
111. Entre as passagens que provam tal associação, está o trecho do *agón* das *Rãs*, em que Eurípides se diz "democrático" por incluir escravos e mulheres como personagens falantes em suas peças (948-52). Claramente trata-se de um exagero cômico, mas a associação também se encontra em escritores de tendência aristocrática, como o Pseudo-Xenofonte, quando diz que na democracia é impossível distinguir escravos, metecos e cidadãos (1.10-12), e Platão, que, na *República*, diz que a democracia, radicalizada, acabaria por igualar livres e escravos, homens e mulheres (8.563b).

vis pelos gregos, a constante evocação de lugares, personagens, cultos e da história de Atenas, ou seja, as referências tópicas, também diz respeito ao *dêmos* como um todo, assim como o uso da língua local.[112] O mundo que aparece na comédia é muito próximo ao universo da própria audiência, ao contrário do afastado ambiente heroico da tragédia. Por mais que aristocratas e outros membros das classes abastadas quisessem identificar sua família e sua conduta aos heróis do passado, a vida que levavam envolvia diversos elementos que jamais teriam lugar nas tragédias e no restante da poesia elevada, mas só encontravam expressão na comédia. Empregando os termos de TAPLIN 1989, dizemos que, tomando-se a vida comum como centro, há na comédia uma tendência centrípeta, isto é, ela se aproxima frequente e intensamente das experiências cotidianas. Em contrapartida, se tomarmos o mundo heroico da tragédia como centro, veremos na comédia uma tendência centrífuga, isto é, a adoção dos elementos que não comparecem naquele gênero. Isso significa que a comédia velha não busca apenas positivamente os elementos da vida baixa e vulgar, mas também nega os aspectos do universo elevado e heroico e, entre uma ação e outra, toca a experiência dos indivíduos comuns e mortais.[113] Pode-se dizer que os elementos cotidianos e populares, a estrutura tradicional, as referências tópicas e a linguagem local evocam o que é terreno e o que pertence à terra pátria.[114] Desse modo, vileza e topicalidade combinam-se para criar um profundo sentimento de identificação, de pertencimento à terra. A tendência centrípeta da comédia (e centrífuga, do ponto de vista da tragédia) é tão intensa, que, mesmo quando o mundo retratado não é Atenas, ele é representado com as

---

112. Embora seja provável, como diz WILLI 2002: 123, que as classes mais altas misturassem o jônico a seu idioma para soar mais refinados, seria de julgar que eles reconhecessem o dialeto tipicamente ateniense, mesmo que o considerassem provinciano.
113. TAPLIN 1989: 173 s.
114. A ligação da poesia de Aristófanes com elementos terrenos se manifesta nos substantivos "aéreos" com que qualifica os poetas que mais satiriza, seja Cinésias, o autor de ditirambos (por exemplo, nas *Aves* 1372-409), seja Eurípides (por exemplo, na invocação ao Éter nas *Rãs* 892). Por outro lado, também é relevante o fato de o tragediógrafo que Aristófanes faz vencer nas *Rãs*, Ésquilo, começar o *agón* invocando Deméter, deusa da terra (886-7).

características da cidade. Tereu, a poupa das *Aves*, tem um pássaro escravo, como se fosse um ateniense médio, e a população do Hades nas *Rãs* é bastante similar à da Atenas real, com seus guardas citas e estalajadeiras metecas.

O segundo efeito é que, não obstante toda a proximidade com o material, cotidiano, popular e local, a comédia velha não nos apresenta um mundo que funciona de acordo com a verossimilhança, com aquilo que se espera, mas com regras próprias e surpreendentes. Como Silk diz, a mobilidade e a descontinuidade fazem com que a surpresa seja a base do gênero: embora os protagonistas sejam pessoas comuns e de extrações mais baixas, eles são capazes das mais extraordinárias ações. As personagens, a maioria de origem local, podem mudar totalmente de caráter e até mesmo de forma, metamorfoseando-se em animais. O espaço citadino pode transformar-se em céu, Hades ou Olimpo. Pode-se reverter a passagem do tempo e trazer os mortos à vida. A linguagem, mesmo firmemente baseada no ático coloquial, pode atingir as alturas do idioma trágico ou a baixeza da obscenidade no mesmo verso. A própria estrutura tradicional das peças pode variar e contrariar as expectativas. Na comédia velha, as fortes limitações do mundo real não existem e, quando se apresentam, são expulsas com facilidade. É fácil imaginar o fracasso dos planos de qualquer protagonista de Aristófanes se eles estivessem na Atenas real. Por outro lado, aqueles que eram poderosos na sociedade e mundividência gregas (sicofantas, juízes, diplomatas, generais e até mesmo os deuses) são frequentemente expulsos e humilhados quando tentam opor-se aos planos do protagonista. Dessa maneira, o universo da comédia velha é um lugar em que a impossibilidade se realiza, em que as leis operantes na realidade se revertem.

A acumulação, por fim, como se observou anteriormente, auxilia os dois outros elementos: mediante listas e amontoamentos, pode amplificar o efeito da fisicalidade dos elementos terrenos. Ademais, mediante paralelismos e comparações, pode acentuar os contrastes e descontinuidades.

Dessa maneira, surge da dialética entre possibilidade e pertencimento os efeitos típicos do gênero, dos quais o riso, embora certamente o mais importante, é apenas um. Por um lado, temos um universo que o tempo todo evoca o popular, cotidiano e local, tudo o que o ateniense identifica em sua vida real, mas não tem lugar na maior parte da poesia. Por outro, as regras e limitações associadas a essa vivência real não se aplicam e são rompidas a toda hora, levando a uma liberdade e uma abertura de possibilidades que não se encontram em outro lugar.

Se essas duas coordenadas têm algum valor em separado, o efeito único da comédia velha só se dá por sua combinação. É ela que, nas palavras de Ehrenberg, nos assombra. Com efeito, a combinação de possibilidade e pertencimento chama mais nossa atenção que a de seus contemporâneos, já acostumados com o gênero, mas era incomum até mesmo então. Além da comédia, o único gênero poético que abordava programaticamente elementos baixos e cotidianos era o iambo, que, pelos testemunhos, pouco se produzia na Atenas do século V AEC.[115] Ademais, embora houvesse outros gêneros em que a coerência dos elementos internos não se dava por relação causal e sequencial, em nenhum deles eram tão móveis e descontínuos o estilo e os diversos elementos da composição. Se a comédia velha apresentasse apenas um desses elementos (materialidade ou descontinuidade), ela já se destacaria, mas ela vai além, exibindo-os em conjunto. Seu impacto não se dá somente por apresentar procedimentos interditados ao restante da poesia grega, mas por eles serem, de certo modo, contraditórios. Se encontramos no gênero o mundo humano, material e local, com suas personagens, referências e vícios, encontramos também certa liberdade irreal. Pode-se imaginar que haveria algum efeito poético na mera apresentação do que é baixo e tópico ou na incoerência; no entanto, a liberdade cômica só se torna de fato intensa por acompanhar elementos fortemente conectados à realidade. Não é uma liberdade que existe fora da ficção, mas também não é aérea, imaterial, ligada a um universo que nada tem a ver com a experiência do ateniense. Ao contrário, ela se dá no que há de mais próprio, particular e palpável na vida da cidade.

Dessa maneira, a comédia velha parece produzir seu efeito a partir da soma das sensações de pertencimento e possibilidade. Nas peças encontram-se materialidade, familiaridade, liberdade e desprendimento muito maiores do que no mundo real, quer porque mais intensas, quer porque parecessem mais fortes por sua raridade nos demais gêneros poéticos. É

---

115. ROSEN 1988: 9 ss.

possível imaginar que da excessiva materialidade (da referência aos prazeres vitais, como vinho, sexo e comida; da identificação com os elementos tópicos ou do ridículo originado do vitupério aos vícios) e da liberdade quase irrestrita (de todas as possibilidades abertas à linguagem e às ações) o espectador obtivesse um prazer específico, que podemos chamar "realização": a satisfação de ver cumpridos seus desejos.[116]

3. *RÃS*

A) CONTEXTO

As *Rãs* foram apresentadas em 405 AEC. Ponto de partida da trama é a morte recente de dois dos maiores poetas trágicos atenienses: Eurípides (entre 407 e 406 AEC) e Sófocles (entre 406 e 405 AEC). Sem eles e com a partida de Agatão para a Macedônia, havia restado quase nenhum tragediógrafo de renome na cidade. Do ponto de vista político-militar, era o penúltimo ano da Guerra do Peloponeso. Tanto Atenas como Esparta estavam desgastadas financeiramente, precisando negociar empréstimos com os persas. Em 413 AEC, os atenienses tiveram um estrondoso fracasso militar em sua tentativa de anexar a Sicília ao império, o que resultou na deserção de várias cidades tributárias ao longo do Mar Egeu. Ao mesmo tempo, os espartanos ocuparam Deceleia, vilarejo no norte da Ática, tornando impossível a importação de mantimentos por terra e o acesso às minas de Láurio, de onde Atenas retirava a prata com que forjava suas moedas. Também se tornara difícil o acesso a Eleusina, onde os atenienses celebravam os Mistérios de Deméter, Perséfone e Iaco (uma face de Dioniso), um dos ritos áticos mais importantes. Internamente, a nova situação militar intensificou as disputas políticas entre democratas e oligarcas, culminando, em 411 AEC, num golpe oligárquico, que restringiu a participação política a 400 dentre os cidadãos mais ricos. A oligarquia durou pouco, sendo ainda em 411 AEC o censo ampliado para os 5000 cidadãos com mais recursos e, finalmente, em 410 AEC, a democracia restaurada. Grande parte dos participantes do golpe foi privada de seus

---

116. Para uma leitura distinta sobre os efeitos da comédia, ver DUARTE 2003.

direitos políticos e alguns, acusados de negociar a paz com Esparta contra os interesses da cidade, executados. Atenas também conquistou importantes vitórias navais nas batalhas de Cízico (410 AEC) e Arginusas (406 AEC). A primeira foi liderada por Alcibíades, aristocrata que, acusado de sacrilégio contra os Mistérios de Eleusina e de conspiração contra a democracia em 413 AEC, desertou em prol dos espartanos. Devido a hostilidades com seus novos aliados, se exilou mais uma vez, no Império Persa. Enfim, voltou a se aliar a sua cidade natal, pressionada pelas circunstâncias. Responsabilizado pela derrota na Batalha de Nótio (406 AEC) e novamente perseguido, refugiou-se no Quersoneso. Um novo retorno seu era matéria muito controversa. Por um lado, fora suspeito de sacrilégio; enquanto aliado aos espartanos, aconselhara a decisiva ocupação de Deceleia, e, entre os persas, instigara o golpe de 411 AEC. Por outro, recentemente liderara vitórias importantes e, em 408 AEC, garantiu a celebração dos Mistérios com uma escolta armada. A batalha de Arginusas teve importantes impactos. Alguns escravos participaram da batalha e, com isso, de modo inédito, granjearam a alforria e a cidadania ateniense. No entanto, uma tempestade após a vitória fez com que os comandantes dos navios não buscassem os sobreviventes e os corpos dos mortos em combate, como mandava o costume. Consequentemente, os generais foram responsabilizados e, num julgamento coletivo (procedimento contrário à lei ateniense), foram sentenciados à morte. Após as vitórias em Cízico e Arginusas, Atenas recebera de Esparta a proposta de um acordo de paz, sob a condição de que as cidades manteriam os territórios e aliados daquele momento. Sob conselho de Cleofonte, um dos chamados *demagogoí*, a cidade rejeitara as propostas de paz. Devido às instabilidades políticas e as incertezas quanto aos rumos da guerra, reinava em Atenas uma grande insegurança.

B) Sinopse[117]

Duas estranhas figuras entram no palco. Uma combina uma longa veste açafrão e coturnos[118] (símbolos de Dioniso) com uma pele de leão e uma

---

117. Baseio-me na sinopse de Dover 1972: 173 ss.
118. Calçados de altos tamancos, em nada semelhantes às botas militares a que hoje damos esse nome.

clava (típicas de Héracles). A outra está montada num burro (como um senhor), mas também carregando uma enorme trouxa em seus ombros (como um escravo). Logo se descobre que a primeira figura é Dioniso disfarçado como Héracles e a segundo é seu escravo Xântias ("loiro", um nome comum entre os escravos atenienses). Depois de uma discussão inicial, conduzida por Dioniso em tom argumentativo e sofístico, eles batem à porta da casa do próprio Héracles, para quem Dioniso explica que sente saudades de Eurípides, falecido recentemente. O deus dos festivais dramáticos lamenta que não restou nenhum poeta bom sobre a terra e que deseja trazer Eurípides de volta aos vivos. Uma vez que Héracles, em um dos seus míticos trabalhos, já descera ao Hades para capturar Cérbero, o monstruoso cão de muitas cabeças, Dioniso pede conselhos de como chegar ao mundo dos mortos. Depois de algumas ideias absurdas, Héracles sugere a Dioniso que viaje com Caronte, o barqueiro que conduz as almas ao mundo dos mortos.

Dioniso e Xântias chegam ao barqueiro, que obriga o deus a remar no navio ao som dos cantos de um coro de rãs. O efeminado Dioniso, sofrendo por ter que ouvir as rãs ao mesmo tempo em que rema com todo o esforço, acaba por afastá-las.[119] Chegando no Hades, Dioniso e Xântias encontram diversos obstáculos e ajudantes. Primeiro deparam-se com o monstro folclórico metamorfo Empusa, depois um coro de iniciados nos Mistérios de Eleusina que, cantando o párodo, mostram-lhes onde está o palácio de Plutão. Sucedem-se variados encontros, perigosos ou agradáveis, com um porteiro ameaçador, um escravo bondoso e duas estalajadeiras furiosas. O medroso Dioniso vez após outra tenta escapar das ameaças disfarçando-se de escravo e trajando Xântias como Héracles. Todavia, deseja inverter novamente os papéis toda vez que parece vantajoso. Por fim, enquanto Xântias está vestido como Héracles e Dioniso como escravo, aparece o furioso porteiro, que quer punir "Héracles" por ter roubado de Plutão o cão Cérbero. Xântias aproveita-se da situação e pede, seguindo um costume do direito ateniense, que, para provar sua culpa, interroguem sob tortura seu pretenso escravo (Dioniso). Ambas as personagens clamam ser livres e deuses para escapar do tormento, mas, exatamente por isso (já que deuses não sentiriam dor) são chicoteados

---

119. Sobre a disputa entre Dioniso e as rãs, ver abaixo.

para que se descubra quem diz a verdade. Ambos fazem o que podem para disfarçar a dor e, na impossibilidade de identificar quem é deus e mestre e quem é escravo e mortal, são conduzidos à presença de Plutão.

Segue-se a parábase, em que o coro exorta ao perdão dos que perderam a cidadania por colaborar com o golpe oligárquico de 411 AEC, à união de cidadãos recentes e antigos para defender a cidade nas batalhas navais e à escolha dos líderes legitimamente atenienses e bem-educados em ginástica e música.[120] Após a parábase, há um segundo prólogo, em que um escravo de Plutão explica a Xântias que acontece uma discórdia civil no Hades entre os seguidores de Eurípides e os de Ésquilo, que disputam o trono de melhor poeta trágico. Dioniso foi escolhido como juiz do certame. Entram os poetas, que se enfrentam em cinco etapas: (1) defesa do "projeto poético" (o *agón* epirremático), (2) comparação de seus prólogos e (3) de suas canções, (4) pesagem dos versos e (5) aconselhamento político à cidade. Retrata-se Eurípides como alguém dado às sutilezas filosóficas, à retórica, ao erotismo e à banalidade da vida comum e Ésquilo como um homem rude, mas representante dos deuses tradicionais e da fibra moral antiga. Antes da quinta etapa, Dioniso se mostra indeciso e Plutão diz-lhe que poderá trazer de volta à vida aquele que escolher como melhor poeta. Como Ésquilo triunfa em quase todas as etapas da disputa, não surpreendentemente é escolhido. A Eurípides nega-se até mesmo o trono da tragédia do Hades, reservado a Sófocles, considerado por Ésquilo o segundo melhor. A peça termina numa procissão de canto e dança que leva o vencedor de volta ao mundo dos vivos para salvar Atenas com seus conselhos.

c) Temas

A peça não deixa dúvidas sobre seus temas centrais: a poesia e as disputas cívicas em Atenas. Isso está bem claro nos dois pontos em que a comédia velha mais manifestava seus motivos poéticos: a parábase e a repetição de campos verbais.

---

120. Segundo um dos argumentos da peça preservados nos manuscritos de Aristófanes (1.39-40), a parábase da peça foi tão admirada pelo público que recebeu a rara honra de ser reapresentada.

Como vimos, a parábase, que tradicionalmente divide as duas partes de uma comédia (conflito e triunfo), também costuma encerrar em si os temas principais da peça. Nas *Rãs*, a parte simples (antecipada para o párodo do coro dos Iniciados) trata do respeito aos festivais dramáticos, da lealdade à cidade e da necessidade de evitar conflitos cívicos. O epirrema elogia a concessão de alforria e cidadania aos escravos que lutaram em Arginusas e exorta à astúcia e à devolução dos direitos de cidadão aos participantes do golpe oligárquico, conclamando à união de cidadãos novos e antigos na defesa militar da cidade. O antepirrema, pede que se rejeitem os atuais líderes da cidade, representados como cidadãos ilegítimos, baixos e de origem bárbara, e se escolham líderes legitimamente atenienses, criados pela educação tradicional: ginásios, música e poesia. Os líderes maus são comparados às moedas de bronze folheadas a prata com que Atenas substituíra as de prata verdadeira, que não conseguia mais forjar, devido à perda do acesso às minas de Láurio. Ode e antode, enfim, escarnecem de duas figuras públicas, tomadas como exemplos de má liderança: Cleofonte e Clígenes; o primeiro, o mais importante *demagogós* da época, é depreciado, em termos poético-musicais, como uma andorinha bárbara e tagarela, o segundo, em termos políticos, representado como um "rei de banhos públicos", adulterador de seus produtos e violento entre os cidadãos. Em suma, a parábase valoriza a coragem militar, a unidade civil e a origem legítima dos líderes, sublinhando o papel da poesia nesses âmbitos.

Os temas recorrentes da peça também transparecem nos termos mais empregados. A enumeração ajuda a delimitar os assuntos e imagens mais evocados pelo poeta. Nas *Rãs*, pode-se dividi-los em seis campos semânticos: 1) nascimento, origem social e caráter, 2) coros e poesia, 3) sabedoria e habilidade 4) navios e frota, 5) terra e 6) testes.

A raiz mais repetida ao longo da peça é *gen-* (que está relacionada às ideias de origem e nascimento).[121] A comédia apresenta a raiz 29 vezes,[122]

---

121. Como observado por Silk 2000: 279, n. 47.
122. Excluindo-se as formas do verbo *gígnomai* ("vir a ser"), comuns em todas as peças e cujo uso nas *Rãs* pode ser meramente acidental.

seguida pelas *Aves*, em que encontramos 25 ocorrências; nas outras peças, há de 3 a 9 aparições. Dos termos com essa raiz, há 2 cujo uso é especialmente frequente: *gennádas* e *gennaîos*, que significam "nobre", moral ou socialmente. O primeiro ocorre 5 vezes nas *Rãs*, enquanto há apenas outras 3 ocorrências em todas as outras peças. Já o segundo aparece 10 vezes, quase a mesma frequência que se encontra em todas as outras comédias somadas (13 vezes). Outras expressões frequentes na peça que indicam nobreza moral e social, mas derivam de outras raízes, são *kalós kagathós* ("belo e nobre") e *khrestós* ("bom", "nobre"). A primeira expressão, tradicional qualificação da aristocracia, é rara no *corpus* aristofânico como um todo, mas aparece 3 vezes nas *Rãs*, deixando a peça atrás somente dos *Cavaleiros*, em que o uso se justifica pela presença do coro de jovens nobres (4 vezes). Entre as peças sobreviventes, *Rãs* também mostra a segunda maior frequência do termo *khrestós* (12), sendo superada apenas por *Pluto*, que apresenta a palavra 18 vezes.

Os termos que denotam vileza moral e baixa extração social (*agoraîos, kóbalos, mokhtherós, panoûrgos, ponerós* – respectivamente "vulgar", "charlatão", "vil", "trambiqueiro", "canalha"), apesar de não tão frequentes quanto as expressões positivas, são bastante presentes. Se somarmos todos, *Rãs* fica em terceiro lugar, com 22 ocorrências, perdendo para *Cavaleiros*, com 40 ocorrências (que podemos creditar à disputa de vileza entre o escravo Paflagônio e o Salsicheiro, centro da obra) e *Pluto*, com 24 aparições (resultantes da relação entre vício e riqueza que a peça estabelece). Quanto às palavras tomadas individualmente, *panoûrgos* ("trambiqueiro") está particularmente presente (7 repetições), sendo que nisso a peça fica depois dos *Cavaleiros* (em que o termo aparece 15 vezes) e das *Tesmoforiantes* (11 vezes; a maior parte devida aos insultos dirigidos ao parente de Eurípides, que é descoberto ao invadir as Tesmofórias, ritual por lei exclusivo às mulheres). A comédia também apresenta as segundas maiores ocorrências de *kóbalos* ("charlatão", 2 vezes; trata-se de termo raro, mais frequente nos *Cavaleiros*: 5 vezes) e de *mokhtherós* ("vil", 3 ocorrências; levemente superada por *Pluto*, com 4 usos).

Também se reiteram termos relacionados à poesia. De longe esta é a peça em que as palavras derivadas de *khorós* ("coro") mais aparecem (29 ocorrências).[123] Os termos derivados de *poietés* ("poeta") também recorrem muito mais do que em todas as outras peças (14 vezes), bem como os derivados de *Moûsa* (14 vezes, no que *Rãs* é seguida de perto apenas pelas *Aves*). *Mousiké* (combinação de música e poesia) e seus derivados são especialmente presentes (quatro ocorrências, superando as outras peças), juntamente com o próprio nome das deusas (8 ocorrências, no que é curiosamente derrotada pelas *Aves*, onde se diz o nome 10 vezes). Em parte relacionada à poesia, em parte ao poder criador expresso na raiz *gen-* /*gon-*, é a reiteração de compostos terminados em *-poiós* e *-poieîn* ("fazedor", "fazer"), que, com 7 aparições, supera a presença do sufixo em qualquer outra comédia.

Além disso, *Rãs* é a segunda peça onde mais aparecem termos derivados de *sophós* ("sábio", "engenhoso"), com 20 reiterações, no que é superada por *Nuvens*, que trata de educação e a filosofia (os termos aparecem 32 vezes). Outros termos do mesmo campo semântico bastante presente são os derivados de *dexiós* ("hábil", 7 vezes)[124] embora nisso a peça seja superada por *Vespas*, *Cavaleiros* (com 8 e 9 ocorrências respectivamente) e sobretudo *Nuvens* (em que os termos aparecem 12 vezes).

Em quarto lugar, destacam-se os termos derivados de *naûs* ("navio"). Com 16 ocorrências dessas palavras, a peça supera de longe todas as outras comédias, sendo seguida mais de perto apenas por *Cavaleiros* (com 12 aparições). Dentre eles se sobressaem os termos relacionados a *naumakhía* ("combate naval"), que comparecem 8 vezes, em comparação às outras 3 em todas as outras comédias. Também é muito presente o nome de Posídon (6 recorrências), e, nisso, a peça fica atrás apenas dos *Cavaleiros* (em que o deus é importante por ser protetor tanto dos navios como dos cavalos – seu nome aparece 10 vezes) e das *Aves* (em que o nome aparece muito porque o deus é personagem: 8 vezes).

Em quinto, são particularmente frequentes as palavras derivadas de *gaîa* ("terra"; 14 vezes), que só aparecem mais nas *Aves* por causa da teogonia paródica que há naquela peça e na *Paz* pelas frequentes menções à agri-

---

123. A insistência nas palavras derivadas de *khoroí* é brevemente comentada por SEGAL 1961:224.
124. Excluindo-se os três usos de *dexiá* ("mão direita").

cultura. *Rãs* também é a comédia onde mais se repete o nome de Deméter (7 vezes, empatada com *Cavaleiros*). Poder-se-ia atribuir isso ao fato de o coro da peça ser formado por iniciados nos Mistérios Eleusinos, que celebravam a deusa e sua filha, Perséfone. No entanto, embora o mesmo pretexto pudesse ser aplicado a *Tesmoforiantes*, lá a deusa é nomeada apenas 2 vezes.

Por fim, são numerosos os termos derivados de *básanos* ("teste de genuinidade", "interrogatório por tortura"). Eles são raros em toda a produção de Aristófanes, e, de suas 14 aparições, 10 estão nas *Rãs*. Além disso, os derivados de *kodonízo*, verbo que significar "testar" (principalmente aplicado a moedas), raros na obra de Aristófanes, aparecem 2 vezes nas *Rãs* (a única outra aparição está na *Lisístrata*).

Na reiteração desses termos, veem-se sublinhadas as temáticas que se identificaram na parábase: a relação do bom nascimento e do verdadeiro pertencimento à terra com a moral, a importância dos coros e de seus poetas, bem como da sabedoria e da inteligência, o papel da frota ateniense na proteção de Atenas e a necessidade de testar e conhecer os bons cidadãos.

d) Personagens e enredo

Os temas tomam forma na ação e na dinâmica da comédia. Na primeira parte, enfrentam-se e confundem-se deus e mortal, sábio e tolo, senhor e escravo, ateniense e bárbaro. Dioniso, o deus dos festivais dramáticos, é retratado como um cidadão de Atenas. Representa o gosto poético e a fibra moral áticos contemporâneos à peça, tal como descritos por Ésquilo na segunda parte: dados às sutilezas filosóficas de Eurípides e de falso valor militar. Coloca-se em dúvida sua própria autenticidade: além de não se identificar com o elevado Dioniso cantado pelo coro, em vez de anunciar sua filiação tradicional a Zeus, ele se nomeia, no início da peça, "filho do Jarro de Vinho" (*huiòs Stamníou*, 22). Do ponto de vista moral, Dioniso é preguiçoso, fraco e covarde. No que diz respeito à poesia, o deus, ainda que despreze a maior parte dos poetas sobreviventes, favorece Eurípides, considerado, à época, um cultor de novidades. A própria personagem é dotada de euripidianismos diversos. No questionamento sofístico do prólogo, ela mostra a mesma queda pela filosofia que se atribuía ao poeta. Por outro lado, sua admiração por ele expressa-se por vocabulário amoroso (*póthos*, "desejo", 66-7), sugerindo o erotismo que aflora em muitas tragédias euripidianas. Por fim, o deus cita Eurípides mais de uma vez, seja para comentar o que é boa poesia (100-3), seja para incorporar versos do poeta em suas falas (64, 72, 93). A apropriação não se dá sem ênfases e distorções cômicas, sublinhando o que era negativo aos olhos dos contemporâneos e satirizado por Aristófanes também em outras peças: os volteios oratórios, a adoção de personagens e situações baixas e a negação dos deuses e da moral tradicionais. Dioniso não mostra somente seus gostos trágicos, mas também os cômicos. A primeira cena do prólogo é uma recusa às más piadas escatológicas dos adversários de Aristófanes. Assim como as opiniões sobre tragédia, as críticas aos comediógrafos colaboram para caracterizar a personagem. No entanto, enquanto a predileção por Eurípides condiz com a dicção e o caráter de Dioniso, sua rejeição das piadas duvidosas destoa de suas atitudes, pois, ao longo da primeira parte, o deus pratica o tipo de humor que despreza: é acometido por um acesso de flatulências e defeca na roupa duas vezes. Aristófanes não utiliza exatamente o mesmo tipo de escatologia que Dioniso critica em seus rivais, mas é irônico que a personagem seja objeto constante e único dos próprios expedientes cômicos que rejeita. Com isso, o caráter altivo que ostenta no prólogo é posto em dúvida. Dioniso, apesar de não mudar de opinião e não defender expressamente o humor que condenava no início, é associado a ele pelo contraste entre sua crítica inicial e seus atos escatológicos.

Xântias, por sua vez, representa os escravos que lutaram em Arginusas:[125] apesar de não ser um homem livre, prova-se, contrariamente às expectativas ideológicas da época, corajoso, esperto e honrado, ao ponto de ser mais de uma vez descrito, ainda que ironicamente, com o termo *gennádas* ("nobre", "bem-nascido") e receber o apoio do coro dos iniciados. Assim, enquanto Dioniso apresenta traços que os atenienses esperavam nos escravos, como a covardia e a tolice, Xântias porta-se de maneira senhoril.

---

125. Ainda que, na peça, se diga que ele não participou da batalha (190-2), isso pode se dar por conveniência poético-dramática: não alforriada, a personagem contrasta ainda mais fortemente com seu senhor.

A confusão se exibe já na abertura, quando o deus conduz o burro em que Xântias está montado (como um escravo faria a um senhor), mas faz com que ele carregue sua bagagem (como um senhor exigiria de um escravo). Ela se desenvolve nas constantes trocas de figurino entre os dois e chega ao ápice com o teste/tortura a que o porteiro os submete, no qual os dois, despidos de qualquer aparato, mostrando-se igualmente obstinados a não se entregar, restam indistinguíveis.

A duplicidade e a confusão de papéis também se manifestam em outro elemento central da primeira parte: o coro. Diferentemente das outras comédias de Aristófanes, *Rãs* conta com dois coros completamente diferentes e, possivelmente, dois párodos. Ele aparece[126] pela primeira vez em

126. Ainda se discute se as rãs cantam sobre o palco ou atrás dele. Nos manuscritos, um comentário ao verso 209 (que marca a entrada das rãs) sugere que o coro cantaria atrás do palco e só apareceria em público no párodo dos iniciados: βατράχων παραχορήγημα. ἐπίφθεγμα δὲ ποιὸν τοῦτο. κέχρηται δὲ αὐτῷ ὡς ἐφυμνίῳ ὁ τῶν βατράχων χορός. ἄλλως. ταῦτα καλεῖται παραχορηγήματα, ἐπειδὴ οὐχ ὁρῶνται ἐν τῷ θεάτρῳ οἱ βάτραχοι, οὐδὲ ὁ χορός, ἀλλ' ἔσωθεν μιμοῦνται τοὺς βατράχους. ὁ δὲ ἀληθῶς χορὸς ἐκ τῶν εὐσεβῶν νεκρῶν συνέστηκεν ("Subcoro das rãs, que faz esse som [i. e. *Brekekekex koax koax*]. O coro das rãs emprega-o como refrão. Além disso, chama-se subcoro porque não se veem as rãs no palco, nem o coro, mas elas são imitadas atrás dele. O coro verdadeiro constitui-se dos mortos pios"). De fato, como observado por ALLISON 1983: 8 ss., não há nenhuma menção na cena à aparição das rãs, mas somente ao som e à música; ademais, a invisibilidade condiz com a atitude do tímido animal (o comportamento animal geralmente influenciava como Aristófanes os representava; ver 16 s.). Em contrapartida, DOVER 1972: 177 s. e 1993: 57 aponta que, uma vez que um dos principais gastos do corego era o vestuário do coro (sendo que, na época de dificuldade financeira em que Atenas estava, foi introduzida a coregia conjunta para garantir a qualidade das peças), seria considerado de mau gosto uma peça sem coro devidamente trajado. Uma vez que o coro dos Iniciados explicitamente se queixa por estar vestido em farrapos (405-6), sua hipótese é que o traje ornamentado teria sido utilizado no coro das rãs, que apareceria no palco, e Aristófanes teria aproveitado como piada a impossibilidade de trajar dois coros com igual cuidado (DOVER 1972: 178), sem deixar de utilizar um traje adequado aos iniciados (visto que um comentário de Tzetzes a *Pluto* 823 diz que os participantes dos Mistérios se trajavam com a roupa em que foram iniciados até que morressem ou ela se decompusesse completamente – DOVER 1993: 62 s.). Contudo, ALLISON 1983: 15 s. aponta que seria improvável que Aristófanes gastasse o financiamento do figurino numa cena tão curta, em lugar de reservá-lo para o coro principal, e também sugere que os gastos da peça estariam no mecanismo do barco de

cena sob o aspecto das rãs que habitam o lago que separa o mundo dos vivos do Hades e, na segunda vez, como iniciados nos Mistérios de Eleusina, que, conforme a crença da época, levavam uma vida feliz após a morte. Não poderiam ser caracterizações mais distintas: um deles é composto por rãs, animais considerados vulgares pelos gregos, o outro por celebrantes de um dos ritos áticos mais respeitados. A disparidade do *status* torna-se ainda mais aguda por meio do contraste entre os figurinos: o coro de rãs possivelmente estava ricamente adornado, enquanto o coro de Iniciados se trajaria de trapos,[127] isto é: o coro baixo estaria bem trajado e o coro elevado, vestido de modo miserável. A mistura entre elevado e baixo que encontramos nos conflitos entre Dioniso e Xântias aparece mais uma vez

    Caronte (cuja natureza também é misteriosa). Nisso, entretanto, o autor se contradiz, uma vez que podemos perguntar por que Aristófanes gastaria todo seu financiamento em uma máquina que aparece tão pouco tempo. Por outro lado, MacDowell 1959: 4 e Dover 1993: 57 apontam que as condições do teatro da época impediriam que um coro fosse distintamente escutado se não entrasse em cena. Allison 1983: 14 s., por sua vez, ao refutar MacDowell 1959, diz que a fragilidade do material que separava os bastidores e a boa acústica do teatro ateniense permitiria o procedimento, como o atestariam cenas da comédia e da tragédia que provavelmente aconteciam atrás da *skéne* (Dover 1993: 57 também questiona se uma dessas cenas, o início do párodo nas *Nuvens* 275-322, estaria escondida dos olhos dos espectadores). Apesar de admitir que as objeções de Allison obrigam a colocar em dúvida a hipótese da visibilidade das rãs, creio que a proposta de Dover é ainda a mais verossímil, uma vez que o argumento mais forte de Allison (a ausência de qualquer menção explícita à visão das rãs) pode ter valor apenas ficcional, sem descrever o que de fato ocorre no palco. Por causa da importância conceitual do coro dos iniciados na peça (como se verá adiante), pode-se conjecturar que Aristófanes o escolheu numa fase inicial da composição, o que (se o escólio de Tzetzes estiver correto) obrigaria a caracterização com farrapos e estimularia a criação de um segundo coro bem-vestido (e um comentário jocoso a respeito) para compensar. Quanto à audibilidade do coro atrás da *skéne*, não tenho conhecimentos técnicos para confirmá-la ou negá-la, mas creio que, se essa questão pudesse ser testada e resolvida (ainda que não saibamos ao certo as condições do teatro ateniense do século V aec), em muito se contribuiria para o debate. Acima, arrolei as opiniões mais detalhadamente argumentadas; outros autores que se pronunciaram sobre a visibilidade das rãs são: (*contra*) Stanford 1958: 92, Fraenkel 1962: 182 s., Wills 1969: 311, Demand 1970: 86, Gelzer 1971: 1488, Russo 1994: 212 e (*pro*) Sifakis 1971: 94 s.
127. Ver nota acima.

aqui. Díspares em *status* e aspecto, os dois coros se unem ao encarecer seu status de *coro* e associar-se a um festival em honra a Dioniso.[128] As rãs, também coro de uma peça de um dos primeiros comediógrafos atestados, Magnes,[129] associam-se aos deuses do canto lírico (as Musas e Apolo) e às Antestérias, o mais antigo festival dionisíaco ático, celebrado na região de *Límnai* ("pântanos"). Os iniciados ligam-se aos Mistérios vestindo-os com características dos festivais dramáticos e dando mais importância a Iaco (a face de Dioniso que presidia os ritos) que a Deméter e Perséfone, as principais deusas do culto. Dessa maneira, enquanto Dioniso e Xântias colocam em primeiro lugar as disputas e contrastes éticos e políticos, os coros, sob máscaras diversas, ressaltam o pano de fundo poético e religioso.

Será com as rãs que o euripidiano Dioniso travará o primeiro embate poético da peça. O deus, incomodado pelo canto do coro, disputa com ele para fazê-lo calar-se. Contudo, não se expressa textualmente em que consiste o conflito. Já se propôs que Dioniso usa o volume[130] ou a lentidão do canto[131] para combater a velocidade da canção das rãs, que, segundo os intérpretes, determinaria o compasso exaustivo em que deveria remar. Outros dizem que o deus emprega a violência física para atacá-las[132] ou que tenta impor um ritmo de verso mais constante às rãs, que o variam e atrapalham a remada.[133] No entanto, como Garry Wills argumenta, nenhuma dessas escolhas explicaria satisfatoriamente a vitória de Dioniso: o aumento de volume ou lentidão nas partes cantadas por Dioniso não fariam por si sós que as rãs desistissem de cantar rápido ou se calassem nos trechos entoados por elas[134] e, se a vitória do deus se desse por impor seu ritmo (iambos)[135] aos das rãs (troqueus)[136] seria de esperar que elas adotassem o andamento iâm-

---

128. BILES 2011: 222 ss.
129. Os coros de animais, aliás, estão provavelmente relacionados às origens da comédia, SIFAKIS 1971: 73-102.
130. ROGERS *apud* WILLS 1969: 306 s.
131. ZIELINSKI *apud* WILLS 1969: 308
132. MITCHELL, FRERE, HOLDEN, HERMANN, FRITZSCHE *apud* WILLS 1969: 310
133. STANFORD 1958: 92.
134. WILLS 1969: 308.
135. Trata-se de ritmos baseados na sequência métrica X – U –.
136. Ritmos derivados da sequência – U – X.

bico, não o contrário, como acontece no fim do párodo (264-6). Além disso, o deus fala que triunfará "pelo *koáx*" (267), referindo-se ao refrão repetido pelas rãs, que é metricamente ambíguo e pode ser interpretado como ritmo iâmbico ou trocaico.[137] Ademais não há menção textual a nenhuma dessas possibilidades: não se fala da intensidade da voz, da velocidade do canto, de mudanças de ritmo ou de golpes violentos (nem há gritos de dor).[138] Uma vez que Dioniso só se queixa explicitamente do barulho das rãs e diz que vai vencer por meio dele, sem que se estabeleça relação direta entre ele e o ritmo ou a velocidade das remadas, Wills considera que o que incomoda o deus é a onomatopeia, cuja feiura agrava o sofrimento do remo.[139] Segundo o autor, que retoma uma hipótese de P. J. Cosijn,[140] os meios que Dioniso encontra para enfrentar o barulho é revidar com um som semelhante: os peidos, mencionados claramente antes de uma repetição do refrão das rãs (237-8). A ideia se sustenta por certa semelhança entre o refrão (*Brekekekèx koàx koáx*) e a onomatopeia usada nas *Nuvens* para imitá-los (*papapappáx*; 390). Além disso, em Aristófanes, as flatulências podem ser resultado de pancadas ou de esforço físico. Em terceiro lugar, nas *Nuvens*, o verbo que descreve os sons das rãs e de Dioniso (*kekraxómestha*, "estrondaremos", 258, e *kekráxomai*, "estrondarei", 264) é empregado para descrever um flato (*kékragen*, "estrondou", 389). Uma raiz verbal com que o deus expressa seu desconforto (*diarragésomai*, "rasgar-me-ei no meio", 255) refere-se ao rebentar das nuvens (que é comparado a um flato, *régnuntai*, "partem-se", 378). A mesma raiz, nos *Cavaleiros,* diz respeito a problemas estomacais (*epidiarragô*, "me partirei", 701).[141] Por fim, a hipótese se sustenta no fato de que Dioniso tem problemas com seu intestino em diversos trechos na primeira parte.[142]

---

137. Pois trata-se de um lecítio (– U – X – U –), verso iniciado em ritmo trocaico (– U), mas que sabidamente é a segunda metade do trímetro iâmbico, após a cesura mais comum (X – U – X | – U – X – U –). WILLS 1969 pp. 309 s.
138. WILLS 1969: 310 s.
139. WILLS 1969: 312.
140. *Apud* WILLS, 1969, p.313
141. WILLS,1969: 314.
142. MACDOWELL 1972: 4 s. observa que, apesar de a interpretação de Wills poder estar correta, o único termo de comparação expresso no trecho é a persistência: as rãs dizem que ficarão gritando o dia todo (258-60) e Dioniso diz que

Na interpretação de Wills,[143] o termo em disputa entre Dioniso e às rãs é a beleza dos cantos, em que o deus reprime a feia onomatopeia e os empolados cantos das rivais com um ato semelhante a eles: os flatos. Contudo, não há motivos para considerar o canto das rãs má poesia, pois suas características refletem a tradição lírica sem nenhum exagero, sendo muitas delas associadas na peça ao próprio Ésquilo.[144] Além disso, o único elemento destoante, a onomatopeia, parece prenunciar a paródia da lírica esquiliana na segunda parte, em que Eurípides imita os refrãos do rival[145] com a onomatopeia *tophlattothrattophlattothrat* (1285-95). Se for correto identificar as rãs com o coro cômico em sua forma mais antiga, pode-se ver na luta entre ele e Dioniso a disputa entre a respeitável tradição cômica e as más piadas da geração atual, tais como seriam encontradas nas comédias dos rivais de Aristófanes.[146] Desse modo, o primeiro párodo seria uma espécie de primeiro *agón*, em que a boa tradição cômica é quase que literalmente sufocada pelo mau gosto contemporâneo, num movimento inverso ao que acontece no grande *agón* trágico que se segue. Também aqui a personagem-deus destoa do Dioniso invocado, no párodo, como patrono da poesia e identificado com Cratino, antigo rival de Aristófanes e grande poeta cômico do passado (357).

fará o mesmo até que vença (264-6). Além disso, MACDOWELL 1972 diz que seria improvável que a repetição do refrão que coroa a vitória de Dioniso (267) fosse apenas uma indicação textual para que o tocador de aulos imitasse o som de um flato, bem como que seria complicado fazer a audiência compreender que o refrão entoado pelo deus sairia de seu ânus. De minha parte, apesar de concordar que é necessário questionar qualquer interpretação que não esteja plenamente corroborada pelo texto, acredito que as leituras incertas, mas prováveis, são exercícios inevitáveis para quem deseja traçar as possibilidades de recepção de um texto antigo. Desse modo, adoto a interpretação de Wills, pois, ainda que não seja certa, é provável e parece dialogar com os temas da peça. As objeções de MacDowell quanto à encenação dos flatos são válidas, mas não provam que ela seria impossível, nem sequer muito difícil. Pouco sabemos das convenções de atuação da antiga Atenas, e podem-se imaginar algumas maneiras com que o ator cômico, mais livre da ilusão dramática e auxiliado pelos aparatos sonoros, conseguiria mostrar ao público o que estava acontecendo.

143. WILLS 1969, pp. 316 s.
144. Conforme demonstrado por CAMPBELL 1984: 164 s.; ver também BILES 2011: 230.
145. BILES 2011: 230.
146. Sobre Dioniso como representante da nova poesia, ver BILES 2011: 230.

Na segunda parte da comédia, as confusões e misturas entre mestre e escravo se dissipam. Xântias retoma seu caráter servil num diálogo com outro criado, enumerando características típicas dos escravos aos olhos atenienses. Dioniso, que já no fim da primeira parte chamara a si mesmo de "filho de Zeus" (*Diónusos Diós*, 631), recupera sua dignidade, eleito como juiz da disputa de Ésquilo e Eurípides pelo trono de melhor tragediógrafo. Agora é ele a ser qualificado como *gennádas* ("nobre"). Já os coristas, embora não percam declaradamente sua caracterização como iniciados, a abrandam, como é tradicional na segunda parte das comédias, apresentando-se antes como coro genérico e limitando-se a comentar os acontecimentos. Os contrastes se estabelecem mais marcadamente no cerne da segunda parte: a disputa poética entre Eurípides e Ésquilo, descrita em termos de *stásis*, o termo com que os gregos da era clássica designavam toda forma de disputa no interior da cidade, da divisão em facções à guerra civil declarada. Chegado ao Hades, Eurípides teria, como um *demagogós*, influenciado o povo (*dêmos*) dos *panoûrgoi* ("trambiqueiros", "criminosos") com sua capacidade oratória, instigando-o a destronar o rival do posto de melhor dos tragediógrafos. A parcela favorável a Ésquilo, os *khrestói* ("bons", "nobres") seria minoritária, como em Atenas. A poesia é qualificada menos por características formais (nas quais ambos os poetas são escarnecidos) do que por seus efeitos didáticos, morais e políticos. Os dois trágicos concordam que sua função é ensinar a cidade. Eurípides, associado a ideias e técnicas argumentativas introduzidas pelos filósofos e oradores, ao questionamento dos deuses e valores pátrios, ao erotismo e à introdução de personagens e situações cotidianas na tragédia, diz ter tornado os cidadãos mais inteligentes. Ésquilo, associado aos valores tradicionais, às palavras grandiosas, à virtude militar e aos deuses tradicionais (em particular, a Deméter e ao próprio Dioniso, deuses que presidem os Mistérios de Eleusina), diz que os atenienses, antes corajosos e valorosos por influência de suas peças, tornaram-se cidadãos covardes, mentirosos, levianos, desobedientes e discordes por meio das tragédias do rival. Em sua exortação à coragem militar e unidade civil, Ésquilo mostra-se de acordo com os conselhos do coro no párodo e na parábase e, consequentemente, é preferido a Eurípides, associado aos líderes que instigam a divisão do corpo civil, populares como Cleofonte ou de matiz oligárquico como Terâmenes.

Existe, enfim, na passagem da primeira para a segunda parte, um elemento cênico que poderia contribuir para os jogos duplos da peça. Pressupondo que a comédia se limitava a quatro atores, torna-se necessário que Ésquilo e Eurípides fossem representados por aqueles que interpretaram o escravo Xântias e os grosseiros e violentos coadjuvantes (Héracles, Caronte, o porteiro, as hoteleiras etc.). Mais do que isso, há similaridades entre o caráter dos tragediógrafos e dessas outras personagens, o que torna plausível que Eurípides e Xântias (ousados e vis) sejam interpretados pelo mesmo ator e que o mesmo ocorra com Ésquilo, Héracles, Caronte, o porteiro e outras personagens similares (violentas e grosseiras).[147] Dessa forma, também a escolha e distribuição de papéis conectaria as disputas poéticas da segunda parte às abertamente políticas e morais da primeira.

e) Estrutura

As peculiaridades estruturais das *Rãs* saltam aos olhos do leitor da obra de Aristófanes. A comédia aparenta estar dividida em duas partes desconectadas organicamente: a viagem de Dioniso ao Hades para buscar Eurípides e a disputa entre os poetas. Não existe intensa relação de causalidade entre a missão de Dioniso e sua escolha do melhor tragediógrafo: na primeira parte, o deus deseja apenas trazer de volta à vida um poeta que muito admira e que faz falta a uma cidade já desprovida de bons tragediógrafos, sem exigir que seja o melhor de todos.[148] O próprio Aristófanes não faz questão de explicitar a relação entre as duas ações, sendo que a missão de Dioniso só volta a ser mencionada no fim (1414-6). Mesmo nesse momento, pressupõe-se que o deus veio buscar o melhor tragediógrafo, não Eurípides. Além disso, a peça apresenta, se comparada às demais comédias do autor, outra particularidade: a estrutura é invertida. Enquanto em um bom número de comédias o principal conflito se resolve antes da parábase e a segunda parte da peça compõe-se de curtas cenas episódicas em que o protagonista

---

147. Como proposto por McLeish 1980: 151 s.
148. Visto que a superioridade de Sófocles já fora reconhecida na primeira parte (76-9).

triunfa e tripudia dos antagonistas,[149] nas *Rãs* a resolução é postergada para o final e as cenas episódicas são colocadas na primeira parte. Por outro lado, em quase todas as peças em que há *agón* epirremático e parábase,[150] aquele é pronunciado primeiro, mas nas *Rãs* a parábase o antecede.

Essas características deram ocasião a especulações sobre o contexto em que se compôs a peça. Uma vez que se sabe que Sófocles faleceu no arcontado de Cálias (entre o verão de 406 AEC e o fim da primavera de 405 AEC, depois de Eurípides), e que a composição da peça deveria estar algo avançada no verão de 406 AEC, quando os arcontes assumiam seus postos e as peças a apresentar nas Leneias eram escolhidas,[151] muitos consideraram que o poeta fez alterações para acomodar o novo fato na peça.[152] É razoável pensar que a morte de Sófocles estar relativamente próxima da apresentação das *Rãs* tenha afetado a composição. Todavia, além de ser impossível julgar precisamente em que medida isso ocorreu, parece equivocado atribuir as incoerências da peça ao fato. Como observado por Dover, *Lisístrata* possui incoerências notáveis,[153] mas nenhum crítico pressupôs que elas se

---

149. Esse é o caso de *Acanernenses*, *Vespas*, *Paz*, *Aves*, *Assembleístas* e *Pluto*.
150. *Cavaleiros*, *Vespas*, *Aves* e *Lisístrata* (excetua-se *Nuvens*, peça atípica também em muitos outros aspectos). Como observado por FRAENKEL 1962: 164 s., mesmo nas *Assembleístas* e em *Pluto*, em que não há mais parábase propriamente dita, o *agón* acontece antes de uma pausa no enredo que, nas peças mais antigas, seria preenchida por ela.
151. RUSSO 1966: 11.
152. Sugeriu-se que o poeta acrescentou apenas alguns versos novos mencionando Sófocles (76-82; 786-94, 1515-9), mantendo o todo intacto (WILAMOWITZ 1929: 471s.), já que o todo pressupõe a morte de Sófocles, uma vez que, enquanto ele estivesse vivo, não faria sentido falar que não havia poetas bons em Atenas (Ruppel, Radermacher *apud* HOOKER 1980: 170) ou que Aristófanes começara a compor uma comédia sobre o duelo dos poetas e, com a morte de Sófocles (ou de Eurípides), acrescentou-lhe a jornada de Dioniso (Drexler *apud* HOOKER 1980: 170, HOOKER 1980: 178 ss., GELZER 1971: 1485 s.). RUSSO 1966, 1994: 198 ss., em particular, se apoia em outras "imperfeições" da comédia para justificar a reescrita da peça, como, por exemplo, no fato de as etapas previstas da disputa de Ésquilo e Eurípides (795-802) não serem todas cumpridas (promete-se que os versos dos poetas serão pesados e medidos, mas só se realiza a primeira comparação; RUSSO 1966: 6 ss.; 1994: 200 ss.).
153. O que incomoda as mulheres é a ausência dos maridos; entretanto, a tática que empregam para acabar com essa situação (a greve de sexo) pressupõe que eles estão em casa. Além disso, inicialmente diz-se que, enquanto as jovens

devem a diferentes versões. Talvez, como ainda provoca Dover, as informações disponíveis sobre o contexto de produção das *Rãs*, mais numerosas que o normal, fizeram com que os críticos tivessem olhos mais severos em relação a ela do que às outras comédias.

Se as incoerências e a estrutura particular das *Rãs* não podem provar em que medida houve uma revisão apressada, cabe investigar se podemos encará-las como dados positivos, isto é, como escolhas intencionais que participam da construção da peça, não uma falha do autor, que tentava seguir outro modelo. Fraenkel bem observou como as novidades formais das *Rãs* poderiam ter colaborado para o efeito cênico: por um lado, postergar o *agón* dos tragediógrafos para o final o transformaria no clímax da comédia.[154] Por outro, as desventuras de Dioniso e Xântias na primeira parte cativariam o espectador que não se interessasse tanto pelas tecnicalidades poéticas da segunda.[155] Também o envolveria a própria estrutura da disputa poética, iniciada com o trecho epirremático que trata da poesia em termos gerais e terminada com o aconselhamento político, certamente do interesse de todos.[156] A falta de unidade orgânica, por sua vez, não seria tão gritante a ponto de chocar o espectador: as "falhas" no enredo seriam típicas da comédia e facilmente explicáveis pelo contexto.[157]

Se as alterações provavelmente não causaram choque e até mesmo favoreceram o efeito cênico da comédia, deve-se admitir que provavelmente chamaram a atenção da audiência, acostumada ao longo dos anos com uma estrutura mais ou menos constante. Uma vez que, como é comum na comédia, *Rãs* é repleta de recorrências e correlações temáticas, pode-se perguntar se as alterações estruturais também participam desse sistema de correspondências, isto é, se contribuem para a construção de seu sentido. A estrutura da comédia apresenta duas características principais: é

---

aplicam a tática, as mulheres velhas ocuparão a acrópole; contudo, mais tarde na peça, encontramos todas as mulheres ocupando a acrópole (Dover 1993: 8, n. 10).
154. Fraenkel 1962: 173.
155. Fraenkel 1962: 180 ss.
156. Fraenkel 1962: 175, 183.
157. Fraenkel 1962: 186 s.

dupla e invertida. Poder-se-á considerar que essas "anomalias" compõem o todo se elas de alguma forma se refletirem nos outros elementos da peça e se combinarem com eles para produzir significado.

O duplo está por toda a comédia: há duas personagens dividindo o protagonismo (Dioniso e Xântias na primeira parte, Eurípides e Ésquilo na segunda), dois coros, dois párodos, dois prólogos, dois Héracles no palco (o próprio e Dioniso fantasiado), dois Dionisos (a personagem e o deus cultuado nos cantos corais), dois confrontos poéticos (Dioniso contra as rãs e Eurípides contra Ésquilo) e duas disputas em que se tenta verificar o valor dos participantes (a tortura de Xântias e Dioniso e, mais uma vez, o embate de Eurípides contra Ésquilo). Também a inversão é um padrão importante. Toda a primeira parte da peça se ocupa da troca de papéis entre senhor e escravo. A segunda começa com uma inversão da ordem das coisas no Hades (com Eurípides e seus admiradores usurpando o trono da tragédia) e termina com a restauração da ordem e a troca entre o mundo dos mortos e o dos vivos: Plutão envia Ésquilo para guiar os atenienses e exige que os maus líderes e magistrados atenienses venham, por sua vez, ao Hades.

Não obstante, não se restringem a *Rãs* esses procedimentos: duplicidade e inversão são importantes na comédia velha como um todo. A comédia aristofânica é normalmente dividida em duas seções pela parábase[158] e o espectador é convidado a pôr em paralelo a primeira e a segunda partes. A própria parábase tem, na sizígia epirremática, estrutura dupla (ode e antode, epirrema e antepirrema, *pnígos* e *antipnígos*) e o *agón* epirremático também é simétrico – sendo ambas as partes tradicionais às vezes duplicadas. Por outro lado, o típico enredo cômico baseia-se em duas inversões. Seu ponto de partida é um mundo em que os valores áticos tradicionais estão de cabeça para baixo, sua conclusão, uma fantástica reviravolta. Duplicidade e inversão são, portanto, inerentes ao gênero. Mais do que isso, são desdobramentos de dois dos já mencionados aspectos fundamentais da comédia velha: o duplo e o paralelismo são manifestações da acumulação (da

---

158. Nas peças em que há duas parábases, cumpre esse papel a parábase principal, que é mais longa e pressupõe uma pausa maior no enredo.

tendência da comédia a juntar e comparar elementos) e a inversão é uma das formas de descontinuidade (da ruptura das expectativas e dos padrões da realidade). Desse modo, ao compor nas *Rãs* uma trama dupla e invertida, Aristófanes não está fazendo uma peça "defeituosa", inadequada às leis da comédia velha, mas imbuindo ainda mais sua estrutura de características fundamentais do gênero.

f) Interpretação

Evidentemente, a distância temporal entre a ocasião original de *performance* e a leitura moderna impede que saibamos exatamente os efeitos que a peça teve sobre os espectadores, para não mencionar as precisas intenções de Aristófanes ao compô-la, impossível de conhecer em autores de qualquer tempo. No entanto, com base no que se sabe a respeito da cultura grega clássica, do contexto histórico-social ateniense, das convenções da comédia ática e da maneira com que o comediógrafo manipula e sublinha esses dados, buscarei chegar a alguns dos sentidos que esta comédia poderia ter aos olhos da audiência original.

Como se analisou acima, não é de duvidar que as *Rãs* se centram na tensão entre a nobreza e a vileza, tomadas em todos os significados possíveis no grego ático do século V AEC: opõem-se senhores e escravos, cidadãos e estrangeiros, aristocracia e "plebe", virtude e vício, boa e má poesia. À primeira vista, os embates entre Xântias e Dioniso, o torneio de Ésquilo e Eurípides e as exortações da parábase à união dos cidadãos e à escolha de líderes de acordo com sua nobreza e vileza não parecem ter nenhuma unidade. Todavia, observando com cuidado, percebe-se que essas três partes da peça são variantes daquela tensão entre nobre e vil. Como se declara no antepirrema (727-37), para ser um bom líder, um ateniense precisa de uma educação tradicional (que consiste em ginástica, poesia e música) e do apoio de cidadãos astutos e preocupados com a cidade. Consequentemente, a nobreza dos líderes depende da poesia que os educa e das intenções e inteligência dos cidadãos. A retidão dos atenienses depende, por sua vez, dos poetas, que na peça são mais de uma vez apresentados como educadores da cidade, tanto intelectual como moralmente. Assim, no mundo da peça, é a poesia o verdadeiro fundamento da boa educação e o distintivo do bom nascimento de cidadãos e líderes. Não é de estranhar que Aristófanes insista nas imagens e na terminologia relacionadas à estirpe e à poesia.

A relação entre Xântias e Dioniso na primeira parte é a de um cidadão ateniense típico com trejeitos de escravo e um escravo que demonstra o valor senhoril. Do ponto de vista poético, Dioniso, o admirador de Eurípides, é retratado como um cidadão covarde, preguiçoso, inapto ao remo e dado às sutilezas intelectuais inúteis. Comportando-se como um bufão dos mais baixos, Dioniso também se indispõe com as rãs (que, em seus cantos repletos de referências à poesia e ao canto, parecem representar a forma mais antiga da comédia) e é vituperado pelos iniciados nos Mistérios de Eleusina (que, metamorfoseados numa celebração teatral-dionisíaca, identificam a poesia com os fundamentos religiosos e cívicos de Atenas; 34-41). A Xântias, que frequentemente demonstra a coragem esperada de um cidadão, os iniciados oferecem apoio e favor (590-7). Desse modo, a poesia participa da caracterização de Dioniso e Xântias como cidadão indigno e escravo valoroso. A primeira parte da comédia, portanto, explora a relação entre a poesia e os cidadãos virtuosos e viciosos.

É somente no *agón* de Eurípides e Ésquilo, contudo, que se formará a imagem do poeta ideal. O início da comédia o esboça, quando Dioniso explica a Héracles as razões de sua vinda. O deus queixa-se dos poetas vivos em Atenas: covardes, inférteis, incapazes de produzir versos realmente nobres. É em Eurípides que ele busca o que lhe falta. Héracles coloca em dúvida essa escolha e, após a parábase, na representação dos dois poetas, confirmam-se as dúvidas do herói. Ésquilo é quem aparece como realmente nobre, ligado aos deuses tradicionais e comprometido com a preservação da cidade, um professor de coragem, virtude e inteligência para os cidadãos. Já Eurípides mostra-se um representante da nova intelectualidade, que ensina volteios oratórios e filosóficos considerados inúteis ou danosos ao caráter e à cidade.

Desse modo, pode-se tomar a poesia como elemento temático unificador das *Rãs*, em sua função cívica. Exploram-se no enredo as consequências dos bons e maus poetas sobre a atitude política ateniense. Todavia, embora o eixo central da comédia possa ser descrito nesses termos, restam algumas questões.

Primeiramente pode-se observar a função de Dioniso na peça. Com toda a probabilidade, escolheu-se o deus como protagonista por ser ele protetor dos festivais dramáticos atenienses e, assim, dos gêneros poéticos mais respeitados na Ática do século V AEC: a comédia e a tragédia. Invocado em cantos ou agindo como personagem, Dioniso abrange todos os aspectos da poesia teatral: louvado como protetor dos festivais, age como espectador, juiz, ator e corista. Além disso é identificado com dois grandes poetas do passado: o comediógrafo Cratino (357) e o tragediógrafo Ésquilo (1259). A imagem de Dioniso na peça é complexa e multifacetada. Para compô-la, Aristófanes evoca as diversas manifestações dionisíacas na tradição ateniense: tanto a personagem-tipo empregada pelos comediógrafos, covarde e preguiçosa, como o deus protetor de variados cultos áticos (Antestérias, Dionísias, Leneias e Mistérios Eleusinos), excluindo-se somente o aspecto orgiástico, perigoso e antissocial (que Eurípides explora em sua tragédia *Bacantes*).[159] Na primeira parte, combinam-se as faces cultuais de Dioniso nos cantos corais, que contrastam com a personagem tipo. O deus da poesia teatral divide-se em dois: o que representa a boa comédia e a boa tragédia (e permanece somente nas invocações) e sua versão humanizada, presente e visível (representante da má poesia e dos vícios morais decorrentes dela). Por assim dizer, reparte-se o deus em Dioniso, o filho de Zeus, e Dioniso, o filho do Jarro de Vinho. Na segunda parte, a personagem sofre transformação drástica, passando de cidadão vicioso entusiasta de Eurípides a protetor da cidade admirador de Ésquilo, caminhando em direção à figura cultual, símbolo da prosperidade política e poética. É Dioniso, pois, que coloca no palco a transformação a que a parábase exorta. A primeira e a segunda parte da comédia podem ser vistas como atos paralelos. O primeiro mostra como alguns indivíduos considerados vis (os escravos) podem ser mais dignos de cidadania que alguns atenienses de nascimento legítimo. O segundo defende que a preservação da cidade e a escolha dos bons líderes dependem de segregar os poetas nobres dos vis (e seus "seguidores" de caráter semelhante). A permanência de Dioniso nas duas partes e sua mudança de caráter entre elas permite mostrar como a má cidadania

---

159. SEGAL 1961: 217 ss., 228.

e a má poesia podem regenerar-se. Em suma, Dioniso, de forma algo alegórica, mostra como a cidade pode se reestabelecer.

Em segundo lugar, cabe tratar da posição política da peça, em meio à situação de Atenas em 405 AEC. A carência de informações contextuais mais detalhadas dificulta o julgamento. Todavia, podem-se traçar as hipóteses mais prováveis. O vocabulário empregado por Aristófanes para tratar de nobres e vis cidadãos, líderes e poetas (*khrestós, ponerós, eugenés, kalòs kagathós* etc.) é típico dos conflitos civis gregos do século V AEC (como se veem, por exemplo, na *Constituição de Atenas* do oligárquico Pseudo-Xenofonte e em Tucídides). Em geral, consistiam na luta entre os defensores da supremacia popular e os que advogavam um governo censitário, formado por aqueles com maiores posses e, segundo eles, mais aptos ao governo. Na época de Aristófanes, muitos desses termos já tinham conotação moral, sem necessária relação com a posição social do cidadão.[160] Desse modo, seu mero emprego não indicaria necessariamente um tema político. Entretanto, Aristófanes claramente chama *stásis* a oposição entre Ésquilo e Eurípides (760), usando os termos adequados: Eurípides é aclamado pela "multidão" (*plêthos*, 774) dos criminosos, pelo "povo dos trambiqueiros" (*dêmos, tôn panoûrgon*, 779, 781) e Ésquilo é apoiado pelos pouco numerosos nobres (*olígon tò khrestón*, 783). Ora, *olígoi* ("poucos") e *dêmos* ("povo", ou *plêthos*, "multidão") são justamente os termos empregados para opor os dois grupos da típica *stásis* da era clássica (por exemplo, em Tucídides 8.9). Pode o triunfo de Ésquilo indicar que a peça de Aristófanes defende a oligarquia e seus propositores? Aristófanes teria corrido o risco de exprimir uma opinião claramente oligárquica na democracia recentemente restaurada? Para respondê-lo, deve-se perguntar em que medida a situação poética do Hades e o juízo de valor sobre ela correspondem ao momento político de Atenas.

Em primeiro lugar, pode-se dizer que Aristófanes, nessa peça, quase não associa a vileza ao povo e às camadas mais baixas dos cidadãos,[161] reser-

---

160. HEATH 1987: 29 ss.
161. A exceção, o dono de banhos públicos Clígenes, é vituperado mais por falsificar os produtos de banho e por sua conduta violenta do que pela profissão. Até mesmo o demagogo Cleofonte é escarnecido por sua origem pretensamente bárbara e não pela ocupação artesanal.

vando-as para os estrangeiros, como se vê na parábase. Em segundo, no epirrema, apresenta-se o serviço militar naval, atividade típica do *dêmos* ateniense, como distintivo de real cidadania. Por fim, embora no início da segunda parte se associe Eurípides a um *dêmos* de criminosos, Xântias abertamente sugira que Ésquilo não aceitava os Atenienses como juízes da disputa por considerar que eram muitos os "ladrões de casas" entre eles (808) e se fale que também no mundo dos vivos os nobres seriam poucos (783), não há plena identificação dos bons e maus cidadãos com as camadas altas e baixas de Atenas. Em sua parte do *agón* epirremático, Ésquilo afirma que sua poesia tornava todos os cidadãos "nobres" (*khrestôn kaì gennaíon*, 1011; *gennaîoi*, 1014), mas Eurípides os tornara "pilantras" (*mokhtherótatoi*, 1011), "vulgares" (*agoraîoi*, 1015), "charlatães" (*kóbaloi*, 1015) e "trambiqueiros" (*panoûrgoi*, 1015). Nobreza e vileza não parecem aqui associadas a classes sociais específicas, mas como resultado da educação poética.

Com efeito, os dois cidadãos que Eurípides aponta como seus "discípulos" no *agón*, Clitofonte e Terâmenes, foram apoiadores do golpe oligárquico (967, embora posteriormente o último tenha mudado de lado e favorecido a democracia). Ademais, quando o poeta chama democrática a própria arte (952), Dioniso diz que seus círculos de amigos colocariam em dúvida a afirmação (953). Acrescente-se que, segundo testemunho de Tucídides (8.68), o principal arquiteto do golpe dos oligarcas foi Antifonte, cidadão e logógrafo conhecido por sua esperteza e eloquência, qualidades que nas *Rãs* são sobretudo associadas à obra de Eurípides.

As provocações parecem, portanto, um escárnio contra a cidade como um todo, como acontece em diversos momentos da obra de Aristófanes. Acusa-se a imoralidade dos cidadãos, sem implicar que ela se deva à democracia ou à baixa extração social. Aristófanes não parece reproduzir o discurso dos defensores da oligarquia, mas apropriar-se dele para os fins de sua peça. O poeta lança mão da imagem da *stásis* para descrever uma oposição que lhe parece muito mais fundamental para os destinos da cidade: os *khrestoí* do universo das *Rãs* são os genuinamente atenienses (ricos ou pobres), corajosos, educados pela poesia e interessados na unidade e preservação da cidade, os *poneroí* são os estrangeiros, viciosos e instigadores das disputas civis.

Em terceiro lugar, pode-se questionar o lugar da comédia nas *Rãs*. Enquanto se trata explícita e detalhadamente sobre a tragédia, fala-se pouco sobre seu gênero irmão. Diretamente, menciona-se a comédia apenas em duas passagens da peça: no prólogo (em que Dioniso e Xântias referem-se à má poesia dos rivais de Aristófanes; 1-18) e no párodo dos iniciados (na menção a Cratino como presidente dos ritos, 356-7, e na crítica aos maus piadistas, 358, e aos líderes políticos que não aceitam ser vituperados nas peças, 367-8). Somem-se a elas referências mais indiretas: o coro dos iniciados refere-se a sua atividade como "brincadeira e zombaria" (*paîsai te kaì khoreûsai*, 388), "dizer muitas coisas sérias e muitas engraçadas" (*pollà mèn géloiá m' ei- /peîn, pollà dè spoudaîa*, 389-90) e deseja triunfar no festival (394-5). Ademais, há o fato de as rãs possivelmente representarem a forma mais antiga do coro cômico.

No entanto, apesar das poucas menções explícitas, a peça trata da comédia indiretamente. Pode-se ver um desses comentários implícitos quando relacionamos o tema da peça com seu contexto de *performance*, o torneio cômico das Leneias. Como vimos, a parábase exorta os cidadãos a escolher os melhores líderes e, uma vez que eles são educados pela boa poesia, mostra que se devem escolher os bons poetas com igual cuidado. Uma vez que a peça mostra no prólogo (13-5) que os rivais de Aristófanes são maus poetas, sugere-se que os juízes devem, se realmente se preocupam com a educação da cidade, rejeitá-los e premiar *Rãs* como a vencedora do concurso.

Contudo, há indícios de que os comentários implícitos sobre a comédia não se resumem à retórica da disputa, mas são um tanto mais complexos. Nos poucos trechos em que é mencionada, acima citados, pode-se perceber que a comédia é representada de forma similar à tragédia: o presente é dominado por maus poetas (os rivais de Aristófanes) e um grande poeta há muito falecido é exibido como modelo (Cratino).[162] Há outros paralelos entre Cratino e Ésquilo: os dois grandes poetas são mencionados em termos semelhantes.[163] Ambos são nomeados com epítetos dionisíacos: Cratino

---

162. A mesma relação pode existir no confronto inicial entre as rãs e Dioniso, onde a comédia em sua forma mais antiga enfrentaria o mau gosto da presente geração.
163. BILES 2011: 232.

com *tauróphagos* ("devorador de touros", 357) e Ésquilo com *Bákkheios ánax* ("senhor báquico", 1259). Os dois são associados a touros (Cratino novamente em 357 e Ésquilo em 804, *tauredón,* "como um touro"). Enfim, ligam-se ambos aos ritos Eleusinos e à forma poética que assumem na peça. Cratino preside os "ritos báquicos" (*Bákkheia*, 357) e os "mistérios das Musas" (*órgia Mousôn*, 356). Ésquilo pede a Deméter que seja digno de seus rituais (886-7) e diz que "cultiva o bosque sagrado das Musas" (*leimôna Mousôn hieròn* [...] *drépon*, 1300). Além disso, como observado por Bakola, Ésquilo é exortado pelo coro a falar por meio de uma metáfora (1005: *tharrôn tòn krounòn aphíei*, "com confiança liberte a torrente") que anteriormente Aristófanes já havia usado para caracterizar o rival (nos *Cavaleiros* 526-8)[164] e talvez se origine da maneira como ele próprio se apresentava em suas peças (fr. 198 K-A).[165] Enfim, o metro em que Ésquilo recita sua parte do *agón* é o mesmo em que o coro menciona Cratino como seu patrono.[166]

Entretanto, se à corja de maus poetas trágicos conectam-se o grupo de rivais de Aristófanes e Cratino a Ésquilo, o que fazer de Eurípides? Uma das poucas coisas que se sabe sobre as peças de Cratino é que ele teria se referido à obsessão do rival Aristófanes com Eurípides (fr. 342 K-A):

164. εἶτα Κρατίνου μεμνημένος, ὃς πολλῷ ῥεύσας ποτ' ἐπαίνῳ / διὰ τῶν ἀφελῶν πεδίων ἔρρει, καὶ τῆς στάσεως παρασύρων /ἐφόρει τὰς δρῦς καὶ τὰς πλατάνους καὶ τοὺς ἐχθροὺς προθελύμνους ("Depois [o poeta] lembrou de Cratino, que outrora fluindo entre muitos elogios / corria em meio às planícies lisas e, arrancando com raiz e tudo / as árvores, os plátanos e os inimigos do lugar, os carregava").
165. ἄναξ Ἄπολλον, τῶν ἐπῶν τῶν ῥευμάτων. / καναχοῦσι πηγαί, δωδεκάκρουνον τὸ στόμα, / Ἰλισὸς ἐν τῇ φάρυγι· τί ἂν εἴποιμ' ἔτι; / εἰ μὴ γὰρ ἐπιβύσει τις αὐτοῦ τὸ στόμα, / ἅπαντα ταῦτα κατακλύσει ποιήμασιν ("Senhor Apolo! Quantas correntezas de versos! / Estrondam as fontes, a boca tem doze torrentes, / há um [rio] Iliso na garganta! O que mais eu poderia dizer? / Se alguém não tapar sua boca, tudo aqui se inundará de criação poética!"). BAKOLA 2007: 14, 18.
166. Ainda segundo BAKOLA 2007: 17, é provável que o próprio Cratino se apropriasse da poesia de Ésquilo em suas peças. Um dos testemunhos sobre o poeta sustentam a hipótese (*Prolegomena de Comoedia* III. 22-23 Dübner): γέγονε δὲ ποιητικώτατος, κατασκευάζων εἰς τὸν Αἰσχύλου χαρακτῆρα ("Era um grande poeta e compunha no estilo de Ésquilo"). Evidentemente, por ser de um período tardio, em que a tríade trágica (Ésquilo, Sófocles e Eurípides) e cômica (Cratino, Êupolis e Aristófanes) já estavam estabelecidas, essa afirmação pode ser uma analogia simplificadora.

"τίς δὲ σύ;" κομψός τις ἔροιτο θεατής,
ὑπολεπτόλογος, γνωμιδιώτης,
εὐριπιδαριστοφανίζων.[167]

Dessa maneira, toda a gama de características que nas *Rãs* descrevem Eurípides também antes foram associadas a Aristófanes por um rival: a sagacidade, a sutileza de dicção e pensamento. Embora Aristófanes tenha sempre criticado fortemente os filósofos e a nova educação (e a poesia por eles influenciada), não se pode negar que sempre mostrou interesse o suficiente por esses fenômenos a ponto de integrá-los em suas peças, sendo os maiores exemplos *Nuvens* e *Tesmoforiantes*. Ademais, o próprio poeta se caracteriza em termos muito similares: na parábase das *Nuvens*, ele se refere a si mesmo como "engenhoso" (*sophós*, 520), a seus espectadores como "hábeis" (*dexioí*, 521) e à peça como "a mais engenhosa" de suas comédias (*sophótat' ékhein*, 522). Nas *Vespas*, diz que sua comédia é "engenhosa" (*sophóteron*, 66); que no último ano (com *Nuvens*) "semeara pensamentos novíssimos" (*kainotátais speírant' autòn dianoíais*, 1044) e que ele próprio seria apreciado pelos sábios (*sophoí*, 1049), colocando-se entre aqueles que buscariam "algo novo" (*kainón ti*, 1053) e exortando a audiência a guardar suas palavras no baú de roupas, a fim de que elas "cheirassem a habilidade" (*ozései dexiótetos*, 1059).[168] Desse modo, havendo a analogia entre os poetas cômicos e trágicos nas *Rãs* e tendo sido Aristófanes associado às novidades, à sofisticação intelectual e à poesia euripidiana, é verossímil que, assim como a peça liga Cratino e Ésquilo, ela conecte Eurípides e o próprio Aristófanes.

Essa constatação nos permite ler de outra maneira o *agón* epirremático dos poetas. Ali, Ésquilo e Eurípides defendem e elogiam seu "projeto poético". Defender a própria poesia frente à dos oponentes é justamente o papel tradicional dos anapestos da parábase, e, portanto, num jogo cômico, os dois

---

167. "'Quem é você?' pode perguntar um espectador sagaz, / um palavreador sutil, um pensamenteiro, / um euripidaristofanista". Uma vez que o texto da comédia antiga originalmente se escreveu sem pontuação, também se pode traduzir o fragmento assim: "'Quem é você?', perguntaria um espectador sagaz, / 'um palavreador sutil, um pensamenteiro, um euripidoaristofanista?'".

168. BAKOLA 2007: 8 ss. analisa detalhadamente como a construção da *persona* aristofânica se vale dessas características.

trágicos agem como comediógrafos rivais.[169] A "parábase" de Ésquilo segue o mesmo metro da seção do párodo que faz menção a Cratino e é introduzida por uma metáfora que remete a ele. A fala de Eurípides, por sua vez, elogiando e defendendo a engenhosidade e a inteligência de sua poesia, lembra a parábase revisada das *Nuvens*. Ora, é justamente essa comédia de Aristófanes, considerada por ele mesmo a mais sutil intelectualmente, que foi derrotada de maneira devastadora por uma peça de Cratino, intitulada *Cantil*, atingindo somente o terceiro lugar nas Dionísias de 423 AEC. Nos ecos cratinianos e aristofânicos nas defesas de Ésquilo e Eurípides, respectivamente, talvez a derrota ficcional do último já esteja prevista pela derrota real das *Nuvens*.

No entanto, se é provável que o público faria a associação entre Cratino e Ésquilo e entre Eurípides e Aristófanes, por que o poeta se deixaria ligar à figura e ao tipo de poesia que no final são derrotados e expulsos do trono? Estaria Aristófanes zombando de si mesmo? Com que finalidade? Caçoar de si é uma técnica por vezes aplicada na comédia velha. Na *Paz*, por exemplo, Aristófanes faz referência à própria calvície (766-74). Mais importante do que isso, no entanto, é que o enredo do *Cantil* de Cratino era todo composto pelo escárnio do poeta contra si mesmo: adotando a imagem que Aristófanes constrói dele na parábase dos *Cavaleiros* (526-36), Cratino faz de si mesmo a personagem principal, representando-se como um velho que é casado com a Comédia personificada, mas a desonrou e abandonou por conta da bebida. Nas *Rãs*, Aristófanes parece imitar a técnica do antigo rival: utiliza-se das críticas feitas por ele contra seu intelectualismo para zombar de si mesmo. É bastante provável que outros comediógrafos também criticassem essas características de Aristófanes, mas não restaram testemunhos. Proponho aqui que se trate de uma inversão do estratagema de Cratino por ele ser o único dos comediógrafos citados na peça que sabidamente o realizou.[170] Além disso, o fato de a estratégia de Cratino ter lhe rendido a vitória

---

169. BILES 2011: 242.
170. O outro é Êupolis, que o empregou em seu *Autólico*, onde se representa como um escravo pedagogo de um jovem lutador, provavelmente imitando *Cantil* e explorando as acusações feitas por Aristófanes nas *Vespas* (1025-6) e na *Paz* (762-3), que escarneciam da queda do poeta (ou de sua *persona*) por garotos; ver BAKOLA 2007: 25.

sobre a "intelectual" *Nuvens* torna-o o mais provável modelo das *Rãs*, que retrata o triunfo da sabedoria e da força tradicionais sobre as novas ideias.[171]

No entanto, enquanto no *Cantil* as acusações parecem ser revertidas em favor de Cratino,[172] nas *Rãs* o procedimento parece mais complexo. Em primeiro lugar, não se trata de reverter as acusações de um rival que concorre no mesmo festival, uma vez que Cratino morrera há décadas. Aristófanes, portanto, não pretende garantir sua vitória sobre Cratino por meio da zombaria contra si mesmo. De acordo com o próprio testemunho da peça, Cratino era visto como o grande poeta cômico do passado, e Aristófanes parece antes querer aliar essa grandeza a seu poema do que vituperar a memória do ex-rival. Por outro lado, não existe alinhamento exclusivo de Ésquilo com Cratino e Eurípides com Aristófanes: se há características cratinianas no primeiro e aristofânicas no último, o poeta também descreve Ésquilo com palavras semelhantes às que usara no passado para descrever a si mesmo. Note-se como Dioniso exorta Ésquilo ao *agón* (1004-5):

ἀλλ' ὦ πρῶτος τῶν Ἑλλήνων **πυργώσας** ῥήματα σεμνὰ
καὶ κοσμήσας τραγικὸν λῆρον, θαρρῶν τὸν κρουνὸν ἀφίει.[173]

Além das palavras que nos *Cavaleiros* usou para descrever Cratino, Aristófanes emprega termos similares àqueles em que, na parábase da *Paz*, fala de sua poesia (749-50):

ἐποίησε τέχνην μεγάλην ἡμῖν **κἀπύργωσ'** οἰκοδομήσας
ἔπεσιν μεγάλοις καὶ διανοίαις καὶ σκώμμασιν οὐκ ἀγοραίοις[174]

---

171. Ainda que *Nuvens* represente semelhante triunfo, o próprio poeta insinua nas *Vespas* que a peça tinha sido intelectual demais aos olhos do público (65). Não sabemos se esse foi o motivo real de sua derrota, mas o fato de a comédia poder ser descrita assim sugere que essa era uma característica bastante visível.
172. Como se pode depreender da defesa da bebida em fr. 203 K-A: "Bebendo água ele não pariria nada de engenhoso" (ὕδωρ δὲ πίνων οὐδὲν ἂν τέκοι σοφόν).
173. "Mas, ó primeiro entre os gregos **a erguer como torres** palavras respeitáveis / e a adornar a falação trágica, libere com confiança a torrente!".
174. "Tornou nossa arte grande e **ergueu como uma torre**, construindo-a / com expressões e pensamentos grandiosos e piadas nada vulgares [...]".

Ademais, apesar de ambas as falas do *agón* epirremático se assemelharem a parábases, os versos de Ésquilo se aproximam mais de uma, pois lança mão do metro (o tetrâmetro anapéstico) e dos procedimentos típicos de suas aberturas, como a justificativa do autoelogio, a menção ao sucesso de suas peças anteriores e a associação de si a uma tradição poética.[175] Ademais, Ésquilo apresenta-se também como um inovador (1299-300) e, num dos cantos corais no final da peça (1482-99), o poeta lhe associa a *sophía* (a engenhosidade e a sabedoria), negando-a a Eurípides. A engenhosidade esquiliana, como se vê ao longo da peça, está não somente em seu virtuosismo poético, mas na escolha dos bons modelos para educar os cidadãos. Sua inovação técnica presta-se à mesma finalidade educativa. Ora, é justamente esse tipo de sabedoria que Aristófanes reclama para si nas *Nuvens*, peça também marcada por novidades técnicas.[176] Nela o poeta não se apropria das inovações intelectuais apenas por brincadeira, mas para apontar seus perigos. Aristófanes parece, portanto, escarnecer do tipo de intelectualidade que já lhe fora imputada e valorizar aquela inteligência que serve bem aos valores tradicionais e que ele próprio já exercera. Ésquilo parece, consequentemente, um composto do vigor cratiniano com a engenhosidade e inovação aristofânicas, enquanto Eurípides resguarda apenas o lado ruim do intelectualismo e da novidade, com os quais o rival outrora acusara Aristófanes.

O que essas associações nos dizem sobre *Rãs*? A comparação com *Tesmoforiantes* pode ser bastante elucidativa. Essa aparentemente fora a última peça em que Aristófanes se ocupara longamente de Eurípides. No entanto, ela não poderia ser mais diferente das *Rãs*: nas *Tesmoforiantes* não são apresentadas preocupações cívicas, nem nenhuma exortação moral. A cidade não está em risco: trata-se apenas de um fantasioso problema individual de Eurípides. O centro da comédia é a engenhosa exploração de paródias euripidianas, mas elas não assumem o tom demolidor das *Rãs*. Apesar de zombar dos "maneirismos" de Eurípides, Aristófanes nos dá uma visão bastante positiva do poeta. Já *Rãs* é uma peça claramente política, muito crítica de Eurípides. Portanto, quando Aristófanes se refere ao intelectualismo sem

---

175. BILES 2011: 246.
176. Ao menos pelo que se pode julgar da versão revisada da peça que nos foi legada.

preocupação moral de Eurípides, ele trata de um tipo de poesia bastante similar ao que ele próprio praticou nas *Tesmoforiantes*. Condenando um poeta ao qual já fora associado e que tratara de maneira algo positiva, Aristófanes parece sugerir que está mudando o rumo de sua poesia e indicando, assim, um horizonte não somente para a tragédia, mas também para a comédia.

Por causa do estado fragmentário da obra de Cratino, não é possível saber em que medida a peça se modela em sua poética, imitando um tipo mais antigo de comédia. Contudo, sabemos que, com *Rãs*, Aristófanes remonta a um tipo de peça que compusera quase vinte anos antes: a comédia "educacional". Aristófanes estreou em 427 AEC com *Banqueteadores* (fragmentária), em que se opunham um jovem educado tradicionalmente e outro criado sob as novas ideias, consideradas corruptoras. O modelo se repetiu em 423 AEC, com *Nuvens*, que confronta a educação dos antigos valores com a dos propagados pelos filósofos (o parentesco entre as peças é indicado explicitamente na parábase revisada: 528-36). Assim, nas *Rãs*, o poeta parece remontar ao começo de sua carreira, à intenção educacional e ao juízo moral que se encontrava naquelas peças. Incorporando as críticas que sofrera de Cratino, associando-se à força desse grande poeta dos tempos passados, retomando um tema caro ao início de sua produção e transformando o tratamento que recentemente dera a Eurípides, aparentemente Aristófanes ressuscita a antiga poesia cômica em seus versos, ressurreição que, no que toca à tragédia, limita-se ao retorno ficcional de um antigo poeta ao mundo dos vivos. Símbolo da ressurreição do poeta cômico é o próprio Ésquilo. Apresentado como o próprio Dioniso e em termos que misturam o cratiniano e o aristofânico, o poeta aparece, por um lado, como compositor de versos pesados e maciços e de palavras gigantescas, ligado à terra e a suas divindades. Por outro, mostra-se inventivo em suas paródias e vigoroso em seu humor. Combina duas características fundamentais da comédia velha: a materialidade e a descontinuidade – e seus efeitos, as sensações de pertencimento, liberdade e realização. A educação e a correção dos vícios da cidade (ponto central da "profissão de fé" da personagem Ésquilo) é tema favorito da comédia velha, pois só ela pode se dirigir ao público diretamente, sobretudo em sua parte exclusiva: a parábase. Oposto ao "aéreo" Eurípides, vence o poeta trágico mais afim à poética cômica.

Em suma, por trás do julgamento da tragédia, Aristófanes parece também apreciar sutilmente a comédia, reaproveitando elementos da poesia de antigos e novos rivais e a sua própria para reelaborá-la, construir a imagem do poeta necessário à situação calamitosa de Atenas e oferecer a si próprio como exemplo. Porém, deve-se reconhecer que se trata apenas de uma hipótese, pois, como não temos acesso à recepção original da peça e ao vasto *corpus* de comédias anteriores e contemporâneas a Aristófanes, não temos como julgar com precisão o alcance e o significado das insinuações do poeta.

Cabe, enfim, perguntar como a peça incorpora a poética da comédia velha. *Rãs* é um exemplar típico do gênero, partilhando de todas as características comentadas anteriormente. Por um lado, o universo da peça é familiar: o distante Hades, representado em Homero como lar de monstros e heróis do passado, é povoado de figuras e instituições próprias de Atenas: estalajadeiras, escravos, torneios poéticos e disputas civis. Dioniso, apesar de deus, se comporta como um típico ateniense, acompanhado por seu escravo. Também se trata de um mundo dominado pela materialidade: o medo se expressa com fezes, as brigas com violência e pancadas, o desejo sexual se manifesta com frequência, até mesmo o elevado *agón* dos poetas se apresenta em termos de pesos, medidas, objetos domésticos, animais e sexo. A despeito da forte presença de figuras e ambientes da vida cotidiana, não falta liberdade em relação às expectativas da realidade. Viaja-se ao Hades para buscar um poeta morto, rãs entoam elevados cantos líricos, senhor e escravo trocam constantemente de papel, deus e mortal se mostram igualmente vulneráveis a golpes, poetas mortos se apresentam novamente aos olhos do público e compõem no estilo um do outro, o deus-cidadão vicioso súbito se regenera e, num jogo de sombras, tragediógrafos representam suas contrapartes cômicas. A própria presença de elementos cotidianos e materiais em contextos inesperados rompe com a perspectiva da vida comum. Por fim, a profusão de duplos, comparações e acumulações (de golpes, peripécias, versos ou partes da peça) acentua os contrastes dos elementos incongruentes e a exuberância da materialidade.

Com a combinação desses elementos opostos (da materialidade e da descontinuidade – e de seus efeitos poéticos, as sensações de pertencimento e de liberdade), *Rãs* devia produzir nos espectadores o efeito de **realiza-**

ção cômica, a sensação de superar as contingências e as inevitabilidades da vida, gerada principalmente pela reversão do tempo e da morte que perpassa a trama. Nas *Rãs* os habitantes do Hades caminham diante dos espectadores, não como a melancólica turba do Canto 11 da *Odisseia* ou os espíritos invocados nas Antestérias, mas, ligados aos elementos mais básicos da existência, como seres mais vivazes do que os homens comuns. O ponto alto dessa invocação dos mortos era ver ressuscitados os grandes poetas que a cidade perdera e recuperada a virtude do passado, encarnada em Ésquilo. Por outro lado, a cidade via a si mesma revigorada no longo párodo dos iniciados nos Mistérios Eleusinos, um dos ritos de que a Ática mais se orgulhava de sediar e que se via impedida de celebrar adequadamente desde que os peloponésios ocuparam a região.

Nisso tudo, *Rãs* não se diferencia muito das outras comédias de Aristófanes: a reversão do mau estado do presente ou, ao menos, a realização material do impossível é a base de quase todos os enredos do autor. Todavia, se a ressurreição de Ésquilo representa a concretização do desejo de Dioniso de trazer um poeta bom de volta a Atenas, não se mostram, contudo, os efeitos do retorno sobre a cidade. Nos *Cavaleiros*, o Povo, livre da má influência de Paflagônio-Cleão, recupera sua antiga forma, nas *Nuvens* o pensatório de Sócrates é destruído, na *Lisístrata* estabelece-se efetivamente a paz, mas *Rãs* termina apenas com sugestões, não com seu cumprimento. Exorta-se a recobrar a coragem ancestral, livrar-se dos maus líderes e a firmar a paz com os peloponésios, mas essas ações não tomam lugar no palco.

Uma vez que o desfecho das *Rãs* se afasta da prática habitual da comédia velha como a conhecemos, é provável que o espectador notasse o desvio e que a regeneração incompleta afetasse a sensação de contentamento e realização normalmente gerada pelas peças. Se a audiência da *Lisístrata* poderia terminar de ver a peça com a sensação ilusória de que tudo acabou bem e a cidade fora liberta dos males da guerra, o mesmo não se pode dizer sobre *Rãs*. Por mais que os espectadores pudessem se alegrar com a vitória de Ésquilo e o cortejo que o conduz de volta à vida, tudo o que se mostra é a promessa de que a cidade, ensinada por ele, volte aos eixos. Enquanto em outras comédias a felicidade se cumpre totalmente na trama, aqui se deixa a consumação para um futuro não apresentado. Não se trata de um futuro longínquo ou utópico, mas um que estava plenamente ao alcance da assembleia de Atenas, pois, ainda que a ressurreição de Ésquilo seja fantasiosa, os conselhos e ensinamentos da peça (devolver os direitos civis aos ex-apoiadores dos oligarcas, escolher líderes virtuosos e encerrar a guerra) ainda poderiam ser seguidos pelos espectadores-cidadãos. Aparentemente, em lugar de satisfazer a audiência pela ficção, o comediógrafo mostra-lhe sua responsabilidade pela regeneração da cidade no mundo real. Tudo o que o poeta (seja o Ésquilo ficcional ou o Aristófanes histórico) poderia oferecer é o conselho e a instrução, mas a ação propriamente dita dependeria dos espectadores atenienses. A grave situação de Atenas parece ter instigado Aristófanes a enfatizar o papel político da poesia e da comédia não apenas no enredo, em que desenha o poeta ideal como professor da virtude pública, mas em seu próprio fazer poético, em que sacrifica um pouco do prazer da comédia para fortalecer seu caráter político.[177]

4. A TRADUÇÃO

Ao traduzir *Rãs*, ative-me a três aspectos principais: a elocução, a versificação e o campo imagético. Primeiramente, quis reproduzir em português a variedade e coloquialidade características do original. Na composição dos diálogos, misturei, como Aristófanes, formas coloquiais e conservadoras, tendendo às primeiras. Quando o texto grego, em cantos corais ou paródias trágicas, empregava vocabulário e sintaxe solenes, também os representei na tradução.

---

177. Essa particularidade da peça condiz com sua parábase singular. Os epirremas e antepirremas cômicos muitas vezes apresentam temas políticos com humor e distorções cômicas de todo tipo, mas, no que diz respeito a *Rãs*, não há sequer uma piada. O poeta trata de dois problemas (a anistia dos que perderam a cidadania e a escolha dos líderes) de maneira sóbria e direta, expressando-se em termos mais similares a discursos políticos reais do que a um trecho de uma comédia. Em lugar de compor um texto que, apesar de seu conteúdo cívico, poderia ser admirado somente pela habilidade poética e humorística, Aristófanes compõe um cuja única virtude é o aconselhamento político. Talvez seja essa variação que tenha a tal ponto impressionado os atenienses, levando-os a conceder uma reapresentação da peça.

Apesar de o tom coloquial estar atado inevitavelmente a meu próprio dialeto (o paulistano), evitei o uso de gírias, por sua volatilidade local e temporal.

Também quis representar a variedade rítmica do teatro grego, com as limitações inerentes à métrica românica. A versificação grega, baseada em sílabas longas e breves, conta com frases métricas tradicionais muito mais variadas que a portuguesa. Não querendo contar com os recursos que temos à disposição, mas eram pouco usados pelos antigos (sobretudo os inúmeros tipos de rimas), limitei-me a marcar os diferentes andamentos do original, na medida em que o português permitia. Como dito na introdução sobre o gênero, o teatro ático aplicava sete tipos de ritmo: iâmbico-trocaico, datílico, anapéstico, dátilo-epítrito, crético, dócmio e eólico. Como cada um desses ritmos tinha associações temáticas (ainda que não obrigatórias), os traduzi por andamentos portugueses com relações culturais semelhantes. Traduzi os dátilos, ritmo próprio da épica, por versos derivados do decassílabo heroico; os anapestos, metro com andamento muito similar ao dátilo, mas menos elevado, por ritmos associados ao decassílabo sáfico; os iambos e os troqueus, ritmos mais coloquiais, por metros associados ao verso heptassilábico, ligando a acentuação mais frequente ao iambo (na terceira e na sétima sílaba) e a menos usada ao troqueu (na quarta e na sétima). Quanto aos ritmos jônico e eólico, ligados às canções de Safo, Alceu e Anacreonte, traduzi por versos de andamentos ternários, de sonoridade cantante em português. Os metros restantes traduzi por analogia aos já determinados: desse modo, o dátilo-epítrito, nascido da combinação de cólons datílicos com outros de origem iâmbica, traduz-se pela combinação de derivados do decassílabo heroico e do redondilho maior; o crético, também associado ao iambo, por uma versão reduzida do heptassílabo com acento na quarta e na sétima sílabas: o hexassílabo acentuado na terceira e na sexta (e outros metros a ele relacionados). Não propus versão do dócmio, típico da tragédia e ausente na peça.

Enumeram-se a seguir a base rítmica para cada subsistema rítmico, bem como possíveis expansões e contrações e variações:[178]

---

178. Os números representam as sílabas do verso sobre as quais recai o acento tônico. Desse modo, um "hexassílabo 2-6" é um verso de seis sílabas com acento tônico na segunda e na sexta sílaba.

Andamento grego	Base rítmica portuguesa
Iâmbico-trocaico	**Base:** heptassílabo (iambo – 3-7, troqueu – 4-7) **Ritmos associados:** hexassílabo 3-6 pentassílabo 3-5 pentassílabo 2-5 tetrassílabo trissílabo
Datílico	**Base:** decassílabo heroico (decassílabo 6-10) **Ritmos associados:** hexassílabo 2-6 octossílabo 4-8 decassílabo sáfico (decassílabo 4-8-10) alexandrino antigo (hexassílabo 2-6 + hexassílabo 2-6) alexandrino clássico (dodecassílabo 6-12)
Dátilo-epítrito	**Base:** decassílabo heroico e heptassílabos **Ritmos associados:** todos os que relacionamos ao dátilo e ao iambo /troqueu
Anapéstico	**Base:** octossílabo 4-8 **Ritmos associados:** dodecassílabo 4-8-12 decassílabo sáfico decassílabo heroico tetrassílabo
Crético	**Base:** hexassílabo 3-6 **Ritmos associados:** alexandrino antigo 3-6 /3-6 alexandrino clássico 3-6-9-12 eneassílabo 3-6-9 trissílabo
Jônico	**Base:** pentassílabo 2-5 **Ritmos associados:** hendecassílabo de arte maior (2-5-7-11) pentassílabo 3-5
Eólico	**Base:** octossílabo 2-5-8 **Ritmos associados:** eneassílabo 3-6-9 pentassílabo 2-5

No que diz respeito aos versos estíquicos, isto é, que repetem a mesma frase métrica em sequência, escolhi metros portugueses baseados nas correspondências rítmicas arroladas acima. Quando os versos simples portugueses eram curtos demais, empreguei metros compostos:

Metro grego	Versão portuguesa
Trímetro iâmbico	bieptassílabo (heptassílabo + heptassílabo)
Tetrâmetro trocaico catalético	heptassílabo 4-7 + heptassílabo 4-7 + tetrassílabo
Tetrâmetro anapéstico catalético	decassílabo sáfico + octossílabo 4-8
Tetrâmetro iâmbico catalético	heptassílabo 3-7 + heptassílabo 3-7 + trissílabo
Hexâmetro datílico	alexandrino clássico
Dímetro anapéstico recitativo	decassílabo sáfico
Dímetro anapéstico recitativo catalético	octossílabo 4-8
Lecítio + itifálico	hexassílabo 3-6 + pentassílabo 3-5
Dois iambos + itifálico	heptassílabo 3-7 + pentassílabo 3-5

No caso dos trímetros iâmbicos dos diálogos, apesar de preferir o bieptassílabo de andamento 3-7 + 3-7 com o primeiro hemistíquio terminado em paroxítona, permiti-me todo o tipo de variações, buscando representar a liberdade do verso cômico. Quanto aos cantos líricos, corais ou solo, mais livres em sua composição, verti os versos pelo metro português correspondente que parecia melhor acomodá-los, respeitando as repetições e espelhamentos entre estrofes.

Tanto em metros estíquicos como líricos, usei notação para dois tipos de *enjambement*. Quando no original havia sinafia entre os versos em *enjambement*, isto é, não havia pausa entre eles, escrevi a inicial do segundo verso com letra minúscula, indicando que também em português não deveria haver pausa na recitação dos versos. Nesse caso, permiti-me inclusive dividir uma palavra entre dois versos, como é uso em grego. Quando, todavia, havia pausa na recitação original, iniciei o segundo verso por letra maiúscula, mostrando que também em português deve haver intervalo.

No que diz respeito ao campo terminológico e imagético, tentei deixar evidentes também na tradução as palavras-chave do original, vertendo-as por termos semântica e, quando possível, morfologicamente afins também em português. Busquei, na medida do possível, adaptar as piadas (incluindo os nomes significativos que não pertenciam a personagens históricos). Contudo, querer manter redes de sentido do original também me levou a evitar a adaptação radical dos trocadilhos, pois Aristófanes não os emprega de modo aleatório, mas os integra aos temas e motivos de suas peças. Por outro lado, o humor também nos revela os valores de uma classe ou sociedade, e a adaptação frequentemente faz com que as imagens e conceitos originais se percam aos olhos do leitor. Desse modo, busquei um compromisso entre humor e fidelidade imagética e valorativa, tendendo à última quando a conciliação era impossível (e sempre esclarecendo as obscuridades por nota de rodapé).[179] Essa postura afastou o texto significativamente da primeira tradução, realizada na minha dissertação de mestrado, em que, privilegiando a coloquialidade e os efeitos cômicos, sempre adaptava piadas, trocadilhos e ofensas ao ouvido brasileiro moderno.[180]

A maior parte das notas são baseadas nos comentários de DOVER 1993, algumas nos de STANFORD 1958. Mencionei as páginas das obras somente quando julguei que poderia interessar ao leitor consultá-las. As notas que

---

179. Exceção foram os vocativos ofensivos, que soavam excessivamente estranhos se traduzidos literalmente. No entanto, evitei soluções de campo semântico muito diferente do original.
180. ANDRADE 2014.

partiram de outros textos são referidas a seus autores, com devida marcação de ano (se necessário) e página.

Para tornar o texto mais compreensível para o leitor moderno, lancei mão de rubricas, normalmente ausentes do original, para esclarecer nuances obscuras ou possíveis sentidos que só se faziam entender no palco. Elas devem ser encaradas somente como hipóteses, pois muitas vezes é incerto como determinada cena era posta no palco. Para o uso de máquinas e procedimentos cênicos, baseei-me nas indicações de Dover 1972 e 1993 e McLeish 1980.

Também provi o texto de uma nota introdutória, em que descrevo todos os fatos políticos e históricos mencionados na peça. Como muitos deles eram óbvios para a audiência original, mas pouco conhecidos de nós, frequentemente as referências obscurecem o texto. Juntamente com as notas de rodapé, essa introdução busca tornar a leitura algo mais fluida, na medida em que um texto tão ancorado em seu tempo permite.

Βάτραχοι* | Rãs

---

* O texto reproduzido toma como base a edição de HALL e GELDART 1906, como disponibilizado na plataforma Perseus (http://www.perseus.tufts.edu). Os cantos líricos e corais seguem a colometria e a pontuação de PARKER 1997. Fizeram-se outras modificações, indicadas em notas de rodapé, com base nas edições e comentários de STANFORD 1958 e DOVER 1993 e em artigos de outros autores. Eventualmente, fiz alterações de próprio punho, também devidamente assinaladas nas notas ao texto grego, na sequência da tradução.

Nota introdutória

Abaixo, uma breve descrição dos acontecimentos importantes à época da comédia. Em **negrito** estão pessoas, fatos e lugares mencionados.

Foi apresentada no festival das Leneias, em 405 AEC. Já era o vigésimo sétimo ano da Guerra do Peloponeso, travada entre Atenas e Esparta (cujos aliados mais importantes eram Corinto e **Tebas**). Enquanto os peloponésios eram mais poderosos nas batalhas terrestres, a força de Atenas estava na **frota**, cujos marinheiros provinham sobretudo das classes mais pobres. A esquadra garantia o domínio militar sobre os aliados, que pagavam tributos a Atenas. Por outro lado, era a base da democracia, pois, essenciais ao poderio da cidade, os marinheiros asseguravam sua influência política. Durante a guerra, Atenas acolheu os habitantes de **Plateia**, completamente destruída por tebanos e espartanos, concedendo-lhe cidadania.

No ano anterior, falecera o tragediógrafo **Eurípides**, conhecido por seu tratamento incomum dos mitos, sua agudeza no uso das palavras e pela influência que recebeu das novas ideias filosóficas. Pouco depois, morreu o tragediógrafo **Sófocles**, considerado um homem pacífico e equilibrado. Os dois eram tidos como os melhores poetas trágicos dos tempos recentes. Nos anos 450 AEC, morrera o poeta **Ésquilo**, famoso por peças de elocução grandiosa e assunto grave e até então considerado o maior tragediógrafo ateniense. Vivera no período mais glorioso de Atenas, em que a cidade liderou os gregos (junto a Esparta, nos momentos mais críticos) nas **Guerras Médicas** (499-449 AEC). Neste conflito, os reis persas (**Dario** e, mais tarde, **Xerxes**) tentaram sufocar as revoltas dos gregos da Ásia Menor e conquistar a Grécia continental. Atenas foi a primeira cidade a vencer os persas em combate terrestre, na **Batalha de Maratona** (490 AEC), e conduziu os gregos na batalha naval de **Salamina** (480 AEC) que, junto à vitória em Plateia (479 AEC, sob liderança espartana), encerrou a ofensiva de Xerxes. Atenas, enfim, libertou as cidades jônias do controle persa, mas estabeleceu ela mesma um império sobre o Mar Egeu, cobrando tributos e navios das cidades aliadas.

Em 411 AEC, tentou-se um **golpe oligárquico**, que tinha entre seus líderes **Frínico** e **Terâmenes** (o qual, ao cabo, se aliou aos partidários da democracia). Os golpistas tinham por objetivo retirar os direitos políticos dos cidadãos mais pobres. Depois de um curto sucesso inicial, foram destituídos, e muitos dos envolvidos perderam eles mesmos o direito à cidadania. Outros temiam processos e perseguições.

Entre os chamados *demagogoí* ("líderes do povo"), destacaram-se **Cleão**, **Hipérbolo** (já mortos na época da peça), **Cleofonte** e **Arquedemo**. Eram infames entre as classes mais ricas, acusados de usar a oratória para enganar o povo ateniense em prol de seus objetivos pessoais. Em geral, eram contra qualquer acordo de paz com os peloponésios e ferozes opositores dos simpatizantes da oligarquia (e, portanto, contrários a restituir a cidadania aos colaboradores do golpe).

Atenas havia sofrido um desastre militar na Sicília em 413 AEC, perdendo grande parte de seus navios e soldados. A cidade tentava resistir com suas últimas forças. Espartanos e aliados invadiram as cercanias de Atenas, bloqueando a rota terrestre de mantimentos e o acesso às minas de prata. Consequentemente, impediram os atenienses de **cunhar sua valiosa moeda**, que passou a ser feita do **ouro** das oferendas colocadas na acrópole e, principalmente, de **bronze** folheado a prata. Devido à **escassez de recursos**, peloponésios e atenienses negociavam financiamento com os persas. A ocupação espartana da Ática também dificultou a celebração dos **Mistérios de Eleusina**, um dos mais prestigiosos ritos áticos, presidido pelos deuses Deméter, Perséfone e Iaco (identificado com Dioniso), a cujos iniciados se prometia vida feliz após a morte.

Em 406 AEC, aconteceu a batalha naval de Arginusas, que resultou em importante vitória ateniense contra Esparta. Concedeu-se **a cidadania ateniense** a todos os **escravos** participantes, que foram **alforriados**. Muitos escravos atenienses vinham de regiões nortenhas (como a **Trácia** e a **Cítia**) e se distinguiam por seus cabelos **ruivos** ou **loiros**. Também eram comuns escravos originários da Ásia Menor (da **Cária**, por exemplo). Após o combate em Arginusas, sobreveio uma tempestade, que impediu que os corpos dos mortos e os possíveis sobreviventes fossem resgatados. Isso fez com que os generais fossem responsabilizados, julgados e condenados à morte (entre os quais **Erasínides**). Tiveram papel na acusação **Terâmenes** (que, sendo um dos encarregados de buscar sobreviventes e cadáveres, estava em risco de ser responsabilizado caso os generais não fossem) e o *demagogós* **Arquedemo**.

Outra figura importante na época era o aristocrata **Alcibíades**, que, acusado de sacrilégio anos antes, desertou primeiro em prol dos espartanos e, depois de criar desafetos também entre eles, fugiu para a corte de um sátrapa persa. Retomou os contatos de sua cidade natal e inspirou o golpe oligárquico (embora sem participação direta). Pressionada pelas dificuldades, Atenas o recebeu de volta como general. Embora tenha liderado importantes vitórias navais, Alcibíades não deixou de ser personalidade controversa. Responsabilizado pela derrota em Nótio em 406 AEC, refugiou-se no Quersoneso. Debatia-se vivamente se ele devia ser repatriado.

No ano seguinte à apresentação de *Rãs*, Atenas sofreria a derrota final e capitularia, perdendo o império marítimo e sofrendo um novo golpe oligárquico (logo mais derrubado por nova restauração democrática).[1]

---

[1]. A maior parte das notas abaixo baseia-se nos comentários de DOVER 1993. Também lancei mão das notas de STANFORD 1958. Remeto aos dois autores em trechos que discutem mais detidamente do que era possível reproduzir em uma nota. Os demais estudiosos são mencionados explicitamente. As rubricas, com exceção das que seguem o verso 311 e 1264, não estão no texto original e foram elaboradas para facilitar a compreensão, a partir de interpretações próprias e de outros autores.

PERSONAGENS (*por ordem de aparecimento*)

LOIRINHO, um escravo
DIONISO, deus da natureza mutável, do vinho e da poesia dramática
HÉRACLES, o maior herói grego
DEFUNTO
CARONTE, o barqueiro que levava os mortos ao Hades
PORTEIRO de Plutão
SERVIÇAL de Plutão
HOTELEIRA do mundo dos mortos
ASSADEIRA, outra hoteleira do Hades
EURÍPIDES, famoso poeta falecido no ano anterior à peça, conhecido por seus temas cotidianos e filosóficos
ÉSQUILO, considerado o maior dos poetas trágicos do passado
PLUTÃO, deus que governava o mundo dos mortos

CORO:
primeiro como RÃS
depois como CORO de iniciados nos Mistérios Eleusinos

Personagens mudas:
Carregadores do Defunto
Escravos citas
Serviçais
Musa de Eurípides

ΞΑΝΘΙΑΣ
Εἴπω τι τῶν εἰωθότων ὦ δέσποτα,
ἐφ' οἷς ἀεὶ γελῶσιν οἱ θεώμενοι;

ΔΙΟΝΥΣΟΣ
νὴ τὸν Δί' ὅ τι βούλει γε, πλὴν "πιέζομαι",
τοῦτο δὲ φύλαξαι· πάνυ γάρ ἐστ' ἤδη χολή.

ΞΑΝΘΙΑΣ
μηδ' ἕτερον ἀστεῖόν τι;

ΔΙΟΝΥΣΟΣ
                πλήν γ' ὡς "θλίβομαι".   5

---

2. O manto açafrão também era considerado um traje efeminado.
3. É comum encontrar Dioniso representado com coturnos na cerâmica; na era pós-clássica, eram associados à tragédia, mas essa ligação não é atestada anteriormente.

Prólogo

(*Entra o deus Dioniso, um sujeito gordinho vestido como Héracles: traja uma pele de leão e carrega uma clava – típicos do herói – e veste um manto tingido de açafrão[2] e calça coturnos – botas com grandes saltos[3] próprios do deus do vinho. Segue-o um escravo, Loirinho, montado num burro e sofrendo sob uma carga enorme. Ambos se dirigem à porta central do palco.*)

LOIRINHO[4]
É pra contar uma dessas piadinhas de costume,
Que sempre fazem o público cair na risada, mestre?

DIONISO
Por Zeus, sim! O que quiser, menos "ai, tá me apertando!".
Não me venha dizer isso, ó: que já me subiu a bile![5]

LOIRINHO
Nem uma refinadinha?

DIONISO
                Nada de "tão me esmagando!"   5

---

4. Em grego, o escravo se chama *Xanthías* (derivado de *xanthós*, "loiro"); é um nome típico na comédia, com possível referência aos cabelos loiros de muitos escravos de origem boreal (da Trácia ou da Cítia). A cor dos cabelos será tema importante na discussão sobre a cidadania legítima na parábase.

ΞΑΝΘΙΑΣ
τί δαί; τὸ πάνυ γέλοιον εἴπω;

ΔΙΟΝΥΣΟΣ
νὴ Δία
θαρρῶν γε· μόνον ἐκεῖν' ὅπως μὴ 'ρεῖς,

ΞΑΝΘΙΑΣ
τὸ τί;

ΔΙΟΝΥΣΟΣ
μεταβαλλόμενος τἀνάφορον ὅτι "χεζητιᾷς".

ΞΑΝΘΙΑΣ
μηδ' ὅτι τοσοῦτον ἄχθος ἐπ' ἐμαυτῷ φέρων,
εἰ μὴ καθαιρήσει τις, ἀποπαρδήσομαι;   10

ΔΙΟΝΥΣΟΣ
μὴ δῆθ', ἱκετεύω, πλήν γ' ὅταν μέλλω 'ξεμεῖν.

ΞΑΝΘΙΑΣ
τί δῆτ' ἔδει με ταῦτα τὰ σκεύη φέρειν,
εἴπερ ποιήσω μηδὲν ὧνπερ Φρύνιχος
εἴωθε ποιεῖν καὶ Λύκις κἀμειψίας;
σκεύη φέρουσ' ἑκάστοτ' ἐν τῇ κωμῳδίᾳ.   15

5. A bile (*kholé*) era associada pelos gregos à ira e ao desgosto.
6. Frínico, Lícis e Amípsias eram comediógrafos rivais de Aristófanes, ativos no final do século V AEC. De suas obras restaram apenas fragmentos. Frínico disputou no mesmo festival que *Rãs*, com a comédia *Musas*, aparentemente também de tema poético. Segundo a passagem, esses autores abusavam de uma cena típica,

LOIRINHO
Mas o quê? Eu conto aquela engraçadona?

DIONISO
                                        Zeus! É claro!
Vai lá: sem receio algum! Só não vem dizer aquilo!

LOIRINHO
                                        O quê?

DIONISO
Equilibrando a carga, dizer que tá se cagando.

LOIRINHO
Nem falar que, se um bom homem não aliviar o peso
Do meu lombo agora mesmo, eu me peidorreio todo?   10

DIONISO
Não me faz isso! Eu imploro! Vai me fazer vomitar!

LOIRINHO
Pois, então, qual é o motivo de eu carregar essa tralha,
Se eu não vou fazer nenhuma piadinha das que o Frínico
Conta sempre – toda santa vez – e o Lícis e o Amípsias?
Não tem uma só comédia em que eles não carreguem tralha![6]   15

na qual se colocava no palco um escravo levando uma carga enorme e fazendo comentários sobre seu desconforto muscular e intestinal (os comediógrafos frequentemente associam o esforço físico à vontade de defecar). Apesar da condenação, Aristófanes apresenta aqui uma variação daquele tipo de cena.

ΔΙΟΝΥΣΟΣ
μή νυν ποιήσης· ώς έγώ θεώμενος,
όταν τι τούτων των σοφισμάτων ἴδω,
πλεῖν ἢ 'νιαυτῷ πρεσβύτερος ἀπέρχομαι.

ΞΑΝΘΙΑΣ
ὢ τρισκακοδαίμων ἄρ' ὁ τράχηλος ούτοσί,
ὅτι θλίβεται μέν, τὸ δὲ γέλοιον οὐκ ἐρεῖ. 20

ΔΙΟΝΥΣΟΣ
εἶτ' οὐχ ὕβρις ταῦτ' ἐστὶ καὶ πολλὴ τρυφή,
ὅτ' ἐγὼ μὲν ὢν Διόνυσος υἱὸς Σταμνίου
αὐτὸς βαδίζω καὶ πονῶ, τοῦτον δ' ὀχῶ,
ἵνα μὴ ταλαιπωροῖτο μηδ' ἄχθος φέροι;

ΞΑΝΘΙΑΣ
οὐ γὰρ φέρω 'γώ;

ΔΙΟΝΥΣΟΣ
    πῶς φέρεις γὰρ ὅς γ' ὀχεῖ; 25

ΞΑΝΘΙΑΣ
φέρων γε ταυτί.

ΔΙΟΝΥΣΟΣ
  τίνα τρόπον;

---

7. Em grego, *sophísmata* ("habilidades"). São termos-chave da peça os derivados do adjetivo *sophós* ("inteligente", "hábil", "engenhoso"), que, podendo também designar o bom senso e sagacidade, expressa, nesta comédia, sobretudo a habilidade poética (como é comum no séc. V AEC). Essa habilidade implica tanto a virtuosidade técnica como a capacidade de aconselhamento moral.
8. Em lugar de "filho de Zeus". No original se diz *huiòs Stamníou* ("o filho de Estâmnias"), sendo *Stamnías* um nome fictício criado a partir de *stámnos* ("jarro

DIONISO
Não faz isso, não! Porque, quando eu vejo uma comédia,
A cada vez que eu encontro tamanha prova de engenho,[7]
Me parece que perdi um ano todinho de vida!

LOIRINHO
Desgraça pouca é bobagem pr'essa gargantinha aqui!
Porque tá sendo esmagada, mas não vai contar piada! 20

DIONISO (*fingindo indignação*)
Diz se isso não é folga, uma falta de limite!
Eu, o próprio Dioniso, o rebento de Alambíquias,[8]
Padecendo e andando a pé, e esse aqui montando o burro
Pra não sentir canseirinha e não carregar um pesinho!

LOIRINHO (*indignado*)
Mas eu não tô carregando?

DIONISO
                    Como se tão te levando?[9] 25

LOIRINHO
Carregando isso aqui, oras!

DIONISO
                    De que jeito?

---

de vinho"). Identifica-se, portanto, Dioniso com a bebida de que é deus, o vinho.
9. Dioniso começa a parodiar o procedimento de "perguntas e respostas" aplicado pelos filósofos do século V AEC (dentre eles, Sócrates) para provar ou questionar um ponto de vista. Mais tarde, na obra de Platão (por exemplo, *República* 5.454a), esse procedimento seria dividido em "erística" (quando o único objetivo é vencer o oponente, com argumentos falaciosos) e "dialética" (quando se quer realmente provar a verdade de um ponto, com argumentos válidos).

ΞΑΝΘΙΑΣ
βαρέως πάνυ.

ΔΙΟΝΥΣΟΣ
οὔκουν τὸ βάρος τοῦθ' ὃ σὺ φέρεις ὄνος φέρει;

ΞΑΝΘΙΑΣ
οὐ δῆθ' ὅ γ' ἔχω 'γὼ καὶ φέρω μὰ τὸν Δί' οὔ.

ΔΙΟΝΥΣΟΣ
πῶς γὰρ φέρεις, ὅς γ' αὐτὸς ὑφ' ἑτέρου φέρει;

ΞΑΝΘΙΑΣ
οὐκ οἶδ'· ὁ δ' ὦμος οὑτοσὶ πιέζεται. 30

ΔΙΟΝΥΣΟΣ
σὺ δ' οὖν ἐπειδὴ τὸν ὄνον οὔ φῄς σ' ὠφελεῖν,
ἐν τῷ μέρει σὺ τὸν ὄνον ἀράμενος φέρε.

ΞΑΝΘΙΑΣ
οἴμοι κακοδαίμων· τί γὰρ ἐγὼ οὐκ ἐναυμάχουν;
ἦ τἄν σε κωκύειν ἂν ἐκέλευον μακρά.

ΔΙΟΝΥΣΟΣ
κατάβα πανοῦργε. καὶ γὰρ ἐγγὺς τῆς θύρας 35
ἤδη βαδίζων εἰμὶ τῆσδ', οἷ πρῶτά με
ἔδει τραπέσθαι. παιδίον, παῖ, ἠμί, παῖ.

10. A referência é à recente batalha de Arginusas (ver nota introdutória). Loirinho se lamenta de não ter participado dela e, consequentemente, não ter sido liberto, pois, como homem livre, poderia se vingar dos maus tratos do mestre.
11. No original, trata-se do termo *panoûrgos* ("disposto a fazer tudo", "malandro"). É palavra-chave nesta comédia, frequentemente associada à figura de Eurípides.

LOIRINHO
                    Com mal jeito!

DIONISO
Mas o burro não carrega o peso que você carrega?

LOIRINHO
Não o que eu tô carregando! Pode ver! Zeus tá de prova!

DIONISO
Mas como assim carregando, se tá sendo carregado?

LOIRINHO
E como eu vou saber disso? Ai, tão me esmagando o ombro!   30

DIONISO
Se você diz que o jumento não te serve pra mais nada,
Troca de lugar com ele e carrega nas suas costas!

LOIRINHO
Ai, desgraça! E eu não quis ser marinheiro na batalha!
Me alforriava e mandava você pro meio da merda![10]

DIONISO
Desce logo, trambiqueiro![11] Que eu já tô chegando perto   35
Da porta – daquela ali! – onde eu tenho que passar pra começo de conversa.

(*Loirinho desce do burro, com dificuldade, para não deixar a carga cair. Dioniso sobe no palco e bate ao lado da porta central violentamente.*)

Escravo! Ei, ei, escravo! Atende à porta!

ΗΡΑΚΛΗΣ
τίς τὴν θύραν ἐπάταξεν; ὡς κενταυρικῶς
ἐνήλαθ' ὅστις· εἰπέ μοι τουτὶ τί ἦν;

ΔΙΟΝΥΣΟΣ
ὁ παῖς.

ΞΑΝΘΙΑΣ
 τί ἔστιν;

ΔΙΟΝΥΣΟΣ
    οὐκ ἐνεθυμήθης;

ΞΑΝΘΙΑΣ
       τὸ τί; 40

ΔΙΟΝΥΣΟΣ
ὡς σφόδρα μ' ἔδεισε.

ΞΑΝΘΙΑΣ
     νὴ Δία μὴ μαίνοιό γε.

ΗΡΑΚΛΗΣ
οὔ τοι μὰ τὴν Δήμητρα δύναμαι μὴ γελᾶν·
καίτοι δάκνω γ' ἐμαυτόν· ἀλλ' ὅμως γελῶ.

---

12. *Kentaurikôs enélato* ("investiu à maneira de centauro"). Aristófanes gosta de brincar com os adjetivos e advérbios de sufixo *-ikós* ("-ico" em português), que estavam em voga no século V AEC, provavelmente por seu uso técnico e filosófico.

(*Aparece Héracles no centro da porta, sem sair. É um sujeito grande, truculento e glutão, vestido com peles e segurando uma clava; a voz é cavernosa. Dioniso recua à esquerda.*)

HÉRACLES
Quem foi que bateu na porta? Foi bem pra lá de centáurica[12]
Essa investida de quem... Me diga logo o que foi!

DIONISO (*para Loirinho*)
Ei, escravo!

LOIRINHO
    Que que foi?

DIONISO
        Reparou nisso?

LOIRINHO
            No quê?　　　　　　　　　　　　40

DIONISO
Ele ficou com medinho!

LOIRINHO
        De que fosse um doido! Zeus!

HÉRACLES (*à parte, surpreso*)
Por Deméter! Não dá não! Diz: como é que eu não vou rir?
(*Gargalha alto.*)
Tô mordendo a língua e nada da risada se acabar!

ΔΙΟΝΥΣΟΣ
ὦ δαιμόνιε πρόσελθε· δέομαι γάρ τί σου.

ΗΡΑΚΛΗΣ
ἀλλ' οὐχ οἷός τ' εἴμ' ἀποσοβῆσαι τὸν γέλων   45
ὁρῶν λεοντῆν ἐπὶ κροκωτῷ κειμένην.
τίς ὁ νοῦς; τί κόθορνος καὶ ῥόπαλον ξυνηλθέτην;
ποῖ γῆς ἀπεδήμεις;

ΔΙΟΝΥΣΟΣ
                    ἐπεβάτευον Κλεισθένει—

ΗΡΑΚΛΗΣ
κἀναυμάχησας;

ΔΙΟΝΥΣΟΣ
                    καὶ κατεδύσαμέν γε ναῦς
τῶν πολεμίων ἢ δώδεκ' ἢ τρεῖς καὶ δέκα.   50

ΗΡΑΚΛΗΣ
σφώ;

ΔΙΟΝΥΣΟΣ
    νὴ τὸν Ἀπόλλω.

---

13. Clístenes era um famoso ateniense, conhecido por seu comportamento efeminado. Aqui se representa uma situação em que Clístenes é um trierarca, o comandante de uma trirreme, e Dioniso um dos hoplitas a bordo. No original há uma possível brincadeira entre *epibateúo* ("ser um dos hoplitas que tripulavam o navio") e *epibaíno* ("montar", usado também com sentido sexual).

DIONISO
Meu amigo, chega aqui! Tô precisando de ajuda.

HÉRACLES (*à parte*)
Não tenho condição nenhuma de enxotar a gargalhada!   45
Essa pele de leão com esse mantinho açafrão!

(*Sai da casa e se põe ao lado de Dioniso.*)

Qual o conceito? Por que a clava e o coturninho se aliaram?
(*para Dioniso*) Por onde você andou?

DIONISO
                              Tripulando a popa do Clístenes![13]

HÉRACLES
Pruma batalha naval?

DIONISO
            Sim! E acabamos afundando
Os navios dos inimigos umas doze ou treze vezes!   50
(*Faz uma dança balançando o quadril para trás e para frente.*)[14]

HÉRACLES (*apontando para Loirinho*)
Vocês dois?

DIONISO
    Sim! Por Apolo!

---

14. A principal maneira com que os atenienses afundavam os barcos dos inimigos era usando um esporão afixado à proa. Desse modo, a passagem parece ser uma alusão ao ato sexual e à passividade de Clístenes.

ΞΑΝΘΙΑΣ
κᾆτ' ἔγωγ' ἐξηγρόμην.

ΔΙΟΝΥΣΟΣ
καὶ δῆτ' ἐπὶ τῆς νεὼς ἀναγιγνώσκοντί μοι
τὴν Ἀνδρομέδαν πρὸς ἐμαυτὸν ἐξαίφνης πόθος
τὴν καρδίαν ἐπάταξε πῶς οἴει σφόδρα.

ΗΡΑΚΛΗΣ
πόθος; πόσος τις;

ΔΙΟΝΥΣΟΣ
μικρὸς ἡλίκος Μόλων   55

ΗΡΑΚΛΗΣ
γυναικός;

ΔΙΟΝΥΣΟΣ
οὐ δῆτ'.

ΗΡΑΚΛΗΣ
ἀλλὰ παιδός;

ΔΙΟΝΥΣΟΣ
οὐδαμῶς.

ΗΡΑΚΛΗΣ
ἀλλ' ἀνδρός;

15. Título de uma tragédia de Eurípides (hoje fragmentária), que narrava como a princesa etíope Andrômeda, presa pelo pai a uma rocha para ser devorada por um monstro marinho e aplacar a fúria do deus Posídon, foi resgatada pelo herói Perseu, apaixonado por ela. O "desejo" que a tragédia desperta em Dioniso se refere ao teor fortemente erótico daquela peça.

LOIRINHO
           E foi aí que eu acordei!
(*Loirinho fica se equilibrando para não cair com a carga.*)

DIONISO
E uma hora eu tava lá, lendo a *Andrômeda*[15] no barco
Quando, de repente, veio sobre mim uma paixão
Que varou meu coração – você nem sabe como é forte!

HÉRACLES
Qual o tamanho da paixão?

DIONISO (*faz um gesto amplo com as mãos*)
                Do tamanhinho do Mólon.[16]   55

HÉRACLES
É mulher?

DIONISO
    Não é.

HÉRACLES
        Menino?

DIONISO
        Não, não! Ainda tá frio!

HÉRACLES
Então é homem?

---

16. Ator conhecido por sua grande estatura.

ΔΙΟΝΥΣΟΣ
          ἀπαπαί.

ΗΡΑΚΛΗΣ
          ξυνεγένου τῷ Κλεισθένει;

ΔΙΟΝΥΣΟΣ
μὴ σκῶπτέ μ' ὦδέλφ'· οὐ γὰρ ἀλλ' ἔχω κακῶς·
τοιοῦτος ἵμερός με διαλυμαίνεται.

ΗΡΑΚΛΗΣ
ποῖός τις ὠδελφίδιον;

ΔΙΟΝΥΣΟΣ
          οὐκ ἔχω φράσαι. 60
ὅμως γε μέντοι σοι δι' αἰνιγμῶν ἐρῶ.
ἤδη ποτ' ἐπεθύμησας ἐξαίφνης ἔτνους;

ΗΡΑΚΛΗΣ
ἔτνους; βαβαιάξ, μυριάκις γ' ἐν τῷ βίῳ.

ΔΙΟΝΥΣΟΣ
ἆρ' ἐκδιδάσκω τὸ σαφὲς ἢ 'τέρᾳ φράσω;

ΗΡΑΚΛΗΣ
μὴ δῆτα περὶ ἔτνους γε· πάνυ γὰρ μανθάνω. 65

ΔΙΟΝΥΣΟΣ
τοιουτοσὶ τοίνυν με δαρδάπτει πόθος
Εὐριπίδου.

DIONISO
        Aiai!

HÉRACLES
        Você dormiu com o Clístenes?!

DIONISO
Deu pra rir da minha cara? Irmão, eu não tô nada bem!
Esse meu anseio aqui me consome de uma forma...

HÉRACLES
Mas de qual forma, maninho?

DIONISO
        Não consigo nem falar!   60
Não faz mal: eu digo pra você por meio de alusões.
Já te bateu, de repente, uma gana de feijoada?[17]

HÉRACLES
Duma feijoada? Onde?! Tive pela vida toda!

DIONISO
Eu fui claro ou você quer que eu te demonstre novamente?

HÉRACLES
Nem precisa falar mais! Eu sou bom de feijoada!   65

DIONISO
Um desejo desse tipo me devora, uma paixão
Por Eurípides!

---

17. Héracles era costumeiramente representado na comédia como um glutão (por exemplo, nas *Aves*). No original trata-se de uma sopa grossa (*étnos*).

ΗΡΑΚΛΗΣ
    καὶ ταῦτα τοῦ τεθνηκότος;

ΔΙΟΝΥΣΟΣ
κοὐδείς γέ μ' ἂν πείσειεν ἀνθρώπων τὸ μὴ οὐκ
ἐλθεῖν ἐπ' ἐκεῖνον.

ΗΡΑΚΛΗΣ
            πότερον εἰς Ἅιδου κάτω;

ΔΙΟΝΥΣΟΣ
καὶ νὴ Δί' εἴ τί γ' ἔστιν ἔτι κατωτέρω.   70

ΗΡΑΚΛΗΣ
τί βουλόμενος;

ΔΙΟΝΥΣΟΣ
            δέομαι ποιητοῦ δεξιοῦ.
οἱ μὲν γὰρ οὐκέτ' εἰσίν, οἱ δ' ὄντες κακοί.

ΗΡΑΚΛΗΣ
τί δ'; οὐκ Ἰοφῶν ζῇ;

ΔΙΟΝΥΣΟΣ
            τοῦτο γάρ τοι καὶ μόνον
ἔτ' ἐστὶ λοιπὸν ἀγαθόν, εἰ καὶ τοῦτ' ἄρα·
οὐ γὰρ σάφ' οἶδ' οὐδ' αὐτὸ τοῦθ' ὅπως ἔχει.   75

---

18. Em grego, a palavra é *dexiós* ("inteligente", "esperto", "habilidoso"), que também indica a capacidade técnica de um poeta.
19. Citação da tragédia *Eneu*, de Eurípides, fragmentária. O trecho completo é o seguinte (*TrGF* fr. 565): "[Diomedes]: Desse modo tu pereces, desprovido de alia-

HÉRACLES
      Virou necrófilo?! Mas só faltava!

DIONISO
E não tem ninguém na terra que me tira a decisão
De sair em busca dele.

HÉRACLES
          Quer dizer que vai pro Hades?

DIONISO
Sim, por Zeus! E vou ainda mais embaixo se preciso!   70

HÉRACLES
Mas o que que você quer?

DIONISO
          Um poeta habilidoso![18]
"Parte já não vive mais e são perversos os que vivem"![19]

HÉRACLES
O Iofonte[20] já morreu?!

DIONISO
          Esse aí é mesmo o único
Bom poeta que sobrou, se é que presta de verdade.
Pois ainda não deu tempo de saber como ele é mesmo.   75

---

    dos? / [Eneu]: Parte já não existe mais e são maus os que vivem" (ΔΙΟΜ. σὺ δ᾽ ὧδ᾽ ἔρημος ξυμμάχων ἀπόλλυσαι; / ΟΙΝ. οἳ μὲν γὰρ οὐκέτ᾽ εἰσίν, οἱ δ᾽ ὄντες κακοί.).
20. Filho de Sófocles. Também era tragediógrafo e, pelo que se pode depreender do trecho, suspeitava-se que suas peças eram escritas pelo pai.

ΗΡΑΚΛΗΣ
εἶτ' οὐχὶ Σοφοκλέα πρότερον Εὐριπίδου
μέλλεις ἀναγαγεῖν, εἴπερ ἐκεῖθεν δεῖ σ' ἄγειν;

ΔΙΟΝΥΣΟΣ
οὐ πρίν γ' ἂν Ἰοφῶντ', ἀπολαβὼν αὐτὸν μόνον,
ἄνευ Σοφοκλέους ὅ τι ποιεῖ κωδωνίσω.
κἄλλως ὁ μέν γ' Εὐριπίδης πανοῦργος ὢν   80
κἂν ξυναποδρᾶναι δεῦρ' ἐπιχειρήσειέ μοι·
ὁ δ' εὔκολος μὲν ἐνθάδ' εὔκολος δ' ἐκεῖ.

ΗΡΑΚΛΗΣ
Ἀγάθων δὲ ποῦ 'στιν;
ΔΙΟΝΥΣΟΣ
                        ἀπολιπών μ' ἀποίχεται,
ἀγαθὸς ποιητὴς καὶ ποθεινὸς τοῖς φίλοις.

ΗΡΑΚΛΗΣ
ποῖ γῆς ὁ τλήμων;

ΔΙΟΝΥΣΟΣ
                        ἐς Μακάρων εὐωχίαν.   85

21. No original, Aristófanes emprega apenas o verbo *kodonízo* ("testar a genuinidade de uma moeda"). Esse termo antecipa o importante símile das moedas que se verá no antepirrema da parábase.
22. Sófocles era conhecido por seu temperamento tranquilo.
23. Agatão era um grande tragediógrafo, conhecido por sua aparência e seu comportamento efeminados (ver sua aparição nas *Tesmoforiantes*). O poeta é mencionado por Aristóteles em *Poética* 1451b19-23; 1456a30 como um grande inovador, tendo sido o primeiro a inserir cantos corais totalmente desligados da trama e composto ao menos uma tragédia com personagens não míticos, totalmente fictícios. Também o diálogo *Banquete* de Platão toma por ocasião a comemoração pela primeira vitória de Agatão em um festival dramático (nas Leneias de 416

HÉRACLES
Mas por que, em vez do Eurípides, você não traz contigo
Logo o Sófocles de volta, já que é pra trazer alguém?

DIONISO
Não, antes quero testar aquela moeda no dente:[21]
Ver o Iofonte compondo sozinho, sem Sófocles.
E, além disso, você sabe do que o Eurípides é feito: 80
Com certeza o trambiqueiro ia tentar fugir comigo!
O outro era gentil aqui e será gentil por lá.[22]

HÉRACLES
Que foi feito do Agatão?[23]
DIONISO (*trágico*)
                      Partiu, privou-me de si:
um poeta admirável,[24] amado pelos amigos.

HÉRACLES
E onde jaz o infortunado?

DIONISO
                     Na ceia dos *mais idôneos*![25] 85

AEC). O poeta é representado como alguém admirado e desejado por múltiplas figuras. Na época das *Rãs*, Agatão vivia na corte do rei da Macedônia.
24. Em grego, há um trocadilho entre *Agáthon* ("Agatão") e *agathós* ("bom", "nobre").
25. No original, diz-se que o poeta foi à "ceia dos bem-aventurados" (*eis makáron euokhían*). A expressão "bem-aventurados" (*mákares*) podia ser empregada com referência aos mortos virtuosos (ver, por exemplo, Platão, *Fédon* 115d). O humor reside no fato de que, enquanto dá a entender que Agatão morreu, a expressão também alude ao fato de que o poeta gozava realmente de uma vida bem-aventurada na corte macedônia, longe da Atenas atribulada pela guerra. Há também um trocadilho entre *mákares* e *makédones* ("macedônios").

ΗΡΑΚΛΗΣ
ὁ δὲ Ξενοκλέης;

ΔΙΟΝΥΣΟΣ
   ἐξόλοιτο νὴ Δία.

ΗΡΑΚΛΗΣ
Πυθάγγελος δέ;

ΞΑΝΘΙΑΣ
   περὶ ἐμοῦ δ' οὐδεὶς λόγος
ἐπιτριβομένου τὸν ὦμον οὑτωσὶ σφόδρα.

ΗΡΑΚΛΗΣ
οὔκουν ἕτερ' ἔστ' ἐνταῦθα μειρακύλλια
τραγῳδίας ποιοῦντα πλεῖν ἢ μύρια,   90
Εὐριπίδου πλεῖν ἢ σταδίῳ λαλίστερα.

ΔΙΟΝΥΣΟΣ
ἐπιφυλλίδες ταῦτ' ἐστὶ καὶ στωμύλματα,
χελιδόνων μουσεῖα, λωβηταὶ τέχνης,
ἃ φροῦδα θᾶττον, ἢν μόνον χορὸν λάβῃ,
ἅπαξ προσουρήσαντα τῇ τραγῳδίᾳ.   95

---

26. Xênocles e Pitângelo são dois tragediógrafos da época.
27. No original, "em mais que um estádio" (*pleîn è stadíoi*). O estádio ático era uma medida que equivale a cerca de 185 metros.
28. No original, *epiphúllides*, uvas pequenas e próximas às folhas, que geralmente eram ignoradas nas colheitas. A metáfora é especialmente significativa se considerarmos que os poetas trágicos se apresentavam num festival de Dioniso, o deus das uvas e do vinho.
29. No original, *stomúlmata* ("matracas"). Essa raiz é muito usada na peça, principalmente em relação às tendências oratórias e argumentativas de Eurípides.
30. O termo original é *khelidónon mouseîa* ("lugares sagrados às Musas habitados por andorinhas") e pode ser paródia da *Alcmena* de Eurípides: *aedónon mouseîon*

HÉRACLES
Tem o Xênocles...

DIONISO
        Por Zeus! Ele podia se explodir!

HÉRACLES
O Pitângelo[26] também...

(*Dioniso faz gesto de nojo.*)

LOIRINHO (*à parte, ainda se equilibrando com dificuldade*)
        Mas sobre mim ninguém fala!
E eu tô aqui me estropiando, c'o ombro todo esmigalhado.

HÉRACLES
Mas não tem por essas bandas uma molecada toda
Escrevendo mais de dez milhares de tragédias novas   90
E que é duzentos metros[27] mais papuda que o Eurípides?

DIONISO
Uns bagos de uvas mirradas,[28] uma corja de matracas,[29]
Andorinhas entre as Musas,[30] são uns vândalos da arte,
Que se escafedem de medo logo que ganham um coro[31]
e deram uma mijada só em cima da tragédia![32]   95

    ("lugares sagrados às Musas habitados por rouxinóis", *TrGF* fr. 88.2). O canto das andorinhas reunidas parece uma conversação incompreensível e também era associado às línguas bárbaras (ver vv. 680-2)
31. Isto é, quando a cidade os escolhe para apresentar tragédias num festival e concede-lhes um coro de cidadãos para cantar e atuar na peça. Dioniso critica os maus tragediógrafos, que não persistem em sua carreira poética.
32. Aqui pode haver um contraste entre a urina e o esperma, implicando que esses poetas são metaforicamente inférteis, incapazes de produzir uma boa tragédia; ver nota abaixo.

γόνιμον δὲ ποιητὴν ἂν οὐχ εὕροις ἔτι
ζητῶν ἄν, ὅστις ῥῆμα γενναῖον λάκοι.

ΗΡΑΚΛΗΣ
πῶς γόνιμον;

ΔΙΟΝΥΣΟΣ
        ὡδὶ γόνιμον, ὅστις φθέγξεται
τοιουτονί τι παρακεκινδυνευμένον,
αἰθέρα Διὸς δωμάτιον, ἢ χρόνου πόδα,   100
ἢ φρένα μὲν οὐκ ἐθέλουσαν ὀμόσαι καθ' ἱερῶν,
γλῶτταν δ' ἐπιορκήσασαν ἰδίᾳ τῆς φρενός.

ΗΡΑΚΛΗΣ
σὲ δὲ ταῦτ' ἀρέσκει;

ΔΙΟΝΥΣΟΣ
            μἀλλὰ πλεῖν ἢ μαίνομαι.

ΗΡΑΚΛΗΣ
ἦ μὴν κόβαλά γ' ἐστίν, ὡς καὶ σοὶ δοκεῖ.

---

33. No original, *Diòs domátion* ("quartinho de Zeus"), citação distorcida da *Melanipe* de Eurípides, peça fragmentária (*TrGF* fr. 487). A expressão na tragédia é "juro pelo sagrado Éter, habitação de Zeus" (ὄμνυμι δ' ἱερὸν αἰθέρ', οἴκησιν Διός). Com a mudança, Aristófanes sublinha o caráter cotidiano da poesia euripidiana, de que se falará mais adiante. Além disso, o poeta costuma associar Eurípides ao pensamento dos filósofos do século VI e V AEC, em que o éter comparece como um elemento natural. Uma vez que Aristófanes normalmente liga essas teorias físicas à negação dos deuses tradicionais, jurar em nome do éter deveria soar especialmente cômico. Já nas *Nuvens* 265 o poeta faz Sócrates invocar o éter como um deus. Ademais a citação já fora empregada nas *Tesmoforiantes* 272 para escarnecer de Eurípides.

34. Em Eurípides, a expressão ocorre nas *Bacantes* 889 e na peça fragmentária *Ale-*

Nem buscando em todo canto você acharia um poeta
Fértil que possa entoar um só dito de alta estirpe.

HÉRACLES
E o que "fértil" quer dizer?

DIONISO
                          Fértil, oras, bem valente,
Que é capaz de recitar um dizer que seja assim:
"Éter, o quintal de Zeus"[33] ou então "o pé do Tempo"[34]   100
Ou que "a mente não queria jurar pelo que é sagrado,
Mas a língua fez perjúrio, sem que consultasse a mente".[35]

HÉRACLES
Isso aí é o que te agrada?

DIONISO
                      Isso me leva à loucura!

HÉRACLES
Mas vai ter de admitir que é uma bela de uma bosta!

---

    xandre (*TrGF* fr. 42). Aristófanes chama aqui a atenção aos termos cotidianos e pouco solenes com que o poeta se referia ao tempo (ver Jacqueline de Romilly *apud* SOUSA E SILVA 1987: 176).

35. Paráfrase de um famoso verso do *Hipólito* de Eurípides. A peça trata da paixão de Fedra, esposa de Teseu, pelo enteado Hipólito. Depois de intensa dúvida, uma serviçal a convence a confessar a paixão por seu intermédio. Antes de revelar a mensagem, a escrava retira de Hipólito a promessa de que nada diria do que ouvisse. Porém, quando ele ouve as intenções da madrasta, responde furioso: "Minha língua prometeu, mas a mente não jurou" (v. 612: ἡ γλῶσσ' ὀμώμοχ', ἡ δὲ φρὴν ἀνώμοτος). Apesar disso, o herói se mantém fiel à promessa. No entanto, a formulação de uma justificativa do perjúrio numa tragédia parece ter sido chocante o suficiente para ser alvo de zombaria.

ΔΙΟΝΥΣΟΣ
μὴ τὸν ἐμὸν οἴκει νοῦν· ἔχεις γὰρ οἰκίαν. 105

ΗΡΑΚΛΗΣ
καὶ μὴν ἀτεχνῶς γε παμπόνηρα φαίνεται.

ΔΙΟΝΥΣΟΣ
δειπνεῖν με δίδασκε.

ΞΑΝΘΙΑΣ
περὶ ἐμοῦ δ' οὐδεὶς λόγος.

ΔΙΟΝΥΣΟΣ
ἀλλ' ὧνπερ ἕνεκα τήνδε τὴν σκευὴν ἔχων
ἦλθον κατὰ σὴν μίμησιν, ἵνα μοι τοὺς ξένους
τοὺς σοὺς φράσειας, εἰ δεοίμην, οἷσι σὺ 110
ἐχρῶ τόθ', ἡνίκ' ἦλθες ἐπὶ τὸν Κέρβερον,
τούτους φράσον μοι, λιμένας ἀρτοπώλια
πορνεῖ' ἀναπαύλας ἐκτροπὰς κρήνας ὁδοὺς
πόλεις διαίτας πανδοκευτρίας, ὅπου
κόρεις ὀλίγιστοι.

ΞΑΝΘΙΑΣ
περὶ ἐμοῦ δ' οὐδεὶς λόγος. 115

ΗΡΑΚΛΗΣ
ὦ σχέτλιε τολμήσεις γὰρ ἰέναι καὶ σύ γε;

36. Um escólio antigo à passagem atribui a expressão a Eurípides, citando o seguinte verso: μὴ τὸν ἐμὸν οἴκει νοῦν· ἐγὼ γὰρ ἀρκέσω ("não habites meu pensar, pois eu serei suficiente"). Apesar de ele dizer que o verso pertence a *Andrômaca*, nessa peça encontra-se somente o seguinte verso (v. 237): ὁ νοῦς ὁ σός μοι μὴ ξυνοικοίη, γύναι ("que jamais teu pensamento, mulher, conviva comigo").

DIONISO
"Não habites meu pensar",³⁶ você tem a sua casa.   105

HÉRACLES
Uma boa porcaria! Tá pra todo mundo ver!

DIONISO
Vai cuidar da sua pança!³⁷

LOIRINHO (*à parte, lutando com o peso*)
                    Mas sobre mim ninguém fala!

DIONISO
Vim pra cá com essas coisas, imitando as suas roupas,
Pra pedir um favorzinho: eu queria sugestões,
Pro caso de eu precisar. Quem te deu abrigo quando   110
Você foi trazer o Cérbero do Hades para a terra?³⁸
E me indica tudo: portos, padarias, os puteiros,
Hospedagens, trajetórias, fontes, vias, povoados,
As pousadas e hoteleiras que oferecem aposentos
quem têm menos percevejos.

LOIRINHO (*à parte*)
                    Mas sobre mim ninguém fala!   115

HÉRACLES
Ah, safado! Tem coragem de partir pra lá também?

---

37. No original, δειπνεῖν με δίδασκε ("me ensine a banquetear"). Dioniso pede ao glutão Héracles que cuide daquilo que conhece bem.
38. Referência a um dos doze trabalhos de Héracles: ir ao mundo dos mortos e capturar Cérbero, o monstruoso cão de múltiplas cabeças.

ΔΙΟΝΥΣΟΣ
μηδὲν ἔτι πρὸς ταῦτ', ἀλλὰ φράζε τῶν ὁδῶν
ὅπῃ τάχιστ' ἀφιξόμεθ' εἰς Ἅιδου κάτω·
καὶ μήτε θερμὴν μήτ' ἄγαν ψυχρὰν φράσῃς.

ΗΡΑΚΛΗΣ
φέρε δὴ τίν' αὐτῶν σοι φράσω πρώτην; τίνα; 120
μία μὲν γὰρ ἔστιν ἀπὸ κάλω καὶ θρανίου,
κρεμάσαντι σαυτόν.

ΔΙΟΝΥΣΟΣ
παῦε, πνιγηρὰν λέγεις.

ΗΡΑΚΛΗΣ
ἀλλ' ἔστιν ἀτραπὸς ξύντομος τετριμμένη
ἡ διὰ θυείας.

ΔΙΟΝΥΣΟΣ
ἆρα κώνειον λέγεις;

ΗΡΑΚΛΗΣ
μάλιστά γε.

ΔΙΟΝΥΣΟΣ
ψυχρὰν γε καὶ δυσχείμερον· 125
εὐθὺς γὰρ ἀποπήγνυσι τἀντικνήμια.

39. Com a referência à corda e a um banco de remador (*thraníon*), Héracles dá a entender que se trata de uma viagem marítima, mas quebra a expectativa logo em seguida.
40. O trecho brinca com a ambiguidade de *xúntomos* ("cortada, abreviada") e *te-*

DIONISO
Deixa disso! Mas me conta de uma vez qual é o caminho
Que me faz chegar mais rápido no mais fundo do Hades;
Que não seja muito quente nem também muito gelado!

HÉRACLES
Então vai! Qual dos caminhos vou dizer primeiro? Qual?   120
Um deles depende só de um assento e de uma corda:[39]
Se enforcando!

DIONISO
              Deixa quieto, que esse aí é só sufoco!

HÉRACLES
Tem um outro caminho pra cortar – e bem batido:
O da taça.

DIONISO
          De cicuta? É isso que 'cê quer dizer?

HÉRACLES
Tô falando desse mesmo!

DIONISO
                    Mas é frio de tempestade![40]   125
Pois de cara já congela as duas canelas todinhas!

---

    trimméne ("esmagada", batida"), que podem se referir tanto a um caminho como ao preparo da cicuta, erva venenosa. Um dos principais efeitos do envenenamento por cicuta era considerada a paralisia progressiva do corpo, daí a referência ao frio.

ΗΡΑΚΛΗΣ
βούλει κατάντη καὶ ταχεῖαν σοι φράσω;

ΔΙΟΝΥΣΟΣ
νὴ τὸν Δί' ὡς ὄντος γε μὴ βαδιστικοῦ.

ΗΡΑΚΛΗΣ
καθέρπυσόν νυν ἐς Κεραμεικόν.

ΔΙΟΝΥΣΟΣ
      κᾆτα τί;

ΗΡΑΚΛΗΣ
ἀναβὰς ἐπὶ τὸν πύργον τὸν ὑψηλόν—

ΔΙΟΝΥΣΟΣ
      τί δρῶ;   130

ΗΡΑΚΛΗΣ
ἀφιεμένην τὴν λαμπάδ' ἐντεῦθεν θεῶ,
κἄπειτ' ἐπειδὰν φῶσιν οἱ θεώμενοι
"εἶναι", τόθ' εἶναι καὶ σὺ σαυτόν.

ΔΙΟΝΥΣΟΣ
      ποῖ;

ΗΡΑΚΛΗΣ
      κάτω.

---

41. Região de Atenas onde, durante o Festival Panatenaico, terminava a *lampadephoría* ou *lampás*, uma corrida em que os competidores carregavam uma tocha em revezamento. A corrida era importante evento cívico, e um homem rico, nomeado

HÉRACLES
Você quer que eu recomende uma rápida descida?

DIONISO
Sim, por Zeus! Mas leva em conta que eu não gosto de andar, não!

HÉRACLES
Desce lá na região de Cerâmico...[41]

DIONISO
                           E depois?

HÉRACLES
 Vai subindo a torre alta...[42]

DIONISO
                    Subir lá buscando o quê?

HÉRACLES
Ver a corrida co'a tocha começando lá pra baixo.
E, na hora em que a plateia disser "vai!" pros corredores,
Aí você vai também!

DIONISO
                        Vou pra onde?!

HÉRACLES
                        Torre abaixo.

---

ginasiarca, ficava responsável por financiar o treinamento dos atletas.
42. Uma conhecida torre do distrito, de onde se podia ver a corrida.

ΔΙΟΝΥΣΟΣ
ἀλλ' ἀπολέσαιμ' ἂν ἐγκεφάλου θρίω δύο.
οὐκ ἂν βαδίσαιμι τὴν ὁδὸν ταύτην.

ΗΡΑΚΛΗΣ
      τί δαί;   135

ΔΙΟΝΥΣΟΣ
ἥνπερ σὺ τότε κατῆλθες.

ΗΡΑΚΛΗΣ
    ἀλλ' ὁ πλοῦς πολύς.
εὐθὺς γὰρ ἐπὶ λίμνην μεγάλην ἥξεις πάνυ
ἄβυσσον.

ΔΙΟΝΥΣΟΣ
 εἶτα πῶς γε περαιωθήσομαι;

ΗΡΑΚΛΗΣ
ἐν πλοιαρίῳ τυννουτῳί σ' ἀνὴρ γέρων
ναύτης διάξει δύ' ὀβολὼ μισθὸν λαβών.   140

ΔΙΟΝΥΣΟΣ
φεῦ,
ὡς μέγα δύνασθον πανταχοῦ τὼ δύ' ὀβολώ.
πῶς ἠλθέτην κἀκεῖσε;

---

43. No original, Dioniso diz: "eu destruiria os dois *thrîa* do meu cérebro" (ἀλλ' ἀπολέσαιμ' ἂν ἐγκεφάλου θρίω δύο). O *thrîon* era feito de patê enrolado em folha de figo. Segundo um escólio, também se assavam miúdos de animais envolvidos em folhas de figo. O deus fala de dois *thrîa*, pensando nos dois hemisférios do cérebro.
44. O rito funerário tradicional implicava apenas colocar um óbolo na boca do fa-

DIONISO
Mas se eu fizesse isso aí, eu empastava os meus miolos![43]
Eu não pego esse caminho nem ferrando!

HÉRACLES
                Então o quê?   135

DIONISO
Me diz o que você usou!

HÉRACLES
            Mas esse é um caminho infindo!
Assim que chegar, você vai avistar um lago imenso,
Um enorme abismo.

DIONISO
           E como que eu consigo atravessar?

HÉRACLES
Num barquinho apertadinho te carrega um marinheiro
Bem velhinho, que te cobra dois óbolos na passagem.   140

DIONISO
Ai, ai!
Mas onde é que estes dois óbolos[44] não mandam? Diz pra mim!
Como a dupla chegou lá?

---

lecido para ele poder pagar Caronte, o barqueiro do mundo dos mortos. Aqui parece haver referência a algum pagamento da Atenas de então que custava dois óbolos, mas não se sabe ao certo de qual se trata. Sabe-se por Demóstenes (18.28) que a entrada para o teatro tinha exatamente esse preço, e a referência pode ser essa (ver BILES 2011: 220). O óbolo era equivalente a um sexto de dracma, a remuneração diária média do trabalho manual.

ΗΡΑΚΛΗΣ
                    Θησεὺς ἤγαγεν.
μετὰ ταῦτ' ὄφεις καὶ θηρί' ὄψει μυρία
δεινότατα.

ΔΙΟΝΥΣΟΣ
        μή μ' ἔκπληττε μηδὲ δειμάτου·
οὐ γάρ μ' ἀποτρέψεις.

ΗΡΑΚΛΗΣ
                    εἶτα βόρβορον πολὺν   145
καὶ σκῶρ ἀείνων· ἐν δὲ τούτῳ κειμένους,
εἴ που ξένον τις ἠδίκησε πώποτε,
ἢ παῖδα κινῶν τἀργύριον ὑφείλετο,
ἢ μητέρ' ἠλόασεν, ἢ πατρὸς γνάθον
ἐπάταξεν, ἢ 'πίορκον ὅρκον ὤμοσεν,   150
ἢ Μορσίμου τις ῥῆσιν ἐξεγράψατο.

ΔΙΟΝΥΣΟΣ
νὴ τοὺς θεοὺς ἐχρῆν γε πρὸς τούτοισι κεἰ
τὴν πυρρίχην τις ἔμαθε τὴν Κινησίου.

ΗΡΑΚΛΗΣ
ἐντεῦθεν αὐλῶν τίς σε περίεισιν πνοή,
ὄψει τε φῶς κάλλιστον ὥσπερ ἐνθάδε,   155

---

45. Teseu era um rei mítico de Atenas. Aristófanes implica que, ao morrer, o herói levou consigo esse costume muito ático. Também se pode referir ao mito segundo o qual, acompanhado de Pirítoo, Teseu foi ao Hades raptar Perséfone, esposa de Plutão. Como consequência, Teseu teria sido ali aprisionado, até Héracles libertá-lo.
46. Em grego, é adjetivo composto: *aeínon* ("semprífluo").
47. Poeta trágico de que pouco se sabe. Também se zomba dele nos *Cavaleiros* 401 e na *Paz* 802.

HÉRACLES

                        Foi Teseu que trouxe de casa![45]
E você verá centenas de feras e de serpentes
Pavorosas.

DIONISO

            Mas nem tente me assustar e amedrontar!
Nunca que eu desisto disso!

HÉRACLES

                      E depois um mar de lodo   145
E merda em fluxo perene,[46] onde estão todos aqueles
Que uma vez injustiçaram um estrangeiro indefeso,
Ou comeram um garoto e não quiseram pagar,
Ou que bateram na mãe e deram um soco na cara
De seu pai, ou não cumpriram um sagrado juramento,   150
Ou se alguém guardou escrita uma fala de Mórsimo.[47]

DIONISO

Pelos deuses! Precisavam colocar aí no meio
Quem quer que tenha aprendido a pírrica com Cinésias.[48]

HÉRACLES

Depois disso, então, o sopro dos aulos[49] te envolverá:
Você vê uma luz linda, como se fosse aqui em cima,   155

---

48. Autor de ditirambos, gênero poético coral. Os coros ditirâmbicos dançavam enquanto cantavam. A pírrica (*purrikhé*) é uma dança em armas que imitava o movimento dos combates (Platão, *Leis* 815a). Pode-se tratar de uma referência aos movimentos frenéticos dos coros de Cinésias (ver DOVER 1993: 210).
49. Instrumento de sopro de palheta, bastante comum na música grega.

καὶ μυρρινῶνας καὶ θιάσους εὐδαίμονας
ἀνδρῶν γυναικῶν καὶ κρότον χειρῶν πολύν.

ΔΙΟΝΥΣΟΣ
οὗτοι δὲ δὴ τίνες εἰσίν;

ΗΡΑΚΛΗΣ
          οἱ μεμυημένοι—

ΞΑΝΘΙΑΣ
νὴ τὸν Δί' ἐγὼ γοῦν ὄνος ἄγω μυστήρια.
ἀτὰρ οὐ καθέξω ταῦτα τὸν πλείω χρόνον.   160

ΗΡΑΚΛΗΣ
οἵ σοι φράσουσ' ἁπαξάπανθ' ὧν ἂν δέῃ.
οὗτοι γὰρ ἐγγύτατα παρ' αὐτὴν τὴν ὁδὸν
ἐπὶ ταῖσι τοῦ Πλούτωνος οἰκοῦσιν θύραις.
καὶ χαῖρε πόλλ' ὦδελφέ.

ΔΙΟΝΥΣΟΣ
          νὴ Δία καὶ σύ γε
ὑγίαινε. σὺ δὲ τὰ στρώματ' αὖθις λάμβανε.   165

---

50. No original, fala-se de *thíasoi*, termo que nomeia as comemorações dionisíacas, mas também pode designar grupos e festejos de caráter mais geral.
51. A referência é aos participantes dos Mistérios de Eleusina, um culto nativo de Atenas em honra a Deméter, Perséfone e Iaco (deus identificado com Dioniso), fechado a um grupo de iniciados. Acreditava-se que contemplar os Mistérios concedia uma vida bem-aventurada após a morte, o que, pelo que se pode deduzir das fontes, implica ausência de dor e sofrimento e a presença da luz do sol e

Grutas repletas de mirto, com báquicas procissões⁵⁰
Feitas de homens e mulheres, e um bater de palmas vasto.

DIONISO
E quem são essas pessoas?

HÉRACLES
      Eles são os Iniciados.⁵¹

LOIRINHO (*à parte*)
Muito bem, por Zeus! Vou ser um jegue a celebrar Mistérios!⁵²
Eu não levo essa bodega nem um segundinho a mais!   160

(*Começa a colocar a carga no chão.*)

HÉRACLES
Eles vão te contar tudo que você lhes perguntar,
Porque moram muito perto do mesmíssimo caminho
Que te levará direto até as portas de Plutão.
Adeus, irmão! Passe bem!

(*Héracles entra em sua casa novamente. Loirinho está quase terminando de colocar a carga no chão.*)

DIONISO
     Muito obrigado, igualmente!
(*para Loirinho*) Você! Pode ir levantando essa bagage' aí de novo!   165

  das estrelas, em contraste com os outros mortos, que, segundo a crença grega, viviam na escuridão (ver DOVER 1993: 60).
52. Loirinho, sofrendo com a carga, compara-se aos jumentos que carregavam objetos na celebração dos Mistérios, sem obter por esse esforço nenhuma recompensa no pós-vida.

ΞΑΝΘΙΑΣ
πρὶν καὶ καταθέσθαι;

ΔΙΟΝΥΣΟΣ
καὶ ταχέως μέντοι πάνυ.

ΞΑΝΘΙΑΣ
μὴ δῆθ', ἱκετεύω σ', ἀλλὰ μίσθωσαί τινα
τῶν ἐκφερομένων, ὅστις ἐπὶ τοῦτ' ἔρχεται.

ΔΙΟΝΥΣΟΣ
ἐὰν δὲ μὴ εὕρω;

ΞΑΝΘΙΑΣ
τότε μ' ἄγειν.

ΔΙΟΝΥΣΟΣ
καλῶς λέγεις.
καὶ γάρ τιν' ἐκφέρουσι τουτονὶ νεκρόν, 170
οὗτος, σὲ λέγω μέντοι, σὲ τὸν τεθνηκότα·
ἄνθρωπε βούλει σκευάρι' εἰς Ἅιδου φέρειν;

ΝΕΚΡΟΣ
πόσ' ἄττα;

ΔΙΟΝΥΣΟΣ
ταυτί.

ΝΕΚΡΟΣ
δύο δραχμὰς μισθὸν τελεῖς;

---

53. Em média, um trabalhador braçal recebia uma dracma a cada dia; o Defunto está pedindo o dobro para Dioniso.

LOIRINHO
Antes mesmo de abaixar?

DIONISO:
      E bem rápido! Vai logo!

LOIRINHO
Não faz isso, por favor! Dá dinheiro pr'um defunto
Que tiver indo pro enterro e quiser ganhar um troco.

DIONISO
E se eu não achar nenhum?

LOIRINHO
      Eu carrego, então!

DIONISO
         Fechado!
Eu tô vendo um pessoal carregando um falecido.   170

(*Entram dois homens carregando o Defunto em uma maca.*)

Ô, sujeito! Ô, defuntinho! Tô falando com você!
Ei, amigo, quer levar umas coisinhas lá pro Hades?

DEFUNTO
Quantas são?

DIONISO
   Essas aqui.

DEFUNTO
      Vai me pagar duas dracmas?[53]

ΔΙΟΝΥΣΟΣ
μὰ Δί' ἀλλ' ἔλαττον.

ΝΕΚΡΟΣ
     ὑπάγεθ' ὑμεῖς τῆς ὁδοῦ.

ΔΙΟΝΥΣΟΣ
ἀνάμεινον ὦ δαιμόνι', ἐὰν ξυμβῶ τί σοι.   175

ΝΕΚΡΟΣ
εἰ μὴ καταθήσεις δύο δραχμάς, μὴ διαλέγου.

ΔΙΟΝΥΣΟΣ
λάβ' ἐννέ' ὀβολούς.

ΝΕΚΡΟΣ
     ἀναβιοίην νυν πάλιν.

ΞΑΝΘΙΑΣ
ὡς σεμνὸς ὁ κατάρατος· οὐκ οἰμώξεται;
ἐγὼ βαδιοῦμαι.

ΔΙΟΝΥΣΟΣ
     χρηστὸς εἶ καὶ γεννάδας.
χωρῶμεν ἐπὶ τὸ πλοῖον.

ΧΑΡΩΝ
     ὠὸπ παραβαλοῦ.   180

DIONISO
Por Zeus! Claro que não! Menos!

DEFUNTO (*para os que o carregam*)
                    Continuem me levando!

DIONISO
Fica aqui, meu camarada! Vamos chegar num acordo!   175

DEFUNTO
Sem pagar as duas dracmas, não tem conversa, não!

DIONISO
Veja só: faz uma e meia e não se fala mais!

DEFUNTO
                              Nem vivo!

(*Os homens carregam o defunto e saem.*)

LOIRINHO
É metido o desgraçado! Se explodir ele não quer!
Dá que eu carrego essa joça!

DIONISO
                    Quanto valor e alta estirpe!
Vamos rumo àquele barco!

(*Vão andando. Entra Caronte, em cima de um barco. Caronte está vestido como um capitão de um navio de guerra.*)

CARONTE (*para a tripulação*)
                    Parem e atraquem ali!   180

ΞΑΝΘΙΑΣ
τουτὶ τί ἔστι;

ΔΙΟΝΥΣΟΣ
      τοῦτο; λίμνη νὴ Δία
αὕτη 'στὶν ἣν ἔφραζε, καὶ πλοῖόν γ' ὁρῶ.

ΞΑΝΘΙΑΣ
νὴ τὸν Ποσειδῶ κἄστι γ' ὁ Χάρων οὑτοσί.

ΔΙΟΝΥΣΟΣ
χαῖρ' ὦ Χάρων, χαῖρ' ὦ Χάρων, χαῖρ' ὦ Χάρων.

ΧΑΡΩΝ
τίς εἰς ἀναπαύλας ἐκ κακῶν καὶ πραγμάτων;   185
τίς ἐς τὸ Λήθης πεδίον, ἢ 'ς Ὄνου πόκας,
ἢ 'ς Κερβερίους, ἢ 'ς κόρακας, ἢ 'πὶ Ταίναρον;

ΔΙΟΝΥΣΟΣ
ἐγώ.

ΧΑΡΩΝ
      ταχέως ἔμβαινε.

---

54. De acordo com um escólio ao trecho, trata-se de uma citação do drama satírico *Éton* de Aqueu (*TrGF* fr. 20.11). Entre os gregos havia o costume de saudar os mortos três vezes. No original, a aliteração se dá entre as palavras *khaîre* ("olá!") e *Kháron* ("Caronte").
55. Um dos lugares do Hades (ver Teógnis 1216; Platão, *República* 621a).
56. No original, *Onoupókai* ("Lãs do Asno"). Era uma expressão para ações impossíveis.
57. Há referência em outras fontes (Sófocles, *TrGF* fr. 1060) a um povo chamado "cerbérios", mas no trecho o nome é especialmente conveniente ao poeta por lembrar "Cérbero", o cão infernal.

(*O barco para.*)

LOIRINHO
Mas o que será que é isso?

DIONISO
                    Isso aí é aquele lago
Que o Héracles descreveu! Eu já tô vendo o navio!

LOIRINHO
Por Posídon! Tem razão! E esse aí é o Caronte!

DIONISO:
"Caro Caronte! Meu caro Caronte! Caro Caronte"![54]

CARONTE (*falando alto*)
Quem que vai para o repouso dos problemas e das dores?   185
Pro Prado do Esquecimento?[55] Ou pra Puta que o Pariu?[56]
Pras Cerbérias?[57] Ou pro Raio que o Parta?[58] Ou pra Ténaro?[59]

DIONISO
Eu!

CARONTE
    Então embarca logo!

---

58. No original, *è's kórakas* ("ou aos corvos?"). Mandar aos corvos era um xingamento habitual entre os gregos, implicando o desejo de que a vítima morresse e jazesse insepulta, exposta aos corvos.
59. Ténaro é um promontório no sul da Grécia, onde se acreditava que havia uma passagem para o mundo dos mortos (Menandro, fr. 669 K-A) e por onde Héracles teria trazido Cérbero (Estrabão 8.5.1). Talvez a região, localizada no território dos espartanos, fosse considerada especialmente perigosa para os atenienses que a atacavam pelo mar.

ΔΙΟΝΥΣΟΣ
             ποῖ σχήσειν δοκεῖς;

ΧΑΡΩΝ
ἐς κόρακας.

ΔΙΟΝΥΣΟΣ
       ὄντως;

ΧΑΡΩΝ
                 ναὶ μὰ Δία σοῦ γ' οὕνεκα.
ἔσβαινε δή.

ΔΙΟΝΥΣΟΣ
       παῖ δεῦρο.

ΧΑΡΩΝ
                    δοῦλον οὐκ ἄγω,   190
εἰ μὴ νεναυμάχηκε τὴν περὶ τῶν κρεῶν.

ΞΑΝΘΙΑΣ
μὰ τὸν Δί' οὐ γὰρ ἀλλ' ἔτυχον ὀφθαλμιῶν.

ΧΑΡΩΝ
οὔκουν περιθρέξει δῆτα τὴν λίμνην κύκλῳ;

60. No original, εἰ μὴ νεναυμάχηκε τὴν περὶ τῶν κρεῶν ("se não lutou na batalha naval em nome das carnes"). O sentido é obscuro e há lições antigas que substituem *kreôn* ("carnes") por *nekrôn* ("cadáveres"), com possível referência ao fato de os comandantes da batalha de Arginusas não terem recuperado os corpos dos soldados mortos em combate (o que mais tarde lhes rendeu um processo legal; ver a nota introdutória). No entanto, em seu *Léxico* (λ 24 Theodoridis),

DIONISO
                    Pronde vai esse navio?

CARONTE
Vai pra Puta que o Pariu!

DIONISO
                    Sério?

CARONTE
                              E só por sua causa!
Vai entrando logo!

DIONISO
                    Escravo, vem aqui!

CARONTE
                              Não levo escravos!   190
Só se lutaram no mar pra salvar o couro de Atenas.[60]

LOIRINHO
Mas, no dia da batalha, eu peguei conjuntivite!

CARONTE
(*irônico*) Mas é claro! (*violento*) Pode ir dando a volta nesse lago! Agora!

Fócio diz que a expressão semelhante *perì tôn kreôn trékhei* ("corre em nome das carnes") poderia se aplicar a quem está tentando salvar a própria vida. Como o objetivo da batalha era a salvação da cidade, não a recuperação dos cadáveres, pressupus a última leitura. Sobre a batalha de Arginusas e os escravos que dela participaram, ver a nota introdutória.

ΞΑΝΘΙΑΣ
ποῦ δῆτ' ἀναμενῶ;

ΧΑΡΩΝ
παρὰ τὸν Αὐαίνου λίθον
ἐπὶ ταῖς ἀναπαύλαις.

ΔΙΟΝΥΣΟΣ
μανθάνεις;

ΞΑΝΘΙΑΣ
πάνυ μανθάνω. 195
οἴμοι κακοδαίμων, τῷ ξυνέτυχον ἐξιών;

ΧΑΡΩΝ
κάθιζ' ἐπὶ κώπην. εἴ τις ἔτι πλεῖ, σπευδέτω.
οὗτος τί ποιεῖς;

ΔΙΟΝΥΣΟΣ
ὅ τι ποιῶ; τί δ' ἄλλο γ' ἢ
ἵζω 'πὶ κώπην, οὗπερ ἐκέλευές με σύ;

ΧΑΡΩΝ
οὔκουν καθεδεῖ δῆτ' ἐνθαδὶ γάστρων;

ΔΙΟΝΥΣΟΣ
ἰδού. 200

---

61. No original, diz-se *Hauaínou*, idêntico ao imperativo do verbo *hauaínomai* ("secar"). O escólio à passagem diz que pessoas cansadas de esperar diziam "estou seco de tanto esperar" (αὖος γέγονα περιμένων).

LOIRINHO
Onde eu espero?

CARONTE
'Cê fica na rocha do Cu-Doído,[61]
Nas pousadas que tem lá.

DIONISO
Você entendeu?

LOIRINHO
Eu entendi.   195
Droga! Que bicho agourento cruzou meu caminho hoje?[62]

CARONTE
(*para Dioniso*) Senta nesse remo aqui. (*Para os outros*) Vamo'entrando todo
[mundo!
(*Dioniso sobe no barco e senta-se em cima do remo.*)
Ei! Ei! Mas o que que é isso?

DIONISO
Como assim "o que que é isso"?
Nu'era pra sentar no remo? Foi o que você mandou!

CARONTE
Ô pançudo, é pra sentar aqui! Tá vendo?
(*Aponta o banco ao lado do remo.*)

DIONISO
Sim, senhor!   200

---

62. Os gregos acreditavam que a primeira coisa que alguém encontrava ao sair de casa poderia ser um prenúncio do que aconteceria naquele dia.

ΧΑΡΩΝ
οὔκουν προβαλεῖ τὼ χεῖρε κἀκτενεῖς;

ΔΙΟΝΥΣΟΣ
                  ἰδού.

ΧΑΡΩΝ
οὐ μὴ φλυαρήσεις ἔχων ἀλλ' ἀντιβὰς
ἐλᾷς προθύμως;

ΔΙΟΝΥΣΟΣ
           κᾆτα πῶς δυνήσομαι
ἄπειρος ἀθαλάττωτος ἀσαλαμίνιος
ὢν εἶτ' ἐλαύνειν;

ΧΑΡΩΝ
            ῥᾷστ'· ἀκούσει γὰρ μέλη   205
κάλλιστ', ἐπειδὰν ἐμβάλῃς ἅπαξ,

ΔΙΟΝΥΣΟΣ
                τίνων;

ΧΑΡΩΝ
βατράχων κύκνων θαυμαστά.

ΔΙΟΝΥΣΟΣ
              κατακέλευε δή.

---

63. No original, ἄπειρος, ἀθαλάττευτος, ἀσαλαμίνιος ("sem experiência, sem ter servido no mar, sem Salamina"). Salamina era uma ilha que ficava em frente a Atenas. A principal batalha naval da Segunda Guerra Médica, que frustrou de uma vez por todas os planos persas de invadir a Grécia, deu-se diante dessa ilha (ver nota introdutória). Dioniso questiona a própria capacidade de combater num navio, uma vez que não tomou parte dessa famosa batalha. A repetição de diversos adjetivos com o prefixo negativo *a-* será empregada, na segunda parte, por Eurípides (837-9).

CARONTE
Pode esticar esses braços! Vai, se mexe!

DIONISO
                        Sim, senhor!

(*Dioniso estica os braços e não faz mais nada.*)

CARONTE
Mas você não vai parar com essa baboseira? Apoia
O pé e rema co'energia!

DIONISO
                    Não tem como eu fazer isso!
Destreinado, desbarcado, eu, o dessalaminado,[63]
Sair remando?

CARONTE
             Ah! É fácil! Só seguir batendo o remo   205
No compasso dos cantares magníficos...

DIONISO
                        De quem?

CARONTE
De rãs-cisnes bizarríssimas![64]

DIONISO
                  Então vai ditando o ritmo!

---

64. Isto é, rãs que cantam como cisnes. Os gregos antigos acreditavam que, antes de morrer, os cisnes entoavam belas canções para o deleite dos deuses, mas sempre longe dos ouvidos dos mortais (ver Platão, *Fédon* 84e-85b).

ΧΑΡΩΝ
ὦ ὀπὸπ ὦ ὀπόπ.

ΒΑΤΡΑΧΟΙ
βρεκεκεκὲξ κοὰξ κοάξ,
βρεκεκεκὲξ κοὰξ κοάξ. 210
λιμναῖα κρηνῶν τέκνα,
ξύναυλον ὕμνων βοὰν
φθεγξώμεθ', εὔγηρυν ἐμὰν
ἀοιδάν,
κοὰξ κοάξ,
ἣν ἀμφὶ Νυσήϊον 215
Διὸς Διόνυσον ἐν
Λίμναις[ιν] ἰαχήσαμεν,
ἡνίχ' ὁ κραιπαλόκωμος
τοῖς ἱεροῖσι Χύτροις[ι] χωρεῖ κατ' ἐμὸν τέμενος
λαῶν ὄχλος.
βρεκεκεκὲξ κοὰξ κοάξ, 220

65. Sobre os possíveis sentidos que o coro das rãs poderia ter na peça, ver a introdução.
66. O original diz: "filhos pantanosos das fontes / um brado de hinos acompanhado por aulos / entoemos" (λιμναῖα κρηνῶν τέκνα, / ξύναυλον ὕμνων βοὰν / φθεγξώμεθ[α]).
67. Montanha mitológica na qual Dioniso teria nascido e crescido. No original, há um jogo etimológico entre *Diónusos* ("Dioniso"), *Diós* ("de Zeus") e *Nuséion* ("niseu", "nativo do Nisa").
68. *Límnai*, uma das regiões mais antigas de Atenas, ao sul da acrópole, onde havia um templo de Dioniso, que sediava as celebrações das Antestérias (ver abaixo).
69. No original, trata-se do termo composto *kraipalókomos* ("que festeja de ressaca").

CARONTE
Remem! Remem!

PRIMEIRO PÁRODO
(*Dioniso vai remando com dificuldade. Entra o coro das Rãs,*[65] *dançando e cantando ao redor do barco enquanto ele é movimentado.*)

RÃS (*cantando*)
Croque-croque, cuach-cuách!
Croque-croque, cuach-cuách! 210
Venham, filhas pantanosas,
com seus hinos flauteados,[66]
modulemos minha pura
melodia –
Croque, croque!
Que ao criado sobre o Nisa,[67] 215
ao vindo de Zeus, Dioniso,
entoamos pelos Brejos,[68]
Lá quando de ressaca,[69]
no dia das Panelas,[70]
com coros em meu templo,
dança a turba dos povos.
Croque-croque, cuach-cuách! 220

---

70. *Khútroi*; trata-se de uma referência ao terceiro dia das Antestérias, o mais antigo festival dionisíaco de Atenas. No primeiro dia abriam-se os jarros de vinho, libava-se a Dioniso e bebia-se ; no segundo, havia, entre outras cerimônias, competições de bebida, a única abertura anual do templo localizado no distrito *Límnai* ("Brejos") e o casamento simbólico de Dioniso com a esposa do arconte basileu; no terceiro, chamado "Panelas" (*Khútroi*), levavam-se panelas com alimentos em oferenda aos mortos (PICKARD-CAMBRIDGE 1968: 9 ss.). Além disso, acreditava-se que nesse dia, considerado aziago, os espíritos dos mortos andavam sobre a terra – o que torna sua menção particularmente relevante num coro que acompanha uma viagem ao Hades.

ΔΙΟΝΥΣΟΣ
ἐγὼ δέ γ' ἀλγεῖν ἄρχομαι
τὸν ὄρρον, ὦ κοὰξ κοάξ·					222
ὑμῖν δ' ἴσως οὐδὲν μέλει.					224

ΒΑΤΡΑΧΟΙ
βρεκεκεκὲξ κοὰξ κοάξ.					225

ΔΙΟΝΥΣΟΣ
ἀλλ' ἐξόλοισθ' αὐτῷ κοάξ.
οὐδὲν γάρ ἐστ' ἀλλ' ἢ κοάξ.

ΒΑΤΡΑΧΟΙ
εἰκότως γ' ὦ πολλὰ πράττων.
ἐμὲ γὰρ ἔστερξαν <μὲν> εὔλυροί τε Μοῦσαι
καὶ κεροβάτας Πὰν, ὁ καλαμόφθογγα παίζων·			230
προσεπιτέρπεται δ' ὁ φορμικτὰς Ἀπόλλων,			231-2
ἕνεκα δόνακος ὃν ὑπολύριον
ἔνυδρον ἐν λίμναις τρέφω.
βρεκεκεκὲξ κοὰξ κοάξ.					235

ΔΙΟΝΥΣΟΣ
ἐγὼ δὲ φλυκταίνας γ' ἔχω,
χὠ πρωκτὸς ἰδίει πάλαι,
κᾆτ' αὐτίκ' ἐκκύψας ἐρεῖ—

---

71. Adjetivo composto em grego, *eúluroi* ("de belas liras").
72. No original, são dois epítetos, de Pã (*kerobátas*, "andarilho de chifres" ou "andarilho de cumes") e de seu instrumento de sopro, a siringe (*kalamóphthonx*, "que ressoa com o cálamo").
73. Em grego, *ho phormiktàs Apóllon* ("Apolo, o tocador de forminge"). A forminge era um tipo arcaico de lira. O nome era usado, na era clássica, para designar a lira em geral.

DIONISO (*cantando*)
Por aqui a minha bunda
tá doendo, senhor Croque! 222
Mas vocês tão nem aí! 224

RÃS
Croque-croque, cuach-cuách! 225

DIONISO
Que se explodam co'esse "Croque"!
Grande coisa esse tal "Croque"!

RÃS
(*irônicas*) Ah, sim! Mas é enxerido!
Pois me desejam as líricas Musas[71]
e Pã chifrívago, ao sopro do cálamo,[72] 230
comigo alegra-se Apolo co'a cítara[73] 231-2
pelo junco ata-lira[74]
que lhe crio lacustre.
Croque-croque, cuach-cuách! 235

DIONISO
Tá crescendo bolha em mim!
E faz tempo que o cu sua!
Daqui a pouco vai dizer:

(*Dioniso peida.*)

---

74. *Hupolúrion* ("que fica sob a lira"). Utilizava-se o junco, comum em lagos, para montar a lira (ver *Hino homérico a Hermes* 41-53). Isso serve de pretexto ao coro de rãs para se ligar às divindades da música e da poesia.

ΒΑΤΡΑΧΟΙ
βρεκεκεκὲξ κοὰξ κοάξ.

ΔΙΟΝΥΣΟΣ
ἀλλ', ὦ φιλῳδὸν γένος, 240
παύσασθε.

ΒΑΤΡΑΧΟΙ
  μᾶλλον μὲν οὖν
φθεγξόμεσθ', εἰ δή ποτ' εὐ- 242a
ηλίοις ἐν ἀμέραισιν 242b
ἡλάμεσθα διὰ κυπείρου
καὶ φλέω, χαίροντες ᾠδῆς
πολυκολύμβοισι μέλεσιν,
ἢ Διὸς φεύγοντες ὄμβρον
ἔνυδρον ἐν βυθῷ χορείαν
αἰόλαν ἐφθεγξάμεσθα
πομφολυγοπαφλάσμασιν.
βρεκεκεκὲξ κοὰξ κοάξ. 250

ΔΙΟΝΥΣΟΣ
τουτὶ παρ' ὑμῶν λαμβάνω.

ΒΑΤΡΑΧΟΙ
δεινά τἄρα πεισόμεσθα.

---

75. Como dito anteriormente (ver nota 5) os poetas cômicos associam ao esforço físico (no presente caso, o remar) à vontade de defecar. Essa é a única parte em que se mencionam peidos claramente; a partir desse ponto, é obscuro em que consiste a disputa entre Dioniso e as Rãs. Sigo a interpretação de WILLS 1969 que considera que Dioniso responde o barulho das rãs com seus próprios peidos – daí seguem as rubricas que os mencionam.

76. No original, πολυκολύμβοισι μέλεσιν ("com membros / canções de muitos mer-

RÃS
Croque-croque, cuach-cuách![75]

DIONISO
Ô racinha que só canta! 240
Parem!

RÃS
    Pois ainda mais
cantarei, se, outras vezes, 242a
num pleno dia de sol, 242b
demos cambotas por junças
e canas, ledas trinando
em mergulho cadente;[76] 245
ou, fugindo às chuvas de Zeus,
no abismo, cantamos lacustre
um coral veloz, cambiante,
em marulhoborbulhas.[77]
(*Dioniso peida mais alto.*)
Croque-croque, cuach-cuách! 250

DIONISO (*exultante*)
Essa joça agora é minha!

RÃS (*tapando o nariz*)
Mas vejam só que absurdo!

---

gulhos"). Em grego, *mélos* significa tanto um membro do corpo como uma canção, e o poeta parece brincar com a ambiguidade. Tentei recuperar a duplicidade do termo "cadente" em português, que pode se referir tanto à música como a um movimento literal de queda.

77. Em grego, o termo composto πομφολυγοπαφλάσματα ("borbulhares de bolhas").

ΔΙΟΝΥΣΟΣ
δεινότερα δ' ἔγωγ', ἐλαύνων 253-4
εἰ διαρραγήσομαι. 255

ΒΑΤΡΑΧΟΙ
βρεκεκεκὲξ κοὰξ κοάξ.

ΔΙΟΝΥΣΟΣ
οἰμώζετ'· οὐ γάρ μοι μέλει.

ΒΑΤΡΑΧΟΙ
ἀλλὰ μὴν κεκραξόμεσθά γ' 258a
ὁπόσον ἡ φάρυξ ἂν ἡμῶν 258b
χανδάνῃ δι' ἡμέρας—
βρεκεκεκὲξ κοὰξ κοάξ. 260

ΔΙΟΝΥΣΟΣ
τούτῳ γὰρ οὐ νικήσετε.

ΒΑΤΡΑΧΟΙ
οὐδὲ μὴν ἡμᾶς σὺ πάντως.

ΔΙΟΝΥΣΟΣ
οὐδὲ μὴν ὑμεῖς γ' ἐμὲ
οὐδέποτε· κεκράξομαι γὰρ,
κἄν με δῇ, δι' ἡμέρας, ἕ- 265
ως ἂν ὑμῶν ἐπικρατήσω
τῷ κοάξ.

78. O original diz "sofreremos coisas terríveis" (*deiná t'ára peisómetha*) e "sofrerei coisas mais terríveis" (*deinótera d' égoge*), expressões usadas por vítimas de crimes e ultrajes.

DIONISO (*lamentando-se*)
Mais absurdo vai ser[78]   253-4
se eu rasgar de remar!   255
(*Dioniso peida ainda mais alto.*)

RÃS
Croque-croque, cuach-cuách!

DIONISO
Que se danem! Eu nem ligo!

RÃS
E nós, então, troaremos   258a
o dia todo: até onde   258b
nossa goela aguentar.
(*Dioniso peida.*)
Croque-croque, cuach-cuách!   260

DIONISO
Pois eu nunca perderei!

RÃS
Nem nós seremos vencidas!

DIONISO
E nem eu por vocês -
jamais! Pois eu troarei,[79]
se precisar, todo o dia,   265
até que eu mostre quem manda
No croque!
(*Peida.*)

---

79. O verbo *krázomai* ("troar") pode indicar tanto um grito como um barulho, e aqui, parece contrastar o canto das Rãs com os peidos de Dioniso.

βρεκεκεκὲξ κοὰξ κοάξ.

ΔΙΟΝΥΣΟΣ
ἔμελλον ἄρα παύσειν ποθ' ὑμᾶς τοῦ κοάξ.

ΧΑΡΩΝ
ὦ παῦε παῦε, παραβαλοῦ τῷ κωπίῳ,
ἔκβαιν', ἀπόδος τὸν ναῦλον.

ΔΙΟΝΥΣΟΣ
        ἔχε δὴ τὠβολώ.   270
ὁ Ξανθίας. ποῦ Ξανθίας; ἦ Ξανθία.

ΞΑΝΘΙΑΣ
ἰαῦ.

ΔΙΟΝΥΣΟΣ
  βάδιζε δεῦρο.

ΞΑΝΘΙΑΣ
      χαῖρ' ὦ δέσποτα.

ΔΙΟΝΥΣΟΣ
τί ἔστι τἀνταυθοῖ;

ΞΑΝΘΙΑΣ
    σκότος καὶ βόρβορος.

Croque-croque, cuach-cuách!

(*As Rãs, enojadas, vão embora.*)
(*falando*) Viram? Eu ia fazer vocês pararem co'esse "Croque"!

Episódio
CARONTE
Ôa, parem, parem, homens! Agora atraquem ali!
(*A tripulação para o barco.*)
(*para Dioniso*) Você sai e paga a passagem!

(*Dioniso desce do barco.*)

DIONISO
                                        Toma aqui os teus dois óbolos. 270
(*Caronte parte no barco.*)
Alou, Loirinho! Cadê o Loirinho? Em que canto, Loirinho?
(*Chega Loirinho, ainda carregando a bagagem.*)

LOIRINHO
Oi, oi!

DIONISO
    Vem chegando aqui!

LOIRINHO
                Opa, chefe, como vai?

DIONISO
O que tem nesse lugar?

LOIRINHO
              Pouca luz, muita sujeira.

ΔΙΟΝΥΣΟΣ
κατεῖδες οὖν που τοὺς πατραλοίας αὐτόθι
καὶ τοὺς ἐπιόρκους, οὓς ἔλεγεν ἡμῖν;

ΞΑΝΘΙΑΣ
                        σὺ δ' οὔ;   275

ΔΙΟΝΥΣΟΣ
νὴ τὸν Ποσειδῶ 'γωγε, καὶ νυνί γ' ὁρῶ.
ἄγε δὴ τί δρῶμεν;

ΞΑΝΘΙΑΣ
            προϊέναι βέλτιστα νῷν,
ὡς οὗτος ὁ τόπος ἐστὶν οὗ τὰ θηρία
τὰ δείν' ἔφασκ' ἐκεῖνος.

ΔΙΟΝΥΣΟΣ
               ὡς οἰμώξεται.
ἠλαζονεύεθ' ἵνα φοβηθείην ἐγώ,   280
εἰδώς με μάχιμον ὄντα φιλοτιμούμενος.
οὐδὲν γὰρ οὕτω γαῦρόν ἐσθ' ὡς Ἡρακλῆς.
ἐγὼ δέ γ' εὐξαίμην ἂν ἐντυχεῖν τινι
λαβεῖν τ' ἀγώνισμ' ἄξιόν τι τῆς ὁδοῦ.

ΞΑΝΘΙΑΣ
νὴ τὸν Δία καὶ μὴν αἰσθάνομαι ψόφου τινός.   285

ΔΙΟΝΥΣΟΣ
ποῦ ποῦ 'στιν;

---

80. Essa é uma adaptação de um verso do *Filoctetes* de Eurípides (*TrGF* fr. 788.1):
"Nada há de tão soberbo como o homem" (οὐδὲν γὰρ οὕτω γαῦρον ὡς ἀνήρ ἔφυ).

DIONISO
Dá pra ver aquela gente, que matou até o pai
E que mente em juramento?

LOIRINHO
                    Ô se dá, é só olhar!   275

(*Aponta para a plateia.*)

DIONISO
É verdade, meu Posídon! Só consegui ver agora!
E o que a gente vai fazer?

LOIRINHO
                É melhor já ir andando,
Que esse aqui é o lugar onde tem aquelas criaturas
Perigosas que o sujeito mencionou...

DIONISO
                    Mas que se dane!
Era só exagero dele, pra botar terror em mim.   280
Ele tava é com inveja dos meus feitos em combate.
(*heroico*) Pois que nada encontrarias mais soberbo do que Héracles.[80]
Todavia tô torcendo pra topar co'alguma coisa
E alcançar uma conquista condizente co'a jornada.

LOIRINHO (*ironicamente*)
Ah! Por Zeus que sim! É claro...
(*Surge um som.*)
Eita! Eu ouvi um barulho!   285

DIONISO (*assustado*)
Onde?! Onde tem barulho?

ΞΑΝΘΙΑΣ
        ἐξόπισθεν.

ΔΙΟΝΥΣΟΣ
                ἐξόπισθ' ἴθι.

ΞΑΝΘΙΑΣ
ἀλλ' ἐστὶν ἐν τῷ πρόσθε.

ΔΙΟΝΥΣΟΣ
                πρόσθε νυν ἴθι.

ΞΑΝΘΙΑΣ
καὶ μὴν ὁρῶ νὴ τὸν Δία θηρίον μέγα.

ΔΙΟΝΥΣΟΣ
ποῖόν τι;

ΞΑΝΘΙΑΣ
        δεινόν· παντοδαπὸν γοῦν γίγνεται
τοτὲ μέν γε βοῦς, νυνὶ δ' ὀρεύς, τοτὲ δ' αὖ γυνὴ   290
ὡραιοτάτη τις.

ΔΙΟΝΥΣΟΣ
                ποῦ 'στι; φέρ' ἐπ' αὐτὴν ἴω.

---

81. *Pantodapòn gígnetai* ("torna-se de todas as formas"). A aparição da metamorfa Empusa (ver nota abaixo) prefigura as transformações pelas quais Dioniso e Loirinho, senhor e escravo, passarão na primeira parte da comédia.

LOIRINHO
        Lá pra trás!

DIONISO
                Ui! Vai pra trás!

(*Empurra Loirinho para trás de si. Vem um som do outro lado do palco.*)

LOIRINHO
Mas agora ele correu lá pra frente!

DIONISO
                Vai pra frente!
(*Empurra Loirinho para a frente de si.*)

LOIRINHO
Ai, meu Zeus! Que coisa mais medonha que eu tô vendo ali!

(*Aparece um dançarino no palco, fazendo os movimentos frenéticos dos coros de Cinésias.*)

DIONISO (*desesperado*)
Mas que coisa?!

LOIRINHO
        Bem medonha! Cada hora te'uma cara![81]
Virou vaca! (*O dançarino imita uma vaca com a dança.*) Virou mula!
(*Imita uma mula.*) Ixi, agora uma mulher   290
No frescor da juventude!
(*Imita uma mulher.*)

DIONISO
        Opa! Deixa que eu enfrento!

ΞΑΝΘΙΑΣ
ἀλλ' οὐκέτ' αὖ γυνή 'στιν, ἀλλ' ἤδη κύων.

ΔΙΟΝΥΣΟΣ
Ἔμπουσα τοίνυν ἐστί.

ΞΑΝΘΙΑΣ
πυρὶ γοῦν λάμπεται
ἅπαν τὸ πρόσωπον.

ΔΙΟΝΥΣΟΣ
καὶ σκέλος χαλκοῦν ἔχει;

ΞΑΝΘΙΑΣ
νὴ τὸν Ποσειδῶ, καὶ βολίτινον θάτερον, 295
σάφ' ἴσθι.

ΔΙΟΝΥΣΟΣ
ποῖ δῆτ' ἂν τραποίμην;

ΞΑΝΘΙΑΣ
ποῖ δ' ἐγώ;

82. Monstro folclórico que podia mudar de forma à vontade. Trata-se de variação cômica da aparição do fantasma da Medusa durante a jornada de Héracles no Hades. Em fragmento de Aristófanes (da peça *Tagenistas*, fr. 515 K-A) uma personagem chama a deusa Hécate por esse nome, que também tinha por atributo enviar espíritos do mundo dos mortos (Eurípides, *Helena* 569). Em *Sobre a Dança* 19, Luciano associa a Empusa à dança (que tinha forte caráter imitativo na Antiguidade, como se depreende, por exemplo, de Aristóteles, *Poética* 1147a 26-28), e, segundo a interpretação de ANDRISIANO 2002, o monstro seria aqui representado por um dançarino no palco. Ademais, ela considera que se trate de uma

LOIRINHO
Mas deixou de ser mulher, agora virou um cachorro!
(*O dançarino imita um cachorro.*)

DIONISO
Ai, ai, ai! Não é a Empusa?[82]

LOIRINHO
                        Dá pra ver o fogo ardendo
Na cabeça dela toda!

(*O dançarino dança como se tivesse fogo na cabeça.*)

DIONISO
                    E ela tem perna de bronze?
(*O dançarino move-se como se tivesse uma perna pesada de bronze.*)

LOIRINHO
Posídon, mas com certeza! E a outra é feita de merda,   295
Você sabe.
(*O dançarino soma à imitação da perna de bronze movimentos moles com a outra perna, como se fosse feita de estrume.*)

DIONISO (*muito desesperado*)
Ai, que desgraça! Onde que eu me enfio?

LOIRINHO
                            E eu?

---

paródia dos coros do ditirambista Cinésias, cuja dança seria considerada "medonha" por Aristófanes (veja-se também abaixo como o poeta é mencionado juntamente com Hécate).

ΔΙΟΝΥΣΟΣ
ἱερεῦ διαφύλαξόν μ', ἵν' ὦ σοι ξυμπότης.

ΞΑΝΘΙΑΣ
ἀπολούμεθ' ὦναξ Ἡράκλεις.

ΔΙΟΝΥΣΟΣ
οὐ μὴ καλεῖς μ'
ὦνθρωφ', ἱκετεύω, μηδὲ κατερεῖς τοὔνομα.

ΞΑΝΘΙΑΣ
Διόνυσε τοίνυν.

ΔΙΟΝΥΣΟΣ
τοῦτό γ' ἧττον θατέρου.   300

ΞΑΝΘΙΑΣ
ἴθ' ᾗπερ ἔρχει. δεῦρο δεῦρ' ὦ δέσποτα.

ΔΙΟΝΥΣΟΣ
τί δ' ἔστι;

ΞΑΝΘΙΑΣ
θάρρει· πάντ' ἀγαθὰ πεπράγαμεν,
ἔξεστί θ' ὥσπερ Ἡγέλοχος ἡμῖν λέγειν,
"ἐκ κυμάτων γὰρ αὖθις αὖ γαλῆν ὁρῶ".
ἥμπουσα φρούδη.

---

83. O sacerdote de Dioniso Libertador sentava-se na primeira fileira do teatro. Depois dos festivais, os atores se juntavam a ele em uma festa.
84. Em grego, trata-se da fórmula apotropaica *íth' hêiper érkhei* ("vá por onde você vem").
85. Em vez de "mar". Adaptei o trocadilho. Hegéloco era um ator que, ao interpretar o protagonista da tragédia *Orestes* de Eurípides, acabou pronunciando errado este verso (279). No original, a mudança é apenas de um acento; em vez de

DIONISO (*para o sacerdote de Dioniso na plateia*)
Me protege, reverendo, que eu tomo um vinho contigo![83]

LOIRINHO (*olhando para o céu*)
Senhor Héracles! Estamos perecendo!

DIONISO
                                  Não me chama, não!
Faz favor! Não sai falando o nome aos quatro ventos, não!

LOIRINHO
Tudo bem... Ó, Dioniso –

DIONISO
                            Muito menos esse aí!   300

LOIRINHO (*para o dançarino*)
Vade retro![84]
(*O dançarino rodopia e vai embora.*)
(*para Dioniso*) Pode vir! Pode vir pra cá, senhor.

DIONISO
O que foi?

LOIRINHO
                 Fica tranquilo! Relaxa. Deu tudo certo!
Dá até pra gente dizer aquelas palavras de Hegéloco:
"Serenada a tempestade, novamente abriu-se o *bar*".[85]
A Empusa pôs-se a caminho.

"Das ondas novamente vejo calmaria" (ἐκ κυμάτων γὰρ αὖθις αὖ γαλήν' ὁρῶ), Hegéloco disse "Das ondas novamente vejo um furão" (ἐκ κυμάτων γὰρ αὖθις αὖ γαλῆν ὁρῶ). Furões e doninhas eram animais associados a Hécate.

ΔΙΟΝΥΣΟΣ
        κατόμοσον.

ΞΑΝΘΙΑΣ
                      νὴ τὸν Δία.   305

ΔΙΟΝΥΣΟΣ
καὖθις κατόμοσον.

ΞΑΝΘΙΑΣ
             νὴ Δί'.

ΔΙΟΝΥΣΟΣ
        ὄμοσον.

ΞΑΝΘΙΑΣ
                      νὴ Δία.

ΔΙΟΝΥΣΟΣ
οἴμοι τάλας, ὡς ὠχρίασ' αὐτὴν ἰδών.

ΞΑΝΘΙΑΣ
ὁδὶ δὲ δείσας ὑπερεπυρρίασέ σου.

ΔΙΟΝΥΣΟΣ
οἴμοι, πόθεν μοι τὰ κακὰ ταυτὶ προσέπεσεν;
τίν' αἰτιάσομαι θεῶν μ' ἀπολλύναι;   310

---

86. No original, ὁδὶ δὲ δείσας ὑπερεπυρρίασέ σου ("e esse aqui, de medo, se avermelhou por você"), provável menção às roupas sujas por excrementos. A cor vermelho-amarelado (*purrós*) é importante na simbologia da peça, associada com

DIONISO
                    Jura?

LORINHO
                              Eu juro por Zeus!   305

DIONISO
E de pé junto?

LOIRINHO
          Por Zeus!

DIONISO
                    E jura mesmo?

LOIRINHO
                         Por Zeus!

DIONISO
Ó, tristeza! Já fiquei todo branco só de ver!

LOIRINHO
Mas seu manto, no terror, ficou corado por você![86]

DIONISO (*trágico*)
Ó, tristeza! Ai de mim! Como sobreveio a zica?
Qual dos deuses vou culpar de querer me destruir?   310

---

os cabelos ruivos dos escravos trácios e dos cidadãos pretensamente ilegítimos; ver o antepirrema da parábase abaixo.

ΞΑΝΘΙΑΣ
αἰθέρα Διὸς δωμάτιον ἢ χρόνου πόδα;

[αὐλεῖ τις ἔνδοθεν]

ΔΙΟΝΥΣΟΣ
οὗτος.

ΞΑΝΘΙΑΣ
 τί ἔστιν;

ΔΙΟΝΥΣΟΣ
    οὐ κατήκουσας;

ΞΑΝΘΙΑΣ
       τίνος;

ΔΙΟΝΥΣΟΣ
αὐλῶν πνοῆς.

ΞΑΝΘΙΑΣ
   ἔγωγε, καὶ δᾴδων γέ με
αὔρα τις εἰσέπνευσε μυστικωτάτη.

ΔΙΟΝΥΣΟΣ
ἀλλ' ἠρεμεὶ πτήξαντες ἀκροασώμεθα.   315

---

87. No original, *mustikotáte* ("muito própria dos Mistérios"). A referência é aos Mistérios de Eleusina, cujos iniciados compõem o segundo coro da peça (ver nota introdutória). Sobre adjetivos com sufixos em *-ikós*, ver nota 12.
88. DOVER 1993: 62s. considera que os trapos poderiam ser as vestes típicas dos iniciados nos Mistérios Eleusinos. Ao que parece, os participantes não jogavam

LOIRINHO (*igualmente trágico*)
O Éter, o quintal de Zeus, ou então o pé do Tempo?

SEGUNDO PÁRODO
(*Soa um aulos do lado de dentro.*)

DIONISO
Ei! Escuta só.

LOIRINHO
              Que foi?

DIONISO
                        Você não escutou?

LOIRINHO
                                O quê?

DIONISO
Um soprar de aulos.

LOIRINHO
                  Ah, sim! E agora um calor de tochas
Me envolveu por esse lado – mistérico por demais![87]

DIONISO
Fica quieto! Agacha aí! Deixa a gente ouvir melhor!

(*Loirinho coloca a carga no chão. Ambos se escondem. Entra o coro em procissão, vestido em trapos,*[88] *cantando e dançando.*)

---

fora as roupas em que tinham sido iniciados até a morte ou até que elas tivessem decaído completamente (ver *Pluto* 845 e escólio de Tzetzes ao trecho).

ΧΟΡΟΣ
Ἴακχ' ὦ Ἴακχε.
Ἴακχ' ὦ Ἴακχε.

ΞΑΝΘΙΑΣ
τοῦτ' ἔστ' ἐκεῖν' ὦ δέσποθ'· οἱ μεμυημένοι
ἐνταῦθά που παίζουσιν, οὓς ἔφραζε νῷν.
ᾄδουσι γοῦν τὸν Ἴακχον ὅνπερ Διαγόρας. 320

ΔΙΟΝΥΣΟΣ
κἀμοὶ δοκοῦσιν. ἡσυχίαν τοίνυν ἄγειν
βέλτιστόν ἐσθ', ἕως ἂν εἰδῶμεν σαφῶς.

ΧΟΡΟΣ
Ἴακχ', ὦ πολυτιμήτοις [ἐν] ἕδραις ἐνθάδε ναίων, 323-4
Ἴακχ', ὦ Ἴακχε, 325
ἐλθὲ τόνδ' ἀνὰ λειμῶνα χορεύσων
ὁσίους εἰς θιασώτας,
πολύκαρπον μὲν τινάσσων
περὶ κρατὶ σῷ βρύοντα
στέφανον μύρτων, θρασεῖ δ' ἐγκατακρούων 330-331
ποδὶ τὰν ἀκόλαστον
φιλοπαίγμονα τιμάν,
χαρίτων πλεῖστον ἔχουσαν μέρος, ἁγνάν, 334-5
ἱερὰν ὁσίοις μύσταις χορείαν.

---

89. Deus cultuado nos Mistérios de Eleusina, identificado com Dioniso.
90. Essa é a leitura que, segundo o escólio, foi sugerida pelo editor Aristarco. O poeta lírico Diágoras de Melos havia expressado hostilidade e desprezo pelos

CORO
Iaco, Iaco![89]
Iaco, Iaco!

LOIRINHO
Chefe, olha! É aquela coisa! Acho que os Iniciados
Tão comemorando aqui, como o Héracles nos disse!
Tão cantando o mesmo Iaco que Diágoras, o ateu.[90]   320

DIONISO
É o que eu tô achando também! Me parece que o melhor
Pra nós é ficar quietinhos. Vamos ver no que vai dar!

CORO (*cantando*)
Iaco, tu que tens morada aqui, em meio a paragens honrosas!   323-4
Iaco, Iaco!   325
Assoma subindo o arvoredo entre coros dançantes
até as sagradas, devotas folias,
levando contigo, numeroso em frutos,
repleto de viço, sobre teus cabelos,
o mirto entrançado, com o peito audaz, golpeando   330-1
em teus pés, sem pudores ou freios,
tuas honras, que amando os folguedos,
carregam das Graças o grupo mais vasto: o intocado e sagrado   334-5
coral dos cultores dos Mistérios santos.

Mistérios Eleusinos e fora perseguido pela lei por causa disso (*Aves* 1072-4, Crátero, *FHG* 9 e Melântio, *FHG* 4). Outra possibilidade é ler *di'agorâs* ("por meio da ágora"), o que indicaria o trajeto da procissão dos Mistérios.

ΞΑΝΘΙΑΣ
ὦ πότνια πολυτίμητε Δήμητρος κόρη,
ὡς ἡδύ μοι προσέπνευσε χοιρείων κρεῶν.

ΔΙΟΝΥΣΟΣ
οὔκουν ἀτρέμ' ἕξεις, ἤν τι καὶ χορδῆς λάβῃς;

ΧΟΡΟΣ
† ἔγειρε φλογέας λαμπάδας ἐν χερσὶ γὰρ ἥκει τινάσσων † 340-1
Ἴακχ', ὦ Ἴακχε,
νυκτέρου τελετῆς φωσφόρος ἀστήρ.
φλογὶ φέγγεται δὲ λειμών·
γόνυ πάλλεται γερόντων 345
ἀποσείονται δὲ λύπας
χρονίους τ' ἐτῶν παλαιῶν ἐνιαυτοὺς 347-8
ἱερᾶς ὑπὸ τιμᾶς.
σὺ δὲ λαμπάδι φέγγων 350
προβάδην ἔξαγ' ἐπ' ἀνθηρὸν ἕλειον 351-2
δάπεδον χοροποιόν, μάκαρ, ἥβαν.

εὐφημεῖν χρὴ κἀξίστασθαι τοῖς ἡμετέροισι χοροῖσιν,
ὅστις ἄπειρος τοιῶνδε λόγων ἢ γνώμῃ μὴ καθαρεύει, 355
ἢ γενναίων ὄργια Μουσῶν μήτ' εἶδεν μήτ' ἐχόρευσεν,

---

91. Leitões (em português mais antigo também chamados de "bacorinhos") eram o sacrifício habitual em honra de Perséfone nos Mistérios Eleusinos. Contudo, em grego, "porca" (*khoîros*) também designava a vagina, como "bacorinha" em português. Loirinho se refere às meninas e mulheres que participam do ritual.
92. Com esse trecho (entoado pelo líder do coro, endereçado ao público, em ritmo anapéstico e tema político-poético), Aristófanes antecipa o longo trecho recitativo que tradicionalmente abre as parábases (que só começa de fato no verso 674). O poeta aqui mistura, num jogo cômico, duas celebrações dionisíacas, representando os festivais dramáticos das Dionísias Urbanas e das Leneias com

LOIRINHO (*falando*)
Pela honrosa e soberana deusa filha de Deméter!
Mas que aroma suculento de carne de bacorinha![91]

DIONISO
Se você não cala a boca, vai ganhar é uma linguiça!

CORO (*cantando*)
Desperta célere as flamantes tochas, brandindo-as nas mãos!   340-1
Iaco, Iaco!
Avança! Do rito noturno ó estrela luzente!
O bosque flameja com fulgores vastos,
os velhos se agitam baloiçando as pernas,   345
chacoalham, lançando o sofrimento ao longe
e ciclos inúmeros dos antiquíssimos anos   347-8
envolvidos por sacra honraria!
porém tu, luzindo entre tochas,   350
marchando adiante, ao solo florido do pântano leva
o coro dos moços, ó deus venturoso!

CORIFEU (*falando*)[92]
É necessário que contenha a voz e afaste o passo dos meus coros
O que ignora estas verdades sacras, não tendo puro o pensamento,[93]   355
Ou desconhece os rituais das nobres[94] Musas, e nunca foi corista,

---

. alguns elementos dos Mistérios Eleusinos (também relacionados, como vimos, a Dioniso, sob o nome de Iaco). Com toda a probabilidade, não há nada do conteúdo secreto dos Mistérios, cuja revelação era considerada crime. Sobre a parábase e as estruturas tradicionais da comédia, ver a introdução.
93. No original, *gnóme*, conceito bastante importante na peça, usado para designar a capacidade de julgamento de cidadãos e poetas.
94. *Gennaîai* ("nobres", "boas", "bem-nascidas"). Neste trecho, estabelece-se uma relação entre a educação poética e o bom nascimento, como no antepirrema da parábase.

μηδὲ Κρατίνου τοῦ ταυροφάγου γλώττης Βακχεῖ' ἐτελέσθη,
ἢ βωμολόχοις ἔπεσιν χαίρει μὴ 'ν καιρῷ τοῦτο ποιοῦσιν,
ἢ στάσιν ἐχθρὰν μὴ καταλύει μηδ' εὔκολός ἐστι πολίταις,
ἀλλ' ἀνεγείρει καὶ ῥιπίζει κερδῶν ἰδίων ἐπιθυμῶν, 360
ἢ τῆς πόλεως χειμαζομένης ἄρχων καταδωροδοκεῖται,
ἢ προδίδωσιν φρούριον ἢ ναῦς, ἢ τἀπόρρητ' ἀποπέμπει
ἐξ Αἰγίνης Θωρυκίων ὢν εἰκοστολόγος κακοδαίμων,
ἀσκώματα καὶ λίνα καὶ πίτταν διαπέμπων εἰς Ἐπίδαυρον,
ἢ χρήματα ταῖς τῶν ἀντιπάλων ναυσὶν παρέχειν τινὰ πείθει, 365
ἢ κατατιλᾷ τῶν Ἑκαταίων κυκλίοισι χοροῖσιν ὑπᾴδων,
ἢ τοὺς μισθοὺς τῶν ποιητῶν ῥήτωρ ὢν εἶτ' ἀποτρώγει,
κωμῳδηθεὶς ἐν ταῖς πατρίοις τελεταῖς ταῖς τοῦ Διονύσου·
τούτοις αὐδῶ καὖθις ἀπαυδῶ καὖθις τὸ τρίτον μάλ' ἀπαυδῶ
ἐξίστασθαι μύσταισι χοροῖς· ὑμεῖς δ' ἀνεγείρετε μολπὴν 370
καὶ παννυχίδας τὰς ἡμετέρας αἳ τῇδε πρέπουσιν ἑορτῇ.

χώρει [δὴ] νῦν πᾶς ἀνδρείως
ἐς τοὺς εὐανθεῖς κόλπους
λειμώνων ἐγκρούων 374a
κἀπισκώπτων 374b
καὶ παίζων καὶ χλευάζων· 375
ἠρίστηται δ' ἐξαρκούντως.

95. Cratino foi um grande poeta cômico. Em vida, era rival de Aristófanes e era satirizado por ele como um velho bêbado (*Cavaleiros* 400, 526-36; *Paz* 700-3). Agora, muitos anos após sua morte, é homenageado como se fosse um deus da comédia, recebendo um epíteto de Dioniso, "engole-touros" (*tauróphagos*). Sobre a rivalidade entre Cratino e Aristófanes, ver AZEVEDO 2018: 22 ss.
96. No original, o termo é *stásis*, usado para descrever qualquer disputa entre grupos de cidadãos, da formação de facções políticas às guerras civis. Durante a Guerra do Peloponeso, diversas cidades sofreram esses embates internos (tipicamente, entre defensores da democracia e da oligarquia); Atenas não era uma exceção, pois poucos anos antes da peça, em 411 AEC, sofrera um golpe, que instaurou um regime oligárquico de curta duração (ver nota introdutória).
97. Não se sabe quase nada sobre Toricião, a não ser o que aqui se diz: que era um *eikostólogos*, um cobrador de impostos responsável por recolher 5% de tudo que se vendia nos portos controlados por Atenas.

Nem foi iniciado nas Dionísias do taurófago Cratino,[95]
Ou se diverte com as palhaçadas feitas em hora descabida,
Ou não desmancha as rixas[96] e não é gentil com os outros cidadãos,
Mas as incita e lhes ateia fogo, buscando ganhos pessoais,   360
Ou, posta a pátria em meio à tempestade, tem cargo e aceita uma propina,
Ou trai um forte ou barco ao inimigo, ou exporta coisas interditas
E é Toricião, o desgraçado que, sendo cobrador de impostos,[97]
Contrabandeia couro, linho ou piche[98] de Egina aos portos de Epidauro.[99]
Ou persuade alguém a dar dinheiro para os navios dos inimigos.   365
Ou que encagalha os ícones de Hécate dançando coros circulares,[100]
Ou, sendo um homem público, devora o pagamento dos poetas
Porque o botaram na comédia tal nos pátrios mistérios de Dioniso.[101]
A esses eu proclamo e lhes proíbo, e outra vez mais eu lhes proíbo
Que se aproximem destes coros místicos. Vocês, despertem a canção,   370
Preparem as vigílias que reluzem por entre os nossos festivais

CORO (cantando)
Agora todos se encorajam
e vão aos braços viridentes
dos bosques, em bater de pés   374a
e zombarias,   374b
com brincadeiras e deboches –   375
e degustara'um desjejum completo![102]

98. Todos são materiais importantes para navios de guerra: enchimento de couro para o buraco dos remos, linho para cordas e piche para calafetar as tábuas do navio e evitar infiltração.
99. Egina é uma ilha que, durante a Guerra do Peloponeso, estava sob o controle de Atenas. Situava-se perto de Epidauro, uma das cidades peloponésias inimigas.
100. A referência é a Cinésias, o compositor de ditirambos (ver nota 48), chamado nas *Aves* 1403 de "produtor de coros cíclicos" (*kukliodidáskalos*). Por algum motivo, ficara conhecido por defecar (ver *Assembleístas* 329-30).
101. Talvez o trecho se refira a uma proposta de diminuir o pagamento dos poetas cômicos. "Pátrios mistérios de Dioniso" aqui são uma metáfora para os festivais dramáticos atenienses: as Grandes Dionísias e as Leneias.
102. Possível referência à refeição pré-apresentação oferecida pelo corego ao coro.

ἀλλ' ἔμβα χὤπως ἀρεῖς
τὴν Σώτειραν γενναίως
τῇ φωνῇ μολπάζων
ἢ τὴν χώραν 380
σώσειν φήσ' εἰς τὰς ὥρας,
κἂν Θωρυκίων μὴ βούληται.

ἄγε νυν ἑτέραν ὕμνων ἰδέαν τὴν καρποφόρον βασίλειαν
Δήμητρα θεὰν ἐπικοσμοῦντες ζαθέαις μολπαῖς κελαδεῖτε.

Δήμητερ, ἁγνῶν ὀργίων
ἄνασσα, συμπαραστάτει, 385
καὶ σῷζε τὸν σαυτῆς χορόν·
καί μ' ἀσφαλῶς πανήμερον
παῖσαί τε καὶ χορεῦσαι·

καὶ πολλὰ μὲν γέλοιά μ' εἰπεῖν, πολλὰ δὲ σπουδαῖα, καὶ 390
τῆς σῆς ἑορτῆς ἀξίως
παίσαντα καὶ σκώψαντα νι-
κήσαντα ταινιοῦσθαι.

ἄγ' εἶα
νῦν καὶ τὸν ὡραῖον θεὸν παρακαλεῖτε δεῦρο 395
ᾠδαῖσι, τὸν ξυνέμπορον τῆσδε τῆς χορείας.

103. Não se sabe exatamente a que deusa se refere o poeta. O epíteto é aplicado a Atena, Perséfone ou Deméter. Provavelmente trata-se de Perséfone, a única deusa da tríade eleusina que não é mencionada explicitamente no párodo.

Mas acercai-vos exaltando
a Protetora[103] nobremente,
com vosso timbre celebrando
a que promete   380
guardar a terra até as sazões futuras,
ainda que Torición não queira.

CORIFEU (*falando*)
Trazei diversa sorte de canções para a frutífera rainha,
Cantai Deméter divinal! Ornai a deusa com sacras melodias!

CORO (*cantando*)
Vem também, Deméter, dama
dos sagrados rituais,   385
e protege o teu coral!
e que, o dia todo, a salvo
entre danças eu brinque.

E que eu diga muitas coisas
engraçadas, muitas sérias,   390
e a brincar e fanfarrar,
merecendo a tua festa,
eu triunfe aclamado.[104]

CORIFEU (*falando*)
Adiante!
Ora convocai também o vicejante deus   395
Com canções, o peregrino que acompanha os coros.

---

104. Referência à competição cômica: o coro ora para que a peça consiga o primeiro lugar na competição.

Ἴακχε πολυτίμητε, μέλος ἑορτῆς
ἥδιστον εὑρών, δεῦρο συνακολούθει
πρὸς τὴν θεὸν 400
καὶ δεῖξον ὡς ἄνευ πόνου πολλὴν ὁδὸν περαίνεις. 401-2
Ἴακχε φιλοχορευτά, συμπρόπεμπέ με.

σὺ γὰρ κατεσχίσω μὲν ἐπὶ γέλωτι
κἀπ' εὐτελείᾳ τόδε τὸ σανδαλίσκον 405
καὶ τὸ ῥάκος.
κἀξηῦρες ὥστ' ἀζημίους παίζειν τε καὶ χορεύειν.
Ἴακχε φιλοχορευτά, συμπρόπεμπέ με.

καὶ γὰρ παραβλέψας τι μειρακίσκης
νῦν δὴ κατεῖδον καὶ μάλ' εὐπροσώπου, 410
συμπαιστρίας,
χιτωνίου παραρραγέντος τιτθίον προκύψαν.
Ἴακχε φιλοχορευτά, συμπρόπεμπέ με.

ΔΙΟΝΥΣΟΣ
ἐγὼ δ' ἀεί πως φιλακόλου- 414a
θός εἰμι καὶ μετ' αὐτῆς 414b
παίζων χορεύειν βούλομαι.

ΞΑΝΘΙΑΣ
κἄγωγε πρός. 415

---

105. Iaco é apontado aqui como inventor do canto processional.
106. Provavelmente Deméter, uma vez que é a deusa mais importante dos Mistérios Eleusinos e foi a última a ser invocada.
107. A longa extensão era característica das procissões báquicas (ver *Bacantes* 64 ss., 194).

CORO (*cantando*)
Ó, honroso Iaco, tu que foste o pai
Da dulcíssima canção festiva,[105] surge
junto à deusa[106] 400
e nos mostra que sem dores tu percorres os caminhos mais extensos[107] 401-2
Ó, Iaco, sê meu guia, tu que prezas os corais!

Tu rasgaste, por buscar boas risadas
Sem despesa a sandalinha que calçamos 405
e estes trapos,[108]
permitindo que sem medo de castigo nós dancemos e zombemos.
Ó, Iaco, sê meu guia, tu que prezas os corais!

E agorinha eu vi de lado, de surpresa,
Quando olhava uma mocinha bem formosa: 410
nos folguedos,
escapou-lhe dos remendos do vestido uma beleza de tetinha!
Ó, Iaco, sê meu guia, tu que prezas os corais!

DIONISO (*falando*)
Opa! Desde sempre fui amante dessas procissões! E quero
Brincar com ela num coro!

LOIRINHO (*falando*)
                        E quem não quer? Tô junto nessa! 415

(*Os dois começam a cantar e dançar com o Coro.*)

---

108. Aqui, o coro atribui a sua veste esfarrapada à avareza do deus, em possível referência ao fato de o corego não poder financiar outro figurino para o coro além do das rãs (ver a introdução, nota 88 e DOVER 1972: 177 s. e 1993: 57).

ΧΟΡΟΣ
βούλεσθε δῆτα κοινῇ
σκώψωμεν Ἀρχέδημον
ὃς ἑπτέτης ὢν οὐκ ἔφυσε φράτερας;

νυνὶ δὲ δημαγωγεῖ
ἐν τοῖς ἄνω νεκροῖσι, 420
κἀστὶν τὰ πρῶτα τῆς ἐκεῖ μοχθηρίας.

τὸν Κλεισθένους δ' ἀκούω
ἐν ταῖς ταφαῖσι πρωκτὸν
τίλλειν ἑαυτοῦ καὶ σπαράττειν τὰς γνάθους.

κἀκόπτετ' ἐγκεκυφώς, 425
κἄκλαε κἀκεκράγει
Σεβῖνον ὅστις ἐστὶν Ἀναφλύστιος.

καὶ Καλλίαν γέ φασι
τοῦτον τὸν Ἱπποβίνου

109. *Demagogós* que Aristófanes acusa de ser cidadão ilegítimo. Foi um dos principais responsáveis pelo processo contra os generais da batalha de Arginusas (ver nota introdutória).
110. No original consta "que, quando já tinha sete anos, não havia criado companheiros de fratria" (ὃς ἑπτέτης ὢν οὐκ ἔφυσε φράτερας). Troca-se *phrastêres* ("dentes permanentes", segundo um escólio) pelo foneticamente similar *phráteres* ("companheiros de fratria"). Para que um homem fosse considerado um cidadão legítimo, era necessário que fosse apresentado à sua fratria, uma das subdivisões das tribos (*phúlai*) de Atenas. Iseu 8.19 cita um caso de apresentação logo após o nascimento. Aristófanes parece implicar que Arquedemo era um cidadão ilegítimo que comprou sua cidadania depois de adulto.
111. Isto é, "filho de Clístenes". Não sabemos de quem se trata, mas, pelas características efeminadas que o poeta lhe atribui, talvez seja o filho do Clístenes já mencionado na peça (ver nota 13).
112. Arrancar o cabelo, ferir o rosto e bater no peito eram meios comuns de se mostrar luto na Grécia antiga. O humor da passagem está no fato de Clístenes

CORO (*cantando*)
Eia, vamos todos juntos
De Arquedemo[109] caçoar,
que até os sete não brotou sequer um dente ateniense![110]

E hoje em dia é demagogo
Entre os mortos lá de cima   420
Tendo em mãos a primazia dos pilantras da cidade.

Posso ouvir o Clistenida[111]
Lacerando em meio às tumbas
Os cabelos de seu cu e depilando a sua barba.[112]

Bate o peito e já prostrado   425
Lagrimeja e choraminga
Tifodias, que nasceu no povoado da Punhétia.[113]

Sobre Cálias,[114] nos contaram
Que o rebento de Hipofodes,[115]

manifestar sua dor por atos que, do ponto de vista da Atenas antiga, concordavam com seu caráter efeminado: a depilação do ânus e do rosto.
113. O original traz *Sebînos*, apelido de origem provavelmente bárbara que ecoa a expressão *se binô* ("te fodo"), nome adequado para o amante do filho de Clístenes. Pode se tratar de pessoa real ou inventada. O distrito, por sua vez, existia e chamava-se Anaflisto, que lembra o verbo *anaphláo* ("masturbar").
114. Cálias, filho de Hiponices, ateniense rico e ilustre, conhecido por ser mulherengo, adúltero e por ter dissipado sua riqueza com prostitutas, bajuladores e filósofos (Cratino, fr. 12.81, Êupolis, fr. 156-191 K-A). No trecho alude-se a um episódio, real ou fictício, em que Cálias estava numa batalha naval. Ele era rico o suficiente para ser escolhido como um dos trierarcas, homens que financiavam e lideravam um navio de guerra; contudo, não se menciona no original se na época da peça ele detinha esse cargo.
115. O original traz em lugar de Hiponices, o nome do pai de Cálias, *Hippobínes* ("que fode como um cavalo" ou "fodedor de cavalos"), aludindo à fama de Cálias.

κύσθῳ λεοντῆν ναυμαχεῖν ἐνημμένον. 430

ΔΙΟΝΥΣΟΣ
ἔχοιτ' ἂν οὖν φράσαι νῷν
Πλούτων' ὅπου 'νθάδ' οἰκεῖ;
ξένω γάρ ἐσμεν ἀρτίως ἀφιγμένω.

ΧΟΡΟΣ
μηδὲν μακρὰν ἀπέλθῃς,
μηδ' αὖθις ἐπανέρῃ με, 435
ἀλλ' ἴσθ' ἐπ' αὐτὴν θύραν ἀφιγμένος.

ΔΙΟΝΥΣΟΣ
αἴροι' ἂν αὖθις, ὦ παῖ.

ΞΑΝΘΙΑΣ
τουτὶ τί ἦν τὸ πρᾶγμα
ἀλλ' ἢ Διὸς Κόρινθος ἐν τοῖς στρώμασιν;

ΧΟΡΟΣ
χωρεῖτε 440
νῦν ἱερὸν ἀνὰ κύκλον θεᾶς, ἀνθοφόρον ἀν' ἄλσος 441-2
παίζοντες οἷς μετουσία θεοφιλοῦς ἑορτῆς· 443-4

116. No original consta "envolvido numa pele de leão fez parte de uma batalha naval contra uma boceta" (κύσθῳ λεοντῆν ναυμαχεῖν ἐνημμένον). Diodoro da Sicília 16.44.2 s. menciona que, no século IV AEC, Nicóstrato, um comandante da cidade de Argos, vestiu em batalha uma pele de leão à imitação de Héracles. Cálias talvez fizesse o mesmo nas batalhas navais. Seguimos aqui a correção de Bothe, que encara *kústhos* ("boceta", no dativo, *kústhoi*) como objeto de *naumakheîn* ("combater no mar"); nos manuscritos consta *kústhou* ("de uma boceta"), o que geraria outra leitura "fez parte de uma batalha naval vestido numa pele de boceta". De qualquer modo, o humor da passagem está em tratar um momento erótico (um homem fazendo sexo com uma mulher embaixo de uma coberta de pele de leão) em termos militares (um combate naval, em que a pele de leão seria uma vestimenta de guerra), acentuando a inadequação de

Numa pele de leão afundou uma buceta.[116] 430

DIONISO (*cantando*)
Saberiam me dizer
Onde achamos o Plutão?
Somos ambos estrangeiros e acabamos de chegar.

CORO
Não está muito distante,
Nem precisa perguntar! 435
Pois a porta do palácio já se encontra ali em frente.
(*Aponta a entrada do palácio de Plutão.*)

DIONISO (*para Loirinho*)
Vai escravo! Carregando!

LOIRINHO (*cantando*)
Ah, não! Tudo não passava
Dessa velha lengalenga empacotada nessa trouxa![117]
(*Loirinho levanta a carga novamente*)

CORIFEU (*falando*)
Ide em coros! 440
Junto à deusa cercai o bosque florescente, 441-2
Gracejando com aqueles que fiéis festejam. 443-4

    Cálias à ideia ateniense de virilidade. Perceba-se a aproximação entre Cálias e Dioniso: ambos vestidos de Héracles, mas incapazes de atos valentes.
117. No original, está: "O que é isso / senão o 'Corinto, filho de Zeus' na bagagem?" (τουτὶ τί ἦν τὸ πρᾶγμα / ἀλλ' ἦ Διὸς Κόρινθος ἐν τοῖς στρώμασιν;). "Corinto, o filho de Zeus" era uma expressão proverbial que significava "a velha história"; segundo os escólios, isso se deu porque os coríntios insistiam em sua ascendência ao reclamar sua soberania sobre Mégara (ou Córcira). Há também outra brincadeira com a palavra "Corinto", pois, ao que parece (ver *Nuvens* 710), os atenienses chamavam os percevejos de cama (o mesmo termo usado para bagagem aqui, *strómata*, é aplicado para camas) de coríntios.

ἐγὼ δὲ σὺν ταῖσιν κόραις εἶμι καὶ γυναιξίν, 445
οὗ παννυχίζουσιν θεᾷ, φέγγος ἱερὸν οἴσων.
χωρῶμεν ἐς πολυρρόδους λειμῶνας ἀνθεμώδεις, 448-9

τὸν ἡμέτερον τρόπον, 450
τὸν καλλιχορώτατον,
παίζοντες, ὃν ὄλβιαι
Μοῖραι ξυνάγουσιν.

μόνοις γὰρ ἡμῖν ἥλιος καὶ φέγγος ἱερόν ἐστιν, 454-5
ὅσοι μεμυήμεθ' εὐ-
σεβῆ τε διήγομεν
τρόπον περὶ τοὺς ξένους
καὶ τοὺς ἰδιώτας.

ΔΙΟΝΥΣΟΣ
ἄγε δὴ τίνα τρόπον τὴν θύραν κόψω; τίνα; 460
πῶς ἐνθάδ' ἄρα κόπτουσιν οὑπιχώριοι;

ΞΑΝΘΙΑΣ
οὐ μὴ διατρίψεις, ἀλλὰ γεύσει τῆς θύρας,
καθ' Ἡρακλέα τὸ σχῆμα καὶ τὸ λῆμ' ἔχων.

ΔΙΟΝΥΣΟΣ
παῖ παῖ.

---

118. As deusas do destino, que determinavam a hora da morte. Eram normalmente citadas em contextos negativos; contudo, para esses iniciados, que tiveram um destino bem-aventurado após a morte, elas são vistas como divindades propícias.
119. Como dito antes (ver nota 51), aparentemente acreditava-se que os iniciados eram os únicos entre os mortos que viam a luz do sol e das estrelas.
120. No original: "Tendo a forma e o caráter conforme Hércules" (καθ' Ἡρακλέα τὸ λῆμα καὶ τὸ σχῆμα ἔχων, em que se forma o homeoteleuto *lêma* e *skhêma*).

Eu aqui vou com as moças e as mulheres todas 445
Que vigilam pela deusa; em mãos, a luz sagrada.

(*O Corifeu se afasta com as mulheres e moças e dança ao longe*)

CORO (*cantando*)
Vamos num só coro aos róseos arvoredos em flor, 448-9
Seguindo o costume de sempre, 450
por entre os corais mais formosos,
folgando os dançares que as Moiras[118]
propícias conduzem.

Pois só nós vemos o sol e os consagrados fulgores,[119] 454-5
Nós, quantos sabemos Mistérios
e temos envolto em respeito
o trato de todo estrangeiro e
dos homens mais simples.

(*As mulheres deixam o palco. O Corifeu se reúne ao Coro. Dioniso se coloca diante do palácio.*)

EPISÓDIO
DIONISO
Vamos lá, o que fazer? Como eu bato nessa porta? 460
De que jeito? Como fazem os nativos do país?

LOIRINHO
Não começa a enrolação! Enfia a porta goela abaixo!
Seja o Héracles inteiro: a sua pança e semelhança![120]

DIONISO (*bate ao lado da porta*)
Escravo! Escravo!

(*Aparece à porta um sujeito truculento.*)

ΘΥΡΩΡΟΣ
    τίς οὗτος;

ΔΙΟΝΥΣΟΣ
    Ἡρακλῆς ὁ καρτερός.

ΘΥΡΩΡΟΣ
ὦ βδελυρὲ κἀναίσχυντε καὶ τολμηρὲ σὺ   465
καὶ μιαρὲ καὶ παμμίαρε καὶ μιαρώτατε,
ὃς τὸν κύν' ἡμῶν ἐξελάσας τὸν Κέρβερον
ἀπῇξας ἄγχων κἀποδρὰς ᾤχου λαβών,
ὃν ἐγὼ 'φύλαττον. ἀλλὰ νῦν ἔχει μέσος·
τοία Στυγός σε μελανοκάρδιος πέτρα   470
Ἀχερόντιός τε σκόπελος αἱματοσταγὴς
φρουροῦσι, Κωκυτοῦ τε περίδρομοι κύνες,
ἔχιδνά θ' ἑκατογκέφαλος, ἣ τὰ σπλάγχνα σου
διασπαράξει, πλευμόνων τ' ἀνθάψεται
Ταρτησία μύραινα· τὼ νεφρὼ δέ σου   475
αὐτοῖσιν ἐντέροισιν ἡματωμένω
διασπάσονται Γοργόνες Τειθράσιαι,
ἐφ' ἃς ἐγὼ δρομαῖον ὁρμήσω πόδα.

---

121. Muitos manuscritos dão ao Porteiro o nome de Éaco, um dos juízes do mundo dos mortos (ao lado de Minos e Radamanto). Contudo, como os textos originais não tinham siglas indicando os nomes das personagens e não existe nenhuma menção ao nome no texto, provavelmente se trata de mera suposição (ainda que pareça remontar à Antiguidade; DOVER 1993: 50 ss.).
122. No original, "impuro, todo impuro, impuríssimo" (μιαρὲ καὶ παμμίαρε καὶ μιαρώτατε), que também é uma ofensa de cunho religioso.
123. Como já mencionado (ver nota 38), um dos trabalhos de Héracles era buscar Cérbero do mundo dos mortos.
124. O Porteiro passa a utilizar variados adjetivos compostos, procedimento típico da poesia elevada. A prática também é característica da tragédia de Ésquilo, como se verá adiante.

PORTEIRO[121] (*grita*)
    Quem bateu na porta agora?

DIONISO: (*engrossando a voz*)
                    Héracles, o parrudão.

PORTEIRO (*saindo furioso*)
Ah, nojento, sem vergonha! É você, cara-de-pau!   465
Desgraçado, rei dos desgraçados! Poço de desgraça![122]
Foi você o ladrão sujo que levou embora o Cérbero:[123]
Agarrou, estrangulou, se elevou, se escafedeu!
Ele tava na m'nha guarda! Mas agora te peguei!
(*trágico*)[124] Tais se elevam sobre o Estige nigricórdias[125] penedias,   470
Gotejantes de cruor as escarpas do Aqueronte
Te cercando e, do Cocito,[126] corredores os mastins,
Centicéfala serpente, que de ti retalhará
As entranhas. E os pulmões devorará a focinheira
De tartéssica moreia![127] Então ambos os colhões,   475
Embebidos da sangria de teus próprios intestinos,
Rasgarão aos pedacinhos as Górgonas lá do Titras:[128]
Com pé célere eu avanço, vou trazê-las lá de dentro.

(*Entra na casa. Dioniso sai correndo desesperado, chega perto de Loirinho e cai no chão.*)

---

125. *Melanokárdios* ("de coração negro").
126. Estige e Cocito são rios do mundo dos mortos, que desaguam no lago Aqueronte.
127. Moreia é um tipo de enguia grande e agressiva. Por outro lado, as enguias eram parte da culinária grega antiga. Tartesso era o nome do sudoeste da Península Ibérica, que, na época, era um dos confins do mundo conhecido. O nome ecoa "Tártaro", mas Pólux 6.63 menciona uma variedade de moreia chamada tartéssia, conhecida como um prato refinado. A imagem congrega, portanto, associações terríveis e banais.
128. Titras é um dos povoados de Atenas. Não se sabe a que se deve a menção.

ΞΑΝΘΙΑΣ
οὗτος τί δέδρακας;

ΔΙΟΝΥΣΟΣ
     ἐγκέχοδα· κάλει θεόν.

ΞΑΝΘΙΑΣ
ὦ καταγέλαστ᾽ οὔκουν ἀναστήσει ταχὺ   480
πρίν τινά σ᾽ ἰδεῖν ἀλλότριον;

ΔΙΟΝΥΣΟΣ
       ἀλλ᾽ ὡρακιῶ.
ἀλλ᾽ οἶσε πρὸς τὴν καρδίαν μου σφογγιάν.

ΞΑΝΘΙΑΣ
ἰδοὺ λαβέ, προσθοῦ.— ποῦ 'στιν; ὦ χρυσοῖ θεοὶ
ἐνταῦθ᾽ ἔχεις τὴν καρδίαν;

ΔΙΟΝΥΣΟΣ
      δείσασα γὰρ
ἐς τὴν κάτω μου κοιλίαν καθείρπυσεν.   485

ΞΑΝΘΙΑΣ
ὦ δειλότατε θεῶν σὺ κἀνθρώπων.

---

129. No original, *enkékhoda; kálei theón* ("Caguei, invoque o deus!"). De acordo com um escólio, trata-se da paródia de uma fórmula religiosa: "Eu libei. Invoquem o deus!" (*ekkékhutai / kaleîte theón*).
130. Os gregos associavam as cores amarela e dourada com excrementos. Enquanto, na primeira vez que Dioniso defecou na peça, seu manto ficou vermelho-ruivo (ver nota 86), agora o escravo Loirinho menciona a cor de seu próprio cabelo. So-

LOIRINHO
E aí? Como foi lá?

DIONISO
                Perdão, Senhor, pois caguei![129]

LOIRINHO
Mas é mesmo um imbecil! Se levanta, sai daqui   480
Antes que alguém veja isso!

DIONISO
                Mas tô quase desmaiando!
Me traz uma esponja logo pra eu botar no coração.

(*Loirinho coloca a carga no chão, pega a esponja na bagagem e a umedece com um cantil.*)

LOIRINHO
Toma aí, pode botar...
(*Dioniso se levanta, coloca a esponja no traseiro e o limpa.*)
Quê?! Ai, deuses dourados![130]
Seu coração fica aí?!

DIONISO
                Acontece que, no medo,
Ele desceu a barriga e se instalou aqui embaixo.   485

LOIRINHO
Não existe deus ou homem mais bundão!

---

    bre a relação que a peça estabelece entre cores de cabelo, senhores, escravos e os comportamentos que se esperavam de cada um, ver o antepirrema da parábase.

ΔΙΟΝΥΣΟΣ
     ἐγώ;
πῶς δειλὸς ὅστις σφογγιὰν ᾔτησά σε;
οὐκ ἂν ἕτερός γ' αὔτ' ἠργάσατ' ἀνήρ.

ΞΑΝΘΙΑΣ
     ἀλλὰ τί;

ΔΙΟΝΥΣΟΣ
κατέκειτ' ἂν ὀσφραινόμενος, εἴπερ δειλὸς ἦν·
ἐγὼ δ' ἀνέστην καὶ προσέτ' ἀπεψησάμην.   490

ΞΑΝΘΙΑΣ
ἀνδρεῖά γ' ὦ Πόσειδον.

ΔΙΟΝΥΣΟΣ
     οἶμαι νὴ Δία.
σὺ δ' οὐκ ἔδεισας τὸν ψόφον τῶν ῥημάτων
καὶ τὰς ἀπειλάς;

ΞΑΝΘΙΑΣ
     οὐ μὰ Δί' οὐδ' ἐφρόντισα.

ΔΙΟΝΥΣΟΣ
ἴθι νυν ἐπειδὴ ληματιᾷς κἀνδρεῖος εἶ,
σὺ μὲν γενοῦ 'γὼ τὸ ῥόπαλον τουτὶ λαβὼν   495
καὶ τὴν λεοντῆν, εἴπερ ἀφοβόσπλαγχνος εἶ·
ἐγὼ δ' ἔσομαί σοι σκευοφόρος ἐν τῷ μέρει.

ΞΑΝΘΙΑΣ
φέρε δὴ ταχέως αὔτ'· οὐ γὰρ ἀλλὰ πειστέον·
καὶ βλέψον ἐς τὸν Ἡρακλειοξανθίαν,

DIONISO
Quê? Como assim?
Me chamando de bundão? Eu não pedi por uma esponja?
Nunca que outro homem ia fazer isso.

LOIRINHO
O que então?

DIONISO
O bundão ia ficar lá despencado no futum.
Mas eu soube levantar e, além disso, me limpei!   490

LOIRINHO (*irônico*)
Ui, Posídon, que machão!

DIONISO
Por Zeus que concordo contigo!
Você não ficou com medo das palavras estrondosas?
Nem daquelas ameaças?

LOIRINHO
Zeus! Eu nem me preocupei!

DIONISO
Já que tá se machotando e não se cabe de audácia,
Vem cá, toma meu lugar, pega aqui a minha clava,   495
E essa pele de leão, se é tripudo e corajoso!
Eu me transformo em você e vou levando a bagagem.

LOIRINHO
Então vai! Me dá isso aqui.
(*Pega a pele e a clava. Dioniso assume a bagagem.*)
Faze'o quê? Eu obedeço!
Dá uma boa de uma olhada no Loiréracles e vê

εἰ δειλὸς ἔσομαι καὶ κατὰ σὲ τὸ λῆμ' ἔχων.   500

ΔΙΟΝΥΣΟΣ
μὰ Δί' ἀλλ' ἀληθῶς οὐκ Μελίτης μαστιγίας.
φέρε νυν ἐγὼ τὰ στρώματ' αἴρωμαι ταδί.

ΟΙΚΕΤΗΣ
ὦ φίλταθ' ἥκεις Ἡράκλεις; δεῦρ' εἴσιθι.
ἡ γὰρ θεός σ' ὡς ἐπύθεθ' ἥκοντ', εὐθέως
ἔπεττεν ἄρτους, ἧψε κατερεικτῶν χύτρας   505
ἔτνους δύ' ἢ τρεῖς, βοῦν ἀπηνθράκιζ' ὅλον,
πλακοῦντας ὤπτα κολλάβους. ἀλλ' εἴσιθι.

ΞΑΝΘΙΑΣ
κάλλιστ', ἐπαινῶ.

ΟΙΚΕΤΗΣ
                    μὰ τὸν Ἀπόλλω οὐ μή σ' ἐγὼ
περιόψομἀπελθόντ', ἐπεί τοι καὶ κρέα
ἀνέβραττεν ὀρνίθεια, καὶ τραγήματα   510
ἔφρυγε, κᾦνον ἀνεκεράννυ γλυκύτατον.
ἀλλ' εἴσιθ' ἅμ' ἐμοί.

ΞΑΝΘΙΑΣ
            πάνυ καλῶς.

---

131. Em Melita, povoado de Atenas, havia um famoso templo de Héracles. Segundo um escólio, trata-se também de uma referência a Cálias (ver nota 114), que viveria ali. Cálias era do povoado de Alopece, mas, sendo rico, poderia ter outra casa em Melita. Um fragmento de Cratino (fr. 81 K-A) o chama de "tatuado" (como um escravo fugitivo, *stigmatías*) por grande parte de sua propriedade ter sido hipotecada; o "chibatado" (*mastigías*, nome aplicado aos escravos desobedientes e frequentemente punidos) aqui pode se referir ao mesmo fato.

Se eu me mostro um bunda-mole, como é bem do seu feitio. 500

DIONISO
Zeus! Não é o verdadeiro chibatado de Melita?![131]
Então vem! Que eu já levanto essa bagagem e te sigo.

(*Loirinho bate à porta. Sai um serviçal.*)[132]

SERVIÇAL
Não é o Héracles?! Caramba! Vai entrando, meu querido!
Porque quando a deusa[133] soube que você tava chegando,
Já pediu pra assar uns pães e pôr no fogo duas, três 505
Panelonas de sopão de ervilha, e todo um boi na brasa,
Colocar pastéis no forno, umas tortas... vai entrando!

LOIRINHO
Agradeço, mas eu tenho...

SERVIÇAL
                     Por Apolo! Mas nem pense
Que você vai me escapar! Porque eles já cozinharam
Pássaros de todo tipo e prepararam sobremesas, 510
Sem falar que misturaram[134] um vinho dos mais saborosos!
Me acompanha, vem pra dentro!

LOIRINHO
                     Mas...

---

132. É incerto o gênero do serviçal, pois as siglas nos manuscritos são ambíguas e alguns afirmam que se trata de uma mulher. Contudo, a personagem invoca Apolo, o que é típico dos homens.
133. Perséfone, filha de Deméter e esposa de Plutão.
134. Era costume grego beber o vinho misturado com água para diluir sua força.

ΟΙΚΕΤΗΣ
                    ληρεῖς ἔχων
οὐ γάρ σ' ἀφήσω. καὶ γὰρ αὐλητρίς γέ σοι
ἥδ' ἔνδον ἔσθ' ὡραιοτάτη κὠρχηστρίδες
ἕτεραι δύ' ἢ τρεῖς.

ΞΑΝΘΙΑΣ
                πῶς λέγεις; ὀρχηστρίδες;   515

ΟΙΚΕΤΗΣ
ἡβυλλιῶσαι κἄρτι παρατετιλμέναι.
ἀλλ' εἴσιθ', ὡς ὁ μάγειρος ἤδη τὰ τεμάχη
ἔμελλ' ἀφαιρεῖν χἠ τράπεζ' εἰσήρετο.

ΞΑΝΘΙΑΣ
ἴθι νυν φράσον πρώτιστα ταῖς ὀρχηστρίσιν
ταῖς ἔνδον οὔσαις αὐτὸς ὅτι εἰσέρχομαι.   520
ὁ παῖς ἀκολούθει δεῦρο τὰ σκεύη φέρων.

ΔΙΟΝΥΣΟΣ
ἐπίσχες οὗτος.οὔ τί που σπουδὴν ποιεῖ,
ὁτιή σε παίζων Ἡρακλέα 'νεσκεύασα;
οὐ μὴ φλυαρήσεις ἔχων ὦ Ξανθία,
ἀλλ' ἀράμενος οἴσεις πάλιν τὰ στρώματα.   525

ΞΑΝΘΙΑΣ
τί δ' ἔστιν; οὔ τι πού μ' ἀφελέσθαι διανοεῖ
ἅδωκας αὐτός;

---

135. Em grego *lerêis* ("você está falando besteira"), verbo derivado de *lêros* ("besteira", "exibição inútil", "falatório"), frequente na peça e associado ao caráter oratório e argumentativo de Eurípides (tido como fútil).

SERVIÇAL

                    Ainda o lero-lero?[135]
Eu não vou te dispensar! Lá dentro tem uma flautista
No frescor da juventude! E também tem dançarinas,[136]
Três ou quatro...

LOIRINHO

              Dançarinas?! Conta essa história direito!   515

SERVIÇAL
Elas tão na flor da idade, todas são depiladinhas!
Pode entrar, que o cozinheiro logo, logo vai tirar
Os filés de peixe e a mesa também tava pra ser posta.

LOIRINHO
Vai primeiro e, antes de tudo, vai dizer pras dançarinas
Que me esperam lá na casa que já, já eu tô chegando!   520
(*O serviçal entra no palácio.*)
(*para Dioniso*) Escravo! Vem aqui logo! Vem! Traz a minha bagagem!

DIONISO
Pode ir parando com isso! Você tá levando a sério
Esse jogo de fingir que você é o próprio Héracles?
Ô, Loirinho, deixa disso! Para co'essa baboseira!
Pode levantar de novo a bagage' e carregar!   525

LOIRINHO
Mas o quê?! Você não tá considerando me tirar
O que acabou de dar, tá?

---

136. As flautistas e dançarinas que entretinham os participantes dos banquetes eram escravas e, como se pode testemunhar na cerâmica do período clássico, eram vulneráveis a assédios.

ΔΙΟΝΥΣΟΣ
    οὐ τάχ', ἀλλ' ἤδη ποιῶ.
κατάθου τὸ δέρμα.

ΞΑΝΘΙΑΣ
    ταῦτ' ἐγὼ μαρτύρομαι
καὶ τοῖς θεοῖσιν ἐπιτρέπω.

ΔΙΟΝΥΣΟΣ
      ποίοις θεοῖς;
τὸ δὲ προσδοκῆσαί σ' οὐκ ἀνόητον καὶ κενὸν   530
ὡς δοῦλος ὢν καὶ θνητὸς Ἀλκμήνης ἔσει;

ΞΑΝΘΙΑΣ
ἀμέλει καλῶς· ἔχ' αὔτ'. ἴσως γάρ τοί ποτε
ἐμοῦ δεηθείης ἄν, εἰ θεὸς θέλοι.

ΧΟΡΟΣ
ταῦτα μὲν πρὸς ἀνδρός ἐστι	534a
νοῦν ἔχοντος καὶ φρένας καὶ	534b
πολλὰ περιπεπλευκότος,	535
μετακυλίνδειν αὑτὸν ἀεὶ	
πρὸς τὸν εὖ πράττοντα τοῖχον	537a
μᾶλλον ἢ γεγραμμένην	537b
εἰκόν' ἑστάναι, λαβόνθ' ἓν	
σχῆμα· τὸ δὲ μεταστρέφεσθαι	539a
πρὸς τὸ μαλθακώτερον	539b

137. No original, "em direção à parede [do navio] que passa bem" (πρὸς τὸν εὖ πράττοντα τοῖχον), isto é, durante um combate ou uma tempestade. Segundo um escólio à passagem, trata-se de uma referência a um verso da *Alcmena* de

DIONISO
                    Considerando? Eu tô fazendo!
Me dá logo a pele aqui!

LOIRINHO (*indignado, com uma solenidade trágica*)
                    Chamo como testemunhas
E juízes deste crime os deuses!

(*Devolve a pele e a clava. Levanta a carga.*)

DIONISO
                    Deuses? Mas que deuses?!
(*escarnecendo*) Ah! Você ter esperanças! Que coisa mais imbecil!   530
Um mortal – pior! – escravo ser o filho de Alcmena?

LOIRINHO
Tudo certo... deixa estar! (*profético*) Pode ser que chegue um dia,
Se quiserem os bons deuses, em que eu seja necessário...

CORO
Esta é uma ação de um sujeito	534a
que tem juízo, intelecto e	534b
muitos anos de mar.	535
Sempre mais pronto a girar ao	
bordo que está mais folga-	537a
do[137] que ser qual figura	537b
Pintada e nunca mudar	
De forma; pois se virar	539a
para o lado molenga,	539b

Eurípides (fragmentária): "rumo à parede afortunada [do navio]" (*eis tòn eutukhê / khoroûnta toîkhon*, TrGF fr. 89).

δεξιοῦ πρὸς ἀνδρός ἐστι καὶ φύσει Θηραμένους 540-1

ΔΙΟΝΥΣΟΣ
οὐ γὰρ ἂν γέλοιον ἦν, εἰ 542a
Ξανθίας μὲν δοῦλος ὢν ἐν 542b
στρώμασιν Μιλησίοις 543a
ἀνατετραμμένος κυνῶν ὀρ- 543b
χηστρίδ᾽εἶτ᾽ ἤτησεν ἀμίδ᾽, ἐ- 544a
γὼ δὲ πρὸς τοῦτον βλέπων 544b
τοὐρεβίνθου 'δραττόμην, οὗ- 545
τος δ᾽ ἅτ᾽ ὢν αὐτὸς πανοῦργος 546a
εἶδε, κᾆτ᾽ ἐκ τῆς γνάθου 546b
πὺξ πατάξας μοὐξέκοψε τοῦ χοροῦ τοὺς προσθίους; 547-8

ΠΑΝΔΟΚΕΥΤΡΙΑ
Πλαθάνη, Πλαθάνη δεῦρ᾽ ἔλθ᾽, ὁ πανοῦργος οὑτοσί,
ὃς ἐς τὸ πανδοκεῖον εἰσελθών ποτε 550
ἑκκαίδεκ᾽ ἄρτους κατέφαγ᾽ ἡμῶν.

ΠΛΑΘΑΝΗ
                        νὴ Δία
ἐκεῖνος αὐτὸς δῆτα.

138. Um dos líderes do golpe oligárquico de 411 AEC (ver nota introdutória). Quando os oligarcas se dividiram em duas facções, Terâmenes ficou do lado menos extremo, que garantia direitos políticos a um número maior de cidadãos. Portanto, quando a democracia foi reinstaurada, granjeou a boa vontade do povo e não foi exilado. Além disso, na batalha de Arginusas, fora um dos trierarcas responsáveis por buscar sobreviventes e os corpos dos homens mortos, mas que não o fizeram por conta de uma tempestade. Estando ele mesmo sob risco de julgamento e punição, atribuiu a culpa e acusou os generais, que foram executados (Xenofonte, *Helênicas* 1.6, 35 ss.). Aristófanes se refere aqui, portanto, a sua "habilidade" de mudar de lado quando convém e sair ileso.
139. Os lençóis de lã de Mileto eram de alta qualidade.

isso é de um hábil varão, da extração de Terâmenes.[138]   540-1

DIONISO (*cantando*)
Pois não seria absurdo   542a
que, embora escravo, o Loirinho,   542b
em lençóis de Mileto,[139]   543a
Beijasse a moça folgado e,   543b
quando pedisse um penico,   544a
eu ficasse só vendo   544b
Enquanto esfrego meu grão,[140]   545
e, trambiqueiro que é,   546a
ele visse e socasse   546b
minha bocarra, arrancando a vanguarda do coro?[141]   547-8

EPISÓDIO
(*Enquanto Dioniso se dirige à porta, entra uma estrangeira, acompanhada por um escravo: é uma hoteleira.*)

HOTELEIRA
Assadeira, ô, Assadeira![142] Esse aqui é o trambiqueiro
Que, uma vez, depois que se instalou na minha hospedaria,   550
Inventou de devorar uns quinze pães!

(*Entra outra estrangeira, acompanhada de um escravo.*)

ASSADEIRA
                    Por Zeus! É ele!
Eu notei logo de cara!

---

140. O original diz *tourebínthou' drattómen* ("agarrasse o grão de bico"). Evidentemente é metáfora para a masturbação.
141. "Coro" aqui é metáfora para as fileiras de dentes.
142. No original o nome é Plátane, cunhado a partir da palavra *pláthanon* (um molde para assar pães e bolos).

ΞΑΝΘΙΑΣ
          κακὸν ἥκει τινί.

ΠΑΝΔΟΚΕΥΤΡΙΑ
καὶ κρέα γε πρὸς τούτοισιν ἀνάβραστ' εἴκοσιν
ἀν' ἡμιωβολιαῖα.

ΞΑΝΘΙΑΣ
          δώσει τις δίκην.

ΠΑΝΔΟΚΕΥΤΡΙΑ
καὶ τὰ σκόροδα τὰ πολλά.

ΔΙΟΝΥΣΟΣ
                    ληρεῖς ὦ γύναι   555
κοὐκ οἶσθ' ὅ τι λέγεις.

ΠΑΝΔΟΚΕΥΤΡΙΑ
                  οὐ μὲν οὖν με προσεδόκας,
ὁτιὴ κοθόρνους εἶχες, ἂν γνῶναί σ' ἔτι;
τί δαί; τὸ πολὺ τάριχος οὐκ εἴρηκά πω.

ΠΛΑΘΑΝΗ.
μὰ Δί' οὐδὲ τὸν τυρόν γε τὸν χλωρὸν τάλαν,
ὃν οὗτος αὐτοῖς τοῖς ταλάροις κατήσθιεν   560

ΠΑΝΔΟΚΕΥΤΡΙΑ
κἄπειτ' ἐπειδὴ τἀργύριον ἐπραττόμην,
ἔβλεψεν ἔς με δριμὺ κἀμυκᾶτό γε.

---

143. No original, "vinte meios-óbolos por vez" (eíkosin an' hemioboliaîa), quase duas dracmas. Trata-se de um gasto altíssimo, visto que, em média, o trabalhador braçal recebia uma dracma por dia.

LOIRINHO (*à parte*)
                    Acho que alguém se lascou...

(*As hoteleiras se colocam uma a cada lado de Dioniso.*)

HOTELEIRA
E, além disso, devorou a carne assada: eram
Quatro dracmas a cada prato![143]

LOIRINHO (*à parte*)
                        Alguém aqui vai pagar...

HOTELEIRA
Sem falar na baciada de alho.

DIONISO
                    Quanto lero-lero!   555
Você não sabe o que fala!

HOTELEIRA
                    Você tava co'esperança
Que, com esses seus coturnos, eu não ia te notar?
Mas eu nem falei ainda do montão de carne seca!

ASSADEIRA
E não mesmo! Nem do queijo fresco – lembra, não, menina? –
Que ele abocanhou inteiro – não poupou nem as cestinhas!   560

HOTELEIRA
Depois, quando eu trouxe a conta e lhe pedi o pagamento,
Me lançou um olhar azedo, não parava de rugir –

ΞΑΝΘΙΑΣ
τούτου πάνυ τοὔργον· οὗτος ὁ τρόπος πανταχοῦ.

ΠΑΝΔΟΚΕΥΤΡΙΑ
καὶ τὸ ξίφος γ' ἐσπᾶτο μαίνεσθαι δοκῶν.

ΠΛΑΘΑΝΗ
νὴ Δία τάλαινα.

ΠΑΝΔΟΚΕΥΤΡΙΑ
νὼ δὲ δεισάσα γέ που   565
ἐπὶ τὴν κατήλιφ' εὐθὺς ἀνεπηδήσαμεν·
ὁ δ' ᾤχετ' ἐξᾴξας γε τὰς ψιάθους λαβών.

ΞΑΝΘΙΑΣ
καὶ τοῦτο τούτου τοὔργον.

ΠΑΝΔΟΚΕΥΤΡΙΑ
ἀλλ' ἐχρῆν τι δρᾶν.
ἴθι δὴ κάλεσον τὸν προστάτην Κλέωνά μοι.

ΠΛΑΘΑΝΗ
σὺ δ' ἔμοιγ' ἐάνπερ ἐπιτύχῃς Ὑπέρβολον,   570
ἵν' αὐτὸν ἐπιτρίψωμεν.

---

144. No original, *katêlips*, aparentemente uma prateleira larga que, perto do teto do cômodo principal da casa, ia de parede a parede; era usada como despensa.
145. Em grego, *psíathos*, um tipo de tapete sobre o qual eram colocadas as roupas de cama nas pousadas.
146. Os estrangeiros residentes em Atenas (os metecos) normalmente tinham um protetor ateniense, o "patrono" (*prostátes*), responsável por defendê-los em contextos jurídicos. A associação de Cleão e Hipérbolo a esse papel (ver notas abaixo) deve aludir a seu amor por processos judiciais. Ademais, um trecho da *Retórica* de Aristóteles (1408b 24-6) atesta a fama de Cleão como representante judicial de escravos libertos; talvez fosse prática comum dos *demagogoí* representar os não cidadãos no tribunal para ganhar o seu apoio.

LOIRINHO (*com indignação fingida*)
Ah! Mas tinha que ser ele! O safado nunca muda!

HOTELEIRA
E aí me tira uma espada! Era o próprio doido varrido.

ASSADEIRA
Sim, por Zeus! Coitada!

HOTELEIRA
       E a gente ficou toda apavorada   565
Nessa hora e então pulou corrida pra dentro do sótão![144]
E esse aí fugiu num salto, carregando os meus colchões.[145]

LOIRINHO
Só podia se' ele mesmo!

HOTELEIRA
      Mas assim isso não fica!
(*para seu escravo*) Vai logo lá convocar o nosso patrono,[146] o Cleão![147]

ASSADEIRA (*para seu escravo*)
E você me faz o mesmo, logo que encontrar Hipérbolo[148] 570
Pra acabarmos co'esse aqui!

---

147. Líder político morto quase duas décadas antes (em 422 AEC). Era um dos chamados *demagogoí* ("condutores do povo"), cidadãos de vasta influência popular e oratória enérgica (ver nota introdutória). Cleão era um dos mais ferrenhos defensores da guerra contra os peloponésios e era tido como um homem violento (Tucídides 3.36). Fora constantemente satirizado por Aristófanes enquanto vivo (principalmente na comédia *Cavaleiros*).
148. Outro *demagogós* que já se encontrava morto. Fora assassinado pelos golpistas oligárquicos em 411 AEC. Enquanto vivo, também fora satirizado por Aristófanes.

ΠΑΝΔΟΚΕΥΤΡΙΑ
ὦ μιαρὰ φάρυξ,
ὡς ἡδέως ἄν σου λίθῳ τοὺς γομφίους
κόπτοιμ' ἄν, οἷς μου κατέφαγες τὰ φορτία.

ΠΛΑΘΑΝΗ
ἐγὼ δέ γ' ἐς τὸ βάραθρον ἐμβάλοιμί σε.

ΠΑΝΔΟΚΕΥΤΡΙΑ
ἐγὼ δὲ τὸν λάρυγγ' ἂν ἐκτέμοιμί σου 575
δρέπανον λαβοῦσ', ᾧ τὰς χόλικας κατέσπασας..
ἀλλ' εἶμ' ἐπὶ τὸν Κλέων', ὃς αὐτοῦ τήμερον
ἐκπηνιεῖται ταῦτα προσκαλούμενος.

ΔΙΟΝΥΣΟΣ
κάκιστ' ἀπολοίμην, Ξανθίαν εἰ μὴ φιλῶ.

ΞΑΝΘΙΑΣ
οἶδ' οἶδα τὸν νοῦν· παῦε παῦε τοῦ λόγου. 580
οὐκ ἂν γενοίμην Ἡρακλῆς ἄν.

ΔΙΟΝΥΣΟΣ
μηδαμῶς
ὦ Ξανθίδιον.

ΞΑΝΘΙΑΣ
καὶ πῶς ἂν Ἀλκμήνης ἐγὼ
υἱὸς γενοίμην δοῦλος ἅμα καὶ θνητὸς ὤν;

149. Trata-se do precipício onde se lançavam os corpos dos criminosos executados.

HOTELEIRA (*para Dioniso*)
                    Ô, garganta desgraçada!
Quem me dera te' uma pedra pra arrancar esses malditos
Dentes que me trituraram os artigos da pousada!

ASSADEIRA (*igualmente*)
E eu lançar o seu cadáver no fundo do Precipício![149]

HOTELEIRA
E eu arranjar uma foice, pra cortar esse pescoço   575
Onde você mergulhou sem dó os miúdos de boi!
Mas eu vou lá no Cleão, que hoje mesmo te convoca
À audiência e desenrola tudo isso do seu bucho!

(*As hoteleiras saem correndo. Dioniso vai depressa em direção a Loirinho.*)

DIONISO (*meloso*)
Seja eu aniquilado, se eu não amo o meu Loirinho!

LOIRINHO
Já sei, já sei o que é, mas para, para com isso!   580
Eu não vou virar um Héracles de jeito algum!

DIONISO
                              Ah, não,
Loirozinho!

LOIRINHO (*irônico*)
          Eu vou ser o próprio filho de Alcmena?!
Mas não sou mortal e escravo? Vem e tenta me explicar!

ΔΙΟΝΥΣΟΣ
οἶδ' οἶδ' ὅτι θυμοῖ, καὶ δικαίως αὐτὸ δρᾷς·
κἂν εἴ με τύπτοις, οὐκ ἂν ἀντείποιμί σοι. 585
ἀλλ' ἤν σε τοῦ λοιποῦ ποτ' ἀφέλωμαι χρόνου,
πρόρριζος αὐτός, ἡ γυνή, τὰ παιδία,
κάκιστ' ἀπολοίμην, κἀρχέδημος ὁ γλάμων.

ΞΑΝΘΙΑΣ
δέχομαι τὸν ὅρκον κἀπὶ τούτοις λαμβάνω.

ΧΟΡΟΣ
νῦν σὸν ἔργον ἔστ', ἐπειδὴ	590
τὴν στολὴν εἴληφας ἥνπερ	591a
εἶχες, ἐξ ἀρχῆς πάλιν	591b
ἀνανεάζειν < - U - X >	592a
καὶ βλέπειν αὖθις τὸ δεινόν,	592b
τοῦ θεοῦ μεμνημένον	593a
ᾧπερ εἰκάζεις σεαυτόν.	593b
εἰ δὲ παραληρῶν ἁλώσει	
κἀκβαλεῖς τι μαλθακόν,	595
αὖθις αἴρεσθαί σ' ἀνάγκη 'σται πάλιν τὰ στρώματα.	596-7

ΞΑΝΘΙΑΣ
οὐ κακῶς, ὦνδρες, παραινεῖτ',	598a
ἀλλὰ καὐτὸς τυγχάνω ταῦτ'	598b
ἄρτι συννοούμενος.	599a
ὅδε μὲν οὖν, ἢν χρηστὸν ᾖ τι,	599b
ταῦτ' ἀφαιρεῖσθαι πάλιν πει-	600
ράσεταί μ' εὖ οἶδ' ὅτι.	
ἀλλ' ὅμως ἐγὼ παρέξω	602a
'μαυτὸν ἀνδρεῖον τὸ λῆμα	602b

150. Sobre Arquedemo, ver nota 109. O termo é *glámon* ("de olhos vermelhos e lacrimejantes").

DIONISO
Eu sei, eu sei que você tá bem bravo! E tá co'a razão!
Se quiser bater em mim, eu sequer vou resistir. 585
Mas se eu vier, algum dia, a te despir novamente,
Que, desde a raiz, eu mesmo, a minha mulher e meus filhos
Sejamos aniquilados – e o ramelento Arquedemo![150]

LOIRINHO
Eu aceito o juramento e vou com essas condições!
(*Coloca a carga no chão e pega a clava e a pele de leão.*)

CORO
Agora é sua tarefa,	590
já c'o disfarce de volta,	591a
alentar seu vigor	591b
De novo, desde o começo –	592a
fazendo frente ao perigo	592b
e guardando na mente	593a
O deus que quer imitar.	593b
Se te pegarem de lero	
e você for molenga,	595
será preciso levar a bagagem de novo.	596-7

LOIRINHO (*cantando*)
É um bom conselho, rapazes!	598a
Mas eu também já notei	598b
a mesmíssima coisa!	599a
Já sei que se for valioso o	599b
que me surgir, esse aí	600
vai querer me roubar.	
Contudo eu vou lhes mostrar	602a
a minha fibra de macho,	602b

καὶ βλέποντ' ὀρίγανον. 603a
δεῖν δ' ἔοικεν, ὡς ἀκούω τῆς θύρας καὶ δὴ ψόφον. 603b-4

ΘΥΡΩΡΟΣ
ξυνδεῖτε ταχέως τουτονὶ τὸν κυνοκλόπον, 605
ἵνα δῷ δίκην· ἀνύετον.

ΔΙΟΝΥΣΟΣ
    ἥκει τῳ κακόν.

ΞΑΝΘΙΑΣ
οὐκ ἐς κόρακας; μὴ πρόσιτον.

ΘΥΡΩΡΟΣ
    εἶεν, καὶ μάχει;
ὁ Διτύλας χὠ Σκεβλύας χὠ Παρδόκας
χωρεῖτε δευρὶ καὶ μάχεσθε τουτῳί.

ΔΙΟΝΥΣΟΣ
εἶτ' οὐχὶ δεινὰ ταῦτα, τύπτειν τουτονὶ 610
κλέπτοντα πρὸς τἀλλότρια;

---

151. Isto é, forte e penetrante como o sabor da manjerona (*oríganon*).
152. Os citas eram um povo que habitava ao norte do Mar Negro. A força policial ateniense era composta por escravos dessa etnia, armados com arcos.
153. Ver nota 58.
154. No original os nomes são Dítilas (talvez de *dítulos*, termo empregado por Diodoro da Sicília 2.54.6, para falar de um camelo de duas corcovas), Cêblias (talvez de *keblós*, que, segundo o léxico de Hesíquio, κ. 1961, significa "babuíno")

e o olhar-manjerona.¹⁵¹   603a
Vou precisar, que já ouço um barulho da porta!   603b-4

EPISÓDIO
(*Sai o Porteiro novamente da entrada do palácio, seguido por dois arqueiros citas.*)¹⁵²

PORTEIRO
Rápido, rápido, prendam esse ladrão de cachorro   605
Que eu vou me vingar! Depressa!

DIONISO (*à parte*)
                    Penso que alguém se lascou...

LOIRINHO
Mas vão pro raio que os parta!¹⁵³ Sai daqui!

(*Loirinho luta contra os citas e escapa deles.*)

PORTEIRO
                           Ah! Vai brigar?
Corcovado! Ô, Peidola! Babuínio,¹⁵⁴ 'cê também!
Vão chegando logo aí que nosso amigo quer brigar!

(*Entram mais três brutamontes citas, maiores ainda, que, apesar da resistência de Loirinho, o imobilizam.*)

DIONISO (*com falsa indignação*)
Que absurdo, não é não? Um homem desses revidar   610
Ele que meteu a mão no que é dos outros!

---

    e Párdocas (que ressoa *pardeîn*, o aoristo do verbo *pérdomai*, "peidar"). Adaptei os nomes para que tivessem ecos cômicos também em português.

ΘΥΡΩΡΟΣ
μάλλ' ὑπερφυᾶ.

ΔΙΟΝΥΣΟΣ
σχέτλια μὲν οὖν καὶ δεινά.

ΞΑΝΘΙΑΣ
καὶ μὴν νὴ Δία
εἰ πώποτ' ἦλθον δεῦρ', ἐθέλω τεθνηκέναι,
ἢ 'κλεψα τῶν σῶν ἄξιόν τι καὶ τριχός.
καί σοι ποιήσω πρᾶγμα γενναῖον πάνυ· 615
βασάνιζε γὰρ τὸν παῖδα τουτονὶ λαβών,
κἄν ποτέ μ' ἕλῃς ἀδικοῦντ', ἀπόκτεινόν μ' ἄγων.

ΘΥΡΩΡΟΣ
καὶ πῶς βασανίσω;

ΞΑΝΘΙΑΣ
πάντα τρόπον, ἐν κλίμακι
δήσας κρεμάσας ὑστριχίδι μαστιγῶν, δέρων,
στρεβλῶν, ἔτι δ' ἐς τὰς ῥῖνας ὄξος ἐγχέων, 620
πλίνθους ἐπιτιθείς, πάντα τἄλλα, πλὴν πράσῳ
μὴ τύπτε τοῦτον μηδὲ γητείῳ νέῳ.

ΘΥΡΩΡΟΣ
δίκαιος ὁ λόγος· κἄν τι πηρώσω γέ σου
τὸν παῖδα τύπτων, τἀργύριόν σοι κείσεται.

---

155. Em grego, *gennaîon* ("nobre", "virtuoso"). O uso do termo é particularmente irônico, visto que se trata de um estratagema de um escravo contra o seu senhor.
156. Em Atenas, um réu, por iniciativa própria ou desafio do acusador, podia oferecer seus escravos para um interrogatório sob tortura.
157. Trata-se do verbo *basanízo* ("testar", "interrogar", "torturar"), muito empregado na peça para descrever os testes a que as personagens se expõem.

PORTEIRO

                    Que abusado!

DIONISO
Onde vamos parar, hein? Um absurdo!

LOIRINHO

                    Zeus do céu!
Se eu cheguei alguma vez a vir pra cá, que eu morra agora!
Ou roubei das suas coisas até mesmo um cabelinho!
Mas terei uma atitude das mais nobres[155] com você: 615
Se quiser, pega esse escravo e o torture, o ponha à prova,
Se ele confessar m'nha culpa, você pode me matar![156]

PORTEIRO
Ponho à prova[157] de que jeito?

LOIRINHO

                    Todo jeito! Com o estrado,[158]
Amarrando e pendurando; chibatando, escalavrando,
Retorcendo, derramando vinagre nariz abaixo,   620
Esmagando à tijolada. Tudo mais, mas, nu'exagera:
Não lhe bata com as folhas de cebola e alho-poró![159]

PORTEIRO
Justo! Mas se acontecer de eu aleijar seu escravo
Na pancada, fica calmo: pagarei um reembolso.

---

158. *Klîmax* (literalmente, "escada"), uma estrutura com vigas cruzadas.
159. Trata-se de ironia de Loirinho, que só quer que o Porteiro evite torturas inofensivas. Talvez fustigar com folhas de alho-poró e cebola também tivesse alguma simbologia ritual.

ΞΑΝΘΙΑΣ
μὴ δῆτ' ἔμοιγ'. οὕτω δὲ βασάνιζ' ἀπαγαγών. 625

ΘΥΡΩΡΟΣ
αὐτοῦ μὲν οὖν, ἵνα σοὶ κατ' ὀφθαλμοὺς λέγῃ.
κατάθου σὺ τὰ σκεύη ταχέως, χὤπως ἐρεῖς
ἐνταῦθα μηδὲν ψεῦδος.

ΔΙΟΝΥΣΟΣ
     ἀγορεύω τινὶ
ἐμὲ μὴ βασανίζειν ἀθάνατον ὄντ'· εἰ δὲ μή,
αὐτὸς σεαυτὸν αἰτιῶ.

ΘΥΡΩΡΟΣ
    λέγεις δὲ τί; 630

ΔΙΟΝΥΣΟΣ
ἀθάνατος εἶναί φημι Διόνυσος Διός,
τοῦτον δὲ δοῦλον.

ΘΥΡΩΡΟΣ
    ταῦτ' ἀκούεις;

ΞΑΝΘΙΑΣ
      φήμ' ἐγώ.
καὶ πολύ γε μᾶλλόν ἐστι μαστιγωτέος·
εἴπερ θεὸς γάρ ἐστιν, οὐκ αἰσθήσεται.

ΔΙΟΝΥΣΟΣ
τί δῆτ', ἐπειδὴ καὶ σὺ φῂς εἶναι θεός, 635
οὐ καὶ σὺ τύπτει τὰς ἴσας πληγὰς ἐμοί;

---

160. No original, trata-se do verbo *agoreúo* ("declarar"), que descreve discursos públicos. Dioniso usa a linguagem formal dos procedimentos legais.

LOIRINHO
Mas nem se importe com isso! Só levar e torturar! 625

PORTEIRO
Aqui mesmo, então, pra ele falar bem na sua frente.
(*para Dioniso*) Desce logo essa bagagem! E nu'inventa de contar
Alguma mentira aqui!

DIONISO (*altivo*)
               Faço-te a proclamação:[160]
Não me testes com tormentos, pois sou um deus; do contrário,
Acusarei a ti mesmo!

PORTEIRO
               O que você tá dizendo? 630

DIONISO
Declaro ser imortal: o filho de Zeus, Dioniso,
E que esse aí é um escravo.

PORTEIRO (*para Loirinho*)
               Escutou?

LOIRINHO
                     Sim, escutei!
Mas, se é assim, ele é obrigado a receber mais chibatada!
Se é verdade que ele é um deus, dor é que não vai sentir!

DIONISO (*para Loirinho*)
Mas o quê?! Já que você também afirma ser um deus, 635
Não é justo que o carrasco nos espanque co'equidade?!

ΞΑΝΘΙΑΣ
δίκαιος ὁ λόγος· χὠπότερόν γ' ἂν νῶν ἴδῃς
κλαύσαντα πρότερον ἢ προτιμήσαντά τι
τυπτόμενον, εἶναι τοῦτον ἡγοῦ μὴ θεόν.

ΘΥΡΩΡΟΣ
οὐκ ἔσθ' ὅπως οὐκ εἶ σὺ γεννάδας ἀνήρ·   640
χωρεῖς γὰρ ἐς τὸ δίκαιον. ἀποδύεσθε δή.

ΞΑΝΘΙΑΣ
πῶς οὖν βασανιεῖς νὼ δικαίως;

ΘΥΡΩΡΟΣ
                        ῥᾳδίως·
πληγὴν παρὰ πληγὴν ἑκάτερον.

ΞΑΝΘΙΑΣ
                        καλῶς λέγεις.
ἰδού. σκόπει νυν ἤν μ' ὑποκινήσαντ' ἴδῃς.
ἤδη 'πάταξας;

ΘΥΡΩΡΟΣ
       οὐ μὰ Δί'.

ΞΑΝΘΙΑΣ
              οὐδ' ἐμοὶ δοκεῖς.   645

---

161. Em grego, *gennádas* ("nobre", "bem-nascido", "virtuoso"). O termo ironicamente sublinha o contraste entre a estirpe e a corajosa atitude de Loirinho.
162. No original, é difícil saber exatamente como as personagens reagem aos golpes (sendo incerta, inclusive, a distribuição de falas entre eles). As rubricas aqui seguem minha interpretação do trecho (baseada nos comentários de DOVER 1993: 273 ss.)

LOIRINHO
Muito justo! (*para o Porteiro*) E, se for surpreendido algum dos dois
Choramingando primeiro ou cobrindo alguma das partes
Enquanto apanha, não seja julgado um deus de verdade!

PORTEIRO
Mas não tem como dizerem que você não é de estirpe![161] 640
Pois caminha rumo ao justo! Podem tirar suas roupas!

(*Dioniso e Loirinho se despem.*)

LOIRINHO
Como vai nos pôr à prova com maior justiça?

PORTEIRO
                              Fácil!
Chibatada a chibatada, um de cada vez!

LOIRINHO
                         Perfeito!

(*Os dois se colocam lado a lado, de costas para o Porteiro e de frente para a plateia.*)

LOIRINHO
Então bate e vai olhando se eu me mexo de algum jeito.[162]
(*confiante*) Já bateu?

PORTEIRO
             Ainda não!
(*Chicoteia forte.*)

LOIRINHO (*com a voz de choro*)
                    Pra mim, parece que não!... 645

ΘΥΡΩΡΟΣ
ἀλλ᾽ εἶμ᾽ ἐπὶ τονδὶ καὶ πατάξω.

ΔΙΟΝΥΣΟΣ
πηνίκα;

ΘΥΡΩΡΟΣ
καὶ δὴ 'πάταξα.

ΔΙΟΝΥΣΟΣ
κᾆτα πῶς οὐκ ἔπταρον;

ΘΥΡΩΡΟΣ
οὐκ οἶδα· τουδὶ δ᾽ αὖθις ἀποπειράσομαι.

ΞΑΝΘΙΑΣ
οὔκουν ἀνύσεις τι; ἀτταταῖ.

ΘΥΡΩΡΟΣ
τί τάτταταῖ;
μῶν ὠδυνήθης;

ΞΑΝΘΙΑΣ
οὐ μὰ Δί᾽ ἀλλ᾽ ἐφρόντισα 650
ὁπόθ᾽ Ἡράκλεια τἀν Διομείοις γίγνεται.

ΘΥΡΩΡΟΣ
ἄνθρωπος ἱερός. δεῦρο πάλιν βαδιστέον.

163. O distrito ateniense de Diomeia tinha um santuário dedicado a Héracles, em que se fazia um festival em sua honra.
164. *Hierós*; o Porteiro fica espantado com a resistência de Loirinho, que lhe parece sobrenatural.

PORTEIRO
Vou bater agora nesse camarada aqui.
(*Chicoteia Dioniso.*)

DIONISO (*mal disfarçando a dor*)
                    Mas quando?

PORTEIRO
Já bati, oras!

DIONISO
            Por que não deu vontade de espirrar?

PORTEIRO
Eu sei lá! É a vez agora de testar esse de novo.

LOIRINHO
Por que tanta enrolação?
(*O Porteiro chicoteia.*)
                    Ai-ai-ai!

PORTEIRO (*malicioso*)
                        Por que o "ai-ai"?
Já sentiu uma dorzinha?

LOIRINHO
                Não, por Zeus! É que lembrei   650
De quando começa a festa de Héracles em Diomeia![163]

PORTEIRO
Um homem sagrado![164] É a hora de chegar pra cá de novo!
(*Chicoteia Dioniso.*)

ΔΙΟΝΥΣΟΣ
ἰοὺ ἰού.

ΘΥΡΩΡΟΣ
τί ἔστιν;

ΔΙΟΝΥΣΟΣ
ἱππέας ὁρῶ.

ΘΥΡΩΡΟΣ
τί δῆτα κλάεις;

ΔΙΟΝΥΣΟΣ
κρομμύων ὀσφραίνομαι.

ΘΥΡΩΡΟΣ
ἐπεὶ προτιμᾷς γ' οὐδέν.

ΔΙΟΝΥΣΟΣ
οὐδέν μοι μέλει. 655

ΘΥΡΩΡΟΣ
βαδιστέον τἄρ' ἐστὶν ἐπὶ τονδὶ πάλιν.

ΞΑΝΘΙΑΣ
οἴμοι.

ΘΥΡΩΡΟΣ
τί ἔστι;

165. No original a exclamação é *ioû, ioû* que pode expressar tanto dor quanto alegria. Quando perguntado, Dioniso responde: "estou vendo os cavaleiros" (*hippéas horô*). Os cavaleiros eram associados não somente ao auxílio na batalha, mas a procissões.

DIONISO
Upa, Upa!!!

PORTEIRO
    E o que foi?

DIONISO
          Upa, upa, cavalinho![165]

PORTEIRO
E por que esse choro todo?

DIONISO
          Foi só cheiro de cebola!

PORTEIRO
E não reclama de nada?

DIONISO
          Nada me chama a atenção!   655

PORTEIRO
Vou chegar pra perto desse, que já é a hora novamente.
(*Chicoteia Loirinho.*)

LOIRINHO
Ai, ai!

PORTEIRO
    E o que foi aí?

ΞΑΝΘΙΑΣ
        τὴν ἄκανθαν ἔξελε.

ΘΥΡΩΡΟΣ
τί τὸ πρᾶγμα τουτί; δεῦρο πάλιν βαδιστέον.

ΔΙΟΝΥΣΟΣ
Ἄπολλον— ὅς που Δῆλον ἢ Πυθῶν' ἔχεις.

ΞΑΝΘΙΑΣ
ἤλγησεν· οὐκ ἤκουσας;

ΔΙΟΝΥΣΟΣ
                     οὐκ ἔγωγ', ἐπεὶ   660
ἴαμβον Ἱππώνακτος ἀνεμιμνησκόμην.

ΞΑΝΘΙΑΣ
οὐδὲν ποιεῖς γάρ· ἀλλὰ τὰς λαγόνας σπόδει.

ΘΥΡΩΡΟΣ
μὰ τὸν Δί' ἀλλ' ἤδη πάρεχε τὴν γαστέρα.

ΔΙΟΝΥΣΟΣ
Πόσειδον—

ΞΑΝΘΙΑΣ
        ἤλγησέν τις.

---

166. Teoricamente, ao mostrar que está sentindo dor por um espinho no pé, Loirinho perderia a disputa, mas isso é ignorado no enredo. Aristófanes parece antes interessado nos efeitos cômicos da contradição: Loirinho diz que está sentido dor por causa do espinho para não dizer que está sentindo dor pela chicotada.
167. Píton e Delos eram lugares importantes para o culto de Apolo.
168. Hipônax de Éfeso (séc. VI AEC), conhecido compositor de iambos, gênero poé-

LOIRINHO
>Tira o espinho do meu pé![166]

PORTEIRO
Qual o seu problema? É a hora de chegar pra cá de novo! (*Chicoteia Dioniso.*)

DIONISO
Ai, Apolo!!! (*recitando com dor*) "... que dominas Píton e Delos nativa".[167]

LOIRINHO (*exultante*)
Ele sentiu dor! Ouviu? Ou não ouviu?

DIONISO
>Não, imagina! 660

É que me veio na mente agora um iambo do Hipônax.[168]

LOIRINHO (*para Porteiro*)
Mas isso aí não é nada! Vai, destroça os flancos dele!

PORTEIRO
Não, por Zeus! Melhor: (*para Dioniso*) depressa! Vira a barriga pra cá!

(*Dá-lhe uma chibatada na barriga.*)

DIONISO
Posídon!!!

LOIRINHO
>Doeu ali!

---

tico que, marcado por matéria e elocução jocosas e satíricas, é considerado o antecessor da comédia. O escólio diz, contudo, que o trecho citado é de Anânio, outro poeta iâmbico. Na época de Aristófanes, ainda não se fixara o texto das obras dos poetas arcaicos, de caráter fortemente oral.

ΔΙΟΝΥΣΟΣ
ὃς Αἰγαίου πρῶνας ἢ γλαυκᾶς μέδεις   665-6
ἁλὸς ἐν βένθεσιν.

ΘΥΡΩΡΟΣ
οὔ τοι μὰ τὴν Δήμητρα δύναμαί πω μαθεῖν
ὁπότερος ὑμῶν ἐστι θεός. ἀλλ' εἴσιτον·
ὁ δεσπότης γὰρ αὐτὸς ὑμᾶς γνώσεται   670
χἠ Φερρέφατθ', ἅτ' ὄντε κἀκείνω θεώ.

ΔΙΟΝΥΣΟΣ
ὀρθῶς λέγεις· ἐβουλόμην δ' ἂν τοῦτό σε
πρότερον νοῆσαι, πρὶν ἐμὲ τὰς πληγὰς λαβεῖν.

ΧΟΡΟΣ
Μοῦσα, χορῶν ἱερῶν ἐπίβηθι καὶ ἔλθ' ἐπὶ τέρψιν ἀ-
οιδᾶς ἐμᾶς,   675
τὸν πολὺν ὀψομένη λαῶν ὄχλον οὗ σοφίαι
μυρίαι κάθηνται
φιλοτιμότεραι Κλεοφῶντος, ἐφ' οὗ δὴ χείλεσιν ἀμφιλάλοις   678-9
δεινὸν ἐπιβρέμεται   680

169. Canto coral do *Laocoonte* de Sófocles, peça fragmentária (*TrGF* fr. 371). O escólio que atesta a referência cita os versos de Sófocles, que divergem bastante da citação de Aristófanes: em vez de "nas profundezas do mar" (*halòs en bénthesin*), temos "nas altas rochas do lago de bons ventos" (*euanémou / límnas eph' hupselaîsi spiládessi*).
170. Em grego, *philotimóterai*. O adjetivo é ambíguo, podendo indicar o amor legítimo pela honra ou a mera ambição. Existem duas interpretações possíveis para o trecho: ou o poeta opõe o amor legítimo pela honra da plateia ao fingimento de Cleofonte, ou, dado que, no restante da parábase, se mencionarão as disputas civis de Atenas, ele se refere negativamente às ambições políticas das facções atenienses.
171. Isto é, que fala tanto grego como trácio (origem que o poeta atribui a Cleofonte; ver abaixo).
172. *Demagogós* (ver nota introdutória) muito influente na época da peça. Era um feroz opositor à ideia de cerrar a paz com os peloponésios, tendo dissuadido o

DIONISO (*canta com a voz trêmula de dor*)
"Que reges os cabos do Egeu e governas   665-6
no abismo o pélago gris".[169]

PORTEIRO
Ai, Deméter! Não consigo decidir qual de vocês
É divino e qual não é! Mas vão entrando na casa!
O meu senhor, em pessoa, vai reconhecer vocês,   670
E Perséfone igualmente, pois os dois também são deuses!

DIONISO
Falou bem! Eu só queria que tivesse te ocorrido
Essa ideia antes de eu tomar as chibatadas todas...

(*Todos entram pela porta do palácio. Fica apenas o Coro.*)

PARÁBASE
ODE
CORO (*cantando*)
Ó, Musa, vem ao sacro coro, no deleite
do meu cantar,   675
Por ver a turba vasta dos povos cujo engenho
numeroso se assenta,
Mais sedenta de honrarias[170] que a bilíngue[171] boca de Cleofonte,[172]   678-9
em que terrível ruge   680

povo de aceitar as propostas de Esparta após as vitórias atenienses em Cízico (410 AEC) e Arginusas (406 AEC). Aristófanes o acusa de ambição e de cidadania ilegítima, dizendo que o líder tinha ascendência trácia. De acordo com um escólio, Platão, o Cômico, dizia que sua mãe era trácia, de forma que a acusação talvez já fosse um lugar comum na comédia. Note-se como o trecho escarnece de Cleofonte usando imagens de canto e poesia (um dos principais temas da peça). Curiosamente, a profecia expressa nessa canção se cumpriu: em 404 AEC, enquanto a cidade estava sendo sitiada pelos espartanos, os oligarcas usaram manobras jurídicas para condená-lo à morte. Que ele era bem visto por outras pessoas na cidade, prova-o Lísias 13.8-12; 30.12 s., que defende sua figura.

Θρῃκία χελιδὼν
ἐπὶ βάρβαρον ἑζομένη πέταλον· τρύ-
ζει δ' ἐπίκλαυτον ἀηδόνιον νόμον ὡς ἀπολεῖται
κἂν ἴσαι γένωνται.   685

τὸν ἱερὸν χορὸν δίκαιόν ἐστι χρηστὰ τῇ πόλει
ξυμπαραινεῖν καὶ διδάσκειν. πρῶτον οὖν ἡμῖν δοκεῖ
ἐξισῶσαι τοὺς πολίτας κἀφελεῖν τὰ δείματα,
κεἴ τις ἥμαρτε σφαλείς τι Φρυνίχου παλαίσμασιν,
ἐγγενέσθαι φημὶ χρῆναι τοῖς ὀλισθοῦσιν τότε   690
αἰτίαν ἐκθεῖσι λῦσαι τὰς πρότερον ἁμαρτίας.
εἶτ' ἄτιμόν φημι χρῆναι μηδέν' εἶν' ἐν τῇ πόλει·
καὶ γὰρ αἰσχρόν ἐστι τοὺς μὲν ναυμαχήσαντας μίαν
καὶ Πλαταιᾶς εὐθὺς εἶναι κἀντὶ δούλων δεσπότας.
κοὐδὲ ταῦτ' ἔγωγ' ἔχοιμ' ἂν μὴ οὐ καλῶς φάσκειν ἔχειν,   695
ἀλλ' ἐπαινῶ· μόνα γὰρ αὐτὰ νοῦν ἔχοντ' ἐδράσατε.
πρὸς δὲ τούτοις εἰκὸς ὑμᾶς, οἳ μεθ' ὑμῶν πολλὰ δὴ
χοἰ πατέρες ἐναυμάχησαν καὶ προσήκουσιν γένει,
τὴν μίαν ταύτην παρεῖναι ξυμφορὰν αἰτουμένοις.
ἀλλὰ τῆς ὀργῆς ἀνέντες ὦ σοφώτατοι φύσει   700
πάντας ἀνθρώπους ἑκόντες συγγενεῖς κτησώμεθα
κἀπιτίμους καὶ πολίτας, ὅστις ἂν ξυνναυμαχῇ.

---

173. Sobre o canto da andorinha, ver nota 30.
174. Os gregos consideravam lamentosa a canção do rouxinol.
175. Num julgamento, se os votos de condenação e de absolvição se igualavam, o réu era absolvido. Aristófanes parece implicar que Cleofonte era tão odiado que morreria mesmo nesse caso.
176. Frínico era o líder do golpe oligárquico de 411 AEC (ver nota introdutória). Suas manobras são aqui comparadas a golpes de luta (*palaísmata*). Depois que foram derrotados, muitos dos cidadãos envolvidos no golpe foram privados de seus direitos políticos; o coro pede que eles sejam perdoados por seus erros e recuperem suas prerrogativas.

a andorinha[173] da Trácia,
repousada sobre bárbara folhagem! Mas já chora a
canção do rouxinol,[174] pois vai morrer
em empate de votos.[175]   685

Epirrema
CORIFEU (*falando* à *plateia*)
Manda a justiça que o coro divino dê valorosos ensinamentos,
Conselhos para a cidade. A nós parece correto, primeiramente
Que agora cessem os medos, e que se faça igualdade entre os cidadãos.
Digo: se alguém cometeu uma falha qualquer e caiu nos golpes de Frínico,[176]
É necessário que os homens que escorregaram daquela vez tenham
[chance   690
De se livrar das denúncias e desfazer os enganos que cometeram.
E digo que é imperativo não retirar os direitos dos cidadãos!
Porque é uma grande vergonha que marinheiros de apenas uma batalha
Se tornem já plateenses,[177] e, em vez de escravos, agora sejam senhores.
Também não posso dizer que foi uma ideia ruim que vocês tiveram!   695
Pelo contrário! Pois foi a única coisa sensata das que fizeram.
Mas, além disso, seria prudente que vocês dessem a quem os segue
Faz gerações nas batalhas navais e são descendentes da mesma estirpe
O seu perdão por apenas essa desgraça isolada, a eles que pedem.
Mas acalmando o furor, – ó vocês, os mais engenhosos por natureza! –[178]   700
Nós tomaremos de boa vontade como parente,[179] em posse de foro[180]
E cidadão todo aquele que já lutou num navio do nosso lado.

---

177. Refere-se aos escravos que conseguiram a cidadania depois da vitória de Arginusas (ver nota introdutória). São comparados aos plateenses que sobreviveram ao massacre de sua cidade perpetrado pelos peloponésios (em 427 AEC; Tucídides 3.68) e foram abrigados em Atenas, transformados em cidadãos.
178. Os atenienses eram conhecidos por sua grande inteligência (Heródoto 1.60).
179. O trecho inverte a relação entre a estirpe e a nobreza moral que é típica da ética grega arcaica e clássica: os atos nobres confirmariam a cidadania ateniense; a mera nascença, por sua vez, não geraria virtude.
180. Em grego, *epítimoi* ("honrados", "dotados de direitos políticos").

εἰ δὲ ταῦτ' ὀγκωσόμεσθα κἀποσεμνυνούμεθα,
τὴν πόλιν καὶ ταῦτ' ἔχοντες κυμάτων ἐν ἀγκάλαις,
ὑστέρῳ χρόνῳ ποτ' αὖθις εὖ φρονεῖν οὐ δόξομεν. 705

εἰ δ' ἐγὼ ὀρθὸς ἰδεῖν βίον ἀνέρος ἢ τρόπον ὅστις ἔτ'
οἰμώξεται,
οὐ πολὺν οὐδ' ὁ πίθηκος οὗτος ὁ νῦν ἐνοχλῶν,
Κλειγένης ὁ μικρός,
ὁ πονηρότατος βαλανεὺς ὁπόσοι κρατοῦσι κυκησιτέφρου   710-1
ψευδολίτρου κονίας
καὶ Κιμωλίας γῆς,
χρόνον ἐνδιατρίψει· ἰδὼν δὲ τάδ' οὐκ εἰ-
ρηνικὸς ἔσθ', ἵνα μή ποτε κἀποδυθῇ μεθύων ἄ-   715
νευ ξύλου βαδίζων.

πολλάκις γ' ἡμῖν ἔδοξεν ἡ πόλις πεπονθέναι

181. Trata-se de uma adaptação de um verso do poeta arcaico Arquíloco (*IEG* fr. 213): "tendo as vidas nos braços das ondas" (ψυχὰς ἔχοντες κυμάτων ἐν ἀγκάλαις).
182. No original, há ecos entre os versos v. 676 e 708: **tòn polùn** opsoméne laôn **ókhlon**, hoû sophíai ("para ver **a vasta turba** de povos em que engenhos [se assentam]) e **ou polùn** oud' ho píthekos hoûtos ho nûn e**nokhlôn** ("**não** por **muito** [tempo] esse macaco que agora per**turba**"). Tentei recuperá-los parcialmente na tradução.
183. Nada se sabe sobre Clígenes, a não ser o que está dito aqui: que era dono de uma casa de banhos, profissão tida em baixa estima pela comédia, assim como a de todos os comerciantes. Nos *Cavaleiros* 1403, os donos de banhos públicos são citados lado a lado com as prostitutas. Nessa estrofe, para desqualificar seu alvo, o poeta usa o outro campo de imagens dominante na peça, o político. Clígenes é ironicamente descrito com os verbos e termos utilizados para se referir a reis: assim como estes governam uma terra (que também, nas tragédias, pode ser nomeada poeticamente como "pó", *kónis*, ainda que jamais no sentido de "país"), ele "regeria" o pó de barrilha e a argila da ilha de Címolo, que, na época, eram usados para a higiene do corpo. O poeta também pode ter escolhido zombar de Clígenes para empregar ironicamente a etimologia de seu nome (*Kleigénes*), que, derivando de *kléos* ("glória") e *génos* ("estirpe") significa "estirpe gloriosa" ou "glória de sua estirpe".

Mas, se estivermos inchados de orgulho e menosprezarmos essa questão
Agora, quando a cidade está rodeada dos braços da tempestade,[181]
Já não seremos honrados por nossa sagacidade em tempos futuros.   705

Antode
CORO (*cantando*)
Se eu sei prever qual vida de varão, qual jeito
vai se danar,
Não mais por muito tempo, esse mico que perturba,[182]
Clígenes,[183] o Pequeno,[184]
O mais canalha de quantos reis-de-banhos[185] governam, borralheiros,[186]   710-1
O pó falsa-barrilha[187]
E a terra cimólia,
Estará junto de nós! Mas mesmo o vendo, não se acalma
com medo de o despirem, se beber   715
e estiver sem porrete.[188]

Antepirrema
CORIFEU (*falando à plateia*)
Já muitas vezes tivemos a sensação de que Atenas assume a mesma

---

184. O tamanho de Clígenes contrasta com a alta estatura que era considerada digna de aristocratas. O epíteto "o Pequeno" (*ho mikrós*) opõe-se a "o Grande" (*ho mégas*), que pode ser atribuído a reis (nas *Bacantes* 1314: *ho Kádmos, ho mégas*, "Cadmo, o Grande").
185. No original, há trocadilho entre *balaneús* ("banheiro", "dono de banho") e *basileús* ("rei").
186. Em grego, *kukesítephroi* ("misturadores de cinzas"). Os epítetos compostos, solenes na epopeia, na tragédia e na poesia mélica, frequentemente têm função satírica na comédia e, aqui, compõem a ironia. Na Grécia antiga, as cinzas também eram usadas como meio de higiene.
187. No original, o epíteto composto *pseudólitros* ("de falsa barrilha"). Aristófanes acusa Clígenes de falsificar o carbonato de sódio usado em sua casa de banhos.
188. O roubo de roupas era um crime comum, e homens bêbados voltando de festas eram vítimas costumeiras. Pode ser que Clígenes fosse famoso por carregar um porrete consigo.

ταὐτὸν ἔς τε τῶν πολιτῶν τοὺς καλούς τε κἀγαθοὺς
ἔς τε τἀρχαῖον νόμισμα καὶ τὸ καινὸν χρυσίον. 720
οὔτε γὰρ τούτοισιν οὖσιν οὐ κεκιβδηλευμένοις,
ἀλλὰ καλλίστοις ἁπάντων, ὡς δοκεῖ, νομισμάτων
καὶ μόνοις ὀρθῶς κοπεῖσι καὶ κεκωδωνισμένοις
ἔν τε τοῖς Ἕλλησι καὶ τοῖς βαρβάροισι πανταχοῦ
χρώμεθ' οὐδέν, ἀλλὰ τούτοις τοῖς πονηροῖς χαλκίοις
χθές τε καὶ πρώην κοπεῖσι τῷ κακίστῳ κόμματι.
τῶν πολιτῶν θ' οὓς μὲν ἴσμεν εὐγενεῖς καὶ σώφρονας
ἄνδρας ὄντας καὶ δικαίους καὶ καλούς τε κἀγαθοὺς
καὶ τραφέντας ἐν παλαίστραις καὶ χοροῖς καὶ μουσικῇ,
προυσελοῦμεν, τοῖς δὲ χαλκοῖς καὶ ξένοις καὶ πυρρίαις 730
καὶ πονηροῖς κἀκ πονηρῶν εἰς ἅπαντα χρώμεθα
ὑστάτοις ἀφιγμένοισιν, οἷσιν ἡ πόλις πρὸ τοῦ
οὐδὲ φαρμακοῖσιν εἰκῇ ῥᾳδίως ἐχρήσατ' ἄν.
ἀλλὰ καὶ νῦν ὠνόητοι μεταβαλόντες τοὺς τρόπους

189. A expressão grega é *kaloí kagathoí*, literalmente "belos e nobres", originalmente empregada para indicar as classes aristocráticas, mas que, no século V AEC podia ser usada para indicar tão somente virtude moral.
190. Com a ocupação de Deceleia pelos lacedemônios e seus aliados, os atenienses não tinham mais acesso às minas de Láurio, de onde tiravam a prata com que cunhavam suas prestigiosas moedas; assim, passaram a usar as oferendas de ouro da acrópole, mas principalmente bronze folheado a prata com esse propósito (ver nota introdutória).
191. O verbo que indica o teste de genuinidade das moedas é *kodonízo*, o mesmo que, no começo da peça, é usado para descrever o teste a que Dioniso pretende submeter a poesia de Iofonte, o filho de Sófocles (ver nota 20).
192. O termo que traduzo por "canalha" é *ponerós*, usado para descrever má qualidade, vileza moral e baixa extração social; o seu oposto é *khrestós* ("bom", "nobre", "valoroso"). Aristófanes brinca com a ambivalência dos termos para comparar as moedas aos cidadãos: assim como as novas moedas, também os líderes atenienses atuais seriam da pior qualidade. No que diz respeito à sua conotação social, o poeta parece antes opor atenienses legítimos e ilegítimos do que a aristocracia e o povo comum.
193. O termo grego é *eugenés* ("bem-nascido"). Embora o termo possa se referir à origem aristocrática, em Aristófanes sempre descreve a cidadania legítima. Se, no epirrema, o poeta colocava mais ênfase nas ações que no nascimento, aqui o acento recai sobre a estirpe.

Postura c'os cidadãos eminentes pela beleza e pela nobreza[189]
E com as duas moedas boas: a antiga e a mais nova, feita de ouro.[190]   720
Pois das que nunca tiveram em si sequer uma sombra de alteração,
Mas sempre foram, eu penso, as melhores dentre as moedas já produzidas,
Só elas com excelente cunhagem, corretamente postas à prova[191]
Em meio aos gregos e mesmo no mundo todo, nas terras dos povos bárbaros,
Delas jamais nos valemos, mas só das feitas de bronze vil e canalha,[192]   725
Cunhadas ontem ou, então, há dois dias, co'uma cunhagem das mais chinfrins.
E os cidadãos que sabemos sensatos e atenienses de nascimento,[193]
Homens que sempre nos mostram que têm justiça, beleza e grande nobreza,
Criados entre palestras,[194] danças e cantos corais,[195] nas artes das Musas,[196]
Tratamos mal, mas de quem é de bronze, vindo de fora, co'a juba ruiva,[197]   730
Filhos canalhas de um povo canalha, nós nos valemos sempre que dá –
Gente chegada depois, de que essa cidade, nos tempos passados, nunca
Se valeria, sequer nos rituais, como bodes expiatórios.[198]
Agora, seus imbecis, transformando o comportamento que têm mostrado,

---

194. A *palaístra* é onde os meninos e jovens aprendiam e praticavam a luta (*pále*).
195. Em grego, *khoroí* ("coros"). Como, em português, o termo sugere apenas o canto, na tradução referi-me à dança, componente coral igualmente importante na Grécia Antiga.
196. No original, *mousiké* ("arte das Musas"), que incluía música e poesia. A educação tradicional da aristocracia grega consistia em música, poesia e exercícios físicos. Uma vez que as aulas de música e ginástica eram particulares e pagas, normalmente só os mais ricos tinham condições de se educar plenamente, mas, no século V AEC, grande parte dos atenienses tinham algum acesso a ela. É significativo que Aristófanes mencione os coros, pois eles faziam parte da formação de quase todos os cidadãos de Atenas, que eram sorteados para compô-los.
197. Muitos escravos tinham cabelos ruivos ou loiros por causa da origem trácia (como a personagem Loirinho). Aristófanes diz aqui que os líderes atenienses (como Cleofonte, mencionado na ode) tinham origem bárbara e servil. Note-se a comparação com as moedas de bronze, que folheadas a prata, eram avermelhadas por dentro.
198. No original, diz-se que a cidade no passado não os usaria nem como *pharmakoí*, pessoas que serviam como bodes expiatórios em sacrifícios (simbólicos ou reais) para purificar a cidade. Um escólio ao verso 730 diz que os *pharmakoí* eram escolhidos entre aqueles considerados disformes e inúteis.

χρῆσθε τοῖς χρηστοῖσιν αὖθις· καὶ κατορθώσασι γὰρ   735
εὔλογον, κἄν τι σφαλῆτ', ἐξ ἀξίου γοῦν τοῦ ξύλου,
ἤν τι καὶ πάσχητε, πάσχειν τοῖς σοφοῖς δοκήσετε.

ΟΙΚΕΤΗΣ
νὴ τὸν Δία τὸν σωτῆρα γεννάδας ἀνὴρ
ὁ δεσπότης σου.

ΞΑΝΘΙΑΣ
           πῶς γὰρ οὐχὶ γεννάδας,
ὅστις γε πίνειν οἶδε καὶ βινεῖν μόνον;   740

ΟΙΚΕΤΗΣ
τὸ δὲ μὴ πατάξαι σ' ἐξελεγχθέντ' ἄντικρυς,
ὅτι δοῦλος ὢν ἔφασκες εἶναι δεσπότης.

ΞΑΝΘΙΑΣ
ᾤμωξε μεντἄν.

ΟΙΚΕΤΗΣ
           τοῦτο μέντοι δουλικὸν
εὐθὺς πεποίηκας, ὅπερ ἐγὼ χαίρω ποιῶν.

199. No original consta a sentença *khrêsthe toîs khrestoîsi* ("usem de homens nobres"), que joga com a etimologia do verbo *khráomai* ("usar") e do adjetivo *khrestós* ("nobre", social ou moralmente, ver nota 192). Busquei um trocadilho similar em português.
200. Aristófanes usa, para descrever a possível falha dos que passarem a escolher bons líderes, o mesmo verbo com que, no epirrema, designara os erros dos aliados de Frínico (*sphállo*, "cair"). Por meio desse artifício, o poeta aproxima a audiência daqueles que foram privados de seus direitos.
201. No original, trata-se da expressão *ex axíou xúlou* ("[ser enforcado] em uma árvore merecedora"), que se refere a uma morte digna.

Valham-se dos valorosos[199] mais uma vez. Se vocês tiverem sucesso,   735
Serão louvados; mas, caso despenquem[200] na tentativa, terá valido
A pena[201] ter amargado por isso – assim pensarão os homens de engenho.

Segundo Prólogo

(*Loirinho sai da porta do palácio, conversando com o Serviçal*)

SERVIÇAL
Oh, por Zeus, o Salvador! Mas é um homem de alta estirpe
O seu mestre!

LOIRINHO
          Como não?! E não seria de alta estirpe,
Um sujeito que só sabe de beber e de bimbar?[202]   740

SERVIÇAL
É que não te deu porrada pra mostrar logo de cara
Que você é que era o escravo, mas fingia ser o dono!

LOIRINHO
Ha! Ai dele se batesse!

SERVIÇAL
          Nossa! Mas foi muito escrávico[203]
O que tu aprontou agora. Eu adoro fazer isso!

---

202. Pode se tratar de simples ironia quanto à falta de nobreza moral que Dioniso demonstrou ao logo da primeira parte. Contudo, uma vez que aristocratas como Alcibíades (Platão, *Banquete* 212d ss.) e Cálias eram conhecidos pelo excesso com bebida e sexo e que o simpósio era uma instituição aristocrática por excelência, talvez se trate de uma referência ao comportamento dos nobres.
203. *Doulikón* ("típico de escravos"). Sobre adjetivos com o sufixo *-ikós*, ver nota 12.

ΞΑΝΘΙΑΣ
χαίρεις, ἱκετεύω;

ΟΙΚΕΤΗΣ
μἀλλ' ἐποπτεύειν δοκῶ, 745
ὅταν καταράσωμαι λάθρᾳ τῷ δεσπότῃ.

ΞΑΝΘΙΑΣ
τί δὲ τονθορύζων, ἡνίκ' ἂν πληγὰς λαβὼν
πολλὰς ἀπίῃς θύραζε;

ΟΙΚΕΤΗΣ
καὶ τοῦθ' ἥδομαι.

ΞΑΝΘΙΑΣ
τί δὲ πολλὰ πράττων;

ΟΙΚΕΤΗΣ
ὡς μὰ Δί' οὐδὲν οἶδ' ἐγώ.

ΞΑΝΘΙΑΣ
ὁμόγνιε Ζεῦ· καὶ παρακούων δεσποτῶν 750
ἅττ' ἂν λαλῶσι;

ΟΙΚΕΤΗΣ
μἀλλὰ πλεῖν ἢ μαίνομαι.

204. No original, o escravo diz que parece *epopteúein*, isto é, ser um *epóptes*, alguém que contemplou os objetos sagrados dos Mistérios de Eleusina. Usada aqui para indicar grande felicidade, a expressão é bastante apropriada a uma peça que tem um coro de iniciados.

LOIRINHO
É? Adora? Conta mais!

SERVIÇAL
                Eu chego a uma epifania[204]   745
Toda vez que eu xingo o mestre e ele não consegue ouvir!

LOIRINHO
E de resmungalhar quando recebeu uma enxurrada
De pancada e sai da casa?

SERVIÇAL
                Como eu amo isso daí!

LOIRINHO
E de ser intrometido?

SERVIÇAL
                Por Zeus! É tudo o que eu sei!

LOIRINHO
Ó meu Zeus dos consanguíneos![205] E de espiar os seus donos   750
Quando estão tagarelando?

SERVIÇAL
                Isso me leva à loucura![206]

---

205. Em grego, *homógnios*, o aspecto de Zeus que guardava as obrigações mútuas de pessoas da mesma ascendência. Trata-se de uma brincadeira, pois o que Loirinho e o Criado têm em comum é a ascendência não grega da maior parte dos escravos.
206. Trata-se da mesma fala que Dioniso pronuncia, no início da peça, com relação aos versos de Eurípides (103).

ΞΑΝΘΙΑΣ
τί δὲ τοῖς θύραζε ταῦτα καταλαλῶν;

ΟΙΚΕΤΗΣ
         ἐγώ;
μὰ Δί' ἀλλ' ὅταν δρῶ τοῦτο, κἀκμιαίνομαι.

ΞΑΝΘΙΑΣ
ὦ Φοῖβ' Ἄπολλον ἔμβαλέ μοι τὴν δεξιάν,
καὶ δὸς κύσαι καὐτὸς κύσον, καί μοι φράσον   755
πρὸς Διός, ὃς ἡμῖν ἐστιν ὁμομαστιγίας,
τίς οὗτος οὔνδον ἐστὶ θόρυβος καὶ βοὴ
χὠ λοιδορησμός;

ΟΙΚΕΤΗΣ
    Αἰσχύλου κεὐριπίδου.

ΞΑΝΘΙΑΣ
ἆ.

ΟΙΚΕΤΗΣ
 πρᾶγμα πρᾶγμα μέγα κεκίνηται μέγα
ἐν τοῖς νεκροῖσι καὶ στάσις πολλὴ πάνυ.   760

ΞΑΝΘΙΑΣ
ἐκ τοῦ;

207. Em grego, o termo usado para se referir à ejaculação tem conotações religiosas: *ekmiaínomai* ("poluir-se", "tornar-se impuro"). Possivelmente, considerava-se que o sêmen tornava alguém impuro perante os deuses (ver Hesíodo, *Trabalhos e Dias* 733 ss.)
208. Loirinho aqui cunha um epíteto cômico para Zeus: *homomastigías* ("protetor daqueles que são frequentemente chicoteados"; ver nota 131), distorção de *homógnios* ("protetor dos consanguíneos"), mencionado logo acima.

LOIRINHO
E de transtagarelar a coisa pros vizinhos?

SERVIÇAL
                                            Eu?
Quando eu faço isso – Ó, Zeus! – falta pouco pra eu gozar![207]

(*Começa uma gritaria vinda do palácio.*)

LOIRINHO
Por Apolo! Me dá aqui a sua mão direita logo
Me permita te beijar, e dê-me um beijo!
(*Dão-se as mãos e as beijam.*)
Mas me diga, 755
Pelo amor do nosso Zeus, patrono dos conchibatados:[208]
O que é aquilo lá de dentro? Essa zona, esse tumulto,
Essa gritaria toda?

SERVIÇAL
                É do Ésquilo e do Eurípides!

LOIRINHO
Oh!

SERVIÇAL (*trágico*)
   Um ato, um ato imane que irrompeu há pouco, imane
Entre os mortos! E uma rixa na cidade[209] sem igual! 760

LOIRINHO
Mas por quê?

---

209. Em grego, *stásis*. O Hades é descrito como uma pólis grega, em que disputas entre grupos de cidadãos e guerras civis haviam se tornado comuns durante a Guerra do Peloponeso (ver nota 96).

ΟΙΚΕΤΗΣ
    νόμος τις ἐνθάδ' ἐστὶ κείμενος
ἀπὸ τῶν τεχνῶν ὅσαι μεγάλαι καὶ δεξιαί,
τὸν ἄριστον ὄντα τῶν ἑαυτοῦ συντέχνων
σίτησιν αὐτὸν ἐν πρυτανείῳ λαμβάνειν
θρόνον τε τοῦ Πλούτωνος ἑξῆς—

ΞΑΝΘΙΑΣ
                    μανθάνω.   765

ΟΙΚΕΤΗΣ
ἕως ἀφίκοιτο τὴν τέχνην σοφώτερος
ἕτερός τις αὐτοῦ· τότε δὲ παραχωρεῖν ἔδει.

ΞΑΝΘΙΑΣ
τί δῆτα τουτὶ τεθορύβηκεν Αἰσχύλον;

ΟΙΚΕΤΗΣ
ἐκεῖνος εἶχε τὸν τραγῳδικὸν θρόνον,
ὡς ὢν κράτιστος τὴν τέχνην.

ΞΑΝΘΙΑΣ
                    νυνὶ δὲ τίς;   770

ΟΙΚΕΤΗΣ
ὅτε δὴ κατῆλθ' Εὐριπίδης, ἐπεδείκνυτο
τοῖς λωποδύταις καὶ τοῖσι βαλλαντιοτόμοις
καὶ τοῖσι πατραλοίαισι καὶ τοιχωρύχοις,
ὅπερ ἔστ' ἐν Ἅιδου πλῆθος, οἱ δ' ἀκροώμενοι

---

210. Lugar onde ficavam os prítanes, o corpo executivo do Conselho ateniense (*boulé*). Ali eram dadas ceias gratuitas a cidadãos considerados benfeitores da cidade, como os vencedores nos jogos pan-helênicos (Olímpicos, Píticos, Nemeus, Ístmicos). Como de costume ao longo da peça, Aristófanes transmite ao Hades instituições típicas de Atenas.

SERVIÇAL
    Tem uma lei que proclamaram por aqui:
De que, em toda e qualquer arte que for hábil, grandiosa,
Quem for o melhor de todos os seus pares de artifício
Terá sempre a honraria de cear no Pritaneu[210]
E terá seu posto ao lado de Plutão...

LOIRINHO
                        Hum, eu entendo.   765

SERVIÇAL
Até quando vir um outro que tiver maior engenho
Nessa arte que o primeiro. Então terá que partir.

LOIRINHO
E qual é o motivo disso transtornar assim o Ésquilo?

SERVIÇAL
Porque ele ocupava o trono reservado pra tragédia,
Já que tinha mais poder em sua arte.

LOIRINHO
                        E agora é quem?   770

SERVIÇAL
Quando o Eurípides chegou, já foi logo se exibindo[211]
Por entre os ladrões de roupas, os cortadores de bolsas,
Os matadores de pais e os furtadores de casas.
Toda turba que há no Hades! E logo que eles escutaram

---

211. O original usa o verbo *epideíknumai* ("fazer uma apresentação"), termo usado para descrever as apresentações dos sofistas (por exemplo, em Xenofonte, *Memoráveis* 2.1.21).

τῶν ἀντιλογιῶν καὶ λυγισμῶν καὶ στροφῶν 775
ὑπερεμάνησαν κἀνόμισαν σοφώτατον·
κἄπειτ' ἐπαρθεὶς ἀντελάβετο τοῦ θρόνου,
ἵν' Αἰσχύλος καθῆστο.

ΞΑΝΘΙΑΣ
                κοὐκ ἐβάλλετο;

ΟΙΚΕΤΗΣ
μὰ Δί' ἀλλ' ὁ δῆμος ἀνεβόα κρίσιν ποιεῖν
ὁπότερος εἴη τὴν τέχνην σοφώτερος. 780

ΞΑΝΘΙΑΣ
ὁ τῶν πανούργων;

ΟΙΚΕΤΗΣ
                νὴ Δί' οὐράνιόν γ' ὅσον.

ΞΑΝΘΙΑΣ
μετ' Αἰσχύλου δ' οὐκ ἦσαν ἕτεροι σύμμαχοι;

ΟΙΚΕΤΗΣ
ὀλίγον τὸ χρηστόν ἐστιν, ὥσπερ ἐνθάδε.

ΞΑΝΘΙΑΣ
τί δῆθ' ὁ Πλούτων δρᾶν παρασκευάζεται;

212. *Antilogía* pode significar simplesmente "discussão", mas havia uma obra do filósofo Protágoras conhecida em tempos posteriores como *Antilogias*, e Aristófanes talvez se refira a estruturas empregadas nos *agónes* de Eurípides, que

As antilogias todas, os torneios, retorcidas,[212]   775
Fora' à loucura e o acharam extremamente engenhoso!
Ele, então, todo metido, reclamou pra si o trono
De onde o Ésquilo reinava.

LOIRINHO
      Não o tiraram lá de cima?

SERVIÇAL
Não, o povo conclamou exigindo um julgamento
Pra escolher qual dos dois homens tem maior engenho n'arte.   780

LOIRINHO
O povo dos trambiqueiros?

SERVIÇAL
      Sim, por Zeus! Gritava aos céus!

LOIRINHO
Mas o Ésquilo não tinha nem sequer um aliado?!

SERVIÇAL
São poucos os valorosos, assim como por aqui.
(*Aponta a plateia.*)

LOIRINHO
Que o Plutão vai preparar pra resolver esse problema?

 podem remontar às teorias e práticas de filósofos do século V AEC. Torneios (*lugismoí*) e retorcidas (*strophaí*) também se referem às estratégias argumentativas empregadas pelas personagens euripidianas.

ΟΙΚΕΤΗΣ
ἀγῶνα ποιεῖν αὐτίκα μάλα καὶ κρίσιν   785
κἄλεγχον αὐτῶν τῆς τέχνης.

ΞΑΝΘΙΑΣ
                        κᾆπειτα πῶς
οὐ καὶ Σοφοκλέης ἀντελάβετο τοῦ θρόνου;

ΟΙΚΕΤΗΣ
μὰ Δί' οὐκ ἐκεῖνος, ἀλλ' ἔκυσε μὲν Αἰσχύλον,
ὅτε δὴ κατῆλθε, κἀνέβαλε τὴν δεξιάν,
κἀκεῖνος ὑπεχώρησεν αὐτῷ τοῦ θρόνου·   790
νυνὶ δ' ἔμελλεν, ὡς ἔφη Κλειδημίδης,
ἔφεδρος καθεδεῖσθαι· κἂν μὲν Αἰσχύλος κρατῇ,
ἕξειν κατὰ χώραν· εἰ δὲ μή, περὶ τῆς τέχνης
διαγωνιεῖσθ' ἔφασκε πρός γ' Εὐριπίδην.

ΞΑΝΘΙΑΣ
τὸ χρῆμ' ἄρ' ἔσται;

ΟΙΚΕΤΗΣ
                    νὴ Δί' ὀλίγον ὕστερον.   795
κἀνταῦθα δὴ τὰ δεινὰ κινηθήσεται.
καὶ γὰρ ταλάντῳ μουσικὴ σταθμήσεται—

ΞΑΝΘΙΑΣ
τί δέ; μειαγωγήσουσι τὴν τραγῳδίαν;

---

213. Observe-se como os cumprimentos familiares de Ésquilo e Sófocles remetem aos de Loirinho e do Criado, sugerindo que há algum "parentesco" de caráter e engenho entre os dois poetas.
214. Não se sabe de quem se trata, nem em que contexto a frase foi proferida. Segundo um escólio, Clidêmides talvez fosse um dos filhos de Sófocles, segundo outro, um ator de suas tragédias, mas podem ser meras especulações.
215. No original, *éphedros kathedeîsthai* ("sentar-se como próximo desafiante").

SERVIÇAL
Logo logo uma disputa e também um julgamento. 785
Um teste de ambas as artes.

LOIRINHO
                    E você como me explica
Não querer também o Sófocles clamar pra si o trono?

SERVIÇAL
Por Zeus! Ele não é disso, mas deu um beijo no Ésquilo
Ao chegar aqui embaixo, e estendeu-lhe a mão direita.[213]
Além disso, não queria disputar com ele o trono! 790
Mas agora está disposto, como o Clidêmides diz,[214]
"A esperar na fila",[215] e, caso venha o Ésquilo a vencer,
A se dar por satisfeito. Mas, se não, já declarou,
Que disputará co'o Eurípides os louros da tragédia!

LOIRINHO
Mas a coisa vai rolar?

SERVIÇAL
                    Daqui a pouquinho, por Zeus! 795
E o evento admirável se dará nesse lugar!
Vão começar a botar na balança a arte das Musas.[216]

LOIRINHO
Vão imolar a tragédia na apresentação de alguém?[217]

---

216. Trata-se da *mousiké*, ver nota 196.
217. No original, diz-se "eles celebrarão os *meîa* [sacrificando] a tragédia?" (*meiagogésousi tèn tragoidían;*). Os *meîa* eram uma cerimônia celebrada durante o festival das Apatúrias, na qual o pai apresentava a criança à fratria (ver nota 110). Nessa ocasião, pesava-se uma vítima para sacrifício; daí a comparação com o uso da balança nesta cena.

ΟΙΚΕΤΗΣ
καὶ κανόνας ἐξοίσουσι καὶ πήχεις ἐπῶν
καὶ πλαίσια ξύμπτυκτα—

ΞΑΝΘΙΑΣ
πλινθεύσουσι γάρ; 800

ΟΙΚΕΤΗΣ
καὶ διαμέτρους καὶ σφῆνας. ὁ γὰρ Εὐριπίδης
κατ' ἔπος βασανιεῖν φησι τὰς τραγῳδίας.

ΞΑΝΘΙΑΣ
ἦ που βαρέως οἶμαι τὸν Αἰσχύλον φέρειν.

ΟΙΚΕΤΗΣ
ἔβλεψε γοῦν ταυρηδὸν ἐγκύψας κάτω.

ΞΑΝΘΙΑΣ
κρινεῖ δὲ δὴ τίς ταῦτα;

ΟΙΚΕΤΗΣ
τοῦτ' ἦν δύσκολον· 805
σοφῶν γὰρ ἀνδρῶν ἀπορίαν ηὑρισκέτην.
οὔτε γὰρ Ἀθηναίοισι συνέβαιν' Αἰσχύλος —

ΞΑΝΘΙΑΣ
πολλοὺς ἴσως ἐνόμιζε τοὺς τοιχωρύχους.

---

218. Em grego, *pékheis epôn* ("cúbitos de ditos").
219. Em grego, *plaísion*, uma moldura retangular de madeira.
220. É o verbo *basanízo* ("torturar"). Fica implícito que Eurípides como que pretende torturar a tragédia.

SERVIÇAL
E vão trazer pra cá réguas, umas metragens de ditos,[218]
Além de moldes[219] dobráveis...

LOIRINHO
                    E vão fabricar tijolos!   800

SERVIÇAL
Esquadros e cunhas, pois o Eurípides já proclamou
Que porá à prova[220] as tragédias destrinchando dito a dito.

LOIRINHO
E pro Ésquilo isso deve ter pesado muito, não?

SERVIÇAL
Ele olhava como um touro, com o rosto recuado.

LOIRINHO
E quem julga essa disputa?

SERVIÇAL
                    Era um baita de um problema!   805
Pois a dupla sentiu falta de homens que possuem engenho:
O Ésquilo também não concordava c'os atenienses...[221]

LOIRINHO
Talvez ele achasse que eram muitos os ladrões de casas...

---

221. Segundo a *Vida de Ésquilo*, o poeta teria partido para a Sicília (lugar onde morreu) por desilusão com Atenas. Contudo, pode ser que, nesse trecho, se queira implicar somente que os atenienses não atendiam aos padrões morais exigidos pelo poeta.

ΟΙΚΕΤΗΣ
ληρόν τε τἄλλ' ἡγεῖτο τοῦ γνῶναι πέρι
φύσεις ποιητῶν· εἶτα τῷ σῷ δεσπότῃ   810
ἐπέτρεψαν, ὁτιὴ τῆς τέχνης ἔμπειρος ἦν.
ἀλλ' εἰσίωμεν· ὡς ὅταν γ' οἱ δεσπόται
ἐσπουδάκωσι, κλαύμαθ' ἡμῖν γίγνεται.

ΧΟΡΟΣ
ἦ που δεινὸν ἐριβ'ρεμέτας χόλον ἔνδοθεν ἕξει,
ἡνίκ' ἂν ὀξύλαλόν περ ἴδῃ θήγοντος ὀδόντα   815
ἀντιτέχνου· τότε δὴ μανίας ὑπὸ δεινῆς
ὄμματα στροβήσεται.

ἔσται δ' ἱππολόφων τε λόγων κορυθαίολα νείκη,
σκινδαλάμων τε παραξόνια σμιλεύματά τ' ἔργων
φωτὸς ἀμυνομένου φρενοτέκτονος ἀνδρὸς   820
ῥήμαθ' ἱπποβάμονα.

φρίξας δ' αὐτοκόμου λοφιᾶς λασιαύχενα χαίταν,

222. No original, "considerava-os picaretas" (*lêron hegeîto*). *Lêros* (ver nota 135) também pode designar uma pessoa que fala muita bobagem.
223. *Eribremétas* ("que longe troveja"), epíteto composto que certamente se refere a Ésquilo, cuja poesia era considerada grandiosa e grave. A fúria também condiz com a imagem que Aristófanes fará do poeta na peça. Todo esse canto coral, com metro de tom épico (os dátilos, representados na tradução por alexandrinos e versos heroicos quebrados), parodia o vocabulário das epopeias, descrevendo a disputa dos poetas como se fosse um combate entre heróis ou feras selvagens (muito citadas nos símiles homéricos).
224. Em grego o termo é *oxúlalon* ("fala-afiada"). O adjetivo *oxús* ("afiado") descrevia tanto o fio de objetos concretos como a velocidade e, em abstrato, a inteligência e a agudeza. A referência é certamente a Eurípides, conhecido por incorporar técnicas oratórias e filosóficas em suas peças. O poeta é representado como um javali, cujas afiadas presas corporificam a agudeza intelectual.
225. No original, "haverá disputas elmos-brilhantes de discursos crinas-de-cavalos" (ἔσται δ' ἱππολόφων τε λόγων κορυθαίολα νείκη). O epíteto *koruthaíolos* ("elmo-brilhante") é, na *Ilíada*, atribuído a Heitor. Dessa maneira, Aristófanes passa do mundo animal ao dos combates heroicos.
226. Em grego, a expressão é "cavilhas de lascas" (*skindalámon paraxónia*). *Skindála-*

SERVIÇAL
E pensava que falavam muito lero²²² pra saber as
Naturezas dos poetas. E aí logo eles passaram   810
A tarefa pro seu mestre, já que ele era especialista.
Mas vem logo aqui pra dentro, porque, quando os nossos donos
Botam algo na cabeça, somos nós que nos ferramos.

(*Loirinho e o Serviçal entram em uma porta lateral do palácio.*)

CANTO CORAL
CORO
Terá no imo fúria atroz o altitonante,²²³
Ao ver a garrulante²²⁴ presa do rival   815
Que a afia; então, em tétrico desvairo,
torcerá suas vistas.

Virá blindada luta em versos penachados;²²⁵
De provas vêm cavilhas,²²⁶ vêm cortes de façanhas²²⁷
De quem confronta do artesão de ideias²²⁸   820
Os ginetes²²⁹ vocábulos.

Daqui, a erguer da juba inata²³⁰ as felpas bastas,²³¹

---

moi ("lascas") era aparentemente palavra usada para falar de sutilezas intelectuais, uma vez que nas *Nuvens* 130 Estrepsíades se diz incapaz de aprender "as lascas dos discursos exatos" (*lógon akribôn skhindalámous*). Dadas as associações filosóficas da metáfora, provavelmente trata-se de referência a Eurípides.
227. No original, "cortes de feitos / obras" (*smileúmata érgon*). Outra possível referência a Eurípides, que, na peça, é associado à ideia de "corte" e "dissecação" de palavras.
228. Em grego, *phrenotékton anér* ("varão carpinteiro de mentes"). Provável referência a Ésquilo, que é representado frequentemente como um construtor de palavras.
229. *Hippobámona* ("monta-cavalos"), também aplicado a Ésquilo, associado, nesta comédia, à altivez e aos temas épicos.
230. *Autókomos* ("relativo ao próprio cabelo"). Ésquilo aqui é representado como um leão, cuja altivez, nobreza e ferocidade condizem com as da personagem.
231. Em grego, *lasíaukhen* ("de pescoço felpudo").

δεινὸν ἐπισκύνιον ξυνάγων βρυχώμενος ἥσει
ῥήματα γομφοπαγῆ, πινακηδὸν ἀποσπῶν
γηγενεῖ φυσήματι·   825

ἔνθεν δὴ στοματουργὸς ἐπῶν βασανίστρια λίσπη
γλῶσσ' ἀνελισσομένη, φθονεροὺς κινοῦσα χαλινούς,
ῥήματα δαιομένη καταλεπτολογήσει
πλευμόνων πολὺν πόνον.

ΕΥΡΙΠΙΔΗΣ
οὐκ ἂν μεθείμην τοῦ θρόνου, μὴ νουθέτει.   830
κρείττων γὰρ εἶναί φημι τούτου τὴν τέχνην.

ΔΙΟΝΥΣΟΣ
Αἰσχύλε τί σιγᾷς; αἰσθάνει γὰρ τοῦ λόγου.

ΕΥΡΙΠΙΔΗΣ
ἀποσεμνυνεῖται πρῶτον, ἅπερ ἑκάστοτε
ἐν ταῖς τραγῳδίαισιν ἐτερατεύετο.

232. Em grego, diz-se "palavras fixadas com vigas, rasgando-as como se fossem tábuas" (ἥσει / ῥήματα γομφοπαγῆ, πινακηδὸν ἀποσπῶν). O poeta se refere às frequentes palavras compostas em Ésquilo (por exemplo, *polúkhrusos*, "multi-áureo", nos *Persas* 53), recurso que soava solene nos gêneros elevados. Como o português não acomoda bem palavras compostas, traduzo-as por arcaísmos, outra marca do estilo esquiliano e da poesia elevada em geral.
233. No original, "um sopro nascido da terra" (γηγενεῖ φυσήματι) é uma referência aos mitológicos gigantes, que nasceram da terra. Apresenta-se Ésquilo como uma fera mitológica que sopra fogo. Ademais, ao longo da peça, Ésquilo é associado a termos relacionados à ideia de estirpe e nascimento.
234. *Epôn basanístria* ("testadora de expressões", "torturadora de expressões").
235. A língua personificada representa, por sinédoque, o filosófico e oratório Eurípides.
236. No original trata-se do verbo *anelísso* ("desenrolar" ou "enrolar novamente") derivado de *helísso* ("enrolar", "volver"), muito frequente em Eurípides.

Crispando o cenho cru, rugindo um lançará
Vocábulos construtos, demolindo-os[232]
com um sopro terrestre,[233]   825

Dali, a tagarela testa-dito,[234] a língua[235]
Polida, revolvendo[236] em rédeas invejosas,
Vocábulos cindindo, dirá aguda[237]
o penar dos pulmões.

Episódio

(*Abre-se o palácio por um mecanismo. Há gigantescos instrumentos de medição e pesagem por toda parte: réguas, esquadros, balanças, pesos etc. Eurípides está sentado no trono da tragédia. Dioniso e Ésquilo estão cada um de um lado. Plutão está num trono maior, ao fundo. Eurípides é interpretado pelo mesmo ator que fez Loirinho, Ésquilo por aquele que fez o Porteiro e Héracles.*)[238]

EURÍPIDES
Nunca que eu deixo esse trono! Nu'adianta reclamar!   830
Eu sou bem melhor na arte que esse aí! Mas com certeza!
(*Ésquilo nada diz, mantendo-se em silêncio.*)

DIONISO
Ésquilo, por que o silêncio? Você ouviu o que ele disse!

EURÍPIDES
Ele tá é fazendo pose de começo! São as mesmas
Estranhezas que ele sempre colocava nas tragédias![239]

---

237. *Leptologései* ("dirá de forma sutil"). *Leptós* ("magro", "fino", "agudo", "sutil") e palavras dessa raiz são constantemente associadas a Eurípides ao longo da comédia, descrevendo a sutileza argumentativa e conceitual de suas peças. Traduzo-as sistematicamente por termos derivados do adjetivo "agudo".
238. Sobre essa possível escolha de elenco, ver a introdução.
239. Sobre o procedimento, ver abaixo 911-3.

ΔΙΟΝΥΣΟΣ
ὦ δαιμόνι᾽ ἀνδρῶν μὴ μεγάλα λίαν λέγε. 835

ΕΥΡΙΠΙΔΗΣ
ἐγᾦδα τοῦτον καὶ διέσκεμμαι πάλαι,
ἄνθρωπον ἀγριοποιὸν αὐθαδόστομον,
ἔχοντ᾽ ἀχάλινον ἀκρατὲς ἀπύλωτον στόμα,
ἀπεριλάλητον κομποφακελορρήμονα.

ΑΙΣΧΥΛΟΣ
ἄληθες ὦ παῖ τῆς ἀρουραίας θεοῦ; 840
σὺ δή με ταῦτ᾽ ὦ στωμυλιοσυλλεκτάδη
καὶ πτωχοποιὲ καὶ ῥακιοσυρραπτάδη;
ἀλλ᾽ οὔ τι χαίρων αὔτ᾽ ἐρεῖς.

ΔΙΟΝΥΣΟΣ
          παῦ᾽ Αἰσχύλε,
καὶ μὴ πρὸς ὀργὴν σπλάγχνα θερμήνῃς κότῳ.

---

240. Tradução literal do termo *agriopoiós*, contudo o sufixo *-poiós* também pode significar "poeta", como em *komoidopoiós* ("poeta cômico"). Em todos os trechos a seguir em que há a palavra "criador", implica-se também o significado poético.
241. A acumulação de adjetivos formados a partir do *a-* privativo (traduzido aqui por "des-") era comum na tragédia e, na primeira parte, foi empregada pelo euripidiano Dioniso (204; ver nota 63).
242. O termo em grego é *kompophakelorrémon* ("falador de feixes de pedantismos"); com referência às palavras compostas esquilianas.
243. Paródia de um fragmento de Eurípides (*TrGF* fr. 885, *ô paî tês thalassías theoû*, literalmente "filho da deusa marinha"), provavelmente endereçado a Aquiles. Alusão ao pretenso fato de Clito, a mãe de Eurípides, ser uma verdureira. A acusação aparece mais de uma vez em Aristófanes (nos *Acarnenses* 478 e nas *Tesmoforiantes* 387, 456), mas ignora-se a motivação, pois, segundo Filócoro (*FHG* fr. 165), a mãe de Eurípides seria das famílias mais nobres. DOVER 1993: 297 especula que o pai de Eurípides talvez vendesse o excedente de sua propriedade rural e que a alcunha poderia ter se originado de comentários dos inimigos da família sobre esse fato; outra hipótese sua é que a família do poeta

DIONISO
Amigo, toma cuidado, não se envaideça demais! 835

EURÍPIDES
Eu conheço essa figura! Já tô cansado de ver:
Um criador de selvagens,[240] um sujeito desbocado,
Co'a goela desenfreada, desregrada, destrancada,
Desprolixa,[241] um palrador de bateladas de esnobismo![242]

ÉSQUILO
Ah! Isso é mesmo verdade, "filho da deusa verdureira"?[243] 840
Você vir falar de mim, ó coletor de matracagens[244]
Criador de sacomardos,[245] alfaiate de frangalhos?[246]
Mas você não sai inteiro!

DIONISO (*trágico*)
                    Ésquilo, contém a voz!
Não abrasa, rumo à ira, tuas tripas com rancor!

---

teria caído em dificuldades financeiras, tendo que recorrer a formas de negócio consideradas baixas. BORTHWICK 1994: 38 ss. sugere que, uma vez que vegetais são usados diversas vezes na literatura grega como metáforas sexuais, o apelido alude à prostituição, traçando ainda um cenário hipotético em que a "mãe de Eurípides" fosse uma segunda e jovem esposa do pai.
244. O epíteto composto *stomuliosullektádes* ("coleta-tagarelices").
245. Em grego, é palavra composta, *ptokhopoiós* ("cria-mendigos"); ver nota 240 acima.
246. *Rhakiosurraptádes* ("costura-farrapos"). Muitos protagonistas de Eurípides eram apresentados como mendigos, por infortúnios ou em disfarce. A peça mais conhecida por esse procedimento é a fragmentária *Télefo*, em que o protagonista, o rei da Mísia, depois de ser ferido por Aquiles em uma batalha, descobre que a chaga só poderia ser curada por aquele que a causou. Dessa maneira, disfarça-se de mendigo para se infiltrar no acampamento dos gregos e atingir seu objetivo. Os gregos tinham um senso de decoro poético muito rígido e um herói vestido em remendos certamente parecia algo estranho. Aristófanes escarnece desse procedimento logo na primeira peça que nos foi legada, *Acarnenses* 411-88.

ΑΙΣΧΥΛΟΣ
οὐ δῆτα πρίν γ' ἂν τοῦτον ἀποφήνω σαφῶς 845
τὸν χωλοποιὸν οἷος ὢν θρασύνεται.

ΔΙΟΝΥΣΟΣ
ἄρν' ἄρνα μέλανα παῖδες ἐξενέγκατε·
τυφὼς γὰρ ἐκβαίνειν παρασκευάζεται.

ΑΙΣΧΥΛΟΣ
ὦ Κρητικὰς μὲν συλλέγων μονῳδίας,
γάμους δ' ἀνοσίους ἐσφέρων ἐς τὴν τέχνην. 850

ΔΙΟΝΥΣΟΣ
ἐπίσχες οὗτος ὦ πολυτίμητ' Αἰσχύλε.
ἀπὸ τῶν χαλαζῶν δ' ὦ πόνηρ' Εὐριπίδη
ἄναγε σεαυτὸν ἐκποδών, εἰ σωφρονεῖς,
ἵνα μὴ κεφαλαίῳ τὸν κρόταφόν σου ῥήματι
θενὼν ὑπ' ὀργῆς ἐκχέῃ τὸν Τήλεφον· 855
σὺ δὲ μὴ πρὸς ὀργὴν Αἰσχύλ' ἀλλὰ πρᾳόνως

247. Referência a dois heróis que, em peças de Eurípides, não se apresentavam somente em frangalhos (ver nota anterior), mas também mancos: Belerofonte e Filoctetes. Também se menciona o fato nos *Acarnenses* 411.
248. Dioniso se refere à ira de Ésquilo como a uma tempestade. Entre os gregos havia sacrifícios para evitá-la, um dos quais certamente consistia no sacrifício de um carneiro negro.
249. Os cantos solo das personagens (em grego chamadas *monoidíai*) são características das tragédias mais tardias de Eurípides. O poeta também tinha duas tragédias com relação a problemas sexuais de personagens relativas à ilha: os *Cretenses* e as *Cretenses*, ambas fragmentárias. Na primeira, Pasífae, a esposa de Minos, tomada de loucura mandada por Posídon, se une a um touro (pelo que mais tarde daria luz ao minotauro). Na segunda, Érope, neta de Minos, é encontrada pelo pai, o rei de Creta, deitada com um escravo, e por isso ele manda afogá-la. Também Fedra, personagem da tragédia *Hipólito* (ver nota 35) era filha de Minos. Além disso, o crético era um ritmo da lírica grega, raramente empregado nas tragédias que restaram, mas muito comum na comédia (WEST 1987: 55). Como já na época de Aristófanes utilizava-se o termo para implicar o ritmo, Ésquilo pode estar se referindo à baixeza da poesia de Eurípides.

ÉSQUILO
Mas não deixo disso antes de mostrar do criador   845
De manquitolas[247] o caráter, de onde vem tanta ousadia!

DIONISO (*trágico*)
Tragam para fora, escravos, um carneiro negro, negro,
Pois o céu já está fechando! Logo chega o furacão![248]

ÉSQUILO
Vejam só o colecionador das créticas monódias![249]
Pioneiro das impuras uniões em nossa arte![250]   850

DIONISO (*interrompendo*)
Você pare já com essa história, ó mui honroso[251] Ésquilo!
(*trágico*) E depressa ao longe afasta-te, ó Eurípides canalha,[252]
Dessa chuva de granizo, se tens alguma prudência,
Pra não romperes a fronte no topo de uma expressão
E iracundo derramares pelo chão inteiro o *Télefo*.[253]   855
Ésquilo, sem acusar, ou receber acusações[254]

Curiosamente, no *corpus* trágico sobrevivente, a única estrofe inteiramente no ritmo é de Ésquilo (*Suplicantes* 418-22 ~ 423-7; WEST 1987: 55).

250. Eurípides tratou em suas peças de vários tipos de união sexual que rompiam as normas morais gregas. Além dos exemplos citados na nota anterior, há o amor incestuoso de Macareu e Cânace na tragédia fragmentária *Éolo*.

251. *Polutímetos*, o mesmo epíteto que, no párodo dos Iniciados, se atribui ao deus Dioniso-Iaco (323-4, 398). Ésquilo será mais de uma vez associado aos Mistérios, o que deixa entrever como se sairá no embate contra Eurípides.

252. *Ponerós*, o mesmo adjetivo que, na parábase, descreve os maus cidadãos de origem estrangeira e as moedas de pouco valor (ver nota 192). Como se viu nos versos 772 ss., Eurípides é muitas vezes associado aos elementos "vis" da cidade. O adjetivo prefigura o destino do tragediógrafo na peça.

253. Em lugar de "cérebro", dá-se o nome de uma tragédia de Eurípides (ver nota 246), que literalmente brota de sua cabeça. Talvez haja aqui uma alusão ao mito em que Hefesto abriu a cabeça de Zeus para que Atena nascesse.

254. Trata-se do verbo *elénkho* ("acusar", "refutar", "interrogar", "examinar", comum na linguagem jurídica e filosófica. Será mais de uma vez empregado pela personagem Eurípides.

ἔλεγχ' ἐλέγχου· λοιδορεῖσθαι δ' οὐ πρέπει
ἄνδρας ποιητὰς ὥσπερ ἀρτοπώλιδας.
σὺ δ' εὐθὺς ὥσπερ πρῖνος ἐμπρησθεὶς βοᾷς.

ΕΥΡΙΠΙΔΗΣ
ἕτοιμός εἰμ' ἔγωγε, κοὐκ ἀναδύομαι, 860
δάκνειν δάκνεσθαι πρότερος, εἰ τούτῳ δοκεῖ,
τἄπη, τὰ μέλη, τὰ νεῦρα τῆς τραγῳδίας,
καὶ νὴ Δία τὸν Πηλέα γε καὶ τὸν Αἴολον
καὶ τὸν Μελέαγρον κἄτι μάλα τὸν Τήλεφον.

ΔΙΟΝΥΣΟΣ
τί δαὶ σὺ βουλεύει ποιεῖν; λέγ' Αἰσχύλε. 865

ΑΙΣΧΥΛΟΣ
ἐβουλόμην μὲν οὐκ ἐρίζειν ἐνθάδε·
οὐκ ἐξ ἴσου γάρ ἐστιν ἀγὼν νῷν.

ΔΙΟΝΥΣΟΣ
      τί δαί;

ΑΙΣΧΥΛΟΣ
ὅτι ἡ ποίησις οὐχὶ συντέθνηκέ μοι,

255. Possível referência à cena das estalajadeiras (vv. 549 ss.), especialmente significativa se o ator de Ésquilo fosse o mesmo que tivesse interpretado a Hoteleira (ver introdução).
256. No original, consta "nos versos falados, nos cantados e nos nervos da tragédia" (τἄπη, τὰ μέλη, τὰ νεῦρα τῆς τραγῳδίας), em que há um trocadilho com os dois sentidos de *méle*: "canções" e "membros do corpo"; no primeiro sentido a palavra se relaciona com *épe* ("versos falados"), no segundo, com *neûra* ("nervos", "músculos"). Substituí por um trocadilho equivalente em português, explorando os dois sentidos da palavra "canto".

Em ira! Mas fique calmo, pois não convém aos poetas
Ficar xingando uns aos outros como padeiras briguentas![255]
Como o incêndio de um carvalho, você agora é todo berros!

EURÍPIDES
Eu já tô mais do que pronto! E não vou me recusar 860
A morder e ser mordido (e antes dele, se quiser)
Nos diálogos, nos cantos e nos eixos da tragédia![256]
Sim, por Zeus! E no *Peleu*, e no *Éolo* também!
Nu'esquecendo o *Meleagro*, e principalmente no *Télefo*![257]

DIONISO
E você o que quer fazer? Ésquilo, fala pra mim! 865

ÉSQUILO
Não queria disputar com ele aqui em baixo, não,
Pois o nosso embate é desigual.

DIONISO
                      Mas como? Explica isso.

ÉSQUILO
Porque a minha poesia não morreu junto comigo,[258]

---

257. Títulos de quatro tragédias fragmentárias de Eurípides.
258. Segundo a *Vida de Ésquilo* 12, houve um decreto permitindo que, após sua morte, se continuassem apresentando suas peças. Outro indício está nos *Acarnenses* 9-11, em que Diceópolis diz que se sentava no teatro esperando ver uma peça de Ésquilo (já falecido àquela época), mas fora surpreendido ao ver no palco a má tragédia de Teógnis; ver DOVER 1993: 23.

τούτῳ δὲ συντέθνηκεν, ὥσθ' ἕξει λέγειν.
ὅμως δ' ἐπειδή σοι δοκεῖ, δρᾶν ταῦτα χρή. 870

ΔΙΟΝΥΣΟΣ
ἴθι νυν λιβανωτὸν δεῦρό τις καὶ πῦρ δότω.
ὅπως ἂν εὔξωμαι πρὸ τῶν σοφισμάτων
ἀγῶνα κρῖναι τόνδε μουσικώτατα·
ὑμεῖς δὲ ταῖς Μούσαις τι μέλος ὑπᾴσατε.

ΧΟΡΟΣ
ὦ Διὸς ἐννέα παρθένοι ἁγναὶ 875
Μοῦσαι, λεπτολόγους ξυνετὰς φρένας αἳ καθορᾶτε
ἀνδρῶν γνωμοτύπων, ὅταν εἰς ἔριν ὀξυμερίμνοις
ἔλθωσι στρεβλοῖσι παλαίσμασιν ἀντιλογοῦντες,
ἔλθετ' ἐποψόμεναι δύναμιν
δεινοτάτοιν στομάτοιν πορίσασθαι 880
ῥήματα καὶ παραπρίσματ' ἐπῶν.
νῦν γὰρ ἀγὼν σοφίας ὁ[δε] μέγας χωρεῖ πρὸς ἔργον ἤδη.

ΔΙΟΝΥΣΟΣ
εὔχεσθε δὴ καὶ σφώ τι πρὶν τἄπη λέγειν. 885

ΑΙΣΧΥΛΟΣ
Δήμητερ ἡ θρέψασα τὴν ἐμὴν φρένα,
εἶναί με τῶν σῶν ἄξιον μυστηρίων.

---

259. *Mousikótata* ("da maneira mais digna das Musas" ou "da maneira mais própria à *mousiké*). Sobre os adjetivos com o sufixo *-ikós*, ver nota 12; sobre a *mousiké*, ver nota 196.

260. No original, *paraprísmata* ("porções ou pedaços de serragem"). Mais uma vez, o poeta compara o fazer poético ao artesanato.

Já a dele faleceu e lhe dará testemunho.
Mas, se você quer assim, eu faço por obrigação. 870

DIONISO
Venha alguém trazer incenso e além disso traga fogo,
Pr'eu fazer uma oração antes de poder julgar
O combate dos engenhos com maior musicidade!²⁵⁹
(*ao Coro*) E vocês agora cantem uma ode em honra às Musas!

Canto coral
CORO
De Zeus, ó, nove virgens sacrossantas, 875
ó, Musas, que fitais a mente aguda e ativa
Dos pensadores indo à luta em afinados,
torcidos agarrões de uma loquaz batalha.
Vinde mirar a robustez
de bocas excelentes em colher 880
ditos e aparas²⁶⁰ de dizeres:
a lide grandiosa dos engenhos
muito em breve começa.

Episódio
(*Dioniso se dirige ao centro do palco. Eurípides levanta do trono e se coloca à direita de Dioniso.*)

DIONISO
E vocês orem primeiro, antes de emitir os ditos! 885

ÉSQUILO
Ó, Deméter, que nutriste desde cedo o meu pensar,
Dos Mistérios que proteges seja eu merecedor!²⁶¹

---

261. Observe-se como Ésquilo se associa aos Mistérios e seus deuses patronos.

ΔΙΟΝΥΣΟΣ
ἐπίθες λαβὼν δὴ καὶ σὺ λιβανωτόν.

ΕΥΡΙΠΙΔΗΣ
καλῶς·
ἕτεροι γάρ εἰσιν οἷσιν εὔχομαι θεοῖς.

ΔΙΟΝΥΣΟΣ
ἴδιοί τινές σοι, κόμμα καινόν;

ΕΥΡΙΠΙΔΗΣ
καὶ μάλα. 890

ΔΙΟΝΥΣΟΣ
ἴθι δὴ προσεύχου τοῖσιν ἰδιώταις θεοῖς.

ΕΥΡΙΠΙΔΗΣ
αἰθὴρ ἐμὸν βόσκημα καὶ γλώσσης στρόφιγξ
καὶ ξύνεσι καὶ μυκτῆρες ὀσφραντήριοι,
ὀρθῶς μ' ἐλέγχειν ὧν ἂν ἅπτωμαι λόγων.

ΧΟΡΟΣ
καὶ μὴν ἡμεῖς ἐπιθυμοῦμεν 895
παρὰ σοφοῖν ἀνδροῖν ἀκοῦσαι 896a
τίνα λόγων, <τίν'> ἐμμέλειας 896b

262. Em grego, Dioniso pergunta se esses deuses são *kómma* ("cunhagem") de Eurípides. Recupera-se a imagem das moedas do antepirrema da parábase, o que projeta mais uma vez uma sombra negativa sobre Eurípides.
263. No original, há um trocadilho de difícil tradução entre *ídios* ("próprio") e *idiótes* ("particular"). *Idiótes* designava, por um lado, o homem que não se envolvia com os negócios públicos, por outro, quem não possuía conhecimento técnico em determinada área, um amador.
264. Aristófanes imputa a Eurípides o ateísmo e faz com que ele invoque, como se fossem deuses, elementos de seus interesses filosóficos e retóricos (como

DIONISO
Você também pegue o incenso e jogue por cima.

EURÍPIDES
                                        Correto!
Mas os deuses pra quem rezo não são esses aí, não!

DIONISO
Mas são deuses próprios seus? Você que cunhou?[262]

EURÍPIDES
                                        Foi sim!   890

DIONISO
Então vai: faça a oração aos deuses particulares![263]

EURÍPIDES
Éter, que és meu alimento, ó, Dobradiça da Língua,
Esperteza, e tu também, Nariz repleto de farejo,[264]
Que eu refute a correção[265] de todo verso que encontrar!

AGÓN EPIRREMÁTICO
ODE
CORO (*cantando*)
E nós também já pretendemos   895
ouvir de dois engenhosos: 896a
de qual discurso, qual canto   896b

---

também Socrátes nas *Nuvens* 424; ver nota 33). O "nariz farejador" (*muktêres osphrantérioi*, lit. "narinas farejadoras"), são metáfora para a percepção aguda.
265. Eurípides se refere à correção no uso dos sentidos das palavras e dos sinônimos, que era um dos objetos de ensino dos filósofos Protágoras e Pródico. Como se verá, o poeta criticará esses pontos nas tragédias de Ésquilo.

ἔπιτε δαΐαν ὁδόν.
γλῶσσα μὲν γὰρ ἠγρίωται,
λῆμα δ' οὐκ ἄτολμον ἀμφοῖν, 899a
οὐδ' ἀκίνητοι φρένες. 899b
προσδοκᾶν οὖν εἰκός ἐστι 900
τὸν μὲν ἀστεῖόν τι λέξαι 901a
καὶ κατερρινημένον, 901b
τὸν δ' ἀνασπῶντ' αὐτοπρέμνοις
τοῖς λόγοισιν
ἐμπεσόντα συσκεδᾶν πολλὰς ἀλινδήθρας ἐπῶν.

ΔΙΟΝΥΣΟΣ
ἀλλ' ὡς τάχιστα χρὴ λέγειν· οὕτω δ' ὅπως ἐρεῖτον 905
ἀστεῖα καὶ μήτ' εἰκόνας μήθ' οἷ' ἂν ἄλλος εἴποι.

ΕΥΡΙΠΙΔΗΣ
καὶ μὴν ἐμαυτὸν μέν γε τὴν ποίησιν οἷός εἰμι,
ἐν τοῖσιν ὑστάτοις φράσω, τοῦτον δὲ πρῶτ' ἐλέγξω,
ὡς ἦν ἀλαζὼν καὶ φέναξ οἵοις τε τοὺς θεατὰς
ἐξηπάτα μώρους λαβὼν παρὰ Φρυνίχῳ τραφέντας. 910
πρώτιστα μὲν γὰρ ἕνα τιν' ἂν καθῖσεν ἐγκαλύψας,

266. No original, "irrompendo disperse muitas *alindéthras* de ditos" (συσκεδᾶν πολλὰς ἀλινδήθρας ἐπῶν). As *alíndethrai* eram lugares feitos para os cavalos rolarem na poeira.
267. A referência explícita à organização do discurso era típica do orador e filósofo Górgias de Leontinos. Aristófanes deixa entrever na própria estrutura do discurso as influências de Eurípides.
268. Em grego, trata-se do verbo *elénkho* ("expor", "refutar", "questionar", "provar"), típico dos âmbitos jurídico, oratório e filosófico (ver nota 254). Mais tarde, será palavra chave da filosofia platônica.

impelis o caminho?
Pois eis que a língua se enerva
e a fibra não lhes é fraca   899a
ou imóveis as mentes.   899b
Então é certo esperarmos   900
que um pronuncie algo fino,   901a
por inteiro polido,   901b
e o outro com rasgos e ditos
desenraigados
rompendo a vasta poeira desfaça o campo das frases.[266]

Katakeleusmós
CORIFEU (*falando*)
Mas agora é necessário discursar como vocês costumam sempre: 905
Com fineza e sem um símile ou recurso que não seja de vocês.

Epirrema
EURÍPIDES
O que tange a mim e ao modo próprio com que faço a minha poesia
Deixarei para falar só ao final[267], mas de começo eu o exporei:[268]
Mostrarei que era um farsante, um embusteiro e com qual tipo de estratégia
Enganou os espectadores, que encontrou criados burros pelo Frínico.[269]   910
No início colocava lá um sujeito solitário, recoberto,

---

269. Frínico era um tragediógrafo da geração anterior a Ésquilo. Como, segundo o testemunho de Aristóteles na *Poética* 1449a15-18, só Ésquilo havia introduzido uma segunda personagem no palco e dado mais importância ao diálogo, a poesia de Frínico deveria ser ainda mais arcaica e próxima da lírica coral, consistindo apenas em canções, monólogos da personagem e interações com o coro. Aristófanes o trata como o poeta favorito dos idosos (*Vespas* 219, 269).

Ἀχιλλέα τιν' ἢ Νιόβην, τὸ πρόσωπον οὐχὶ δεικνύς,
πρόσχημα τῆς τραγῳδίας, γρύζοντας οὐδὲ τουτί.

ΔΙΟΝΥΣΟΣ
μὰ τὸν Δί' οὐ δῆθ'.

ΕΥΡΙΠΙΔΗΣ
     ὁ δὲ χορός γ' ἤρειδεν ὁρμαθοὺς ἂν
μελῶν ἐφεξῆς τέτταρας ξυνεχῶς ἄν οἱ δ' ἐσίγων.   915

ΔΙΟΝΥΣΟΣ
ἐγὼ δ' ἔχαιρον τῇ σιωπῇ, καί με τοῦτ' ἔτερπεν
οὐχ ἧττον ἢ νῦν οἱ λαλοῦντες.

ΕΥΡΙΠΙΔΗΣ
       ἠλίθιος γὰρ ἦσθα,
σάφ' ἴσθι.

ΔΙΟΝΥΣΟΣ
  κἀμαυτῷ δοκῶ. τί δὲ ταῦτ' ἔδρασ' ὁ δεῖνα;

ΕΥΡΙΠΙΔΗΣ
ὑπ' ἀλαζονείας, ἵν' ὁ θεατὴς προσδοκῶν καθοῖτο,
ὁπόθ' ἡ Νιόβη τι φθέγξεται· τὸ δρᾶμα δ' ἂν διῄει.   920

ΔΙΟΝΥΣΟΣ
ὦ παμπόνηρος, οἷ' ἄρ' ἐφενακιζόμην ὑπ' αὐτοῦ.

---

270. Personagem mitológica que, por se vangloriar de seus catorze filhos frente a Leto, que só tinha dois (Ártemis e Apolo), viu todos eles serem mortos pelos dois deuses. Em seu sofrimento, Níobe se tornou uma rocha que verte água. Ésquilo produziu uma tragédia homônima sobre o episódio e, na cena inicial, Níobe devia se apresentar em luto e silêncio.
271. Herói da guerra de Troia e mais forte dos gregos. Ésquilo compôs duas tragédias em que Aquiles era protagonista: *Mirmidões*, que tratava de sua desavença

Uma Níobe[270] ou um Aquiles[271] com a cara totalmente encapuzada.
Um disfarce de tragédia, que não dava nem sequer um pio que fosse.

DIONISO
Nenhunzinho mesmo.

EURÍPIDES
      E o coro já engatava umas correntes gigantescas
De canções, e na sequência, sem parar! E o personagem lá calado! 915

DIONISO
Eu gostava do silêncio e não achava isso menos agradável
Dos que agora tagarelam.

EURÍPIDES
      É que você era burro![272] Como bem
Você sabe.

DIONISO
  É, eu concordo. Mas por que ele agia dessa forma aí?

EURÍPIDES
Por charlatanice pura! Pra que o público ficasse lá esperando
Quando a Níobe diria alguma coisa e a peça fosse transcorrendo. 920

DIONISO
Olha só, mas que trapaça mais canalha! Como eu era engambelado!

---

 com o chefe dos gregos, Agamêmnon, e *Frígios* (ou *Resgate de Heitor*), que trata de como Príamo, o rei de Troia, resgatou o cadáver de seu filho, morto por Aquiles (ambos temas da *Ilíada*). Ao menos nos *Mirmidões*, Aquiles se apresentava irado e em silêncio.

272. Dioniso se comporta e é tratado como representante do gosto poético dos atenienses.

τί σκορδινᾷ καὶ δυσφορεῖς;

ΕΥΡΙΠΙΔΗΣ
ὅτι αὐτὸν ἐξελέγχω.
κἄπειτ' ἐπειδὴ ταῦτα ληρήσειε καὶ τὸ δρᾶμα
ἤδη μεσοίη, ῥήματ' ἂν βόεια δώδεκ' εἶπεν,
ὀφρῦς ἔχοντα καὶ λόφους, δείν' ἄττα μορμορωπά, 925
ἄγνωτα τοῖς θεωμένοις.

ΑΙΣΧΥΛΟΣ
οἴμοι τάλας.

ΔΙΟΝΥΣΟΣ
σιώπα.

ΕΥΡΙΠΙΔΗΣ
σαφὲς δ' ἂν εἶπεν οὐδὲ ἕν—

ΔΙΟΝΥΣΟΣ
μὴ πρῖε τοὺς ὀδόντας.

ΕΥΡΙΠΙΔΗΣ
ἀλλ' ἢ Σκαμάνδρους ἢ τάφρους ἢ 'π' ἀσπίδων ἐπόντας
γρυπαιέτους χαλκηλάτους καὶ ῥήμαθ' ἱππόκρημνα,
ἃ ξυμβαλεῖν οὐ ῥᾴδι' ἦν.

273. No original, emprega-se o verbo *exelénkho* ("testar", "refutar"), forma prefixada de *elénkho* (ver nota 254).
274. *Rémata bóeia* ("palavras bovinas"). Trata-se de nova referência à predileção esquiliana por palavras compostas (ver nota 232). Ademais, no prólogo do *Agamêmnon* (36 s.), o Vigia refere-se ao teor enigmático de suas palavras e a seu silêncio sobre vida no palácio usando a expressão "um grande boi pisou em minha língua" (*boûs epì glóssei mégas/bébeken*).
275. Os gregos frequentemente mencionavam as sobrancelhas recurvas como sinal de expressão facial preocupada ou enraivecida.

(*Ésquilo mostra-se furioso. Dioniso lhe diz.*)

Mas por que toda essa raiva e essas bufadas?

EURÍPIDES

            É porque tá sendo exposto![273]
Mas, depois do lero-lero todo, quando s'a tragédia se encontrava
Na metade, recitava lá uma dúzia de palavras-boi gigantes,[274]
Guarnecidas de sobrolhos[275] e cimeiras – espantosas paponices[276]   925
Nunca vistas na plateia.

ÉSQUILO (*enfurecido*)
      O que eu tenho de aguentar!

DIONISO (*para Ésquilo*)
              Você, calado!

EURÍPIDES
Sem sequer uma palavra clara...

DIONISO (*para Ésquilo*)
        Para de ficar rangendo os dentes!

EURÍPIDES
Mas falava de Escamandros,[277] de trincheiras e, gravadas nos escudos,
Êneas áquilas grifantes, de equestres escarpadas locuções;[278]
Nada fáceis de entender!

---

276. Em grego, *mormoropá*, adjetivo que pode derivar de *mormó(n)* ("bicho-papão") ou *mórmoros* ("medo", Hesíquio, μ 1670), significando portanto "com rosto de bicho-papão" ou "com rosto terrível".
277. Rio que corria na região de Troia; Aristófanes alude ao teor épico da poesia de Ésquilo.
278. Em grego, palavras compostas: *grupaiétous khalkelátous* ("grifáguias bronziforjadas") e *rhémath' hippókremna* ("palavras cavalescarpadas").

ΔΙΟΝΥΣΟΣ
νὴ τοὺς θεοὺς ἐγὼ γοῦν 930
ἤδη ποτ' ἐν μακρῷ χρόνῳ νυκτὸς διηγρύπνησα
τὸν ξουθὸν ἱππαλεκτρυόνα ζητῶν τίς ἐστιν ὄρνις.

ΑΙΣΧΥΛΟΣ
σημεῖον ἐν ταῖς ναυσὶν ὦμαθέστατ' ἐνεγέγραπτο.

ΔΙΟΝΥΣΟΣ
ἐγὼ δὲ τὸν Φιλοξένου γ' ᾤμην Ἔρυξιν εἶναι.

ΕΥΡΙΠΙΔΗΣ
εἶτ' ἐν τραγῳδίαις ἐχρῆν κἀλεκτρυόνα ποιῆσαι; 935

ΑΙΣΧΥΛΟΣ
σὺ δ' ὦ θεοῖσιν ἐχθρὲ ποῖ' ἄττ' ἐστὶν ἄττ' ἐποίεις;

ΕΥΡΙΠΙΔΗΣ
οὐχ ἱππαλεκτρυόνας μὰ Δί' οὐδὲ τραγελάφους, ἅπερ σύ,
ἃν τοῖσι παραπετάσμασιν τοῖς Μηδικοῖς γράφουσιν·
ἀλλ' ὡς παρέλαβον τὴν τέχνην παρὰ σοῦ τὸ πρῶτον εὐθὺς
οἰδοῦσαν ὑπὸ κομπασμάτων καὶ ῥημάτων ἐπαχθῶν, 940
ἴσχνανα μὲν πρώτιστον αὐτὴν καὶ τὸ βάρος ἀφεῖλον
ἐπυλλίοις καὶ περιπάτοις καὶ τευτλίοισι λευκοῖς,
χυλὸν διδοὺς στωμυλμάτων ἀπὸ βιβλίων ἀπηθῶν·

279. No original, *xouthós hippalektrúon* ("louro cavalo-galo"), expressão retirada dos *Mirmidões* de Ésquilo (fr. 134). O *hippaléktruon* é um híbrido de cavalo e galo que por vezes aparece pintado em vasos.
280. Nada se sabe a respeito desse homem, a não ser que era um glutão (Aristóteles, *Ética Eudêmia* 1231a 17). Talvez fosse loiro e se parecesse por algum motivo com um galo e um cavalo.
281. Sobre a relação de Eurípides com os deuses tradicionais, ver nota 264.
282. É palavra composta em grego: *tragélaphos* ("corça-bode"). Platão menciona-o

DIONISO

Com certeza, pelos deuses! Por sinal   930
Eu fiquei por muito tempo, passei noites sem dormir pensando apenas
Em qual pássaro era o tal do "flavescente galo equestre"[279] que dizia.

ÉSQUILO

É um sinal que era gravado sobre a proa dos navios, ignorante!

DIONISO

E eu que tinha achado que era o Eríxis, o filho do Filóxeno![280]

EURÍPIDES

E também por que ele tinha que botar uma galinha na tragédia?   935

ÉSQUILO

E você, asco dos deuses?[281] Que era que você compunha de tão bom?

EURÍPIDES

Não equestres galos ou cabritos antilópios[282] como você faz,
Que encontramos desenhados, entre os persas, em tapetes de parede.
Mas tomando a arte como eu a encontrei vivendo junto de você,
Toda intumescida de soberba e de palavras pura afetação,   940
Antes de mais nada, a desinchei e retirei-lhe o peso da barriga,
Com versinhos e voltinhas por aí, com beterrabazinhas brancas,[283]
E dei suco de matraca que espremi e depois coei de alguns livrinhos,[284]

---

    como ser inventado (*República* 488a), mas Diodoro da Sicília (3.51.2) e Plínio, o Velho (*História Natural* 8.33), como animal real (da Arábia e das cercanias do rio Fásis, respectivamente); pode se tratar de um tipo de antílope.

283. Trata-se provavelmente de uma referência à pretensa profissão da mãe de Eurípides (ver nota 243).
284. Os livros eram ainda uma inovação no tempo desta peça. Eram principalmente associados aos escritos dos filósofos do século V AEC (Empédocles, Anaxágoras, Górgias etc.), que influenciaram a escrita de Eurípides.

εἶτ' ἀνέτρεφον μονῳδίαις—

ΔΙΟΝΥΣΟΣ
          Κηφισοφῶντα μιγνύς.

ΕΥΡΙΠΙΔΗΣ
εἶτ' οὐκ ἐλήρουν ὅ τι τύχοιμ' οὐδ' ἐμπεσὼν ἔφυρον,   945
ἀλλ' οὑξιὼν πρώτιστα μέν μοι τὸ γένος εἶπ' ἂν εὐθὺς
τοῦ δράματος.

ΔΙΟΝΥΣΟΣ
          κρεῖττον γὰρ ἦν σοι νὴ Δί' ἢ τὸ σαυτοῦ.

ΕΥΡΙΠΙΔΗΣ
ἔπειτ' ἀπὸ τῶν πρώτων ἐπῶν οὐδὲν παρῆκ' ἂν ἀργόν,
ἀλλ' ἔλεγεν ἡ γυνή τέ μοι χὠ δοῦλος οὐδὲν ἧττον,
χὠ δεσπότης χἠ παρθένος χἠ γραῦς ἄν.

ΑΙΣΧΥΛΟΣ
                    εἶτα δῆτα   950
οὐκ ἀποθανεῖν σε ταῦτ' ἐχρῆν τολμῶντα;

ΕΥΡΙΠΙΔΗΣ
          μὰ τὸν Ἀπόλλω·

---

285 A terminologia do trecho é médica, referindo-se a tratamentos comuns na época: caminhadas, bebidas e alimentos. Sobre a importância da monódia na obra de Eurípides, ver nota 249.

286 Pelo que pode se depreender das três alusões a ele na peça (944, 1408, 1452-3), Cefisofonte seria considerado o verdadeiro autor de alguns trechos das tragédias de Eurípides. Além disso, segundo uma biografia do poeta (Sátiro, *Vida de Eurípides* col. 12.), era um escravo nascido na casa do poeta, e teria seduzido sua

Reforcei-a com monódias –[285]

DIONISO (à parte)
                Com um belo teco de Cefisofonte![286]

EURÍPIDES
E não ia parolando qualquer coisa, embaralhando num ataque,   945
Mas primeiro um personagem discursava apresentando já a ascendência
Da tragédia.[287]

DIONISO
        Uma ascendência, com certeza, bem melhor que a sua
                                                [própria![288]

EURÍPIDES
Além disso, não deixava ninguém quieto desde o verso introdutório,
Mas falavam as mulheres e falavam os escravos por igual,
E também o dono, a jovem, a velhinha...[289]

ÉSQUILO
                          E depois como não dizermos   950
Que você merece a morte por tamanho atrevimento?

EURÍPIDES
                                Por Apolo!

---

    esposa; episódio também mencionado em outra biografia (*Vida de Eurípides* 6).
287 Referência aos frequentes prólogos euripidianos em que uma personagem, num monólogo, apresenta a própria ascendência e o assunto da peça. Sobre a prática, ver abaixo os versos 1182 ss.
288 Provável alusão à mãe de Eurípides (ver nota 243).
289 O poeta refere-se à prática euripidiana de inserir em suas tragédias camadas desprivilegiadas da sociedade.

δημοκρατικὸν γὰρ αὔτ' ἔδρων.

ΔΙΟΝΥΣΟΣ
τοῦτο μὲν ἔασον ὦ τᾶν.
οὐ σοὶ γάρ ἐστι περίπατος κάλλιστα περί γε τούτου.

ΕΥΡΙΠΙΔΗΣ
ἔπειτα τουτουσὶ λαλεῖν ἐδίδαξα—

ΑΙΣΧΥΛΟΣ
φημὶ κἀγώ.
ὡς πρὶν διδάξαι γ' ὤφελες μέσος διαρραγῆναι. 955

ΕΥΡΙΠΙΔΗΣ
λεπτῶν τε κανόνων ἐσβολὰς ἐπῶν τε γωνιασμούς,
νοεῖν ὁρᾶν ξυνιέναι στρέφειν ἐρᾶν τεχνάζειν,
κἀχ' ὑποτοπεῖσθαι, περινοεῖν ἅπαντα—

ΑΙΣΧΥΛΟΣ
φημὶ κἀγώ.

ΕΥΡΙΠΙΔΗΣ
οἰκεῖα πράγματ' εἰσάγων, οἷς χρώμεθ', οἷς ξύνεσμεν,
ἐξ ὧν γ' ἂν ἐξηλεγχόμην· ξυνειδότες γὰρ οὗτοι 960

---

290. Trata-se de exagero, pois a democracia de Atenas só aceitava como cidadãos os homens livres nascidos de pai e mãe atenienses. Contudo, alguns autores de tendência oligárquica associam a democracia a esses setores desprivilegiados, como o Pseudo-Xenofonte, quando diz que na democracia é impossível distinguir escravos, metecos e cidadãos (*Constituição de Atenas* 1.10-12), e Platão, que, na *República* 563b, diz que a democracia, radicalizada, acabaria por igualar livres e escravos, homens e mulheres.
291. Pouco se sabe das amizades de Eurípides e, portanto, não é possível entender completamente o trecho. Contudo, adiante (v. 967) ele aponta como seus "discípulos" dois homens envolvidos com o golpe oligáquico de 411 AEC: Clitofonte e Terâme-

E não era uma atitude democrática?[290]

DIONISO
                        Amigo, deixa disso,
Porque as suas amizades não são muito admiráveis nesse ponto![291]

EURÍPIDES
E ademais eu ensinei esses senhores (*aponta a plateia*) a falar...

ÉSQUILO
                                    E eu não discordo!
Quem me dera que bem antes de ensinar você inventasse de explodir!   955

EURÍPIDES
E explorar o uso de agudas réguas e as angulações de vários versos;[292]
A pensar, olhar, torcer e refletir, se apaixonar, e maquinar,
Suspeitar de qualquer trama, e também a planejar...[293]

ÉSQUILO
                                    E eu não discordo!

EURÍPIDES
Coloquei temas caseiros com que sempre convivemos e lidamos,
Com os quais me expunha à critica,[294] pois todos conheciam bem o assunto   960

---

nes (ver notas 138 e 301), o que pode indicar outras associações com esse círculo.
292. Os termos e instrumentos geométricos sublinham a influência dos filósofos em Eurípides, visto que a matemática era importante parte da educação filosófica da época (ver os equipamentos da escola de Sócrates nas *Nuvens* v. 200 ss.).
293. O poeta se refere à presença dos temas filosóficos e eróticos das tragédias de Eurípides, bem como os intricados planos de suas personagens (por exemplo, no *Hipólito*, a estratégia de Fedra para inocentar a si mesma e culpar o enteado, ver notas 35 e 329).
294. No original, "a partir das quais eu poderia ser refutado" (*ex hôn g' àn exelenkhómen*). Nova aparição do verbo *exelénkho* (ver notas 254 e 273).

ἤλεγχον ἄν μου τὴν τέχνην· ἀλλ' οὐκ ἐκομπολάκουν
ἀπὸ τοῦ φρονεῖν ἀποσπάσας, οὐδ' ἐξέπληττον αὐτούς,
Κύκνους ποιῶν καὶ Μέμνονας κωδωνοφαλαροπώλους.
γνώσει δὲ τοὺς τούτου τε κἀμοὺς ἑκατέρου μαθητάς.
τουτουμενὶ Φορμίσιος Μεγαίνετός θ' ὁ Μανῆς,   965
σαλπιγγολογχυπηνάδαι, σαρκασμοπιτυοκάμπται,
οὑμοὶ δὲ Κλειτοφῶν τε καὶ Θηραμένης ὁ κομψός.

ΔΙΟΝΥΣΟΣ
Θηραμένης; σοφός γ' ἀνὴρ καὶ δεινὸς ἐς τὰ πάντα,
ὃς ἢν κακοῖς που περιπέσῃ καὶ πλησίον παραστῇ,
πέπτωκεν ἔξω τῶν κακῶν, οὐ Χῖος ἀλλὰ Κεῖος.   970

ΕΥΡΙΠΙΔΗΣ
τοιαῦτα μέντοὐγὼ φρονεῖν
τούτοισιν εἰσηγησάμην,
λογισμὸν ἐνθεὶς τῇ τέχνῃ
καὶ σκέψιν, ὥστ' ἤδη νοεῖν

295. Em grego, aqui também se usa o verbo *elénkho* (ver nota 254).
296. Cicno e Mêmnon eram aliados dos troianos e foram mortos por Aquiles. Havia também outro Cicno, um bandido que assassinava viajantes e foi morto por Héracles. Há uma peça fragmentária de Ésquilo chamada *Mêmnon* e é possível que ao menos um dos Cicnos tenha aparecido em uma tragédia. Novamente alude-se ao teor épico, grandioso e extravagante da poesia esquiliana, comparada por Eurípides a guerreiros bárbaros.
297. No original, trata-se de palavra composta: *kodonophalarópoloi* ("sino-faceira-potros").
298. Note-se como a poesia é tratada em termos didáticos. O tema do ensino, já mencionado no antepirrema da parábase, será o cerne do discurso de Ésquilo.
299. Não se sabe quase nada com exatidão sobre Formísio, mas nas *Assembleístas* 97 usa-se seu nome em vez de "boceta", o que pode implicar que era peludo. Quanto a Megêneto, não temos qualquer outra informação, mas, no original, seu epíteto é *Manés* (ou *Mánes*). Pode-se interpretar a palavra como nome típico do oeste da Ásia Menor e de muitos escravos atenienses (que de lá se originavam) ou, na forma *Mánes*, como o nome da jogada mais baixa num dado (Pólux 7.204 s., Hesíquio μ 236) ou de uma peça pequena no *kóttabos*, um jogo de tabuleiro (Ateneu 487d). Pode se tratar de uma referência a um jogador inábil, a alguém de origem pretensamente bárbara ou a ambos.

E podiam refutar²⁹⁵ a minha arte; eu não rasgava ostentação,
Lhes tirando o raciocínio ou tentando a todo custo perturbá-los,
Pondo Cicnos nas peças, pondo Mêmnons²⁹⁶ de hípicas campânulas.²⁹⁷
E é bem fácil perceber de qual dos dois um indivíduo é aprendiz:²⁹⁸
O Formísio e Megêneto, o Manés,²⁹⁹ são desse aí, não tenha dúvida,   965
Uns barbudos de venábulos e tubas, gargalhando em torsos pinhos.³⁰⁰
Mas me segue o Clitofonte, co'o Terâmenes que chamam de sagaz.³⁰¹

DIONISO
O Terâmenes? O homem engenhoso que se vira bem com tudo?
Que, se cai numa terrível enrascada e a vê postada do seu lado,
se salva como um bom dado e não vem de um, mas de *Ceos*?³⁰²   970

PNÍGOS
EURÍPIDES (*sem parar pra respirar*)
E fui eu que os conduzi
a pensar coisas do tipo.
Pus destreza e raciocínio
nessa arte! Eles cogitam

---

300. No original, trata-se de dois termos compostos: *salpingolonkhopenádai* ("trombeta-lança-barbudos") e *sarkasmopituokámptai* ("dobra-pinheiros com os dentes arreganhados", referência a Sínis, que catapultava viajantes em pinheiros dobrados até ser morto por Teseu).
301. Sobre Terâmenes, que a princípio apoiara o golpe oligárquico, mas depois se voltara contra ele, ver nota 138. Clitofonte é provavelmente o homem que, em Platão, é associado ao filósofo Trasímaco (*Clitofonte* 406a e 410c; *República* 328b, 340a). Na *Constituição de Atenas* (29.3), atribuída a Aristóteles, ele é apontado como um dos que colaboraram para a instauração do sistema oligárquico em 411 AEC.
302. Em grego, "cai para fora dos males, não um quiense, mas um ceense" (πέπτωκεν ἔξω τῶν κακῶν, οὐ Χῖος ἀλλὰ Κεῖος). Nos jogos de dados, chamava-se "quiense" (*Khîos*, nome do morador da ilha de Quios) a jogada mais baixa e "coense" (*Kôios*, habitante da ilha de Cós) a mais alta (Hesíquio κ.4861). Em vez de "coense", no entanto, Aristófanes insere humoristicamente "ceense" (*Keîos*, da ilha de Ceos). Pode tratar-se de uma insinuação à origem ceense (atestada por Demétrio segundo um escólio e por Plutarco, em *Vida de Nícias* 2.1) e, portanto, estrangeira de Terâmenes ou de uma associação com o filósofo Pródico de Ceos. Na tradução, usei a numeração dos dados de seis lados para recuperar o trocadilho.

ἅπαντα καὶ διειδέναι 975
τά τ' ἄλλα καὶ τὰς οἰκίας
οἰκεῖν ἄμεινον ἢ πρὸ τοῦ
κἀνασκοπεῖν, "πῶς τοῦτ' ἔχει;
ποῦ μοι τοδί; τίς τοῦτ' ἔλαβε;"

ΔΙΟΝΥΣΟΣ
νὴ τοὺς θεοὺς νῦν γοῦν Ἀθη- 980
ναίων ἅπας τις εἰσιὼν
κέκραγε πρὸς τοὺς οἰκέτας
ζητεῖ τε, "ποῦ 'στιν ἡ χύτρα;
τίς τὴν κεφαλὴν ἀπεδήδοκεν
τῆς μαινίδος; τὸ τρύβλιον 985
τὸ περυσινὸν τέθνηκέ μοι·
ποῦ τὸ σκόροδον τὸ χθιζινόν;
τίς τῆς ἐλάας παρέτραγεν;"
τέως δ' ἀβελτερώτατοι
κεχηνότες μαμμάκυθοι 990
Μελιτίδαι καθῆντο.

ΧΟΡΟΣ
τάδε μὲν λεύσσεις, φαίδιμ' Ἀχιλλεῦ·
σὺ δὲ τί, φέρε, πρὸς ταῦτα λέξεις; 993a
μόνον ὅπως < Χ - U - Χ > 993b
μή σ' ὁ θυμὸς ἁρπάσας

303. Eurípides mais uma vez encarece o teor filosófico e argumentativo de suas peças, que teriam educado os atenienses e os tornado mais inteligentes.
304. No original, *mainís*, um tipo de peixe pequeno.
305. Em grego, *Melitídai*. O termo significava "estúpido", como se pode depreender de Menandro, *Escudo* 269. No entanto, sua origem é obscura: se for corrigido para a forma *Meletídai*, poderia aludir a algum Meleto famoso por sua estupidez. Outras derivações possíveis são o demo de Melita (com provável referência a Cálias, ver nota 131) e a palavra *méli* ("mel"). No entanto, o iota dessas palavras é breve, enquanto o primeiro iota de *Melitídai* se escande longo, o que cria dificuldades.

toda coisa e tudo sabem 975
coordenar, especialmente
suas casas (bem mais que antes!)
e refletem: "O que é isso?
De onde veio? Quem pegou?".³⁰³

DIONISO (*igualmente*)
Deuses, sim! E agora todo 980
cidadão que chega em casa
berra para a criadagem
e investiga: "Cadê o jarro?"
"E a cabeça da sardinha,³⁰⁴
Quem tragou?" "Já pereceu 985
A cumbuca do outro ano?"
"Onde o alho do outro dia?"
"Quem tascou as azeitonas?"
Eles que eram até ontem
boquiabertos, idiotas, 990
melitidas,³⁰⁵ tontos!³⁰⁶

ANTODE
CORO (*cantando*)
Vês isto, Aquiles grandioso?³⁰⁷
O que dirás em resposta? 993a
Mas acautela-te 993b
p'ra que a fúria não venha

---

306. Dioniso, por sua vez, ironicamente ressalta a presença de temas cotidianos na poesia euripidiana.
307. É o verso inicial dos *Mirmidões* de Ésquilo (*TrGF* fr. 131), com toda a probabilidade endereçado pelo coro ao protagonista, Aquiles. Observe-se como Ésquilo é equiparado ao protagonista de uma de suas peças mais conhecidas – e também da *Ilíada*. Além de ser o mais poderoso dos gregos que marcharam contra Troia, Aquiles era famoso por sua disposição iracunda. A equiparação não somente ilumina o caráter furioso e enérgico da personagem Ésquilo e o aspecto bélico de sua poesia, mas prenuncia seu sucesso na disputa.

ἐκτὸς οἴσει τῶν ἐλαῶν· 995
δεινὰ γὰρ κατηγόρηκεν.
ἀλλ' ὅπως, ὦ γεννάδα,
μὴ πρὸς ὀργὴν ἀντιλέξεις,
ἀλλὰ συστείλας ἄκροισι
χρώμενος τοῖς ἱστίοις 1000
εἶτα μᾶλλον μᾶλλον ἄξεις
καὶ φυλάξεις,
ἡνίκ' ἂν τὸ πνεῦμα λεῖον καὶ καθεστηκὸς λάβῃς.

ΔΙΟΝΥΣΟΣ
ἀλλ' ὦ πρῶτος τῶν Ἑλλήνων πυργώσας ῥήματα σεμνὰ
καὶ κοσμήσας τραγικὸν λῆρον, θαρρῶν τὸν κρουνὸν ἀφίει. 1005

ΑΙΣΧΥΛΟΣ
θυμοῦμαι μὲν τῇ ξυντυχίᾳ, καί μου τὰ σπλάγχν' ἀγανακτεῖ,
εἰ πρὸς τοῦτον δεῖ μ' ἀντιλέγειν· ἵνα μὴ φάσκῃ δ' ἀπορεῖν με,

308. Literalmente, "para fora das oliveiras" (*ektòs tôn elaôn*); alude-se às oliveiras que marcavam os dois lados de uma pista de corrida. Não sabemos se essa era uma característica de todas as pistas ou de alguma em especial.
309. No original, "o primeiro dos gregos a erguer como torres ditos soberbos / e a adornar o falatório trágico" (ἀλλ' ὦ πρῶτος τῶν Ἑλλήνων πυργώσας ῥήματα σεμνὰ / καὶ κοσμήσας τραγικὸν λῆρον). Apresenta-se Ésquilo como o primeiro grande poeta da tragédia. O termo *lêros* ("falatório sem sentido"; ver nota 135) é ambíguo, podendo ser referência ao estado da tragédia antes de Ésquilo ou ironia dirigida à poesia trágica como um todo. Na parábase da *Paz* (também em tetrâmetros anapésticos cataléticos), Aristófanes emprega palavras muito semelhantes para descrever a sua influência sobre a poesia cômica (748-50): "retirando essas coisas ruins, as porcarias e as piadas nada nobres, / tornou nossa arte grande e a ergueu como uma torre, construindo-a / com expressões e pensamentos grandiosos e piadas nada vulgares" (τοιαῦτ' ἀφελὼν κακὰ καὶ φόρτον καὶ βωμολοχεύματ' ἀγεννῆ / ἐπόησε τέχνην μεγάλην ἡμῖν κἀπύργωσ' οἰκοδομήσας / ἔπεσιν μεγάλοις καὶ διανοίαις καὶ σκώμμασιν οὐκ ἀγοραίοις,). Talvez o poeta esteja associando a personagem Ésquilo a sua própria figura, o que seria outro prognóstico positivo para o destino do tragediógrafo no *agón*.
310. Em 424 AEC, nos *Cavaleiros* 526-8, Aristófanes já usara a metáfora da torrente para descrever a poesia de seu grande rival, o poeta cômico Cratino (ver nota

e te arrebate da pista:³⁰⁸ 995
a acusação é terrível!
Mas tu, homem de estirpe,
sem ira dá-lhe a resposta,
e, ao recolher tuas velas,
tem apenas as bordas, 1000
de pouco em pouco zarpando;
guarda o momento
no qual tiveres o vento já plano, sem turbação.

ANTIKATAKELEUSMÓS
DIONISO (falando para Ésquilo)
Mas tu, em meio aos gregos, o primeiro a erigir palavras majestosas
E ornamentar o lero da tragédia,³⁰⁹ coragem! Liberta a torrente!³¹⁰ 1005

ANTEPIRREMA
ÉSQUILO
Deixa-me indignado este infortúnio, e encoleriza-me as estranhas
Que eu deva responder-lhe. Para que não diga que estou sem argumentos...

95): "Depois [o poeta] lembrou de Cratino, que outrora fluindo entre muitos elogios / corria em meio às planícies lisas e, arrancando com raiz e tudo / as árvores, os plátanos e os inimigos do lugar, os carregava" (εἶτα Κρατίνου μεμνημένος, ὃς πολλῷ ῥεύσας ποτ' ἐπαίνῳ / διὰ τῶν ἀφελῶν πεδίων ἔρρει, καὶ τῆς στάσεως παρασύρων / ἐφόρει τὰς δρῦς καὶ τὰς πλατάνους καὶ τοὺς ἐχθροὺς προθελύμνους.). No ano seguinte, em resposta a Aristófanes, Cratino também teria se caracterizado assim na peça *Cantil* (fr. 198 K-A): "Estrondam as fontes, a boca tem doze torrentes, / há um [rio] Iliso na garganta! O que mais eu poderia dizer? / se alguém não tapar sua boca, tudo aqui se inundará de criação poética" (ἄναξ Ἄπολλον, τῶν ἐπῶν τῶν ῥευμάτων. / καναχοῦσι πηγαί, δωδεκάκρουνον τὸ στόμα, / Ἰλισὸς ἐν τῇ φάρυγι· τί ἂν εἴποιμ' ἔτι; / εἰ μὴ γὰρ ἐπιβύσει τις αὐτοῦ τὸ στόμα, / ἅπαντα ταῦτα κατακλύσει ποιήμασιν). Talvez Cratino fosse conhecido por ter usado essa imagem ao longo da carreira para descrever sua poesia. De qualquer maneira, Aristófanes parece associar aqui as figuras de Ésquilo e Cratino, dois poetas antigos e respeitados em seus respectivos gêneros. Mais tarde, na poesia helenística e latina, o rio caudaloso será símbolo de elocução abundante, seja no bom sentido (Horácio, *Odes* 4.2.5-8), seja no mau (Calímaco, *Hinos* 2.107-12; Horácio, *Sátiras* 1.4.11).

ἀπόκριναί μοι, τίνος οὕνεκα χρὴ θαυμάζειν ἄνδρα ποιητήν;

ΕΥΡΙΠΙΔΗΣ
δεξιότητος καὶ νουθεσίας, ὅτι βελτίους τε ποιοῦμεν
τοὺς ἀνθρώπους ἐν ταῖς πόλεσιν.

ΑΙΣΧΥΛΟΣ
τοῦτ' οὖν εἰ μὴ πεποίηκας, 1010
ἀλλ' ἐκ χρηστῶν καὶ γενναίων μοχθηροτάτους ἀπέδειξας,
τί παθεῖν φήσεις ἄξιος εἶναι;

ΔΙΟΝΥΣΟΣ
τεθνάναι· μὴ τοῦτον ἐρώτα.

ΑΙΣΧΥΛΟΣ
σκέψαι τοίνυν οἵους αὐτοὺς παρ' ἐμοῦ παρεδέξατο πρῶτον,
εἰ γενναίους καὶ τετραπήχεις, καὶ μὴ διαδρασιπολίτας,
μηδ' ἀγοραίους μηδὲ κοβάλους ὥσπερ νῦν μηδὲ πανούργους, 1015
ἀλλὰ πνέοντας δόρυ καὶ λόγχας καὶ λευκολόφους τρυφαλείας
καὶ πήληκας καὶ κνημῖδας καὶ θυμοὺς ἑπταβοείους.

ΕΥΡΙΠΙΔΗΣ
καὶ δὴ χωρεῖ τουτὶ τὸ κακόν· κρανοποιῶν αὖ μ' ἐπιτρίψει.
καὶ τί σὺ δράσας οὕτως αὐτοὺς γενναίους ἐξεδίδαξας;

---

311. No original há duas palavras compostas: *tetrapékheis* ("quatricovádeos", "de quatro côvados", mais ou menos 1,78m, uma grande estatura para a época – o côvado media cerca de 0,444m) e *diadrasipolítai* ("desertores-cidadãos").
312. No original, o adjetivo é termo composto: *leukólophoi truphaleíai* ("alvicríneos elmos").

(*para Eurípides*) Fala: por qual razão é necessário que admiremos os poetas?

EURÍPIDES
Por sua habilidade e seus conselhos: porque tornamos as pessoas
Melhores entre os seus concidadãos.

ÉSQUILO
         E se você nu'agiu assim,   1010
Mas fez dos nobres e dos valorosos safados da pior espécie,
Você merece o quê?

DIONISO (*interrompendo*)
      Morrer, é claro! Pra que fazer essa pergunta?

ÉSQUILO
Então repara em qual caráter tinham quando ele os recebeu de mim:
De boa estirpe, um metro e oitenta, e não uns cidadãos da deserção![311]
Nem eram vigaristas, trambiqueiros como hoje em dia, ou picaretas, 1015
Mas exalavam hastas, lanças e alvos penachos[312] recobrindo os elmos,
Cimeiras, grevas, ânimos eris forrados de sete peles táureas.[313]

EURÍPIDES
Assim caminha a praga! Ele me mata co'a forjação de capacetes!
E como você fez para ensiná-los a se tornar tão bons fidalgos?

(*Ésquilo ignora a pergunta.*)

---

313. Em grego, é palavra composta, *heptabóeioi* ("setecôureos", "feitos do couro de sete bois"), usada em Homero para descrever o grande escudo de Ájax, depois de Aquiles, o mais forte dos gregos em Troia (por exemplo, na *Ilíada* 7.220).

ΔΙΟΝΥΣΟΣ
Αἰσχύλε λέξον, μηδ' αὐθάδως σεμνυνόμενος χαλέπαινε. 1020

ΑΙΣΧΥΛΟΣ
δρᾶμα ποιήσας Ἄρεως μεστόν.

ΔΙΟΝΥΣΟΣ
ποῖον;

ΑΙΣΧΥΛΟΣ
τοὺς ἕπτ' ἐπὶ Θήβας·
ὃ θεασάμενος πᾶς ἄν τις ἀνὴρ ἠράσθη δάιος εἶναι.

ΔΙΟΝΥΣΟΣ
τουτὶ μέν σοι κακὸν εἴργασται· Θηβαίους γὰρ πεποίηκας
ἀνδρειοτέρους ἐς τὸν πόλεμον, καὶ τούτου γ' οὕνεκα τύπτου.

ΑΙΣΧΥΛΟΣ
ἀλλ' ὑμῖν αὔτ' ἐξῆν ἀσκεῖν, ἀλλ' οὐκ ἐπὶ τοῦτ' ἐτράπεσθε. 1025
εἶτα διδάξας Πέρσας μετὰ τοῦτ' ἐπιθυμεῖν ἐξεδίδαξα
νικᾶν ἀεὶ τοὺς ἀντιπάλους, κοσμήσας ἔργον ἄριστον.

314. O deus da guerra. Ésquilo encarece a belicosidade e valentia que sua poesia instila nos atenienses, qualidades consideradas necessárias num momento crítico da Guerra do Peloponeso.
315. Uma das tragédias esquilianas que chegaram até nossos dias. Narra a guerra entre os filhos de Édipo, Etéocles e Polinices, pelo controle de Tebas.
316. Tebas era um dos principais inimigos de Atenas na Guerra do Peloponeso (ver nota introdutória).
317. No original, "tendo ensinado os *Persas*" (*didáxas Pérsas*). No século V AEC, o verbo *didásko* ("ensinar") podia ser aplicado a uma peça ou apresentação coral no sentido de "montar", "dirigir" (provavelmente por metonímia, pois, para

DIONISO
Ésquilo, diga logo! Não me fique fazendo pose e se irritando! 1020

ÉSQUILO
Fiz uma peça carregada de Ares.[314]

DIONISO
　　　　　　　　　　Mas qual?

ÉSQUILO
　　　　　　　　　　　　　　Os *Sete contra Tebas*.[315]
E ao vê-la, todo homem tinha anseio de se tornar beligerante.

DIONISO
É justamente aí que está seu erro! Pois tornou Tebas mais valente
Para lutar na guerra![316] Então, por isso, você merece um bom cascudo!
(*Ameaça bater em Ésquilo.*)

ÉSQUILO
Vocês podiam ter se exercitado, mas não quiseram praticar. 1025
Depois, treinando o coro[317] para os *Persas*,[318] eu nos treinei a querer sempre
Derrotar o inimigo, ornamentando um feito de enorme valentia.[319]

---

　　que a peça acontecesse, era necessário que alguém a "ensinasse" ao coro e aos
　　atores). Aristófanes brinca aqui com a polissemia da palavra, relacionando a
　　própria montagem da tragédia com a finalidade didática que tanto Ésquilo
　　como Eurípides lhe atribuem.
318. Outra tragédia de Ésquilo que sobreviveu completa. Representa o retorno de
　　Xerxes, rei dos persas, após a derrota decisiva de sua frota na batalha de Sala-
　　mina, em que enfrentara os gregos, liderados pelos atenienses. Sobre as Guer-
　　ras Médicas, ver nota introdutória.
319. Isto é, a vitória dos gregos, liderados pelos atenienses, em Salamina.

ΔΙΟΝΥΣΟΣ
† ἐχάρην γοῦν, ἡνίκ' ἤκουσα περὶ Δαρείου τεθνεῶτος †,
ὁ χορὸς δ' εὐθὺς τὼ χεῖρ' ὡδὶ συγκρούσας εἶπεν "ἰαυοῖ".

ΑΙΣΧΥΛΟΣ
ταῦτα γὰρ ἄνδρας χρὴ ποιητὰς ἀσκεῖν. σκέψαι γὰρ ἀπ' ἀρχῆς   1030
ὡς ὠφέλιμοι τῶν ποιητῶν οἱ γενναῖοι γεγένηνται.
Ὀρφεὺς μὲν γὰρ τελετάς θ' ἡμῖν κατέδειξε φόνων τ' ἀπέχεσθαι,
Μουσαῖος δ' ἐξακέσεις τε νόσων καὶ χρησμούς, Ἡσίοδος δὲ
γῆς ἐργασίας, καρπῶν ὥρας, ἀρότους· ὁ δὲ θεῖος Ὅμηρος
ἀπὸ τοῦ τιμὴν καὶ κλέος ἔσχεν πλὴν τοῦδ' ὅτι χρήστ' ἐδίδαξεν,   1035
τάξεις ἀρετὰς ὁπλίσεις ἀνδρῶν;

ΔΙΟΝΥΣΟΣ
                    καὶ μὴν οὐ Παντακλέα γε
ἐδίδαξεν ὅμως τὸν σκαιότατον· πρώην γοῦν, ἡνίκ' ἔπεμπεν,
τὸ κράνος πρῶτον περιδησάμενος τὸν λόφον ἤμελλ' ἐπιδήσειν.

---

320. Os manuscritos trazem a expressão "quando ouvi a respeito da morte de Dario" (*heník' ékousa perì Dareíou tethneôtos*), amétrica e não condizente com o enredo da peça, em que não se ouve a respeito da morte do pai de Xerxes. Adoto a correção de Tyrell: "quando gemeste, filho de Dario" (*heník' ekókusas, paî Dareíou, apud* DOVER 1993: 320).

321. O original tem apenas a interjeição *iauoî*, estranha ao grego e que não consta na peça de Ésquilo. Aristófanes pode ter dado ao trecho um sotaque persa, uma vez que o ditongo *au* comparece algumas vezes nas falas de personagens bárbaras (*Iaonaû*, "grego" nos *Acarnenses* v. 104, e *kórauna, basilinaû*, "menina", "rainha", nas *Aves* v. 1678). Dei ao trecho, portanto, um sotaque estrangeiro.

322. No original, "que os nobres dentre os poetas têm sido úteis" (ὡς ὠφέλιμοι τῶν ποιητῶν οἱ γενναῖοι γεγένηνται). Existe um jogo entre as palavras *gennaîoi* ("nobres") e *gegénentai* ("se tornaram"), de mesma raiz (*gen-*) que parece insinuar que a utilidade de um poeta se relaciona à sua nobreza (de caráter e de ascendência).

DIONISO
Eu exultei quando você gemeu, ó filho de Dario, o morto![320]
Batendo palma assim,
(*Bate palmas e dança.*)
o coro logo dizia: "*ó, imenzo desventurra!*"[321]

ÉSQUILO
Varões poetas têm de praticar tais temas. Repare: desde sempre   1030
Têm se provado proveitosos os poetas que são de boa estirpe.[322]
Pois foi Orfeu[323] quem ensinou os Mistérios e a se abster dos morticínios,
Museu,[324] a cura das enfermidades e as predições; ensina Hesíodo
Terras lavradas, estações dos frutos, aragens,[325] e o divino Homero
Não teve honra e glória justamente porque ensinava o valoroso: 1035
Formações, valentias e armamento dos homens?

DIONISO
                                       Esqueceu do Pântacles,[326]
O atrapalhado, que outro dia desses estava numa procissão
E só lembrou de colocar a crista quando já tinha posto o elmo!

---

323. Poeta mítico, conhecido por falhar na tentativa de resgatar sua amada, Eurídice, do Hades. Na época de Aristófanes, havia poemas atribuídos a ele, que tratavam de cosmogonia e cosmologia. Também existiam os chamados Mistérios Órficos, que ofereciam purificação e uma vida feliz após a morte. Ademais, no trecho, atribui-se a ele a interdição do assassinato. Horácio imita a passagem na *Arte Poética* 391-407, iniciando por Orfeu uma lista de grandes poetas e seus benefícios à humanidade.
324. Museu era uma figura mítica relacionada aos Mistérios Eleusinos e a ele se atribuíam poemas cosmogônicos, hinos, prescrições de purificação e compilações de oráculos. Nenhum outro autor associa a ele a cura de doenças.
325. Referência à matéria do poema *Trabalhos e Dias*, que trata do cultivo da terra.
326. Nada mais se sabe sobre esse homem, cuja falta de jeito também Êupolis aponta (fr. 318 K-A). Talvez ele seja o treinador de coros de meninos mencionado por Antifonte 6.11.

ΑΙΣΧΥΛΟΣ
ἀλλ' ἄλλους τοι πολλοὺς ἀγαθούς, ὧν ἦν καὶ Λάμαχος ἥρως·
ὅθεν ἡμὴ φρὴν ἀπομαξαμένη πολλὰς ἀρετὰς ἐποίησεν, 1040
Πατρόκλων, Τεύκρων θυμολεόντων, ἵν' ἐπαίροιμ' ἄνδρα πολίτην
ἀντεκτείνειν αὐτὸν τούτοις, ὁπόταν σάλπιγγος ἀκούσῃ.
ἀλλ' οὐ μὰ Δί' οὐ Φαίδρας ἐποίουν πόρνας οὐδὲ Σθενεβοίας,
οὐδ' οἶδ' οὐδεὶς ἥντιν' ἐρῶσαν πώποτ' ἐποίησα γυναῖκα.

ΕΥΡΙΠΙΔΗΣ
μὰ Δί' οὐ γὰρ ἐπῆν τῆς Ἀφροδίτης οὐδέν σοι.

ΑΙΣΧΥΛΟΣ
                                    μηδέ γ' ἐπείη.   1045
ἀλλ' ἐπί τοι σοὶ καὶ τοῖς σοῖσιν πολλὴ πολλοῦ 'πικαθῆτο,
ὥστε γε καὐτόν σε κατ' οὖν ἔβαλεν.

327. General bem-sucedido na primeira parte da Guerra do Peloponeso. Quando vivo, foi satirizado por Aristófanes nos *Acarnenses*; agora, depois de sua morte na expedição da Sicília (ver nota introdutória), é mencionado como um herói, nome que os gregos davam aos homens que eram venerados depois de mortos, por causa de seus feitos.
328. Em grego é termo composto, *thumoléontes* ("coração de leão").
329. Fedra (ver nota 35), esposa de Teseu que se apaixonou pelo enteado, Hipólito. Eurípides fez duas versões dessa peça, *Hipólito Encoberto* e *Hipólito Coroado*. Na primeira, que não chegou até nós, Fedra provavelmente declarava-se em pessoa, o que seria chocante para audiência da época. Na segunda versão, a ama de Fedra faz o intermédio entre a senhora e Hipólito. De qualquer modo, frente à reação indignada de Hipólito, Fedra teme por sua reputação e se suicida, antes escrevendo uma carta a Teseu dizendo que se matou porque Hipólito tentou violentá-la. Furioso, Teseu usa, para matar Hipólito, um desejo que Posídon lhe havia concedido, descobrindo tarde demais o que realmente havia ocorrido. Estenebeia, esposa do rei Preto, heroína da tragédia fragmentária homônima, se apaixona pelo hóspede do marido, Belerofonte. A história

ÉSQUILO
Mas ensinou a muitos outros nobres, dentre eles Lâmaco, o herói,[327]
Moldadas em Homero, minha mente compôs inúmeras bravuras   1040
De Pátroclos, de Teucros leoninos[328], pra que eu levasse o cidadão
A se espelhar em tais varões a cada vez que as trombetas ressoassem.
Mas, por Zeus! Não compus nenhuma Fedra puta, nenhuma Estenebeia,[329]
E todos sabem que jamais compus alguma mulher apaixonada![330]

EURÍPIDES
Por Zeus! Não se assentava nada de Afrodite em você!

ÉSQUILO
                                                    E nunca se assente! 1045

Mas, em você e nos seus, havia muita, muita Afrodite se sentando![331]
Tanto que até jogou você no chão!

    é primeiramente citada na *Ilíada* 6.160-165, em que a rainha se chama Anteia
e, ao ter seu amor recusado, acusa Belerofonte de tentativa de estupro. Noutra
versão, ela se suicida no fim da história, quando, apesar do plano, Belerofonte
sai ileso (Higino 57,5; 243,2). Outra fonte (um escólio a Gregório de Corinto)
diz que, na peça de Eurípides, Belerofonte mataria Estenebeia (*TrGF* test. ii a).
330. Poder-se-ia apontar a Clitemnestra do *Agamêmnon*, que tem na relação com
Egisto um motivo para querer matar o marido. No entanto, sua principal motivação é a vingança pelo sacrifício da filha, Ifigênia.
331. No original, Eurípides diz que não havia nada de Afrodite sobre Ésquilo (μὰ Δί',
οὐδὲ γὰρ ἦν τῆς Ἀφροδίτης οὐδέν σοι), ao que Ésquilo responde que, por outro
lado, muitíssima Afrodite se sentaria sobre Eurípides e seus familiares (ἀλλ'
ἐπὶ σοί τοι καὶ τοῖς σοῖσιν πολλὴ πολλοῦ 'πικαθῆτο). Eurípides usa o verbo *épeimi* ("haver sobre", usado, por exemplo, para dizer que há beleza ou charme em
alguém), que Ésquilo transforma num literal *epikáthemai* ("sentar-se sobre"),
criando uma imagem concreta e obscena de Afrodite sentando sobre o adversário. Sobre a família de Eurípides, ver abaixo.

ΔΙΟΝΥΣΟΣ
νὴ τὸν Δία τοῦτό γέ τοι δή.
ἃ γὰρ ἐς τὰς ἀλλοτρίας ἐποίεις, αὐτὸς τούτοισιν ἐπλήγης.

ΕΥΡΙΠΙΔΗΣ
καὶ τί βλάπτουσ' ὦ σχέτλι' ἀνδρῶν τὴν πόλιν ἁμαὶ Σθενέβοιαι;

ΑΙΣΧΥΛΟΣ
ὅτι γενναίας καὶ γενναίων ἀνδρῶν ἀλόχους ἀνέπεισας   1050
κώνεια πιεῖν αἰσχυνθείσας διὰ τοὺς σοὺς Βελλεροφόντας.

ΕΥΡΙΠΙΔΗΣ
πότερον δ' οὐκ ὄντα λόγον τοῦτον περὶ τῆς Φαίδρας ξυνέθηκα;

ΑΙΣΧΥΛΟΣ
μὰ Δί' ἀλλ' ὄντ'· ἀλλ' ἀποκρύπτειν χρὴ τὸ πονηρὸν τόν γε ποιητήν,
καὶ μὴ παράγειν μηδὲ διδάσκειν. τοῖς μὲν γὰρ παιδαρίοισιν
ἔστι διδάσκαλος ὅστις φράζει, τοῖσιν δ' ἡβῶσι ποιηταί.   1055
πάνυ δὴ δεῖ χρηστὰ λέγειν ἡμᾶς.

ΕΥΡΙΠΙΔΗΣ
ἢν οὖν σὺ λέγῃς Λυκαβηττοὺς
καὶ Παρνασσῶν ἡμῖν μεγέθη, τοῦτ' ἐστὶ τὸ χρηστὰ διδάσκειν,
ὃν χρῆν φράζειν ἀνθρωπείως;

332. O original é ainda mais vago: "sofreu você mesmo as coisas que compôs sobre as mulheres dos outros" (ἃ γὰρ εἰς τὰς ἀλλοτρίας ἐπόεις, αὐτὸς τούτοισιν ἐπλήγης). Nas *Tesmoforiantes*, Eurípides é acusado pelas mulheres de caluniá--las, imputando-lhes toda espécie de crimes, dentre os quais o adultério. Nessa passagem, parece estar implícito um pretenso adultério cometido pela mulher de Eurípides. Uma vida anônima do poeta (*Vida de Eurípides* 6) diz que Cefisofonte teria seduzido sua esposa (ver nota 286).
333. Ao longo da peça, mostra-se a *peithó* ("persuasão", "convencimento"), elemento essencial da oratória, como característica da tragédia de Eurípides.

DIONISO

                         Por Zeus! Isso lá é bem verdade!
(*para Eurípides*) Escreveu tanto da mulher dos outros que no final sofreu
                                                                   [co'a sua!][332]

EURÍPIDES
Por que corrompem a cidade as minhas Estenebeias, desgraçado?

ÉSQUILO
Porque você persuadiu[333] as nobres consortes de maridos nobres   1050
A que bebam cicuta por vergonha, em nome dos seus Belerofontes![334]

EURÍPIDES
E por acaso eu inventei a história que nos contaram sobre Fedra?

ÉSQUILO
Não inventou, mas os poetas devem deixar oculto o que é canalha,
Sem colocar no palco ou ensiná-lo;[335] pois, para os menininhos novos,
É o professor quem dá as explicações, mas para os adultos é o poeta.   1055
Devemos lhes mostrar o valoroso!

EURÍPIDES
                                Quando você nos diz grandezas
De Licabetos e Parnasos,[336] isso é lhes ensinar o valoroso?
Você nem fala que nem gente!

---

334. Ver nota 329 acima.
335. Em grego, trata-se do verbo *didásko*, que, além de "ensinar" pode significar "encenar"; ver nota 317.
336. Licabeto é um monte com menos de 300 metros ao leste da acrópole de Atenas. Parnaso é uma montanha da Fócida, com 2400 metros de altura. No original, Eurípides se refere provavelmente às enormes palavras compostas de Ésquilo.

ΑΙΣΧΥΛΟΣ
ἀλλ' ὦ κακόδαιμον ἀνάγκη
μεγάλων γνωμῶν καὶ διανοιῶν ἴσα καὶ τὰ ῥήματα τίκτειν.
κἄλλως εἰκὸς τοὺς ἡμιθέους τοῖς ῥήμασι μείζοσι χρῆσθαι· 1060
καὶ γὰρ τοῖς ἱματίοις ἡμῶν χρῶνται πολὺ σεμνοτέροισιν.
ἁμοῦ χρηστῶς καταδείξαντος διελυμήνω σύ.

ΕΥΡΙΠΙΔΗΣ
τί δράσας;

ΑΙΣΧΥΛΟΣ
πρῶτον μὲν τοὺς βασιλεύοντας ῥάκι' ἀμπισχών, ἵν' ἐλεινοὶ
τοῖς ἀνθρώποις φαίνοιντ' εἶναι.

ΕΥΡΙΠΙΔΗΣ
τοῦτ' οὖν ἔβλαψα τί δράσας;

ΑΙΣΧΥΛΟΣ
οὔκουν ἐθέλει γε τριηραρχεῖν πλουτῶν οὐδεὶς διὰ ταῦτα, 1065
ἀλλὰ ῥακίοις περιειλάμενος κλάει καὶ φησὶ πένεσθαι.

ΔΙΟΝΥΣΟΣ
νὴ τὴν Δήμητρα χιτῶνά γ' ἔχων οὔλων ἐρίων ὑπένερθεν.
κἂν ταῦτα λέγων ἐξαπατήσῃ, παρὰ τοὺς ἰχθῦς ἀνέκυψεν.

---

337. Além das indumentárias de suas personagens trágicas, Ésquilo pode estar se referindo às descrições dos heróis na epopeia.
338. Aqui, Ésquilo realiza o mesmo jogo etimológico entre o verbo *khráomai* ("usar", "se valer") e o adjetivo *khrestós* ("valoroso") que se encontrava no antepirrema da parábase (ver nota 199).
339. Ver nota 246.

ÉSQUILO

                      O quê?! Seu imbecil! É necessário
De ideias e sentenças grandiosas parir uma expressão que as puxe!
Ademais, cabe aos semideuses se valer de palavras mais altivas,   1060
Porque também se valem de indumentos bem mais solenes do que os nossos.[337]
Mas o que introduzi tão valorosamente[338] você arruinou!

EURÍPIDES

                                   E como?

ÉSQUILO

Primeiro pôs nos grandes reis uns trapos,[339] só para que eles parecessem
Mais miseráveis pros espectadores.

EURÍPIDES

                    E o que há de errado em fazer isso?

ÉSQUILO

Por causa disso, os ricos já não querem pagar pra comandar trirremes,   1065
Mas se empacotam nuns farrapos velhos e saem chorando que são pobres.[340]

DIONISO

Sim, por Deméter! E debaixo disso, vestem casacos de lã grossa!
Depois que nos enganam[341] co'essa história, despontam pra comprar seus
                                                                  [peixes![342]

---

340. Os cidadãos mais ricos de Atenas eram apontados como comandantes de trirremes (trierarcas) e encarregados de providenciar sua manutenção (ver nota 114).
341. Ainda que esse argumento seja um exagero cômico, ele ainda está de acordo com o discurso de Ésquilo, que acusa Eurípides de incentivar as discussões, os argumentos e a disposição ao engano e ao vício.
342. Os peixes eram um alimento caro.

ΑΙΣΧΥΛΟΣ
εἶτ' αὖ λαλιὰν ἐπιτηδεῦσαι καὶ στωμυλίαν ἐδίδαξας,
ἣ 'ξεκένωσεν τάς τε παλαίστρας καὶ τὰς πυγὰς ἐνέτριψεν   1070
τῶν μειρακίων στωμυλλομένων, καὶ τοὺς Παράλους ἀνέπεισεν
ἀνταγορεύειν τοῖς ἄρχουσιν. καίτοι τότε γ' ἡνίκ' ἐγὼ 'ζων,
οὐκ ἠπίσταντ' ἀλλ' ἢ μᾶζαν καλέσαι καὶ "ῥυππαπαῖ" εἰπεῖν.

ΔΙΟΝΥΣΟΣ
νὴ τὸν Ἀπόλλω, καὶ προσπαρδεῖν γ' ἐς τὸ στόμα τῷ θαλάμακι,
καὶ μινθῶσαι τὸν ξύσσιτον κἀκβάς τινα λωποδυτῆσαι·   1075
νῦν δ' ἀντιλέγει κοὐκέτ' ἐλαύνων πλεῖ δευρὶ καὖθις ἐκεῖσε.

ΑΙΣΧΥΛΟΣ
ποίων δὲ κακῶν οὐκ αἴτιός ἐστ';
οὐ προαγωγοὺς κατέδειξ' οὗτος,
καὶ τικτούσας ἐν τοῖς ἱεροῖς,   1080
καὶ μιγνυμένας τοῖσιν ἀδελφοῖς,
καὶ φασκούσας οὐ ζῆν τὸ ζῆν;

343. Ver nota 194.
344. Ver nota 333.
345. Um dos dois navios usados por Atenas em emergências. Sua tripulação se demonstrou uma ferrenha defensora da democracia durante o golpe oligárquico de 411 AEC (Tucídides 8.73.5-6).
346. De acordo com esse retrato, ao incentivar o debate, Eurípides também incitaria a discórdia civil, atitude criticada pelo coro no párodo (359-60) e na parábase. Observe-se que Ésquilo aponta o efeito nocivo da poesia euripidiana tanto sobre os mais ricos como sobre os mais pobres, sublinhando a disfunção de seus deveres navais: aqueles não quereriam mais financiar e comandar as trirremes, estes já não seriam uma tripulação obediente. Trata-se de uma acusação severa, pois a frota era a base tanto do império como da democracia atenienses (Pseudo-Xenofonte, *Constituição de Atenas* 1.2; Aristóteles, *Política* 1291b23-24).
347. No original, trata-se de uma interjeição (*rhupapaî*), provavelmente emitida pelos marinheiros enquanto remavam.
348. Em grego, fala-se dos *thalámakes*, os marujos que se sentavam no *thálamos*, os assentos inferiores das trirremes, e recebiam o menor pagamento. Eles fica-

ÉSQUILO
Você também os ensinou a moda do falatório e das matracas!
E essa mania esvaziou as palestras,[343] amoleceu todas as bundas   1070
Dos rapazinhos matracões e convenceu[344] os marujos da trirreme
Páralo[345] a questionar os comandantes.[346] Contudo, quando eu era vivo,
Sabiam só pedir um bolo de cevada e dizer: "Remando! Oa!"[347]

DIONISO
Verdade! Sem falar que eles peidavam na boca de quem rema embaixo,[348]
Roçavam bosta nos parceiros de marmita e roubavam roupa em terra![349]   1075
Agora eles questionam e navegam de um lado ao outro sem remar![350]

ANTIPNÍGOS
ÉSQUILO (*sem parar para respirar*)
Qual foi o crime que esse aqui não fez?
Nu'introduziu as cafetinas dele?[351]
Ou as mulheres tendo filho em templos?[352]   1080
Ou as irmãs que dormem c'os irmãos?[353]
Ou as que dizem que nu'é vida a vida?[354]

    vam com o rosto muito próximo ao traseiro dos remadores sentados nos bancos superiores, o que poderia gerar a situação descrita no trecho.
349. Apesar do tom elogioso com que a peça em geral fala do passado, Aristófanes, na voz de Dioniso, não poupa zombarias com os rudes costumes antigos.
350. Isto é, só navegam usando as velas.
351. Possível referência à ama do *Hipólito*, que serve de mediadora entre Fedra e o enteado (ver nota 35).
352. A sacerdotisa de Atena, Auge, na peça fragmentária homônima, é seduzida ou violentada por Héracles e, grávida dele, concebe Télefo em um santuário da deusa. Fazê-lo era um tabu entre os gregos.
353. Referência ao amor dos irmãos Macareu e Cânace na tragédia fragmentária *Éolo* (ver nota 250).
354. Sabemos que a ideia foi expressa ao menos nas fragmentárias *Frixo* (*TrGF* fr. 833: "Quem sabe se o que se chama morrer não é viver / e a viver não é morrer?"; τίς δ' οἶδεν εἰ ζῆν τοῦθ' ὃ κέκληται θανεῖν, / τὸ ζῆν δὲ θνήσκειν ἐστί;) e *Poliido* (*TrGF* fr. 638: "Quem sabe se viver é morrer, / e se morrer é considerado viver nos subterrâneos?"; τίς δ' οἶδεν εἰ τὸ ζῆν μέν ἐστι κατθανεῖν,/τὸ κατθανεῖν δὲ ζῆν κάτω νομίζεται;).

κᾆτ' ἐκ τούτων ἡ πόλις ἡμῶν
ὑπογραμματέων ἀνεμεστώθη
καὶ βωμολόχων δημοπιθήκων   1085
ἐξαπατώντων τὸν δῆμον ἀεί,
λαμπάδα δ' οὐδεὶς οἷός τε φέρειν
ὑπ' ἀγυμνασίας ἔτι νυνί.

ΔΙΟΝΥΣΟΣ
μὰ Δί' οὐ δῆθ', ὥστ' ἐπαφαυάνθην
Παναθηναίοισι γελῶν, ὅτε δὴ   1090
βραδὺς ἄνθρωπός τις ἔθει κύψας
λευκὸς πίων ὑπολειπόμενος
καὶ δεινὰ ποιῶν· κᾆθ' οἱ Κεραμῆς
ἐν ταῖσι πύλαις παίουσ' αὐτοῦ
γαστέρα πλευρὰς λαγόνας πυγήν,   1095
ὁ δὲ τυπτόμενος ταῖσι πλατείαις
ὑποπερδόμενος
φυσῶν τὴν λαμπάδ' ἔφευγεν.

ΧΟΡΟΣ
μέγα τὸ πρᾶγμα, πολὺ τὸ νεῖκος, ἁδρὸς ὁ πόλεμος ἔρχεται.
χαλεπὸν οὖν ἔργον διαιρεῖν, ὅταν ὁ μὲν τείνῃ βιαίως,   1100-1
ὁ δ' ἐπαναστρέφειν δύνηται κἀπερείδεσθαι τορῶς.
ἀλλὰ μὴ ν' ταὐτῷ κάθησθον·
εἰσβολαὶ γάρ εἰσι πολλαὶ χἄτεραι σοφισμάτων.
ὅ τι περ οὖν ἔχετον ἐρίζειν,   1105

---

355. No original, *hupogrammateîs*, pessoas contratadas como assistentes dos secretários (*grammateîs*) eleitos do Conselho, da Assembleia ou outros grupos deliberativos. Era uma função vista com desprezo.
356. Em vez de "demagogos", *demagogoí* (ver nota introdutória); em grego o termo é *demopíthekoi*, "macacos do povo".
357. Trata-se da *lampadephoría*; ver nota 41.
358. A *lampadephoría* acontecia nesse festival (ver nota 41).

E desde então nossa cidade encheu-se
de secretários assistentes[355] torpes,
de demacacos[356] que só são palhaços   1085
e não se cansam de enganar o povo,
e agora, pela falta de exercício,
ninguém mais corre com a tocha.[357]

DIONISO (*igualmente*)
Por Zeus que não! Mas definhei de rir
no Festival Panatenaico,[358] quando   1090
chegou correndo um homem mais que lerdo:
branquelo, gordo, torto, atrás de todos,
indo tão mal na coisa que o Cerâmico[359]
inteiro foi socá-lo nos portões:
na pança, na costela – lado e bunda;   1095
então, surrado à mão aberta,[360] o homem
numa peidola
apaga a tocha, e sai correndo.[361]

CANTO CORAL
CORO
É grande o fato, profusa é a luta, espessa a batalha.
Julgar o feito é difícil, pois um dos dois se adianta com violência 1100-1
já o outro volta-se presto contra-atacando com viço.
Vocês, não fiquem parados!
Pois numerosos embates de engenho estão por chegar.
Digam, persigam, dissequem   1105

---

359. O demo ateniense onde se encerrava a *lampadephoría* (ver nota 41).
360. Provavelmente se trata de um castigo tradicional aplicado aos retardatários da *lampadephoría*.
361. Repare-se na semelhança da figura descrita aqui com o euripidiano Dioniso da primeira parte da peça.

λέγετον, ἔπιτον, ἀνά <δὲ> δέρετον
τά τε παλαιὰ καὶ τὰ καινά,
κἀποκινδυνεύετον λεπτόν τι καὶ σοφὸν λέγειν.

εἰ δὲ τοῦτο καταφοβεῖσθον, μή τις ἀμαθία προσῇ
τοῖς θεωμένοισιν, ὡς τὰ λεπτὰ μὴ γνῶναι λεγόντοιν, 1110-1
μηδὲν ὀρρωδεῖτε τοῦθ', ὡς οὐκέθ' οὕτω ταῦτ' ἔχει.
ἐστρατευμένοι γάρ εἰσι,
βιβλίον τ' ἔχων ἕκαστος μανθάνει τὰ δεξία·
αἱ φύσεις τ' ἄλλως κράτισται, 1115
νῦν δὲ καὶ παρηκόνηνται.
μηδὲν οὖν δείσητον, ἀλλὰ
πάντ' ἐπέξιτον, θεατῶν γ' οὕνεχ', ὡς ὄντων σοφῶν.

ΕΥΡΙΠΙΔΗΣ
καὶ μὴν ἐπ' αὐτοὺς τοὺς προλόγους σου τρέψομαι,
ὅπως τὸ πρῶτον τῆς τραγῳδίας μέρος 1120
πρώτιστον αὐτοῦ βασανιῶ τοῦ δεξιοῦ.
ἀσαφὴς γὰρ ἦν ἐν τῇ φράσει τῶν πραγμάτων.

ΔΙΟΝΥΣΟΣ
καὶ ποῖον αὐτοῦ βασανιεῖς;

ΕΥΡΙΠΙΔΗΣ
πολλοὺς πάνυ.
πρῶτον δέ μοι τὸν ἐξ Ὀρεστείας λέγε.

ΔΙΟΝΥΣΟΣ
ἄγε δὴ σιώπα πᾶς ἀνήρ. λέγ' Αἰσχύλε. 1125

---

362. Sobre o papel do livro no séc. V AEC, ver nota 284. Observe-se que, ao descrever a plateia, Aristófanes lhe atribui características esquilianas (ao dizer que é for-

Tudo o que for disputável,
seja recente ou antigo,
e arrisquem apresentar-nos algo de engenho e agudeza.

Mas se vocês têm receio de a ignorância restar
nos homens que nos assistem e deles não entenderem as agudezas,   1110-1
não necessitam ter medo; isso não é mais assim!
Já são soldados vividos,
e com seus livros[362] aprendem coisas sagazes e hábeis;
As naturezas são fortes,   1115
muito afiadas também.
Não temam nada, mas antes
abordem tudo o que podem, pois tem engenho a audiência.

Episódio
EURÍPIDES (*para Ésquilo*)
Agora eu vou comentar os prólogos que você fez.
Já que essa é a primeira parte das tragédias, é o primeiro   1120
Feito desse habilidoso homem que porei à prova,
Pois não havia clareza na exposição da matéria![363]

DIONISO
E qual deles tá no teste?

EURÍPIDES
                  Muitos! Não dá pra contar!
(*para Ésquilo*) Mas primeiro diz o prólogo que pôs na s'a *Oresteia*.

DIONISO (*para a plateia*)
Vai! Todos façam silêncio! (*para Ésquilo*) Ésquilo, pode falar!   1125

    mada de soldados veteranos) e euripidianas (ao afirmar que estudaram livros).
363. Em suas críticas, Eurípides enfatiza a falta de clareza na elocução esquiliana.

ΑΙΣΧΥΛΟΣ
"'Ερμῆ χθόνιε πατρῷ' ἐποπτεύων κράτη,
σωτὴρ γενοῦ μοι σύμμαχός τ' αἰτουμένῳ.
ἥκω γὰρ ἐς γῆν τήνδε καὶ κατέρχομαι".

ΔΙΟΝΥΣΟΣ
τούτων ἔχεις ψέγειν τι;

ΕΥΡΙΠΙΔΗΣ
    πλεῖν ἢ δώδεκα.

ΔΙΟΝΥΣΟΣ
ἀλλ' οὐδὲ πάντα ταῦτά γ' ἔστ' ἀλλ' ἢ τρία.   1130

ΕΥΡΙΠΙΔΗΣ
ἔχει δ' ἕκαστον εἴκοσίν γ' ἁμαρτίας.

ΔΙΟΝΥΣΟΣ
Αἰσχύλε παραινῶ σοι σιωπᾶν· εἰ δὲ μή,
πρὸς τρισὶν ἰαμβείοισι προσοφείλων φανεῖ.

ΑΙΣΧΥΛΟΣ
ἐγὼ σιωπῶ τῷδ';

ΔΙΟΝΥΣΟΣ
    ἐὰν πείθῃ γ' ἐμοί.

364. Trata-se do prólogo das *Coéforas*, segunda peça da trilogia *Oresteia*. Ele não está presente nos manuscritos que dela possuímos. A tragédia conta como Orestes matou a própria mãe para vingar o assassinato do pai, planejado e executado por ela. No início da peça, o herói se encontra na frente do túmulo do pai, fazendo uma oração. Observe-se que grande parte dos prólogos dis-

ÉSQUILO
"Hermes subtérreo que observas o poder paterno,
Torna-te meu aliado e protetor – a mim, que peço!
Pois eu chego nesta terra regressando agora à pátria..."[364]

DIONISO (*para Eurípides*)
Alguma crítica já?

EURÍPIDES
                Tenho pra mais de uma dúzia!

DIONISO
Mas ele não recitou sequer três versos dessa peça!   1130

EURÍPIDES
É que cada um dos versos apresenta uns vinte erros!

(*Ésquilo move-se violentamente para responder.*)

DIONISO
Ésquilo, eu tô te avisando! Fique em silêncio, se não,
Além desses três versinhos,[365] você recebe outra multa!

ÉSQUILO
Ficar quieto ouvindo isso?

DIONISO
                Essa é a minha opinião.

---

cutidos estão relacionados de alguma maneira à estirpe e à geração, temas centrais desta comédia.

365. O termo usado no original é *iambeîon*, o trímetro iâmbico, verso habitual dos diálogos das tragédias.

ΕΥΡΙΠΙΔΗΣ
εὐθὺς γὰρ ἡμάρτηκεν οὐράνιόν γ' ὅσον. 1135

ΑΙΣΧΥΛΟΣ
ὁρᾷς ὅτι ληρεῖς.

ΕΥΡΙΠΙΔΗΣ
ἀλλ' ὀλίγον γέ μοι μέλει.

ΑΙΣΧΥΛΟΣ
πῶς φῄς μ' ἁμαρτεῖν;

ΕΥΡΙΠΙΔΗΣ
αὖθις ἐξ ἀρχῆς λέγε.

ΑΙΣΧΥΛΟΣ
"'Ερμῆ χθόνιε πατρῷ' ἐποπτεύων κράτη".

ΕΥΡΙΠΙΔΗΣ
οὔκουν Ὀρέστης τοῦτ' ἐπὶ τῷ τύμβῳ λέγει
τῷ τοῦ πατρὸς τεθνεῶτος;

ΑΙΣΧΥΛΟΣ
οὐκ ἄλλως λέγω. 1140

ΕΥΡΙΠΙΔΗΣ
πότερ' οὖν τὸν Ἑρμῆν, ὡς ὁ πατὴρ ἀπώλετο
αὐτοῦ βιαίως ἐκ γυναικείας χερὸς
δόλοις λαθραίοις, ταῦτ' "ἐποπτεύειν" ἔφη;

366. No original o verbo é *epopteúo*, que pode significar simplesmente "observar", mas pode descrever a vigilância divina sobre as ações humanas. Eurípides usa

EURÍPIDES
Já de cara tem um erro gritante, que chega ao céu! 1135

ÉSQUILO (*para Eurípides*)
Isso é lero seu, tu sabe!

EURÍPIDES
                      Mas desde quando eu me importo?

ÉSQUILO
Qual o erro que eu cometi?

EURÍPIDES
                      Me fala de novo o começo.

ÉSQUILO
"Hermes subtérreo, que observas o poder paterno"

EURÍPIDES
Não é o Orestes que o diz em frente da sepultura
De seu falecido pai?

ÉSQUILO
                      Sim, eu não posso negá-lo. 1140

EURÍPIDES
Então diz Orestes que Hermes, quando o pai já perecia
Com terrível violência sob as mãos de uma mulher
Em ocultas armadilhas, ficou só observando?[366]

    aqui as técnicas dos filósofos Protágoras e Pródico, que diziam ensinar o uso correto das palavras e dos sinônimos (ver nota 265).

ΑΙΣΧΥΛΟΣ
οὐ δῆτ' ἐκεῖνον, ἀλλὰ τὸν Ἐριούνιον
Ἑρμῆν χθόνιον προσεῖπε, κἀδήλου λέγων   1145
ὁτιὴ πατρῷον τοῦτο κέκτηται γέρας—

ΕΥΡΙΠΙΔΗΣ
ἔτι μεῖζον ἐξήμαρτες ἢ 'γὼ 'βουλόμην·
εἰ γὰρ πατρῷον τὸ χθόνιον ἔχει γέρας—

ΔΙΟΝΥΣΟΣ
οὕτω γ' ἂν εἴη πρὸς πατρὸς τυμβωρύχος.

ΑΙΣΧΥΛΟΣ
Διόνυσε πίνεις οἶνον οὐκ ἀνθοσμίαν.   1150

ΔΙΟΝΥΣΟΣ
λέγ' ἕτερον αὐτῷ· σὺ δ' ἐπιτήρει τὸ βλάβος.

ΑΙΣΧΥΛΟΣ
"σωτὴρ γενοῦ μοι σύμμαχός τ' αἰτουμένῳ.
ἥκω γὰρ ἐς γῆν τήνδε καὶ κατέρχομαι –"

ΕΥΡΙΠΙΔΗΣ
δὶς ταὐτὸν ἡμῖν εἶπεν ὁ σοφὸς Αἰσχύλος.

ΔΙΟΝΥΣΟΣ
πῶς δίς;

---

367. Tanto "Eriúnio" (*Erioúnios*, cujo significado preciso se desconhece) como "subterrâneo" (*khthónios*) são epítetos tradicionais de Hermes. O último certamente indica a tarefa do deus como psicopompo, aquele que levava as almas ao mundo dos mortos. O primeiro epíteto provavelmente tem o mesmo sentido, pois é utilizado num epitáfio tessálio do séc. III AEC, segundo o qual o deus

ÉSQUILO
Não é isso o que ele disse! Mas chamou o Eriúnio
Hermes como subtérreo,[367] explicando-nos que o nome 1145
Vem do legado paterno que lhe foi dado por Zeus.

EURÍPIDES
Mas então seu erro é bem maior do que me parecia!
Pois se ele é subterrâneo por seu legado paterno –

DIONISO
Quer dizer que herdou do pai a profissão de rouba-tumba!

ÉSQUILO
O vinho que você bebe, não cheira a flores, Dioniso![368] 1150

DIONISO (*para Ésquilo*)
Diz mais uma dessas partes! (*para Eurípides*) E você me indica os erros!

ÉSQUILO
"Torna-te meu aliado e protetor – a mim, que peço!
Pois eu venho à minha pátria regressando agora à terra"

EURÍPIDES
Ésquilo, tão engenhoso, disse o mesmo duas vezes!

DIONISO
Como duas vezes?

---

teria levado o falecido e sua mulher para a "ilha dos piedosos" (34, 497, 7s. *SEG*).
368. No original, Ésquilo diz que o vinho de Dioniso não é *anthosmías* ("que tem odor de flores") expressão usada para um vinho de grande qualidade (por exemplo, em Xenofonte, *Helênicas* 6.2.6). Um escólio diz que vinho leve não produz ressaca e talvez Ésquilo queira dizer que Dioniso esteja nessa condição.

ΕΥΡΙΠΙΔΗΣ
    σκόπει τὸ ῥῆμ'· ἐγὼ δέ σοι φράσω.   1155
"ἥκω γὰρ ἐς γῆν", φησί, "καὶ κατέρχομαι"·
"ἥκω" δὲ ταὐτόν ἐστι τῷ "κατέρχομαι".

ΔΙΟΝΥΣΟΣ
νὴ τὸν Δί' ὥσπερ γ' εἴ τις εἴποι γείτονι,
"χρῆσον σὺ μάκτραν, εἰ δὲ βούλει, κάρδοπον".

ΑΙΣΧΥΛΟΣ
οὐ δῆτα τοῦτό γ' ὦ κατεστωμυλμένε   1160
ἄνθρωπε ταῦτ' ἔστ', ἀλλ' ἄριστ' ἐπῶν ἔχον.

ΕΥΡΙΠΙΔΗΣ
πῶς δή; δίδαξον γάρ με καθ' ὅ τι δὴ λέγεις;

ΑΙΣΧΥΛΟΣ
"ἐλθεῖν" μὲν ἐς γῆν ἔσθ' ὅτῳ μετῇ πάτρας·
χωρὶς γὰρ ἄλλης συμφορᾶς ἐλήλυθεν·
φεύγων δ' ἀνὴρ "ἥκει" τε καὶ "κατέρχεται".   1165

ΔΙΟΝΥΣΟΣ
εὖ νὴ τὸν Ἀπόλλω. τί σὺ λέγεις Εὐριπίδη;

ΕΥΡΙΠΙΔΗΣ
οὐ φημὶ τὸν Ὀρέστην κατελθεῖν οἴκαδε·
λάθρᾳ γὰρ ἦλθεν οὐ πιθὼν τοὺς κυρίους.

369. No original o verso diz: "Chego e venho a esta terra" (ἥκω γὰρ ἐς γῆν τήνδε καὶ κατέρχομαι). Tanto *katérkhomai* como *héko* podem ser traduzidos como "vir", mas *katérkhomai* também significa "retornar", "voltar do exílio". Eurípides explora essa ambiguidade em sua crítica. Eu a substituí por outra que fosse aparente também em português.

EURÍPIDES
                Olha, que eu já vou te explicar tudo.   1155
Diz: "Eu venho à minha terra regressando agora à pátria";
Ora, "regressar à pátria" não é "vir a sua terra"?[369]

DIONISO
Tá certo! É como se alguém dissesse pr'um dos seus vizinhos:
"Cê me empresta a amassadeira ou a forma de amassar?"[370]

ÉSQUILO (*para Eurípides*)
Não foi isso o que eu falei, s'a matraca insuportável!   1160
É a melhor combinação de locuções para esse trecho.

EURÍPIDES
Como assim? Você consegue me ensinar qual o motivo?

ÉSQUILO
Vir à terra só é possível para quem dispõe de pátria,
Porque vem tranquilamente, não sofreu qualquer desgraça.
O exilado não apenas vem à terra, mas regressa.   1165

DIONISO
Por Apolo! Muito bem! O que você me diz, Eurípides?

EURÍPIDES
Não concordo que o Orestes regressou a sua pátria,
Pois ele veio escondido, sem convencer[371] o governo.

---

370. Em grego, usam-se duas palavras que significam "amassadeira": *máktra* e *kárdopos*.
371. Mais uma vez o verbo *peítho* ("persuadir"), importante no retrato aristofânico de Eurípides (ver nota 333).

ΔΙΟΝΥΣΟΣ
εὖ νὴ τὸν Ἑρμῆν· ὅ τι λέγεις δ' οὐ μανθάνω.

ΕΥΡΙΠΙΔΗΣ
πέραινε τοίνυν ἕτερον.

ΔΙΟΝΥΣΟΣ
                      ἴθι πέραινε σὺ   1170
Αἰσχύλ' ἀνύσας· σὺ δ' ἐς τὸ κακὸν ἀπόβλεπε.

ΑΙΣΧΥΛΟΣ
"τύμβου δ' ἐπ' ὄχθῳ τῷδε κηρύσσω πατρὶ
κλύειν ἀκοῦσαι".

ΕΥΡΙΠΙΔΗΣ
                τοῦθ' ἕτερον αὖθις λέγει,
"κλύειν ἀκοῦσαι", ταὐτὸν ὂν σαφέστατα.

ΔΙΟΝΥΣΟΣ
τεθνηκόσιν γὰρ ἔλεγεν ὦ μόχθηρε σύ,   1175
οἷς οὐδὲ τρὶς λέγοντες ἐξικνούμεθα.

ΑΙΣΧΥΛΟΣ
σὺ δὲ πῶς ἐποίεις τοὺς προλόγους;

---

372. Invocação duplamente irônica, pois Hermes havia sido chamado no trecho citado das *Coéforas* e é o deus da comunicação e da eloquência.
373. Em grego, trata-se dos verbos *akoúo* e o arcaizante *klúo*, que significam ambos "ouvir".

DIONISO
Muito bem, por Hermes![372] Mas não entendi porra nenhuma!

EURÍPIDES (*para Ésquilo*)
Continua, mais um trecho.

DIONISO
                             Isso mesmo, vai em frente,   1170
Ésquilo, e sem demorar! (*para Eurípides*) E você mostra os defeitos.

ÉSQUILO
"Na colina deste túmulo anuncio ao genitor
Que se ponha a ouvir, que escute –"

EURÍPIDES
                           Outra vez esse problema!
"Escutar" e "pôr-se a ouvir" querem dizer a mesma coisa![373]

DIONISO (*para Eurípides*)
Ô, safado! O homem tá chamando os mortos! Evidente!   1175
Pois, nem chamando três vezes, conseguimos alcançá-los.[374]

ÉSQUILO
E seus prólogos, então? Como eles eram?

---

374. Dioniso explica comicamente a *interpretatio* de Ésquilo, figura retórica em que o mesmo sentido é expresso por diversos sinônimos. O deus refere-se aqui ao costume de endereçar aos mortos chamando-os três vezes (ver nota 54).

ΕΥΡΙΠΙΔΗΣ
ἐγὼ φράσω.
κἄν που δὶς εἴπω ταὐτόν, ἢ στοιβὴν ἴδῃς
ἐνοῦσαν ἔξω τοῦ λόγου, κατάπτυσον.

ΔΙΟΝΥΣΟΣ
ἴθι δὴ λέγ᾽· οὐ γάρ μοὔστιν ἀλλ᾽ ἀκουστέα   1180
τῶν σῶν προλόγων τῆς ὀρθότητος τῶν ἐπῶν.

ΕΥΡΙΠΙΔΗΣ
"ἦν Οἰδίπους τὸ πρῶτον εὐδαίμων ἀνήρ"—

ΑΙΣΧΥΛΟΣ
μὰ τὸν Δί᾽ οὐ δῆτ᾽, ἀλλὰ κακοδαίμων φύσει,
ὅντινά γε πρὶν φῦναι μὲν Ἀπόλλων ἔφη
ἀποκτενεῖν τὸν πατέρα, πρὶν καὶ γεγονέναι·   1185
πῶς οὗτος ἦν τὸ πρῶτον εὐδαίμων ἀνήρ;

ΕΥΡΙΠΙΔΗΣ
"εἶτ᾽ ἐγένετ᾽ αὖθις ἀθλιώτατος βροτῶν".

ΑΙΣΧΥΛΟΣ
μὰ τὸν Δί᾽ οὐ δῆτ᾽, οὐ μὲν οὖν ἐπαύσατο.
πῶς γάρ; ὅτε δὴ πρῶτον μὲν αὐτὸν γενόμενον
χειμῶνος ὄντος ἐξέθεσαν ἐν ὀστράκῳ,   1190

---

375. *Orthótes*, termo técnico que define a prática já descrita dos filósofos Protágoras e Pródico, que se preocupavam com o uso preciso e correto das palavras (ver nota 265). Encontramos discussões semelhantes sobre a "correção" em Aristóteles, na *Poética* 1460b6 ss.
376. Da *Antígona* de Eurípides (*TrGF* fr. 157), peça fragmentária.
377. Em grego, diz-se que o colocaram em um *óstrakon* ("pedaço de cerâmica") em vez de um pote, como normalmente se fazia com crianças expostas. Talvez se

EURÍPIDES
                    Vou mostrar!
Se eu falar a mesma coisa duas vezes, ou se houver
Um estofo sem sentido, você pode cuspir neles!

DIONISO
Então diga, pois é certo que é meu dever escutar   1180
A correção[375] das palavras dos seus prólogos. Vai lá!

EURÍPIDES
"Édipo era no princípio um varão afortunado"[376]

ÉSQUILO
Zeus! É lógico que não! Era infeliz de nascença!
Alguém que, antes de nascer, Apolo tinha já previsto
Que mataria seu pai – antes mesmo que existisse!   1185
Como dizer que esse homem era feliz no princípio?

EURÍPIDES
"Mas depois se transformou no mais infausto dos mortais".

ÉSQUILO
Zeus! É lógico que não! Nunca que deixou de ser!
Como não? Porque primeiro, logo que Édipo nasceu,
Ainda que fosse inverno, o colocaram no ostracismo[377]   1190

---

enfatize a miséria de Édipo (que não haveria tido nem mesmo direito a um pote inteiro) ou se trate de referência à instituição ateniense do ostracismo (*ostrakismós*), em que os cidadãos escreviam em pedaços de cerâmica o nome de um cidadão que considerassem perigoso para a democracia (já em desuso na época da peça). Aquele que tivesse o maior número de votos era exilado por dez anos, mas ainda com direito de desfrutar de sua propriedade. Era também necessário que se votasse previamente na Assembleia se haveria ostracismo naquele ano.

ἵνα μὴ 'κτραφεὶς γένοιτο τοῦ πατρὸς φονεύς·
εἶθ' ὡς Πόλυβον ἤρρησεν οἰδῶν τὼ πόδε·
ἔπειτα γραῦν ἔγημεν αὐτὸς ὢν νέος
καὶ πρός γε τούτοις τὴν ἑαυτοῦ μητέρα·
εἶτ' ἐξετύφλωσεν αὑτόν.

ΔΙΟΝΥΣΟΣ
                    εὐδαίμων ἄρ' ἦν,   1195
εἰ κἀστρατήγησέν γε μετ' Ἐρασινίδου.

ΕΥΡΙΠΙΔΗΣ
ληρεῖς· ἐγὼ δὲ τοὺς προλόγους καλοὺς ποιῶ.

ΑΙΣΧΥΛΟΣ
καὶ μὴν μὰ τὸν Δί' οὐ κατ' ἔπος γέ σου κνίσω
τὸ ῥῆμ' ἕκαστον, ἀλλὰ σὺν τοῖσιν θεοῖς
ἀπὸ ληκυθίου σου τοὺς προλόγους διαφθερῶ.   1200

ΕΥΡΙΠΙΔΗΣ
ἀπὸ ληκυθίου σὺ τοὺς ἐμούς;

---

378. Aqui é notável a justaposição dos temas da vida e da morte.
379. No original, há uma alusão à pretensa etimologia de Édipo (*Oidípous*): "inchado nos pés" (*oidôn tò póde*). Traduzi o trocadilho apenas por uma leve semelhança sonora (Édipo, "e de pés").
380. General que, após a batalha de Arginusas, exortou os outros generais a perseguirem os navios fugitivos dos inimigos em lugar de voltar para resgatar os marinheiros das trirremes atenienses que haviam afundado. No final, di-

Para que jamais crescesse e assassinasse[378] o próprio pai.
Foi para a corte de Pólibo, perdido e de pés inchados.[379]
Depois, mesmo sendo jovem, se casou com uma velha,
Que, pra piorar a história, era justo a sua mãe.
E, por fim, furou os olhos!

DIONISO

                        E de fato foi feliz   1195
Se foi um dos generais que serviram com o Erasínides![380]

EURÍPIDES
Você tá de lero-lero! Eu componho belos prólogos.

ÉSQUILO
Em nome de Zeus, não vou esmigalhar verso por verso
Cada um dos seus dizeres, mas, co'a ajuda dos bons deuses,
Eu triturarei seus prólogos com uma moringuinha![381]   1200

EURÍPIDES
Como? Co'uma moringuinha?

---

vidiram-se os navios entre as duas tarefas, mas uma tempestade impediu o cumprimento. Consequentemente, os possíveis sobreviventes dos naufrágios pereceram. Acusado também de outros crimes, Erasínides foi condenado pela cidade, juntamente com cinco dos outros generais (Xenofonte, *Helênicas* 1.7). Ver nota introdutória e nota 138.

381. Em grego, "frasquinho" (*lekúthion*); ver nota abaixo.

ΑΙΣΧΥΛΟΣ
                              ἑνὸς μόνου.
ποιεῖς γὰρ οὕτως ὥστ' ἐναρμόττειν ἅπαν,
καὶ κῳδάριον καὶ ληκύθιον καὶ θυλάκιον,
ἐν τοῖς ἰαμβείοισι. δείξω δ' αὐτίκα.

ΕΥΡΙΠΙΔΗΣ
ἰδού, σὺ δείξεις;

ΑΙΣΧΥΛΟΣ
             φημί.

ΕΥΡΙΠΙΔΗΣ
                   καὶ δὴ χρὴ λέγειν.   1205
"Αἴγυπτος, ὡς ὁ πλεῖστος ἔσπαρται λόγος,
ξὺν παισὶ πεντήκοντα ναυτίλῳ πλάτῃ
Ἄργος κατασχών" —

ΑΙΣΧΥΛΟΣ
             ληκύθιον ἀπώλεσεν.

382. No original diz-se que nos iambos de Eurípides cabem um "tosãozinho" (*koidárion*), um "saquinho" (*thulákion*) e um "frasquinho" (*lekúthion*). Há quatro questões envolvidas: métrica, monotonia, banalidade e obscenidade. Primeiro, as três palavras têm duas sílabas breves em sequência, que normalmente não caberiam no trímetro iâmbico trágico sem as resoluções, uma novidade crescentemente empregada por Eurípides ao longo de sua carreira. Não tive como traduzir essa nuance. Em segundo lugar, Ésquilo critica a monotonia dos prólogos do rival, que sempre têm a mesma estrutura sintática e, portanto, se expõem igualmente à inserção que ele aqui propõe. Isso também pode estar sugerido na repetição do diminutivo. Em terceiro, os objetos citados são todos cotidianos e indignos de uma tragédia, o que também acentuam os diminutivos. Ao longo da peça, Eurípides é constantemente acusado de incluir elementos baixos em suas peças. Por fim, debate-se muito se no trecho realmente há sentido obsceno. Contudo, como diz DOVER 1993: 337 ss., é difícil pensar que,

ÉSQUILO

      E com só uma moringuinha!
Você compõe de maneira que tudo pode caber:
Um saquinho, um chumacinho... e també' uma moringuinha
Inteirinha nos seus versos.[382] Como vou mostrar agora!
(*Tira uma pequena moringa do manto.*)

EURÍPIDES
Ah é, vai mesmo?

ÉSQUILO
  Certeza.

EURÍPIDES
      Então já vou recitar.   1205
"Corre, muito semeada, uma lenda de que Egito,
Com cinquenta descendentes, sob remos navegantes
Argos tendo granjeado..."[383]

ÉSQUILO
      "Triturou a moringuinha!"[384]

---

  numa comédia, um grego não associasse a imagem de um tosão, um saco e um frasco à genitália masculina. Além disso, o sentido obsceno conectaria a passagem a dois temas importantes da peça: a fertilidade dos poetas (veja-se como a maioria dos prólogos citados trata da ascendência de um herói) e a licenciosidade das peças de Eurípides. Na tradução, fiz com que uma "moringuinha" ocupasse o lugar do "frasquinho" (*lekúthion*) do original, pois os formatos da moringa e do *lékuthos* grego são muito semelhantes.

383. De acordo com os escólios, alguns estudiosos antigos diziam que esse trecho (*TrGF* fr. 846) era o prólogo do *Arquelau* (peça hoje fragmentária), mas Aristarco negava a presença desse prólogo em alguma tragédia de Eurípides. Pode ser, portanto, que o texto tenha sido modificado entre a época de Eurípides e a de Aristarco (séculos III e II AEC).

384. Talvez se insinue que, depois de tantos filhos, Egito teria perdido o "frasquinho" e a capacidade reprodutora.

ΔΙΟΝΥΣΟΣ
τουτὶ τί ἦν τὸ ληκύθιον; οὐ κλαύσεται;
λέγ' ἕτερον αὐτῷ πρόλογον, ἵνα καὶ γνῶ πάλιν. 1210

ΕΥΡΙΠΙΔΗΣ
"Διόνυσος, ὃς θύρσοισι καὶ νεβρῶν δοραῖς
καθαπτὸς ἐν πεύκαισι Παρνασσὸν κάτα
πηδᾷ χορεύων"—

ΑΙΣΧΥΛΟΣ
        ληκύθιον ἀπώλεσεν.

ΔΙΟΝΥΣΟΣ
οἴμοι πεπλήγμεθ' αὖθις ὑπὸ τῆς ληκύθου.

ΕΥΡΙΠΙΔΗΣ
ἀλλ' οὐδὲν ἔσται πρᾶγμα· πρὸς γὰρ τουτονὶ 1215
τὸν πρόλογον οὐχ ἕξει προσάψαι λήκυθον.
"οὐκ ἔστιν ὅστις πάντ' ἀνὴρ εὐδαιμονεῖ·
ἢ γὰρ πεφυκὼς ἐσθλὸς οὐκ ἔχει βίον,
ἢ δυσγενὴς ὤν"—

ΑΙΣΧΥΛΟΣ
        ληκύθιον ἀπώλεσεν.

ΔΙΟΝΥΣΟΣ
Εὐριπίδη -

---

385. É o prólogo da tragédia fragmentária *Hipsípile* (*TrGF* fr. 752). O original continuava: "com as délficas meninas" (*parthénois sùn Delphísi*).
386. Alusão a Ésquilo, *Agamêmnon* 1345: "ai de mim, que novamente fui golpeado!" (ὤμοι μάλ' αὖθις, δευτέραν πεπληγμένος). A exclamação é irônica, afinal, com a alteração de Ésquilo, acabou-se de dizer que Dioniso "perdeu o frasquinho".

DIONISO
O que é isso de moringa? (*para Ésquilo*) Vai se ferrar, ô rapaz!
(*para Eurípides*) Diz pra ele mais um prólogo, me deixa olhar de novo.   1210

EURÍPIDES
"Dioniso, que, com tirsos e dos corços a pelagem
Enroupado, em meio a archotes indo ao longo do Parnaso,
Entre um salto e outro dança ..."[385]

ÉSQUILO
             "Triturou a moringuinha!"

DIONISO (*trágico, com a mão nos genitais*)
Ó, flagelo! Novamente nos feriu a moringuinha![386]

EURÍPIDES
Mas não tem problema, não! Porque nesse prólogo aqui,   1215
Ele não vai conseguir enfiar essa moringuinha!
"Não há homem que com tudo seja bem-aventurado.
Ou, nascido em boa estirpe, não possui qualquer riqueza,
Ou, se é mau de geração, ..."[387]

ÉSQUILO
             "Triturou a moringuinha!".

DIONISO
Eurípides...

---

387. *Dusgenés* ("de má estirpe") também pode significar "com dificuldades de ter filhos", com o que Aristófanes faz o trocadilho da moringa. Trata-se do prólogo de *Estenebeia* (ver nota 329), peça fragmentária (*TrGF* fr. 661.1-3). O original continuava: "ara um rico plaino" (*plousían aroî pláka*).

ΕΥΡΙΠΙΔΗΣ
τί ἔσθ';

ΔΙΟΝΥΣΟΣ
ὑφέσθαι μοι δοκεῖ 1220
·τὸ ληκύθιον γὰρ τοῦτο πνευσεῖται πολύ.

ΕΥΡΙΠΙΔΗΣ
οὐδ' ἂν μὰ τὴν Δήμητρα φροντίσαιμί γε·
νυνὶ γὰρ αὐτοῦ τοῦτό γ' ἐκκεκόψεται.

ΔΙΟΝΥΣΟΣ
ἴθι δὴ λέγ' ἕτερον κἀπέχου τῆς ληκύθου.

ΕΥΡΙΠΙΔΗΣ
"Σιδώνιόν ποτ' ἄστυ Κάδμος ἐκλιπὼν 1225
Ἀγήνορος παῖς"—

ΑΙΣΧΥΛΟΣ
ληκύθιον ἀπώλεσεν.

ΔΙΟΝΥΣΟΣ
ὦ δαιμόνι' ἀνδρῶν ἀποπρίω τὴν λήκυθον,
ἵνα μὴ διακναίσῃ τοὺς προλόγους ἡμῶν.

388. No original diz-se apenas: "pois esse frasquinho vai ventar muito". Contudo, em grego, o verbo *pneúomai* ("ventar") também tem sentido de "soltar cheiro", e uma vez que os frasquinhos podiam abrigar perfumes, esse pode ser o trocadilho (Van Leeuwen *apud* DOVER 1993: 341).

EURÍPIDES (*furioso*)
    O que foi?!

DIONISO
                    É melhor baixar as velas!   1220
Quanto vento essa moringa tem lá dentro pra soltar![388]

EURÍPIDES
Nem me venha! Por Deméter! Não tô nada preocupado!
Eu vou cortar a moringa dele fora agora mesmo!

DIONISO
Então pode dizer outro e fique longe da moringa!

EURÍPIDES
"Ao deixar a cidadela da Sidônia, outrora Cadmo,   1225
Descendente de Agenor, ..."[389]

ÉSQUILO
                "Triturou a moringuinha!"

DIONISO (*para Eurípides*)
Está certo, meu amigo, compra logo essa moringa,
Que ela não vai mais sovar os nossos prólogos...

---

389. Prólogo de alguma das duas tragédias chamadas *Frixo*, ambas fragmentárias (*TrGF* fr. 819.1-2). Segundo o escoliasta medieval Tzetzes, a continuação era: "veio à terra dos tebanos" (*êlthe Thebaían khthóna*), segundo Triclínio, citado num escólio antigo: "veio à planície de Tebas" (*híket' es Thébes pédon*).

ΕΥΡΙΠΙΔΗΣ
τὸ τί;
ἐγὼ πρίωμαι τῷδ';

ΔΙΟΝΥΣΟΣ
ἐὰν πείθῃ γ' ἐμοί.

ΕΥΡΙΠΙΔΗΣ
οὐ δῆτ', ἐπεὶ πολλοὺς προλόγους ἔξω λέγειν 1230
ἵν' οὗτος οὐχ ἕξει προσάψαι ληκύθιον.
"Πέλοψ ὁ Ταντάλειος ἐς Πῖσαν μολὼν
θοαῖσιν ἵπποις"—

ΑΙΣΧΥΛΟΣ
ληκύθιον ἀπώλεσεν.

ΔΙΟΝΥΣΟΣ
ὁρᾷς, προσῆψεν αὖθις αὖ τὴν λήκυθον.
ἀλλ' ὠγάθ' ἔτι καὶ νῦν ἀπόδος πάσῃ τέχνῃ· 1235
λήψει γὰρ ὀβολοῦ πάνυ καλήν τε κἀγαθήν.

ΕΥΡΙΠΙΔΗΣ
μὰ τὸν Δί' οὔπω γ'· ἔτι γὰρ εἰσί μοι συχνοί.
"Οἰνεύς ποτ' ἐκ γῆς"—

ΑΙΣΧΥΛΟΣ
ληκύθιον ἀπώλεσεν.

---

390. Prólogo da *Ifigênia em Táuris* 1-2, que chegou até os dias de hoje. A continuação é "desposa a filha de Enomau" (*Oinomáou gameî kóren*).
391. Sobre a moeda óbolo, ver nota 44.
392. Em grego, *kalé te kagathé* (ver nota 189). Talvez a qualificação do *lekúthion* de Ésquilo seja um comentário a sua grandeza e nobreza, sublinhadas ao longo da comédia.

EURÍPIDES (*furioso*)

                                    O quê?!

Comprar a moringa dele?

DIONISO

                    Essa é a minha opinião...

EURÍPIDES
De jeito algum! Porque eu tenho muitos prólogos aqui   1230
Em que não vai conseguir meter a joça da moringa!
"Pélops, nascido de Tântalo, uma vez chegando a Pisa
Sobre rápidos corcéis..."[390]

ÉSQUILO

                  "Triturou a moringuinha!"

DIONISO
Eu não disse? Pois de novo ele meteu a tal moringa!
Meu bom homem, me dê logo seu dinheiro sem demora!   1235
E somente custa um óbolo[391] a moringa bela e nobre...[392]

EURÍPIDES
Por Zeus, não! Ainda não! Eu ainda tenho muitos:
"Eneu, certa vez, da terra..."[393]

ÉSQUILO

                  "Triturou a moringuinha!"

---

393. O prólogo da fragmentária *Meleagro* (*TrGF* fr. 516). Segundo um escólio, no entanto, não se trata das palavras iniciais, mas de um trecho mais avançado do prólogo.

ΕΥΡΙΠΙΔΗΣ
ἔασον εἰπεῖν πρῶθ' ὅλον με τὸν στίχον.
"Οἰνεύς ποτ' ἐκ γῆς πολύμετρον λαβὼν στάχυν 1240
θύων ἀπαρχάς"—

ΑΙΣΧΥΛΟΣ
ληκύθιον ἀπώλεσεν.

ΔΙΟΝΥΣΟΣ
μεταξὺ θύων; καὶ τίς αὖθ' ὑφείλετο;

ΕΥΡΙΠΙΔΗΣ
ἔασον, ὦ τᾶν· πρὸς τοδὶ γὰρ εἰπάτω.
"Ζεύς, ὡς λέλεκται τῆς ἀληθείας ὕπο"—

ΔΙΟΝΥΣΟΣ
ἀπολεῖς· ἐρεῖ γάρ, "ληκύθιον ἀπώλεσεν". 1245
τὸ ληκύθιον γὰρ τοῦτ' ἐπὶ τοῖς προλόγοισί σου
ὥσπερ τὰ σῦκ' ἐπὶ τοῖσιν ὀφθαλμοῖς ἔφυ.
ἀλλ' ἐς τὰ μέλη πρὸς τῶν θεῶν αὐτοῦ τραποῦ.

ΕΥΡΙΠΙΔΗΣ
καὶ μὴν ἔχω γ' οἷς αὐτὸν ἀποδείξω κακὸν
μελοποιὸν ὄντα καὶ ποιοῦντα ταῦτ' ἀεί. 1250

394. Aristófanes parece ter escolhido o trecho para criar uma insinuação fálica com "vasta espiga" (*polúmetros stákhus*), o que colaboraria para o provável teor erótico da zombaria de Ésquilo.
395. Prólogo da tragédia fragmentária *Melanipe, a Sábia* (*TrGF* fr. 481.1). Também ocor-

EURÍPIDES
Vê se deixa eu terminar primeiro o verso por completo!
"Eneu, certa vez, da terra levantando vasta espiga,³⁹⁴   1240
As primícias ofertando..."

ÉSQUILO
                "Triturou a moringuinha!"

DIONISO
Bem no meio da oferenda? Mas quem foi que arrancou dele?

EURÍPIDES
Deixa disso, meu amigo! Quero ver tentar agora:
"Zeus, conforme nos é dito nas palavras da verdade...".³⁹⁵

DIONISO (*impaciente*)
Ai, tortura!³⁹⁶ Vai dizer: "triturou a moringuinha!".   1245
Olha, essa moringa aqui tá tão grudada nos seus prólogos
Quanto uma verruga gruda quando nasce nas pestanas!
Por favor, agora passe a comentar os cantos dele!

EURÍPIDES
Eu já tô bem preparado! Vou mostrar que ele era horrível
Em compor suas canções e que fez sempre a mesma coisa!   1250

---

    re no *Perítoo* de Crítias (*TrGF* fr. 1.9), em que é a segunda parte de uma oração.
396 No original, Dioniso diz "você vai me pôr a perder" (*apoleîs*), expressão que implica impaciência. Evidentemente, joga-se com a frase de Ésquilo.

ΧΟΡΟΣ
τί ποτε πρᾶγμα γενήσεται;
φροντίζειν γὰρ ἔγω‿οὐκ ἔχω, 1252
τίν' ἄρα μέμψιν ἐποίσει
ἀνδρὶ τῷ πολὺ πλεῖστα δὴ
καὶ κάλλιστα μέλη ποιή- 1255
σαντι τῶν μέχρι νυνί.
θαυμάζω γὰρ ἔγωγ' ὅπῃ 1257
μέμψεταί ποτε τοῦτον
τὸν Βακχεῖον ἄνακτα,
καὶ δέδοιχ' ὑπὲρ αὐτοῦ. 1260

ΕΥΡΙΠΙΔΗΣ
πάνυ γε μέλη θαυμαστά· δείξει δὴ τάχα.
εἰς ἓν γὰρ αὐτοῦ πάντα τὰ μέλη ξυντεμῶ.

ΔΙΟΝΥΣΟΣ
καὶ μὴν λογιοῦμαι ταῦτα τῶν ψήφων λαβών·

[διαύλιον προσαυλεῖ τις]

ΕΥΡΙΠΙΔΗΣ
Φθιῶτ' Ἀχιλ-
λεῦ, τί ποτ' ἀνδροδάικτον ἀκούων
ἰὴ κόπον οὐ πελάθεις ἐπ' ἀρωγάν; 1265

---

397. No original, diz-se "ao báquico soberano" (tòn Bakkheîon ánakta); assim como Cratino no verso 357, Ésquilo é equiparado ao próprio Dioniso.
398. Pela semelhança temática, alguns autores consideram que os versos 1257-60 são uma versão alternativa de 1251-6. Para uma discussão sobre o trecho, ver DOVER 1993: 343.

CANTO CORAL
CORO
(*cantando*) O que vai ocorrer a seguir?
Eu não tenho como saber
aquilo que vai criticar
Num poeta que fez as canções mais
magníficas e numerosas   1255
compostas até nossos dias.
Assombrado eu pergunto-me qual a
censura que este homem fará
à báquica soberania[397]
E temo por sua fortuna.[398]   1260

EPISÓDIO
EURÍPIDES
Fez as canções mais bizarras,[399] isso sim! Você vai ver:
Vou picar e juntar tudo que ele fez numa canção.

DIONISO
Vou pegar minhas pedrinhas e contá-las uma a uma.

(*Começa tocar um aulos.*)

EURÍPIDES (*cantando com uma voz excessivamente grave e monótona*)
Aquiles Ftio,
Porque, quando letal[400] atinge o ouvido
Oh! A fadiga, não a impedes presto?[401]   1265

---

399. *Thaumastá* ("portentosas", "surpreendentes", "estranhas"), trata-se do mesmo adjetivo usado por Caronte para descrever os cantos das rãs em 207.
400. No original é termo composto: *androdáikton* ("mata-homens").
401. Trata-se de um fragmento dos *Mirmidões* de Ésquilo (*TrGF* fr. 132).

Έρμᾶν μὲν πρόγονον τίομεν γένος οἱ περὶ λίμναν.
ἰὴ κόπον οὐ πελάθεις ἐπ' ἀρωγάν;

ΔΙΟΝΥΣΟΣ
δύο σοὶ κόπω Αἰσχύλε τούτω.

ΕΥΡΙΠΙΔΗΣ
κύδιστ' Ἀχαι-
ῶν, Ἀτρέως πολυκοίρανε μάνθανέ μου παῖ.   1270
ἰὴ κόπον οὐ πελάθεις ἐπ' ἀρωγάν;

ΔΙΟΝΥΣΟΣ
τρίτος, Αἰσχύλε, σοὶ κόπος οὗτος.

ΕΥΡΙΠΙΔΗΣ
εὐφαμεῖτε· μελισσονόμοι δόμον Ἀρτέμιδος πέλας οἴγειν.
ἰὴ κόπον οὐ πελάθεις ἐπ' ἀρωγάν;   1275
κύριός εἰμι θροεῖν ὅδιον κράτος αἴσιον ἀνδρῶν.
ἰὴ κόπον οὐ πελάθεις ἐπ' ἀρωγάν;

ΔΙΟΝΥΣΟΣ
ὦ Ζεῦ βασιλεῦ τὸ χρῆμα τῶν κόπων ὅσον.
ἐγὼ μὲν οὖν ἐς τὸ βαλανεῖον βούλομαι·
ὑπὸ τῶν κόπων γὰρ τὼ νεφρὼ βουβωνιῶ.   1280

402. Fragmento dos *Condutores de Almas* de Ésquilo (*TrGF* fr. 273).
403. Termo composto no original: *polukórainos* ("multisenhor").
404. É um fragmento esquiliano de atribuição disputada (*TrGF* fr. 238). Segundo um escólio, Timáquidas o atribuía ao *Télefo*, Asclepíades à *Ifigênia* e Aristarco e Apolônio não conseguiram encontrá-lo.
405. Termo composto no original: *melissónomoi* ("cuidadoras de abelhas"). A abelha era associada à deusa Ártemis.
406. Um fragmento das *Sacerdotisas* (*TrGF* fr. 87).
407. Trecho do *Agamêmnon* (v. 104).

A Hermes, nosso ancestre, honramos neste lago![402]
Oh! A fadiga, não a impedes presto?

DIONISO (*cantando*)
Ei, Ésquilo! A fadiga dobrou!
(*Conta com duas pedras.*)

EURÍPIDES
Aqueu ínclito,
escuta, majestoso soberano[403] Atrida,[404]   1270
Oh! A fadiga, não a impedes presto?

DIONISO
Ei, Ésquilo! Três é demais!
(*Conta mais uma pedra.*)

EURÍPIDES
Silenciai! Da abelha as guardiãs[405] descerram o lar de Ártemis.[406]   1273-4
Oh! A fadiga, não a impedes presto?   1275
Eu canto o viandante e fatídico poder![407]
Oh! A fadiga, não a impedes presto?

DIONISO (*falando*)
Ai, por Zeus, senhor dos deuses! Quanta dor, quanta fadiga!
É melhor eu ir no banho público[408] pra relaxar,
Que, de fadiga em fadiga, minhas bolas já incharam![409]   1280

---

408. Em grego, há paronomásia semelhantes à da antode da parábase (ver nota 185), entre *basileús* ("rei") e *balaneîon* ("banho").
409. A palavra que traduzo por "fadiga" é *kópos* em grego: "golpe", "dor", "cansaço". Na citação original de Ésquilo, a palavra tem o primeiro sentido (os golpes da batalha), mas, em suas intervenções humorísticas, Dioniso faz alusão ao segundo e terceiro, aludindo ao uso medicinal dos banhos. Substituí o termo por um que fosse ambíguo também em português: "fadiga" pode significar tanto um trabalho assíduo como esgotamento físico.

ΕΥΡΙΠΙΔΗΣ
μὴ πρίν γ᾽ <ἂν> ἀκούσῃς χἀτέραν στάσιν μελῶν
ἐκ τῶν κιθαρῳδικῶν νόμων εἰργασμένην.

ΔΙΟΝΥΣΟΣ
ἴθι δὴ πέραινε, καὶ κόπον μὴ προστίθει.

ΕΥΡΙΠΙΔΗΣ
ὅπως Ἀχαι-
ῶν δίθρονον κράτος, Ἑλλάδος ἥβας, 1285
τοφλαττοθρατ τοφλαττοθρατ,
Σφίγγα δυσαμεριᾶν πρύτανιν κύνα, πέμπει,
τοφλαττοθρατ τοφλαττοθρατ,
ξὺν δορὶ καὶ χερὶ πράκτορι θούριος ὄρνις,
τοφλαττοθρατ τοφλαττοθρατ, 1290
κυρεῖν παρα-
σχὼν ἰταμαῖς κυσὶν ἀεροφοίτοις,
τοφλαττοθρατ τοφλαττοθρατ,
† τὸ συγκλινές τ᾽ ἐπ᾽ Αἴαντι †,
τοφλαττοθρατ τοφλαττοθρατ. 1295

410. No original, a palavra é *stásis*, que, podendo significar "grupo", "coleção", tinha, no século V aec, o sentido de "disputa civil" e "facção política" (ver nota 96). Aristófanes brinca com os vários sentidos da palavra para dar ao embate poético teor político, como já começara a fazer, pelo menos, desde os vv. 354 ss.
411. O nomo (*nómos*) era um gênero de poesia mélica sem estrofes, podendo ser acompanhado por aulos ou cítara. Dizia-se que o nomo acompanhado de cítara foi inventado por Terpandro, poeta arcaico a que se atribuía a adição da sétima corda da lira e pioneirismo na música e na poesia. Eurípides aponta os elementos arcaicos da lírica esquiliana.
412. A expressão, no original, envolve um adjetivo composto: *díthronon krátos* ("duplitrôneo poder").
413. *Agamêmnon* 108-9.
414. Imitação do som da lira (a onomatopeia é no original *tophlattothrattophlatto-*

EURÍPIDES
Mas não antes de escutar outro partido[410] de canções,
Produzidas a partir dos nomos[411] cantados com cítara.

DIONISO
Então vai lá, segue em frente. Só não me coloca o esforço!

(*Eurípides pega uma cítara e começa a tocá-la em uma melodia monótona.*)

EURÍPIDES (*cantando com uma voz excessivamente grave e monótona*)
Qual do aqueu
o duplo trono[412] da efebia helena,[413]   1285
– trolololó, trololó,! –[414]
envia a Esfinge, o prítane cão dos maus dias,[415]
– trolololó, trololó! –
De lança e mão ativa impetuoso pássaro,[416]
– trolololó, trololó!! –   1290
dando aos cães
vólucres[417] divisarem sequiosos[418]
– trolololó, trololó!! –
o que pousa sobre Ájax.[419]
– trolololó, trololó!!   1295

---

thrat). Por outro lado, há possível menção às onomatopeias pronunciadas por jogadores trapaceiros nas feiras populares (conforme a leitura de BORTHWICK 1994: 23 ss.).

415. Palavra composta em grego: *dusameríai* ("dias desditosos"). Trata-se do fragmento do drama satírico *Esfinge* (*TrGF* fr. 236).
416. Trecho do *Agamêmnon* (vv. 111-2).
417. No original, é palavra composta: *aeróphoitoi* ("que frequentam o ar").
418. Um escólio atribui o trecho (*TrGF* fr. 282) ao *Agamêmnon*, mas ele não consta na peça. Bergk (*apud* DOVER, 1993: 348) sugere que se trate de uma corruptela de Mêmnon, título de outra peça (fragmentária) de Ésquilo (ver nota 296).
419. Segundo um escólio, Apolônio atribuiu esse verso às *Trácias*, hoje fragmentária (*TrGF* fr. 84).

ΔΙΟΝΥΣΟΣ
τί τὸ "φλαττοθρατ" τοῦτ᾽ ἐστίν; ἐκ Μαραθῶνος ἢ
πόθεν συνέλεξας ἱμονιοστρόφου μέλη;

ΑΙΣΧΥΛΟΣ
ἀλλ᾽ οὖν ἐγὼ μὲν ἐς τὸ καλὸν ἐκ τοῦ καλοῦ
ἤνεγκον αὔθ᾽, ἵνα μὴ τὸν αὐτὸν Φρυνίχῳ
λειμῶνα Μουσῶν ἱερὸν ὀφθείην δρέπων· 1300
οὗτος δ᾽ ἀπὸ πάντων μέλι φέρει, πορνῳδίων,
σκολίων Μελήτου, Καρικῶν αὐλημάτων,
θρήνων, χορειῶν. τάχα δὲ δηλωθήσεται.
ἐνεγκάτω τις τὸ λύριον. καίτοι τί δεῖ
λύρας ἐπὶ τούτων; ποῦ 'στιν ἡ τοῖς ὀστράκοις 1305

420. Em grego, o termo é *himonióstrophos* ("girador de corda"). DOVER 1993: 349 aponta que *himoniá* era uma corda usada para tirar água do poço (*himân*) e, portanto, *himonióstrophos* seria alguém que usaria um carretel ou uma polia para o serviço. Dessa maneira, Dioniso se referiria aos cantos repetitivos que se entoavam durante esse trabalho. A referência a Maratona se deveria ao possível caráter rústico da região aos olhos atenienses. Por outro lado, segundo BORTHWICK 1994: 23 ss., o trecho se referiria ao jogo *himanteiligmós* ("virada da tira de couro", descrito no léxico de Pólux 9.118), em que alguém enrolava uma vareta numa tira de couro e desafiava outrem a desenrolar. Evidentemente só o dono do jogo conhecia um método de soltar a vareta de uma maneira simples e a maior parte dos desafiados era derrotada e perdia seu dinheiro. Eustrácio, em seu comentário à *Ética a Nicômaco* (10.17; 16.9), chama a técnica de "artimanha" (*kakotekhnía*) e a compara à arte dos ladrões e dos dançarinos. Borthwick levanta a possibilidade de que esses jogadores pronunciassem uma onomatopeia quando mostrassem como eram capazes de soltar a vareta em apenas um gesto, e que o *phlattothrattophlattothrat* na paródia de Eurípides pode se referir a ela. Quanto a Maratona, lugar em que os atenienses derrotaram os persas em sua primeira invasão (participando também Ésquilo da batalha; ver nota introdutória), Borthwick sugere que à época de Aristófanes a região teria se tornado um destino "turístico" comum para os atenienses e, portanto, centro para trapaceiros de todo tipo.

DIONISO (*para Ésquilo*)
De onde que veio esse tal "trololó"? Foi em Maratona
Que você colheu os cantos dos torcedores de cordas?[420]

ÉSQUILO
Não! Mas foi de boa fonte e para um bom objetivo
Que eu os pus nas minhas peças: pra não me verem colher
Nos mesmos bosques das Musas em que Frínico[421] colhia.   1300
(*Aponta Eurípides.*)
Mas esse aí tira mel de tudo ! Tira das putódias,[422]
Dos escólios de Meleto[423], dos toques de aulos, dos coros
E dos lamentos da Cária,[424] como em breve eu vou mostrar.
Alguém traga a minha lira! Não, eu já mudei de ideia!
Pra que trazer uma lira? Onde está aquela garota   1305

---

421. Antigo poeta trágico (ver nota 269). Ésquilo não se mostra como um continuador servil da tradição, mas um inovador (o que condiz com o retrato que dele fazem no *antikatakeleusmós* do *agón* epirremático). A crítica da personagem não se volta contra a inovação em si, mas contra o tipo de novidade empreendido por Eurípides. A metáfora que compara o poeta a uma abelha aparece, associada a Frínico, nas *Aves* 749-51, e talvez tenha sido empregada pelo próprio em alguma tragédia.
422. Em vez de "monódias" (em grego, *pornoidíai* em lugar de *monoidíai*). Adoto a correção de Meineke (*apud* DOVER 1993: 350), que substitui o amétrico *pornídion* ("putinhas") dos manuscritos.
423. Meleto é citado pelo poeta cômico Epícrates (fr. 4.2 K-A) como um autor de poemas eróticos. Os escólios (*skólia*, não confundir com *skhólia*, "comentários") eram um gênero poético dedicado ao vinho.
424. Os cários eram um povo bárbaro do qual vinham muitos dos escravos de Atenas. Platão Cômico fr. 71.12-3 K-A associa a música aulética cária a simpósios; já Platão, nas *Leis* 800e e Pólux 4.76, a lamentos. Os dois contextos são marcados por paixões desmedidas, normalmente imputadas pelos gregos do período clássico aos bárbaros.

αὕτη κροτοῦσα; δεῦρο Μοῦσ' Εὐριπίδου,
πρὸς ἥνπερ ἐπιτήδεια ταῦτ' ᾄδειν μέλη.

ΔΙΟΝΥΣΟΣ
αὕτη ποθ' ἡ Μοῦσ' οὐκ ἐλεσβίαζεν; οὔ;

ΑΙΣΧΥΛΟΣ
ἀλκυόνες, αἳ παρ' ἀενάοις θαλάσσης
κύμασι στωμύλλετε   1310
τέγγουσαι νοτίοις πτερῶν
ῥανίσι χρόα δροσιζόμεναι·
αἵ θ' ὑπωρόφιοι κατὰ γωνίας
εἱ(ειειειειει)λίσσετε δακτύλοις φάλαγγες
ἱστόπονα πηνίσματα,   1315
κερκίδος ἀοιδοῦ μελέτας,
ἵν' ὁ φίλαυλος ἔπαλλε δελ-
φὶς πρῴραις κυανεμβόλοις
μαντεῖα καὶ σταδίους,

425. No original, *óstraka* ("pedaços de cerâmica"), provavelmente usados como castanholas. Na *Hipsípile* de Eurípides (hoje fragmentária) a heroína teria usado castanholas (*krótala*) para alegrar Ofeltes, o filho do rei da Nemeia, de quem era nutriz. Provavelmente, em Atenas, as castanholas eram consideradas instrumentos baixos e Eurípides parece ter causado estranhamento ao colocá-las numa tragédia.

426. No original se diz: "Essa Musa não é a que outrora fazia à maneira lésbia? Não é não?" (αὕτη ποθ' ἡ Μοῦσ' οὐκ ἐλεσβίαζεν; οὔ;), segundo a interpretação de um escólio ao verso e de DE SIMONE 2008: 485 ss. *Lesbiázo*, em grego, significa tanto "agir à maneira de Lesbos" como "fazer sexo oral em um homem" (talvez por um proverbial costume ou habilidade das mulheres lésbias em fazê-lo – não se relacionava Lesbos à homossexualidade feminina). Trata-se de um trocadilho, que associa a licenciosidade da "Musa de Eurípides" ao uso frequente dos ritmos da poesia lésbia em seus cantos (imitado na paródia a seguir). Além disso, os poetas lésbios Alceu e Safo são associados à poesia erótica em alguns trechos da comédia grega (*Tesmoforiantes* 162, Epícrates, fr. 4 K-A).

427. *Alkúon*, pássaro frequentemente citado na poesia grega, cuja natureza hoje em dia se ignora. Talvez se trate de uma espécie mítica, cuja menção pelos poetas é meramente convencional.

Que batuca as castanholas? Que venha a Musa de Eurípides![425]
A melhor das companhias pra esse tipo de canção.

(*Entra uma prostituta tocando castanholas.*)

DIONISO
Não era essa aí a Musa que sabia fazer a lésbia?[426]

(*A Musa de Eurípides começa a tocar as castanholas.*)

ÉSQUILO (*cantando com uma vozinha estridente, dançando saltitante. A Musa dança a seu lado*)
Oh, alcíones,[427] que ao lado das ondas eternas
Do amplo mar matraqueai,   1310
Banhando com úmidas gotas
do penacho a face, embebendo-a.
E aquelas que nos tetos, nos cantos,
revoooooolvem[428] as tramas dilatadas[429]
Sob os dedos, as aranhas,   1315
do tear canoro exercício,
lá onde o cantante[430] golfinho,
na proa escura[431] fremia[432]
previsões, corridas.

---

428. No original trata-se do verbo *helísso* ("enrolar", "volver"), muito usado por Eurípides (ver nota 236). O prolongamento das sílabas (fosse para acomodar diversas notas, fosse para ocupar mais posições métricas) parece uma inovação euripidiana.
429. Em grego, *histótona penísmata* ("tecidos estendidos-no-tear").
430. *Phílaulos* ("amante de aulos"); referência aos tocadores de aulos que davam ritmo aos remadores das trirremes.
431. No original, é o adjetivo composto *kuanémbolos* ("esporão-escuro"), com referência aos esporões das trirremes.
432. Esse verso e o anterior são citação da *Electra* 435-7.

οἰνάνθας γάνος ἀμπέλου, 1320
βότρυος ἕλικα παυσίπονον
περίβαλλ', ὦ τέκνον ὠλένας.
ὁρᾷς τὸν πόδα τοῦτον;

ΕΥΡΙΠΙΔΗΣ
          ὁρῶ.

ΑΙΣΧΥΛΟΣ
τί δαί; τοῦτον ὁρᾷς;

ΕΥΡΙΠΙΔΗΣ
          ὁρῶ.

ΑΙΣΧΥΛΟΣ
τοιαυτὶ μέντοι σὺ ποιῶν 1325
τολμᾷς τἀμὰ μέλη ψέγειν,
ἀνὰ τὸ δωδεκαμήχανον
Κυρήνης μελοποιῶν;
τὰ μὲν μέλη σου ταῦτα· βούλομαι δ' ἔτι
τὸν τῶν μονῳδιῶν διεξελθεῖν τρόπον. 1330

---

433. Em grego, a expressão é *oinánthas gános ampélou* ("o brilho da flor-de-vinho da videira").
434. Trata-se de adjetivo composto no original: *pausíponos* ("cessa-sofrimento").
435. De acordo com um escólio, é citação da *Hipsípile* (*TrGF* fr. 765a). Excetuadas essa citação e a da *Electra*, o restante do canto tem ecos de expressões euripidianas (algumas encontradas nos fragmentos da *Hipsípile*), mas não parece apresentar outras citações diretas.
436. Nada se sabe sobre essa mulher. O original traz *dodekamékhanon* ("habilidade

O brilho das flores do vinho,⁴³³ 1320
os contornos mansos⁴³⁴ da uva
envolve-me, filho, nos braços.⁴³⁵
(*Dá uma pirueta perto de Eurípides.*)
Notaste o meu pezinho?

EURÍPIDES (*irritado*)
                    Notei.
(*Dá outra pirueta.*)

ÉSQUILO
E agora? Notaste?

EURÍPIDES
            Notei.

ÉSQUILO
É fazendo coisas assim 1325
que quer criticar os meus cantos,
compondo canções com os doze
ardis de Cirene?⁴³⁶
(*falando*) As suas canções são essas, porém eu ainda quero
Apresentar a maneira com que fazia as monódias.⁴³⁷ 1330

(*Canta com uma vozinha estridente, afetadamente trágico. A Musa continua a dançar.*)

> de doze"), o que talvez se refira às diversas posições sexuais conhecidas por ela. Por outro lado, escólios mencionam que, na *Hipsípile* (*TrGF* fr. 765b), Eurípides teria usado a expressão ἀνὰ τὸ δωδεκαμήχανον ἄστρον (ou ἄντρον) ("pelo astro – ou caverna – de doze ardis"). Se *ántron* ("caverna") estiver correto, a paródia de Aristófanes pode, aqui, referir-se ao órgão sexual de Cirene.
> 437. Também aqui há uma paródia mais livre das canções de Eurípides, com possivelmente apenas uma citação direta. Ésquilo agora enfatiza os elementos cotidianos da poesia euripidiana.

ὦ νυκτὸς κελαινοφαὴς ὄρφνα, 1335a
τίνα μοι δύστανον ὄνειρον
πέμπεις [ἐξ] ἀφανοῦς Ἀίδα πρόπολον
ψυχὰν ἄψυχον ἔχοντα,
Νυκτὸς παῖδα μελαίνας, 1335a
φρικώδη δεινὰν ὄψιν 1335b
μελανονεκυείμονα,
φόνια φόνια δερκόμενον
μεγάλους ὄνυχας ἔχοντα;
ἀλλά μοι, ἀμφίπολοι, λύχνον ἅψατε
κάλπισί τ' ἐκ ποταμῶν δρόσον ἄρατε θέρμετε θ' ὕδωρ,
ὡς ἂν θεῖον ὄνειρον ἀποκλύσω. 1340
ἰὼ πόντιε δαῖμον,
τοῦτ' ἐκεῖν'· ἰ-
ὼ ξύνοικοι, τάδε τέρα θεάσασθε.τὸν ἀλεκτρυόνα 1343a
μου ξυναρπά- 1343b
σασα φρούδη Γλύκη· 1343c
Νύμφαι ὀρεσσίγονοι—
ὦ Μανία, ξύλλαβε. 1345
ἐγὼ δ' ἁ τάλαινα 1346
προσέχουσ' ἔτυχον ἐμαυτῆς
ἔργοισι λίνου μεστὸν ἄτρακτον
εἰ(ειειει)λίσσουσα χεροῖν
κλωστῆρα ποιοῦσ', ὅπως 1350a

438. Em grego, o adjetivo composto *kelainophaés* ("brilhante-escuro"). O oximoro, a combinação de características opostas, é marca da elocução euripidiana.
439. Trata-se de um jogo com a etimologia que os gregos davam ao nome Hades (*a-idés*, "invisível").

Ó negror da noite, que brilhas na escuridão,[438] 1335a
que miserável sonho envias,
um serviçal do impercebível Hades,[439]
mostrando a alma desalmada,
Da negra Noite filho, 1335a
de pavoroso olhar terrível, 1335b
em uma negra mortalha, 1336a
Cruor, cruor, nos olhos 1336b
e gigantescas unhas?
Mas vinde, serviçais! Trazei a lâmpada!
Num vaso erguei o humor do rio e o esquentai
para purificar-me o divo sonho. 1340
Marítimo deus!
É este o fato:
Ó criados, olhai o prodígio: a galinha[440] 1343a
de mim furtando, 1343b
Glice foge pra longe. 1343c
Ó, Ninfas das montanhas!
Mânia,[441] vem e dá-me ajuda! 1345
Eu, que sou tão infeliz, 1346
Olhava só o trabalho,
o fuso repleto de linho
Volveeeeeeeendo nas mãos,
bolando um macinho de fios 1350a

---

440. No original, trata-se de um galo. Traduzi por "galinha" porque a fêmea é, em português, mais mencionada no cotidiano.
441. Era um nome típico de escrava em Atenas.

κνεφαῖος εἰς ἀγορὰν 1350b
φέρουσ' ἀποδοίμαν.
ὁ δ' ἀνέπτατ' ἀνέπτατ' ἐς αἰθέρα κουφοτάταις πτερύγων ἀκμαῖς,
ἐμοὶ δ' ἄχε' ἄχεα κατέλιπε,
δάκρυα δάκρυά τ' ἀπ' ὀμμάτων
ἔβαλον ἔβαλον ἁ τλάμων. 1355
ἀλλ' ὦ Κρῆτες, Ἴδας τέκνα, τὰ τόξα <τε> λα-
βόντες ἐπαμύνατε τὰ κῶλά τ' ἀμπάλλετε κυ-
κλούμενοι τὴν οἰκίαν.
ἅμα δὲ Δίκτυννα παῖς <ἁ>[Ἄρτεμις] καλὰ
τὰς κυνίσκας ἔχουσ' ἐλθέτω διὰ δόμων πανταχῇ, 1360
σὺ δ', ὦ Διὸς διπύρους ἀνέχουσα 1361a
λαμπάδας ὀξυτάτας χεροῖν, Ἑκάτα, παράφηνον 1361b
εἰς Γλύκης, ὅπως ἂν εἰσελ-
θοῦσα φωράσω.

ΔΙΟΝΥΣΟΣ
παύσασθον ἤδη τῶν μελῶν.

ΑΙΣΧΥΛΟΣ
κἄμοιγ' ἅλις.
ἐπὶ τὸν σταθμὸν γὰρ αὐτὸν ἀγαγεῖν βούλομαι, 1365
ὅπερ ἐξελέγξει τὴν ποίησιν νῷν μόνον.
τὸ γὰρ βάρος νὼ βασανιεῖ τῶν ῥημάτων.

442. Isto é, "antes do dia nascer".
443. A duplicação consecutiva de uma palavra é típica da tragédia dos fins do século V AEC e tinha por função intensificar o teor emocional do canto. Foi muito usada na monódia de um escravo frígio em Eurípides, *Orestes* 1369-1502.
444. Segundo o escólio, essas palavras são dos *Cretenses* de Eurípides (*TrGF* fr. 472f).

p'ra sombria⁴⁴² pô-la 1350b
à venda na praça.
Mas ela já voou, voou⁴⁴³ ao alto céu fremendo as mui leves pontas das asas,
E deixou-me dores, dores;
pranto, pranto nos meus olhos
veio, veio – ai de mim! 1355
Mas, ó, cretenses nascidos sobre o Ida,⁴⁴⁴ tomando o seu arco
ajudai e movei vossos membros
ao redor desta casa.
E também Dictina,⁴⁴⁵ a criança mais bela,
Entre as suas cadelas, se aproxime e percorra toda a minha morada. 1360
Porém tu, filha de Zeus, com dúplice 1361a
e claro⁴⁴⁶ archote em mãos, ó Hécate, ilumina-me 1361b
até a casa de Glice,
pr'eu fazer a revista!⁴⁴⁷

DIONISO
Parem já com as canções!

(*Sai a Musa de Eurípides.*)

ÉSQUILO
                      Eu também tô satisfeito,
Eu queria mesmo agora é conduzi-lo pra balança, 1365
Pois só ela vai julgar a nossa poesia mesmo
E vai por à prova o peso das palavras que compomos.

---

445. Deusa ora associada, ora identificada com Ártemis.
446. *Dípuroi* ("de-dois-fogos").
447. Trata-se de procedimento legal em Atenas: uma pessoa que alegasse que outra lhe havia roubado algum pertence, poderia, sob certas condições, revistar a casa do suspeito.

ΔΙΟΝΥΣΟΣ
ἴτε δεῦρό νυν, εἴπερ γε δεῖ καὶ τοῦτό με
ἀνδρῶν ποιητῶν τυροπωλῆσαι τέχνην.

ΧΟΡΟΣ
ἐπίπονοί γ' οἱ δεξιοί.   1370
τόδε γὰρ ἕτερον αὖ τέρας
νεοχμόν, ἀτοπίας πλέων,
ὃ τίς ἂν ἐπενόησεν ἄλλος;
μὰ τὸν, ἐγὼ μὲν οὐδ' ἂν εἴ τις
ἔλεγέ μοι τῶν ἐπιτυχόντων,   1375
ἐπιθόμην, ἀλλ' ᾠόμην ἂν
αὐτὸν αὐτὰ ληρεῖν.

ΔΙΟΝΥΣΟΣ
ἴθι δὴ παρίστασθον παρὰ τὼ πλάστιγγ',

ΑΙΣΧΥΛΟΣ ΚΑΙ ΕΥΡΙΠΙΔΗΣ
                          ἰδού.

ΔΙΟΝΥΣΟΣ
καὶ λαβομένω τὸ ῥῆμ' ἑκάτερος εἴπατον,
καὶ μὴ μεθῆσθον, πρὶν ἂν ἐγὼ σφῷν κοκκύσω.   1380

---

448. Isto é, determinar o valor da arte pelo peso, como se fazia na venda de queijo.
449. Em expressão de espanto, o coro interrompe a invocação de um deus (*ma tón*).

DIONISO
Então venham pra cá logo, já que devo fazer isso:
Tocar varejo de queijo na arte de homens poetas.[448]

CANTO CORAL
CORO
(*Canta, enquanto ajudantes conduzem a balança pro centro do palco. Também trazem sacos lotados de papiros.*)

Têm labor homens hábeis.   1370
Este é um novo prodígio,
carregado de espanto;
quem pensaria em tal coisa?
Não por...![449] Se alguém me encontrasse
E relatasse tal coisa,   1375
eu não creria, acharia
que é lero-lero.

EPISÓDIO
DIONISO
Podem vir, fiquem do lado da balança.

ÉSQUILO e EURÍPIDES
                    Tá entendido!

(*Eurípides se posta à direita da balança, Ésquilo à esquerda.*)

DIONISO
Cada um dos dois empunhe um de seus versos e o recite.
E eu lhes peço que não soltem antes de eu dar o grito!   1380

ΑΙΣΧΥΛΟΣ ΚΑΙ ΕΥΡΙΠΙΔΗΣ
ἐχόμεθα.

ΔΙΟΝΥΣΟΣ
τοὔπος νῦν λέγετον ἐς τὸν σταθμόν.

ΕΥΡΙΠΙΔΗΣ
"εἴθ' ὤφελ' Ἀργοῦς μὴ διαπτάσθαι σκάφος".

ΑΙΣΧΥΛΟΣ
"Σπερχειὲ ποταμὲ βουνόμοι τ' ἐπιστροφαί".

ΔΙΟΝΥΣΟΣ
κόκκυ.

ΑΙΣΧΥΛΟΣ ΚΑΙ ΕΥΡΙΠΙΔΗΣ
μεθεῖται.

ΔΙΟΝΥΣΟΣ
καὶ πολύ γε κατωτέρω
χωρεῖ τὸ τοῦδε.

ΕΥΡΙΠΙΔΗΣ
καὶ τί ποτ' ἐστὶ ταἴτιον; 1385

---

450. Verso inicial da *Medeia*. Argo é o nome do navio dos argonautas, cujo líder, Jasão, foi amante de Medeia.
451. Esperqueu é um rio da Ftiótida, região da Grécia de que vinha Aquiles.
452. Fragmento do *Filoctetes* (*TrGF* fr. 249). *Epistrophé* ("giro", "frequentação"), que traduzi por "circuitos" é uma palavra bastante usada por Ésquilo.

(*Ésquilo e Eurípides pegam seus versos, representados por um rolo de papiro.*)

ÉSQUILO e EURÍPIDES
Pronto!

DIONISO
    Digam os seus versos para os pratos da balança.

EURÍPIDES
"Quem me dera nunca houvesse volitado a proa de Argo"[450]

ÉSQUILO
"Ó, correntes do Esperqueu[451] e vós, circuitos pastoris"[452]

DIONISO
Vai![453]

(*Eles soltam os versos na balança.*)

ÉSQUILO e EURÍPIDES
    Soltamos!

DIONISO
A balança pendeu muito mais pra baixo
Desse lado aqui... (*apontando o lado de Ésquilo*)

EURÍPIDES (*indignado*)
        Mas como? Posso saber qual o motivo?   1385

---

453. No original, trata-se de uma onomatopeia: *kókku*.

ΔΙΟΝΥΣΟΣ
ὅτι εἰσέθηκε ποταμόν, ἐριοπωλικῶς
ὑγρὸν ποιήσας τοὔπος ὥσπερ τἄρια,
σὺ δ' εἰσέθηκας τοὔπος ἐπτερωμένον.

ΕΥΡΙΠΙΔΗΣ
ἀλλ' ἕτερον εἰπάτω τι κἀντιστησάτω.

ΔΙΟΝΥΣΟΣ
λάβεσθε τοίνυν αὖθις.

ΑΙΣΧΥΛΟΣ ΚΑΙ ΕΥΡΙΠΙΔΗΣ
    ἢν ἰδού.

ΔΙΟΝΥΣΟΣ
      λέγε.   1390

ΕΥΡΙΠΙΔΗΣ
"οὐκ ἔστι Πειθοῦς ἱερὸν ἄλλο πλὴν λόγος".

ΑΙΣΧΥΛΟΣ
"μόνος θεῶν γὰρ Θάνατος οὐ δώρων ἐρᾷ".

ΔΙΟΝΥΣΟΣ
μέθετε.

---

454. *Eriopolikôs* ("à maneira dos vendedores de lã"), ver nota 12. Dioniso se refere a uma trapaça cometida por alguns vendedores de lã: como o material era vendido por peso, eles o empapavam de água para encarecê-lo.

455. Fragmento da *Antígona* (*TrGF* fr. 170.1). Como vimos (nota 333), a *peithó* ("persuasão", "convencimento") é um conceito constantemente associado a Eurípides na peça. A palavra traduzida por "fala" é *lógos* ("discurso", "raciocínio") termo chave na filosofia grega da época.

DIONISO
Ele colocou um rio, bem vendedoricamente:[454]
Empapando os versos de água pra ficarem mais pesados.
Mas você botou um verso que é emplumado e volitante!

EURÍPIDES
Então que diga outro verso pra compararmos de novo!

DIONISO
Peguem seus versos de novo!

(*Pegam os versos.*)

ÉSQUILO e EURÍPIDES
                Já pegamos.

DIONISO
                Então digam!   1390

EURÍPIDES
"Só existe um santuário do Convencimento: a Fala"[455]

ÉSQUILO
"Dentre os deuses, só a Morte não se alegra com presentes"[456]

DIONISO
Podem soltar!

(*Eles soltam os versos sobre a balança.*)

---

456. Fragmento da *Níobe* (*TrGF* fr. 161.1). O dito que segue três versos após o trecho citado o torna uma resposta adequada a Eurípides: "Dentre todos os deuses, o Convencimento se afasta somente dela [i. e. da Morte]" (μόνου δὲ Πειθὼ δαιμόνων ἀποστατεῖ, *TrGF* fr. 161.4).

ΑΙΣΧΥΛΟΣ ΚΑΙ ΕΥΡΙΠΙΔΗΣ
   μεθεῖται.

ΔΙΟΝΥΣΟΣ
               καὶ τὸ τοῦδέ γ' αὖ ῥέπει·
θάνατον γὰρ εἰσέθηκε βαρύτατον κακόν.

ΕΥΡΙΠΙΔΗΣ
ἐγὼ δὲ πειθώ γ' ἔπος ἄριστ' εἰρημένον. 1395

ΔΙΟΝΥΣΟΣ
πειθὼ δὲ κοῦφόν ἐστι καὶ νοῦν οὐκ ἔχον.
ἀλλ' ἕτερον αὖ ζήτει τι τῶν βαρυστάθμων,
ὅ τι σοι καθέλξει, καρτερόν τε καὶ μέγα.

ΕΥΡΙΠΙΔΗΣ
φέρε ποῦ τοιοῦτον δῆτά μούστί; ποῦ;

ΔΙΟΝΥΣΟΣ
                        φράσω·
"βέβληκ' Ἀχιλλεὺς δύο κύβω καὶ τέτταρα". 1400
λέγοιτ' ἄν, ὡς αὕτη 'στὶ λοιπὴ σφῶν στάσις.

ΕΥΡΙΠΙΔΗΣ
"σιδηροβριθές τ' ἔλαβε δεξιᾷ ξύλον".

---

457. Pois, por meio dele, as pessoas são enganadas. Joga-se aqui com os sentidos concreto e abstrato de *kouphós* ("leve", "leviano").

458. O verso original é aparentemente uma invenção de Aristófanes; contudo, a expressão "dois uns e um quatro" (*dúo kúbo kaì téttara*) também se encontra no comediógrafo Êupolis (fr. 372 K-A), e pode se tratar de imitação. A brincadeira

ÉSQUILO e EURÍPIDES
>Já soltamos!

DIONISO
>De novo pro mesmo lado.
É porque ele pôs a morte, o mais pesado dentre os males.

EURÍPIDES
E eu pus o Convencimento, um dos ditos mais bem feitos! 1395

DIONISO
O Convencimento é burro e além disso é leviano.[457]
Mas procura um outro verso, um daqueles bem pesados,
Que desvie essa balança – algo grande e bem robusto!

EURÍPIDES (*procurando no saco*)
Onde que eu deixei um desses? Onde?

DIONISO
>Deixa que eu te mostro:
(*Puxa um papiro do saco de Eurípides.*)
"Lançou Aquiles três dados: tirou um quatro e dois uns"[458] 1400
Logo! Que essa agora é a última das rixas de pesagem![459]

EURÍPIDES
"Férrea ele segurou com sua destra uma madeira"[460]

---

está em que "Aquiles" e "lançou" prometem um verso grandioso, mas são contrapostos pela banal referência aos dados.
459. No original, o termo é *stásis*, que pode significar simplesmente "pesagem", mas também designa disputas civis (ver nota 96).
460. Fragmento do *Meleagro* (*TrGF* fr. 531).

ΑΙΣΧΥΛΟΣ
"ἐφ' ἅρματος γὰρ ἅρμα καὶ νεκρῷ νεκρός".

ΔΙΟΝΥΣΟΣ
ἐξηπάτηκεν αὖ σὲ καὶ νῦν.

ΕΥΡΙΠΙΔΗΣ
τῷ τρόπῳ;

ΔΙΟΝΥΣΟΣ
δύ' ἅρματ' εἰσέθηκε καὶ νεκρὼ δύο, 1405
οὓς οὐκ ἂν ἄραιντ' οὐδ' ἑκατὸν Αἰγύπτιοι.

ΑΙΣΧΥΛΟΣ
καὶ μηκέτ' ἔμοιγε κατ' ἔπος, ἀλλ' ἐς τὸν σταθμὸν
αὐτὸς τὰ παιδί' ἡ γυνὴ Κηφισοφῶν
ἐμβὰς καθήσθω, συλλαβὼν τὰ βιβλία·
ἐγὼ δὲ δύ' ἔπη τῶν ἐμῶν ἐρῶ μόνον. 1410

ΔΙΟΝΥΣΟΣ
ἄνδρες φίλοι, κἀγὼ μὲν αὐτοὺς οὐ κρινῶ.
οὐ γὰρ δι' ἔχθρας οὐδετέρῳ γενήσομαι.
τὸν μὲν γὰρ ἡγοῦμαι σοφὸν τῷ δ' ἥδομαι.

ΠΛΟΥΤΩΝ
οὐδὲν ἄρα πράξεις ὧνπερ ἦλθες οὕνεκα;

---

461. Fragmento do *Glauco de Pótnias* (*TrGF* fr. 38.1).
462. Os egípcios eram conhecidos na Grécia por sua grande força.
463. Sobre a relação de Cefisofonte com a mulher de Eurípides, ver nota 286.
464. Sobre a reputação do livro na Atenas clássica, ver nota 284.
465. Não resta totalmente claro a quem Dioniso atribui cada característica. Comparando com a peça em geral, poderíamos dizer que o "engenhoso" é Ésquilo,

ÉSQUILO
"Coche sobre coche havia, cadáver sobre cadáver"⁴⁶¹

(*Lançam os versos na balança.*)

DIONISO (*para Eurípides*)
Ela te sacaneou mais uma vez!

EURÍPIDES
                    Mas como isso?

DIONISO
Ele colocou dois coches e por cima dois cadáveres!   1405
Que nem cem homens do Egito⁴⁶² conseguiriam erguer!

ÉSQUILO
Não me venha mais com versos! Sobe logo na balança
Com seus filhos, s'a mulher (Cefisofonte, pode vir!);⁴⁶³
Entra lá no meio e pega toda a sua livraiada;⁴⁶⁴
Eu aqui me comprometo a colocar só dois versinhos –   1410

DIONISO
Eu gosto muito dos dois e não queria decidir!
Não desejo ficar mal com qualquer um desses rapazes:
Esse aqui: tão engenhoso! Mas o outro é gracioso...⁴⁶⁵

PLUTÃO (*do alto do trono*)
E não vai fazer aquilo que buscava aqui no Hades?

descrito como sábio conselheiro, e o "gracioso" Eurípides, associado ao prazer e ao refinamento. No entanto, a ambiguidade pode ser intencional, uma vez que ressalta a dúvida da personagem. No original, o verso apresenta uma paronomásia a acentuar o constraste: *tòn mèn gàr* **hegoûmai** *sophón, tôi d'* **hédomai** ("um eu **considero** sábio, com o outro me **alegro**"), que traduzi por rima.

ΔΙΟΝΥΣΟΣ
ἐὰν δὲ κρίνω;

ΠΛΟΥΤΩΝ
τὸν ἕτερον λαβὼν ἄπει, 1415
ὁπότερον ἂν κρίνῃς, ἵν' ἔλθῃς μὴ μάτην.

ΔΙΟΝΥΣΟΣ
εὐδαιμονοίης. φέρε πύθεσθέ μου ταδί.
ἐγὼ κατῆλθον ἐπὶ ποιητήν. τοῦ χάριν;
ἵν' ἡ πόλις σωθεῖσα τοὺς χοροὺς ἄγῃ.
ὁπότερος οὖν ἂν τῇ πόλει παραινέσειν 1420
μέλλῃ τι χρηστόν, τοῦτον ἄξειν μοι δοκῶ.
πρῶτον μὲν οὖν περὶ Ἀλκιβιάδου τίν' ἔχετον
γνώμην ἑκάτερος; ἡ πόλις γὰρ δυστοκεῖ.

ΕΥΡΙΠΙΔΗΣ
ἔχει δὲ περὶ αὐτοῦ τίνα γνώμην;

ΔΙΟΝΥΣΟΣ
τίνα;
ποθεῖ μέν, ἐχθαίρει δέ, βούλεται δ' ἔχειν. 1425
ἀλλ' ὅ τι νοεῖτον εἴπατον τούτου πέρι.

ΕΥΡΙΠΙΔΗΣ
μισῶ πολίτην, ὅστις ὠφελεῖν πάτραν

466. General ateniense que era considerado belo e talentoso. Com muitos inimigos entre os *demagogoí* e acusado de sacrilégio e de planejar contra a democracia, desertou para o lado dos espartanos por receio de ser condenado. Posteriormente, gerando inimigos entre os espartanos, desertou novamente e, depois de uma temporada na corte de um sátrapa persa, foi aceito mais uma vez pelos atenienses. Segundo Tucídides 8.48, o golpe oligárquico de 411 AEC (ver nota introdutória) foi sugestão de Alcibíades. Liderou a vitória na importante Batalha de Cízico (410 AEC), mas, responsabilizado pela derrota em Nótio

DIONISO
E se eu escolher um deles?

PLUTÃO
                    Poderá ir com você   1415
Um dos dois a sua escolha; que não seja em vão a vinda!

DIONISO
(*para Plutão*) Muito obrigado! (*para os dois poetas*) Vocês! Ouçam o que eu
                                                              [vou dizer!
Estou buscando um poeta. E com que finalidade?
Pra que a cidade se salve e apresente os seus corais.
Aquele de vocês dois que conseguir aconselhar   1420
Algo valoroso a Atenas, esse eu vou levar comigo!
Mas primeiro me respondam: qual pensamento 'cês têm
A respeito do Alcibíades?[466] A pólis está num parto!

EURÍPIDES
E quais são os pensamentos que ela tem?

DIONISO
                              Os pensamentos?
Ela o adora, mas o odeia... mas quer tê-lo do seu lado.   1425
Porém digam o que julgam a respeito desse homem.

EURÍPIDES
Eu odeio[467] o cidadão que, pra ajudar a sua pátria,

(406 AEC), havia se exilado no Quersoneso. Por todos esses motivos, tornou-se uma personalidade controversa e, em 405 AEC, os atenienses discutiam se deviam convocá-lo novamente como general.
467. Frases iniciadas com "odeio" (*misô, stugô*) são comuns em Eurípides: "Odeio o homem engenhoso que não é engenhoso para consigo mesmo" (μισῶ σοφιστήν, ὅστις οὐχ αὑτῷ σοφός; *TrGF* fr. 905); "odeio as que são moderadas nas palavras, mas às escondidas têm ousadias nada belas" (μισῶ δὲ καὶ τὰς σώφρονας μὲν ἐν λόγοις,/λάθραι δὲ τόλμας οὐ καλὰς κεκτημένας; *Hipólito* 413-4).

βραδὺς πέφυκε μεγάλα δὲ βλάπτειν ταχύς,
καὶ πόριμον αὑτῷ τῇ πόλει δ' ἀμήχανον.

ΔΙΟΝΥΣΟΣ
εὖ γ' ὦ Πόσειδον· σὺ δὲ τίνα γνώμην ἔχεις;   1430

ΑΙΣΧΥΛΟΣ
οὐ χρὴ λέοντος σκύμνον ἐν πόλει τρέφειν.   1431a
μάλιστα μὲν λέοντα μὴ 'ν πόλει τρέφειν,   1431b
ἢν δ' ἐκτραφῇ τις, τοῖς τρόποις ὑπηρετεῖν.

ΔΙΟΝΥΣΟΣ
νὴ τὸν Δία τὸν σωτῆρα δυσκρίτως γ' ἔχω·
ὁ μὲν σοφῶς γὰρ εἶπεν, ὁ δ' ἕτερος σαφῶς.
ἀλλ' ἔτι μίαν γνώμην ἑκάτερος εἴπατον   1435
περὶ τῆς πόλεως ἥντιν' ἔχετον σωτηρίαν.

ΕΥΡΙΠΙΔΗΣ
εἴ τις πτερώσας Κλεόκριτον Κινησίᾳ,
αἴροιεν αὖραι πελαγίαν ὑπὲρ πλάκα.

ΔΙΟΝΥΣΟΣ
γέλοιον ἂν φαίνοιτο· νοῦν δ' ἔχει τίνα;

468. Em seu primeiro conselho, Eurípides rejeita Alcibíades, por seus feitos contra Atenas e a democracia. Com isso, ele se opõe ao conselho da parábase, que pedia o perdão dos colaboradores dos oligarcas em nome da defesa da cidade contra os peloponésios.

469. A maior parte dos estudiosos considera que esse verso é uma repetição do anterior e o eliminam (ver discussão em DOVER 1993: 372). Na minha opinião, contudo, se trata apenas de uma repetição enfática: o primeiro verso dá a ideia geral e os dois que se seguem a detalham. A presença do verso também deixa as respostas de Eurípides e Ésquilo com a mesma extensão, seguindo uma tendência muito frequente na comédia velha: o paralelismo. A imagem do filhote de leão é usada por Ésquilo no *Agamêmnon* 717-36 para descrever Páris, que, acolhido por Troia, foi a causa de sua destruição. A opinião de Ésquilo é mais

É bem lerdo, mas é ágil pra feri-la horrivelmente.
E a si mesmo é proveitoso, mas pra ela é um imprestável.⁴⁶⁸

DIONISO
Por Posídon! Muito bem! (*para Ésquilo*) E qual é o seu pensamento?   1430

ÉSQUILO
Nunca se alimente a cria de um leão nessa cidade;   1431a
Antes nunca se alimente algum leão nessa cidade,⁴⁶⁹   1431b
Mas quem já o alimentou se submeta a seus caprichos.

DIONISO
Mas por Zeus, o salvador! Que difícil decidir!
Esse aqui diz com destreza,⁴⁷⁰ mas o outro com clareza!
Mas tem ainda uma coisa, digam outro pensamento: 1435
Qual é o plano que teriam pra salvar essa cidade?

EURÍPIDES (*pensando em voz alta*)
Se transformassem Cleócrito nas asas do Cinésias,⁴⁷¹
Suspenderiam-nos sopros sobre o pelágico plaino....

DIONISO
Seria muito engraçado! Mas qual é o objetivo?

    próxima à postura do coro no epirrema da parábase frente aos colaboradores da oligarquia: sem deixar de reconhecer os maus feitos de Alcibíades, o poeta afirma que é melhor a cidade colaborar com ele, se quiser vencer a guerra.

470. Em grego, o jogo é *sophá* ("coisas engenhosas") e *saphá* ("coisas claras"). Não resta totalmente claro a qual poeta se aplica cada adjetivo, mas dada a caracterização dos dois ao longo da peça, é de se esperar que aquele se refira a Ésquilo, este a Eurípides.

471. Nas *Aves* 877, Aristófanes escarnece Cleócrito, dizendo que é filho de um avestruz, por motivo que se ignora. Cinésias, o compositor de ditirambos (ver nota 48), foi satirizado por Aristófanes nas *Aves* 1372-409 por seu estilo aéreo e excessivamente elevado; também parece que era fisicamente esguio (Platão Cômico fr. 200 K-A).

ΕΥΡΙΠΙΔΗΣ
εἰ ναυμαχοῖεν κᾆτ' ἔχοντες ὀξίδας   1440
ῥαίνοιεν ἐς τὰ βλέφαρα τῶν ἐναντίων.
ἐγὼ μὲν οἶδα καὶ θέλω φράζειν.

ΔΙΟΝΥΣΟΣ
                            λέγε.

ΕΥΡΙΠΙΔΗΣ
ὅταν τὰ νῦν ἄπιστα πίσθ' ἡγώμεθα,
τὰ δ' ὄντα πίστ' ἄπιστα.

ΔΙΟΝΥΣΟΣ
                    πῶς; οὐ μανθάνω.
ἀμαθέστερόν πως εἰπὲ καὶ σαφέστερον.   1445

ΕΥΡΙΠΙΔΗΣ
εἰ τῶν πολιτῶν οἷσι νῦν πιστεύομεν,
τούτοις ἀπιστήσαιμεν, οἷς δ' οὐ χρώμεθα,
τούτοισι χρησαίμεσθ', ἴσως σωθεῖμεν ἄν.
εἰ νῦν γε δυστυχοῦμεν ἐν τούτοισι, πῶς
τἀναντί' <ἂν> πράττοντες οὐ σῳζοίμεθ' ἄν;   1450

ΔΙΟΝΥΣΟΣ
εὖ γ' ὦ Παλάμηδες, ὦ σοφωτάτη φύσις.
ταυτὶ πότερ' αὐτὸς ηὗρες ἢ Κηφισοφῶν;

---

472. No original, o trocadilho é entre os verbos *pisteúo* ("acreditar", "confiar") e *apistéo* ("não acreditar", "não confiar"). Quis deixar evidente em português a relação etimológica entre *pístis* ("crença") e *peithó* ("convencimento").

473. Observe-se que a ideia de Eurípides ecoa o anteprirrema da parábase. No entanto, em vez de um conselho claro ("lancem mão dos cidadãos valorosos"), a fala apresenta um intricado raciocínio que exorta à mera inversão, não priori-

EURÍPIDES (*ainda compenetrado*)
Se batalhassem no mar e depois pegassem garrafas　　　　　　1440
De vinagre pra jogar nas pálpebras dos inimigos...
(*decidido*) Certo! Eu sei o que fazer e vou mostrar.

DIONISO
　　　　　　　　　　　　　　Pode dizer...

EURÍPIDES
Se passarmos a julgar inconvincente o convincente e
Convincente o inconvincente...

DIONISO
　　　　　　　　　　　Como assim? Não entendi!
Por favor, diz com clareza, co'um pouquinho de burrice...　　1445

EURÍPIDES
Se não demonstrarmos mais convicção nos cidadãos
De que nós somos convictos[472] e logo nos valermos
De quem nunca nos valemos, pode ser que nos salvemos.
Pois, se agora nos frustramos escutando seus conselhos,
Se fizermos o contrário, como não nos salvaremos?[473]　　　1450

DIONISO
Muito bem, ó Palamedes,[474] que natureza engenhosa!
Foi você que teve a ideia? Ou foi o Cefisofonte?[475]

---

　　zando a virtude e o bom nascimento. Dessa maneira, apesar das semelhanças, o conselho euripidiano é fundamentalmente diferente do coro.
474. Herói a quem se atribuem grande inteligência e a invenção da escrita. Eurípides tinha uma peça (hoje fragmentária) com esse nome.
475. Sobre Cefisofonte, ver nota 286.

ΕΥΡΙΠΙΔΗΣ
ἐγὼ μόνος· τὰς δ' ὀξίδας Κηφισοφῶν.

ΔΙΟΝΥΣΟΣ
τί δαὶ σύ; τί λέγεις;

ΑΙΣΧΥΛΟΣ
τὴν πόλιν νῦν μοι φράσον
πρῶτον τίσι χρῆται· πότερα τοῖς χρηστοῖς;

ΔΙΟΝΥΣΟΣ
πόθεν; 1455
μισεῖ κάκιστα.

ΑΙΣΧΥΛΟΣ
τοῖς πονηροῖς δ' ἥδεται;

ΔΙΟΝΥΣΟΣ
οὐ δῆτ' ἐκείνη γ', ἀλλὰ χρῆται πρὸς βίαν.

476. Alguns autores consideram que o texto original está corrompido, pois Eurípides dá dois conselhos em vez de um, contrariando o pedido de Dioniso ("Diga cada um de vocês mais uma opinião apenas: / qual salvação vocês teriam para a cidade"; ἀλλ' ἔτι μίαν γνώμην ἑκάτερος εἴπατον / περὶ τῆς πόλεως ἥντιν' ἔχετον σωτηρίαν, 1435-6). Segundo eles (ver a recapitulação do debate em DOVER 1993: 373 ss.), uma vez que se sabe que a peça teve duas apresentações (ver argumentos I e III), o segundo conselho poderia ser uma nova versão do primeiro ou mesmo da opinião de Ésquilo. Já MACDOWELL 1959 considera que o trecho tem lacunas e muitos versos estão fora de lugar. A discussão remonta à Antiguidade, quando os helenísticos Aristarco e Apolônio (de acordo com um escólio ao verso 1437) consideravam que o primeiro plano de Eurípides era uma interpolação (aquele por achar que a ideia era estúpida e vulgar, este por considerar a resposta irrelevante à pergunta de Dioniso). No entanto, pode se objetar a essas hipóteses que a comédia velha é um gênero pleno de incoerências e que, portanto, a mera presença de uma opinião extra não é motivo suficiente para considerar a mistura de duas versões (sendo também questionável a necessidade de uma atualização para a segunda apresentação; WILLI 2002: 17 s.).

EURÍPIDES
Eu! Mas o vinagre foi ideia do Cefisofonte...[476]

DIONISO
E você? O que é que diz?

ÉSQUILO
                Só me diga, antes de tudo,
De quem se vale a cidade? Dos valorosos?[477]

DIONISO
                            Jamais!   1455
Ela lhes tem ojeriza!

ÉSQUILO
                E ela gosta dos canalhas?[478]

DIONISO
Na verdade ela não gosta: é forçada a se valer deles.

    Ademais, como observado por WILLI 2002: 18 s., é provável que a primeira opinião euripidiana (1437-41) fosse um pensamento incompleto pronunciado em voz alta (ou mesmo mais de um pensamento: sendo 1437-8 um e 1440-1 outro), o que se confirma pelo uso de duas orações condicionais sem apódose (e pelo anacoluto que há entre os versos 1437-8). Também Ésquilo, como argumentado por MÖLLENDORFF 1996/97: 148 e brevemente por WILLI 2002: 18, mostra duas opiniões (permanecendo a primeira – que se inicia na pergunta sobre quais líderes Atenas empregaria – incompleta como a primeira de Eurípides). Desse modo, o conjunto de pareceres forma um quiasmo: Eurípides esboça um conselho militar seguido de um civil e Ésquilo esboça um conselho civil, que é seguido por um militar (MÖLLENDORFF 1996/97: 148). Uma vez que o paralelismo é outra característica da comédia velha, o fato não parece fortuito. Frente a essas considerações, não parece necessário alterar o texto legado pelos manuscritos.
477. É a mesma paronomásia entre khrestós e khráomai que se encontra no antepirrema da parábase (ver nota 199). Observe-se como nesse esboço de ideia Ésquilo aproxima-se mais do conselho do coro que Eurípides.
478. *Poneroí*; o vocabulário ainda é o do antepirrema da parábase (ver nota 192).

ΑΙΣΧΥΛΟΣ
πῶς οὖν τις ἂν σώσειε τοιαύτην πόλιν,
ᾗ μήτε χλαῖνα μήτε σισύρα συμφέρει;

ΔΙΟΝΥΣΟΣ
εὕρισκε νὴ Δί', εἴπερ ἀναδύσει πάλιν.   1460

ΑΙΣΧΥΛΟΣ
ἐκεῖ φράσαιμ' ἄν· ἐνθαδὶ δ' οὐ βούλομαι.

ΔΙΟΝΥΣΟΣ
μὴ δῆτα σύ γ', ἀλλ' ἐνθένδ' ἀνίει τἀγαθά.

ΑΙΣΧΥΛΟΣ
τὴν γῆν ὅταν νομίσωσι τὴν τῶν πολεμίων
εἶναι σφετέραν, τὴν δὲ σφετέραν τῶν πολεμίων,
πόρον δὲ τὰς ναῦς ἀπορίαν δὲ τὸν πόρον.   1465

ΔΙΟΝΥΣΟΣ
εὖ, πλήν γ' ὁ δικαστὴς αὐτὰ καταπίνει μόνος.

479. No original, a oposição é entre *khlaîna* (um bom manto) e *sisúra* (uma roupa barata de pele de bode).
480. O texto original é: "[Quando considerarem que] os navios são recursos e que os recursos são a falta de recursos" (πόρον δὲ τὰς ναῦς, ἀπορίαν δὲ τὸν πόρον). O trocadilho é entre *póros* ("caminho", "saída", "riqueza") e *aporía* ("falta de saída ou de recursos"). Alguns (ver SOMMERSTEIN 1974: 26; DOVER 1993: 378, MÖLLENDORFF 1996/97: 147 s.) consideram que o sentido de *póros* aqui é "recurso financeiro" e que a exortação de Ésquilo é que a cidade abandone a preocupação com o dinheiro e fortaleça a frota, a única garantia de assegurar os tributos dos aliados. Nessa leitura, o conselho de considerar a terra dos inimigos sua e vice-versa remontaria à política de Péricles no início da Guerra do Peloponeso, segundo a qual os atenienses deveriam deixar os peloponésios invadir o interior da Ática enquanto eles asseguravam sua supremacia marítima. Outra interpretação da oposição entre *póros* e *aporía* (WILLI 2002: 24 s.) é que, segundo o poeta, a única defesa de Atenas é sua frota, mas que não há saída real em continuar as hostilidades, e, por conseguinte, a frota

ÉSQUILO
Como alguém conseguiria resgatar uma cidade
Que não quer vestir um manto, mas também não quer um trapo?[479]

DIONISO
Por Zeus! Acha uma resposta! Pode ser que você volte!   1460

ÉSQUILO
Então lá eu te respondo, mas aqui não vou falar.

DIONISO
Não me venha co'essa história! Diga aqui a boa ideia!

ÉSQUILO
Quando a terra do inimigo eles já considerarem
Sua e a que lhes pertence como sendo do inimigo,
Que os navios são abastança e que a abastança já não basta.[480]   1465

DIONISO
Muito bem, só que os juízes já devoram-na sozinhos![481]

    não é uma solução de fato. Segundo essa leitura, o conselho de considerar a terra dos inimigos sua e vice-versa seria um apelo à unidade grega e à paz. Inclino-me a essa segunda interpretação, tendo em vista a mensagem a favor da paz com que a peça se encerra, que seria mais adequada na celebração do retorno de Ésquilo ao mundo dos vivos se ele próprio tivesse defendido o fim da guerra em seus argumentos (WILLI 2002: 22). No entanto, não considero que *póros* se refira à importância estratégica da frota, mas ao dinheiro que sua manutenção exigia dos atenienses, o qual já se fazia raro àquela altura da guerra (considerando a perda das minas de pratas do Láurio e as negociações junto aos persas para conseguir recursos – ambos os fatos mencionados na peça; ver nota introdutória). Dessa maneira, considero que Ésquilo exorta à paz lembrando os atenienses de que, a longo prazo, a guerra seria insustentável financeiramente.

481. Em suas peças, Aristófanes constantemente se queixa do pretenso ônus financeiro que a paga dos júris populares causaria à cidade.

ΠΛΟΥΤΩΝ
κρίνοις ἄν.

ΔΙΟΝΥΣΟΣ
αὕτη σφῷν κρίσις γενήσεται·
αἱρήσομαι γὰρ ὅνπερ ἡ ψυχὴ θέλει.

ΕΥΡΙΠΙΔΗΣ
μεμνημένος νυν τῶν θεῶν οὓς ὤμοσας
ἦ μὴν ἀπάξειν μ' οἴκαδ', αἱροῦ τοὺς φίλους.   1470

ΔΙΟΝΥΣΟΣ
"ἡ γλῶττ' ὀμώμοκ'", Αἰσχύλον δ' αἱρήσομαι.

ΕΥΡΙΠΙΔΗΣ
τί δέδρακας ὦ μιαρώτατ' ἀνθρώπων;

ΔΙΟΝΥΣΟΣ
                                    ἐγώ;
ἔκρινα νικᾶν Αἰσχύλον. τιὴ γὰρ οὔ;

ΕΥΡΙΠΙΔΗΣ
αἴσχιστον ἔργον προσβλέπεις μ' εἰργασμένος;

ΔΙΟΝΥΣΟΣ
τί δ' αἰσχρόν, ἢν μὴ τοῖς θεωμένοις δοκῇ;   1475

---

482. Referência à famosa fala do *Hipólito* de Eurípides (ver nota 35).
483. *Aískhuston érgon* ("feito vergonhosíssimo"). No original, há um trocadilho entre *aískhuston* ("vergonhosíssimo") e *Aiskhúlos* ("Ésquilo"); na tradução, o substituí pela rima Ésquilo/maléfico.

PLUTÃO
Pois decida!

DIONISO
          Então tá certo! Eu farei a decisão.
Eu escolherei aquele que minh'alma desejar.

EURÍPIDES
Carregando em teu pensar os deuses pelos quais juraste
Conduzir-me para casa, vem e escolhe teus amigos.   1470

DIONISO
Minha língua prometeu... mas escolherei o Ésquilo![482]

EURÍPIDES
O que você tá fazendo?! Desgraçado!

DIONISO
                        Eu, desgraçado?
Minha escolha foi o Ésquilo. E por que ela não seria?

EURÍPIDES (*trágico*)
E co'esse ato maléfico[483] ainda ousa me olhar?

DIONISO
"Porém qual ato é maléfico", se não parece à plateia?[484]   1475

---

484. Paródia do verso da peça *Éolo* de Eurípides (*TrGF* fr. 19, ver nota 250), provavelmente com referência ao incesto: "Mas qual ato é vergonhoso, se não parece àqueles que o fazem?" (τί δ' αἰσχρὸν εἰ μὴ τοῖσι χρωμένοις δοκεῖ;). Aristófanes substitui "os que fazem" (*khrómenoi*) por "os que assistem" (*theómenoi*).

ΕΥΡΙΠΙΔΗΣ
ὦ σχέτλιε περιόψει με δὴ τεθνηκότα;

ΔΙΟΝΥΣΟΣ
τίς οἶδεν εἰ τὸ ζῆν μέν ἐστι κατθανεῖν,
τὸ πνεῖν δὲ δειπνεῖν, τὸ δὲ καθεύδειν κῴδιον;

ΠΛΟΥΤΩΝ
χωρεῖτε τοίνυν ὦ Διόνυσ' εἴσω.

ΔΙΟΝΥΣΟΣ
                        τί δαί;

ΠΛΟΥΤΩΝ
ἵνα ξενίσω <'γὼ> σφὼ πρὶν ἀποπλεῖν.

ΔΙΟΝΥΣΟΣ
                               εὖ λέγεις   1480
νὴ τὸν Δί'· οὐ γὰρ ἄχθομαι τῷ πράγματι.

ΧΟΡΟΣ
μακάριός γ' ἀνὴρ ἔχων
ξύνεσιν ἠκριβωμένην.
πάρα δὲ πολλοῖσιν μαθεῖν.
ὅδε γὰρ εὖ φρονεῖν   1485
πάλιν ἄπεισιν οἴκαδ' αὖ[θις],

---

485. Há pelo menos duas passagens de Eurípides que podem estar sendo parafraseadas aqui (ver nota 354): *Frixo* (*TrGF* fr. 833) e *Poliido* (*TrGF* fr. 638).

486. No original, Dioniso continua a distorção do verso euripidiano com aliterações

EURÍPIDES
Oh, maldito! Quer dizer que vai me deixar pra morrer?

DIONISO
"Afinal, quem é que sabe se viver não é morrer",[485]
Respirar não é pirar e cochilar não é uma colcha?[486]

PLUTÃO
Venham vocês dois pra dentro! Vem, Dioniso.

DIONISO
                          Pra quê?

PLUTÃO
Antes de partir, vocês serão meus hóspedes.

DIONISO
                          Por Zeus!   1480
Muito boa sua ideia! Não me cairia mal!

(*O palácio se fecha.*)

CANTO CORAL
CORO
É feliz quem possui
apurado o intelecto!
Muitos homens o atestam.
Tendo mostrado prudência,   1485
ele irá para casa,

---

sem sentido, entre *pneîn* ("respirar") e *deipneîn* ("comer"), *katheúdein* ("dormir")
e *kóidion* ("velo de lã"). Alterei as palavras na tradução para manter a aliteração.

ἐπ' ἀγαθῷ μὲν τοῖς πολίταις,
ἐπ' ἀγαθῷ δὲ τοῖς ἑαυτοῦ
ξυγγενέσι τε καὶ φίλοισ‹ι›,
διὰ τὸ συνετὸς εἶναι. 1490

χαρίεν οὖν μὴ Σωκράτει
παρακαθήμενον λαλεῖν,
ἀποβαλόντα μουσικὴν
τά τε μέγιστα παραλιπόντα
τῆς τραγῳδικῆς τέχνης. 1495
τὸ δ' ἐπὶ σεμνοῖσιν λόγοισι
καὶ σκαριφησμοῖσι λήρων
διατριβὴν ἀργὸν ποιεῖσθαι,
παραφρονοῦντος ἀνδρός.

ΠΛΟΥΤΩΝ
ἄγε δὴ χαίρων Αἰσχύλε χώρει, 1500
καὶ σῷζε πόλιν τὴν ἡμετέραν
γνώμαις ἀγαθαῖς καὶ παίδευσον
τοὺς ἀνοήτους· πολλοὶ δ' εἰσίν·
καὶ δὸς τουτὶ Κλεοφῶντι φέρων
καὶ τουτουσὶ τοῖσι πορισταῖς 1505

487. O famoso filósofo, que é mostrado nas peças de Aristófanes como opositor da educação tradicional e danoso aos valores da cidade. O poeta o associa a Eurípides, como o faz com toda a filosofia.
488. No sentido grego antigo, isto é: a arte das Musas (música e poesia); ver nota 196.
489. No original, não resta totalmente clara a natureza dos objetos entregues por

Um bem aos concidadãos,
um bem aos que lhe pertencem,
a seus parentes e amigos,
por ser astuto. 1490

Como é bom não sentar com
Sócrates,[487] papeando
e esquecendo da música,[488]
deixando o que há de maior
e melhor na tragédia. 1495
Passar o tempo ocioso
com palavrório afetado
e arranhadura de lero é
coisa de louco.

ÊXODO
(*O palácio se abre, com Plutão, Dioniso e Ésquilo coroados com guirlandas, prontos para uma procissão.*)

PLUTÃO
Tenha uma boa travessia, Ésquilo! 1500
Leve o resgate para nossa pólis
com nobres pensamentos, vá educar
os idiotas (que por lá são muitos)
Leva isso aqui[489] pro Cleofonte[490] usar (*dando uma espada*)
e esses aqui pros nossos financistas, 1505

Plutão. Certamente são meios de suicídio, sendo os mais comuns a espada, a corda de enforcamento e a cicuta, que pressupus na tradução (DOVER 1993: 382).
490. Sobre o demagogo contrário a qualquer tipo de acordo de paz com os peloponésios, ver nota 172.

Μύρμηκί θ' ὁμοῦ καὶ Νικομάχῳ,
τόδε δ' Ἀρχενόμῳ·καὶ φράζ' αὐτοῖς
ταχέως ἥκειν ὡς ἐμὲ δευρὶ
καὶ μὴ μέλλειν·κἂν μὴ ταχέως
ἥκωσιν, ἐγὼ νὴ τὸν Ἀπόλλω   1510
στίξας αὐτοὺς καὶ συμποδίσας
μετ' Ἀδειμάντου τοῦ Λευκολόφου
κατὰ γῆς ταχέως ἀποπέμψω.   1513-4

ΑΙΣΧΥΛΟΣ
ταῦτα ποιήσω· σὺ δὲ τὸν θᾶκον   1515
τὸν ἐμὸν παράδος Σοφοκλεῖ τηρεῖν
καὶ διασῴζειν, ἢν ἄρ' ἐγώ ποτε
δεῦρ' ἀφίκωμαι. τοῦτον γὰρ ἐγὼ
σοφίᾳ κρίνω δεύτερον εἶναι.
μέμνησο δ' ὅπως ὁ πανοῦργος ἀνὴρ   1520
καὶ ψευδολόγος καὶ βωμολόχος
μηδέποτ' ἐς τὸν θᾶκον τὸν ἐμὸν
μηδ' ἄκων ἐγκαθεδεῖται.

ΠΛΟΥΤΩΝ
φαίνετε τοίνυν ὑμεῖς τούτῳ
λαμπάδας ἱεράς, χἄμα προπέμπετε   1525
τοῖσιν τούτου τοῦτον μέλεσιν
καὶ μολπαῖσιν κελαδοῦντες.

---

491. Nada se sabe sobre Mírmex e Arquênomo, a não ser, como se diz aqui, que o primeiro era um *poristés* (de *póros*, "recursos"; ver nota 480), um tipo de magistrado cujas funções não sabemos exatamente, mas que decerto estava ligado à gestão dos recursos da cidade. Sobre Nicômaco, além de sua função como *poristés*, tudo o que se sabe é que Lísias 33 cita um sujeito de igual nome que, em 410 AEC e 403 AEC, foi encarregado da codificação e inscrição pública das leis.

492. General ateniense que mais tarde foi acusado de ter traído a cidade na batalha

(*dando dois laços de enforcamento*) tanto pro Mírmex, como pro Nicômaco,
(*dando uma taça de cicuta*) e isso pro Arquênomo,⁴⁹¹ aconselhando-os
a virem rápido pra minha casa,
sem mais demora! E se eles não vierem
rápido, juro pelo deus Apolo   1510
que eu vou marcá-los e algemá-los todos
com o Adimanto,⁴⁹² filho do Leucólofo,
e os mandarei terra abaixo!   1513-4

ÉSQUILO
Vou fazer isso! Mas você entregue   1515
a Sófocles a guarda e a proteção
do meu trono, pro caso de algum dia
eu vir aqui de novo, pois presumo
que ele é o segundo em artifício e engenho.
E lembre-se de não deixar que aquele   1520
palhaço, loroteiro e trambiqueiro
se sente no meu trono alguma vez,
mesmo se for por acidente.⁴⁹³

PLUTÃO
Vocês acendam para ele agora
as consagradas tochas e o conduzam,   1525
com as canções e as danças dele, a ele
enaltecendo e celebrando.⁴⁹⁴

---

de Egospótamos, em que Atenas foi definitivamente derrotada pelos peloponésios em 404 AEC.
493. Aristófanes imita aqui a estrutura do concurso trágico, em que três poetas disputavam entre si. A Eurípides é reservado o terceiro (e último) lugar.
494. O canto que segue não é de Ésquilo, mas ele é composto no ritmo datílico, associado ao poeta ao longo da peça. Há ainda a possibilidade de que Aristófanes tenha adicionado um canto de Ésquilo ao êxodo nas apresentações (DOVER 1993: 383s.).

ΧΟΡΟΣ
πρῶτα μὲν εὐοδίαν ἀγαθὴν ἀπιόντι ποιητῇ
ἐς φάος ὀρνυμένῳ δότε δαίμονες οἱ κατὰ γαίας,
τῇ δὲ πόλει μεγάλων ἀγαθῶν ἀγαθὰς ἐπινοίας.   1530
πάγχυ γὰρ ἐκ μεγάλων ἀχέων παυσαίμεθ' ἂν οὕτως
ἀργαλέων τ' ἐν ὅπλοις ξυνόδων. Κλεοφῶν δὲ μαχέσθω
κἄλλος ὁ βουλόμενος τούτων πατρίοις ἐν ἀρούραις.

495. Ver nota 172.
496. Isto é, em terras bárbaras, de onde Aristófanes alega que vêm os pais de Cleo-

CORO (*cantando e dançando numa procissão em torno de Ésquilo, rumo à saída*)
Primeiro concedei um nobre rumo a este
poeta enquanto sobe à luz, ó deuses ínferos,
e à pólis nobres planos de mui nobres bens;   1530
e assim deixemos logo as dores numerosas
e os embates cruéis. Que lutem Cleofonte,[495]
e quem mais o quiser, nos campos de seus pais![496]

fonte (ver nota 172). Ademais, o poeta acusa de cidadania ilegítima todos aqueles que desejam a continuidade da guerra.

Notas ao texto grego

15:	Conforme STANFORD 1958: 1, 72 e DOVER 1993: 119, 192.
189:	A distribuição de falas neste verso é assim sugerida por DOVER 1993: 215 s.
250 e 260:	Não sigo, nestes versos, a atribuição de falas de PARKER 1997, mas uma que pareceu mais adequada à minha interpretação do trecho.
269:	Conforme STANFORD 1958: 13, 97 e DOVER 1993: 132, 227.
301:	Sigo a atribuição de falas sugerida por STANFORD 1958: 14 e DOVER 1993: 134.
414b:	Sigo aqui a disposição de versos de STANFORD 1958: 19 e DOVER 1993: 140.
464 ss.:	HALL e GELDART 1906 identificam a personagem como Éaco (Αἴακος); seguindo DOVER 1993: 51 ss. nomeio-a apenas "Porteiro" (Θυρωρός).
483:	Sigo aqui as atribuições de fala sugeridas por STANFORD 1958: 22, 116.
494:	Sigo a leitura de STANFORD 1958: 22 e DOVER 1993: 143, 256.
503 ss.:	Leitura de STANFORD 1958: 23, 117 e DOVER 1993: 144, 257, que consideram a personagem masculina, enquanto HALL e GELDART 1906 a tomam como feminina. Lanço mão do nome empregado por DOVER (Οἰκέτης).
568-569:	Sigo a atribuição de falas sugerida por STANFORD 1958: 26 e DOVER 1993: 147.
575-578:	Também aqui reproduzo as atribuições de STANFORD 1958: 26 e DOVER 1993: 147.
645:	As atribuições de fala nesse trecho seguem as leituras de DOVER 1993: 151.
665-666:	Organização de versos sugerida por DOVER 1993: 152, 274 s.
738:	HALL e GELDART (1906 identificam essa personagem com o Porteiro (que chamam Éaco – Αἴακος. Sigo aqui a leitura de DOVER 1993: 50 ss., 155 ss.
980-981:	Essa divisão de versos é seguida por STANFORD 1958: 44 e DOVER 1993: 166.
1018:	Atribuição sugerida por DOVER 1993: 168, 319.
1064:	Acentuação adotada por STANFORD 1958: 49 e DOVER 1993: 170.
1136:	Sigo a atribuição de falas e a pontuação da fala anterior sugeridas por STANFORD 1958: 52, 170 e DOVER 1993: 173, 333.

1202:	De acordo com a leitura de STANFORD 1958: 54 e DOVER 1993: 176, 339.
1205:	A atribuição é de DOVER 1993: 176.
1243:	Leitura de STANFORD 1958: 56, 176 e DOVER 1993: 178, 342.
1245:	De acordo com STANFORD 1958: 56, 176 e DOVER 1993: 178, 342.
1301:	Leitura de STANFORD 1958: 58, 180 e DOVER 1993: 180, 350.
1308:	Pontuação sugerida por DE SIMONE 2008: 485 s.
1384:	Texto e distribuição de falas nesse verso estão de acordo com STANFORD 1958: 61, 191 e DOVER 1993: 184, 367.
1393:	Sigo o texto e a atribuição de falas de STANFORD 1958: 62, 191 e DOVER 1993: 184, 367.
1420-1421:	O texto destes versos segue as leituras de STANFORD 1958: 63 e DOVER 1993: 185.
1431b:	HALL e GELDART 1906 julgam que esse verso é uma duplicata do seguinte e o colocam entre colchetes; STANFORD 1958: 63, 194 prefere o seguinte. DOVER 1993: 372 considera-os versões alternativas, apresentadas em ocasiões distintas. No entanto, eu os tomo como parte do texto.
1437-1466:	Atribuição de falas e disposição dos versos de acordo com a leitura de MÖLLENDORFF 1996/97.
1505:	De acordo com STANFORD 1958:66, 199 e DOVER 1993: 189.
1505-1527:	A disposição dos versos é a de Stanford 1958:66 s. e Dover 1993: 189.

Referências bibliográficas

ALLISON, R. H. "Amphibian Ambiguities: Aristophanes and His Frogs", *Greece & Rome* 30, 1, 1983, pp. 8-20.

ANDERSON, G. "ΛΗΚΥΘΙΟΝ and ΑΥΤΟΛΗΚΥΘΟΣ", *JHS* 101, 1, 1981, pp. 130-132.

ANDRADE, T. B. C. *A arte de Aristófanes*: estudo poético e tradução d'As Rãs. 2014. 323 f. Dissertação (Mestrado em Letras Clássicas) - Faculdade de Filosofia, Letras e Ciências Humanas, Universidade de São Paulo, São Paulo, 2014.

ANDRISIANO, A. "Empusa, nome parlante (E.Ran.288ss..)?", in: A. Ercolani (ed.), *Spoudaiogeloion*, 2002, pp. 273-297.

ARISTOPHANES. *The Frogs*. Edited with introduction, revised text, commentary and index by W. B. Stanford. London: Macmillan & Co, 1958.

_____. *Frogs*. Edited with introduction and commentary and index by K. J. Dover. Oxford: Clarendon Press, 1993.

ARISTOPHANIS. *Comoediae*, vol. 2. Recognoverunt brevique adnotatione critica instruxerunt F.W. Hall [et] H. Geldart. Oxford: Clarendon Press, 1906.

ARISTÓTELES. *Poética*. Tradução, comentário e índices analítico e onomástico de Eudouro de Souza. Coleção Os Pensadores; São Paulo: Abril Cultural, 1973.

AZEVEDO, F. C. de. *O fracasso de Nuvens e a rivalidade poética na comédia grega antiga*. 2018. 129 f. Dissertação (Mestrado em Letras Clássicas) - Faculdade de Filosofia, Letras e Ciências Humanas, Universidade de São Paulo, São Paulo, 2018.

BAIN, D. "Ληκύθιον ἀπώλεσεν: Some Reservations", *CQ* 35/1, 1985, pp. 31-37.

BAKOLA, E. "The Drunk, the Reformer and The Teacher: Agonistic Poetics and the Construction of Persona in the Comic Poets of the Fifth Century", *The Cambridge Classical Journal* 54, 2007, pp. 1-29.

BILES, Z. P. *Aristophanes and the Poetics of Competition*. Cambridge. New York: Cambridge University Press, 2011.

BOARDMAN, J. "Herakles, Peisistratos and Eleusis (Plates I-IV)", *JHS* XCV, 1975, pp. 1-12.

BORTHWICK, E. K. "New interpretations of Aristophanes *Frogs*, 1249-1328", *Phoenix* 48/1, 1994, pp. 21-41.

_____. "Euripides Erotodidaskalos? A Note on Aristophanes *Frogs* 967", *CP*, 1997, pp. 363-367.

_____. "Aeschylus vs. Euripides: a Textual Problem at *Frogs* 818-19", *CQ* 49/2, pp. 623-624, 1999.

BOWIE, A. M. "The Parabasis in Aristophanes: Prolegomena: *Acharnians*", *CQ* 32/1, 1982, pp. 27-40.

_____. *Aristophanes, Myth, Ritual and Comedy*. Cambridge: Cambridge University Press, 1994.

CAMPBELL, D. "The Frogs in the *Frogs*", *JHS* 104, pp. 163-165, 1984.
CARTLEDGE, P. *Aristophanes and His Theater of Absurd*. Bristol: Classical Press, 1990.
CARVALHO, A. de. *Tratado de Versificação Portuguesa*. Lisboa: Edições 70, s/d.
CAVALLERO, P. "Dioniso de Ranas: un Homenaje de Aristófanes a Eurípides", *Helmantica* 61, 2010, pp. 7-44.
CHOCIAY, R.. *Teoria do Verso*. São Paulo/Rio de Janeiro/Belo Horizonte/Porto Alegre: Editora McGraw-Hill do Brasil, 1974.
CHUAQUI, C. *El Texto Escénico de* Las Ranas *de Aristófanes*. México: Universidad Autónoma de México, 1996.
_____. *Poetae Comici Graeci*. Berolini/Novi Eboraci: Walter de Gruyter, 1984.
COLVIN, S. *Dialect in Aristophanes and the Politics of Language in Ancient greek Literature*, Oxford: Clarendon Press, 1999.
CORRÊA, P. C. *Um bestiário arcaico*: Fábulas e imagens de animais na poesia de Arquíloco. Campinas: Editora Unicamp, 2010.
DEARDEN, C. W. "What Happened to the Donkey? Aristophanes' 'Frogs' 172 s.", *Mnemosyne* 23/1, 1970, pp. 17-21.
DEMAND, N. "The Identity of The Frogs", *CPh* 65, 1970, pp. 83-87.
DE SIMONE, M. "The 'Lesbian' Muse in Tragedy: Euripides μελοποιός in Aristoph. Ra. 1301-28", *CQ* 58/2, 2008, pp. 479-90.
DOVER, K. J. *Aristophanic Comedy*. Berkeley: University of California Press, 1972.
_____. "Introduction", "Commentary", in: ARISTOPHANES. *Frogs*. Edited with introduction and commentary and index by J. K. Dover. Oxford: Clarendon Press, 1993, pp. 1-106, 191-386.
DUARTE, A. S. *O Dono da Voz e a Voz do Dono: a Parábase na Comédia de Aristófanes*. São Paulo: Humanitas, 2000.
_____. "A Catarse na Comédia", *Letras Clássicas*, n. 7, 2003, pp. 11-23.
_____. "Variações em Cenas Típicas da Comédia Aristofânica: o Prólogo d'*As rãs*". Simpósio de Estudos Clássicos da USP. São Paulo: Humanitas/Fapesp, v.1, 2006, pp. 173-182.
DÖRRIE, H. "Aristophanes' Frösche, 1433-1467", *Hermes*, 84/3, 1956, pp. 269-319.
DÜBNER, F. (ed.). *Scholia Graeca in Aristophanem*. Hildesheim: Georg Olms, 1969.
EHRENBERG, V. *The People of Aristophanes: a Sociology of Old Attic Comedy*. Oxford: B. Blackwell, 1951.
FINLEY, M. I. *Politics in the Ancient World*. Cambridge: Cambridge University Press, 1983.
FRAENKEL, E. *Beobachtungen zu Aristophanes*. Roma: Edizioni di Storia e Letteratura, 1962.
GELZER, T. *Der epirrhematische Agon bei Aristophanes*. Zetemata Monographien zur klassichen Altertumswissenschaft 23. München: Verlag C. H. Beck, 1960.
_____. *Aristophanes der Komiker*. Stuttgart: Druckenmüller, 1971.
GOLDHILL, S. "The Great Dionysia and Civic Ideology", in: WINKLER, J. J., ZEITLIN, F. I.

(edd.). *Nothing to Do with Dionysos?: Athenian Drama in its Social Context*. Princeton, N. J.: Princeton University Press, 1990, pp. 97-129.

HABASH, M. "Dionysos' Roles in Aristophanes' Frogs", *Mnemosyne* 60/1, pp. 1-17, 2002.

HARRIOT, R. M. *Aristophanes: Poet and Dramatist*. London: Croom Helm, 1986.

HEATH, M. *Political Comedy in Aristophanes*, Hypomnemata 87. Göttingen: Vandenhoeck & Ruprecht, 1987. Versão atualizada (2007) em http://eprints.whiterose.ac.uk/3588/1/Political_Comedy_in_Aristophanes.pdf

HEATH, M. "Aristotelian Comedy", *CQ* 39, 1989, pp. 344-54. Também disponível online em http://eprints.whiterose.ac.uk/522/1/heathm17.pdf

HENDERSON, J. "The Lekythos and Frogs 1200-1248", *HSCPh* 76, 1972, 133-143.

_____. "The Demos and the Comic Competion", in: WINKLER, J. J., ZEITLIN F. I. (Edd.). *Nothing to Do with Dionysos? Athenian Drama in its Social Context*. Princeton, N. J.: Princeton University Press, 1990, pp. 271-313.

HENDERSON, J. *The Maculate Muse: Obscene Language in Attic Comedy*. London: Oxford University Press US, 1991.

HERINGTON, C. J. *Poetry into Drama: Early Tragedy and the Greek Poetic Tradition*. Berkeley: University of California Press, 1985.

HOOKER, J. T. "The Composition of the Frogs", *Hermes* 108,2, pp. 169-182, 1980.

GOLDEN, L. "Comic Pleasure", *Hermes*, 115 (Heft 2), pp. 165-174, 1987.

JANKO, R. *Aristotle on Comedy: towards a Reconstruction of Poetics II*. London: Duckworth, 1984.

LEVER, K. *The Art of Greek Comedy*. London: Methuen, [1956].

MACDOWELL, D. "Frogs 1407-67", *CQ* 9/2, pp. 261-268, 1959.

_____. "The frogs' Chorus", *CR* 22, pp. 3-5, 1972.

MCLEISH, K. *The Theatre of Aristophanes*. London: Thames and Hudson, 1980.

MÖLLENDORFF, P. v. "Αἰσχύλον δ'αἱρήσομαι – Der 'neue Aischylos' in den Fröschen des Aristophanes", *WüJbb* N.F. 21, 1996/97, pp. 129-151.

MOORTON, R. F. "Rites of Passage in Aristophanes' 'Frogs'", *CJ* 84, 4, 1989, pp. 308-324.

MURRAY G. *Aristophanes*: a Study, Oxford: Clarendon Press, 1933.

NEWIGER, H. J. "Zum Text der 'Frösche' des Aristophanes", *Hermes* 113, 4, 1985, pp. 429-448.

PARKER, L. P. E. *The Songs of Aristophanes*. Oxford: Clarendon Press, 1997.

PICKARD-CAMBRIDGE, A. *The Dramatic Festivals of Athens*. Oxford: Clarendon Press, 1968.

PRIETO, M. H. U. *Dicionário de Literatura Grega*. Lisboa: Verbo, 2001.

RECKFORD K. J. *Aristophanes' Old-and-New Comedy*. Chapel Hill: UNC Press Books, 1987.

ROMILLY, J. *História e Razão em Tucídides*. Brasília: Editora UnB, 1998.

ROSEN, R. M. *Old Comedy and the Iambographic Tradition*. Atlanta, Ga: Scholars Press, 1988.

RUSSO, C. F. "The Revision of Aristophanes' 'Frogs'", *G&R*, 13/1, 1966, pp. 1-13.

_____. *Aristophanes*: An Author for the Stage. London: Routledge, 1994.

SANTORO, F. "Vestígios do Riso: Os Tópicos sobre a Comédia no *Tractatus Coislinianus*", *Simpósio de Estudos Clássicos da USP*. São Paulo: Humanitas/Fapesp, v.1, 2006, pp. 159-171.

SEGAL, C. "The Character and Cults of Dionysus and the Unity of the *Frogs*", *MSCP* 65, 1961, pp. 207-242.

SIDER, D. "Ληκύθιον ἀπώλεσεν: Aristophanes' Limp Phallic Joke?", *Mnemosyne* 45, 3, 1992, pp.359-364.

SIFAKIS, G. M. *Parabasis and Animal Choruses: a Contribution to the History of Attic Comedy*. London: The Athlone Press, 1971.

SILK, M. S. *Aristophanes and the Definition of Comedy*. Oxford: Oxford University Press, 2000.

SOMMERSTEIN, A. H. "Aristophanes, Frogs 1463-5", *CQ* 24/1, pp. 24-27, 1974.

_____. *Talking about Laughter and Other Studies in Greek Comedy*. Oxford: Oxford University Press, 2009.

STANFORD, W. B. "Introduction", "Notes", in: ARISTOPHANES. *The Frogs*. Edited with introduction, revised text, commentary and index by W. B. Stanford/London: Macmillan & Co, 1958, pp. ix-lix, 69-201.

SOUSA E SILVA, M. F. *Crítica do Teatro na Comédia Antiga*. Coimbra: Instituto Nacional de Investigação Científica, 1987.

STOREY, I. C. "Introduction", in: *Fragments of Old Comedy*, vol 1. Cambridge/London: Harvard University Press, 2011, pp.xvii-xlii.

TAPLIN, O. "Fifth-Century Tragedy and Comedy: a *Synkrisis*", *JHS* 16, 1989, pp. 163-174.

VIEIRA, T. "Montagem Cômica", in: ARISTÓFANES. *Lisístrata e Tesmoforiantes*. Tradução, introdução e notas de Trajano Vieira. São Paulo: Perspectiva, 2011, pp. 11-26.

WEST, M. *Introduction to Greek Metre*. London: Oxford University Press, 1987.

WHITMAN, C. "Ληκύθιον Ἀπώλεσεν", *HSCPh* 73, 1969, pp.109-112.

WILAMOWITZ-MOELLENDORFF, U. v. "Lesefrüchte", *Hermes* 64/4, 1929, pp. 458-490.

WILLI, A. "Languages on Stage: Aristophanic Language, Cultural History, and Athenian Identity", in: A. Willi (Ed.). *The Language of Greek Comedy*. Oxford: Oxford University Press, 2002, pp. 111-149.

_____. *The Languages of Aristophanes. Aspects of Linguistic Variation in Classical Attic Greek*. Oxford: Oxford University Press, 2003.

_____. "Aischylos als Kriegsprofiteur: Zum Sieg des Aischylos in den 'Fröschen' des Aristophanes", *Hermes* 130, 2002, pp.13-27.

WILLI, A. "Frösche, Sünder, Initianden: zu einem Aristophanischen Rätsel". *Museum Helveticum* 65/4, 2008, pp.193-211.

WILLS, G. "Why Are the Frogs in the Frogs?", *Hermes* 97, 1969, pp. 306-317.

WORTHINGTON, I. "Aristophanes' 'Frogs' and Arginusae", *Hermes* 117, 1989, pp. 359-63.

ZIELINSKI, T. *Die Gliederung der altattischen Komödie*. Leipzig: Teubner, 1885.

Este obra foi composta em tipologia Gentium Book Plus, corpo
10/14,5, no formato 13,8 x 21 cm, com 368 páginas, e impressa
em papel Pólen Natural 70 g/m² (miolo) pela Lis Gráfica.
São Paulo, março de 2023.